云中歌
桐华 著
③ 忆流年
江苏凤凰文艺出版社
JIANGSU PHOENIX LITERATURE AND ART PUBLISHING

图书在版编目（CIP）数据

云中歌 . 3, 忆流年 / 桐华著 . —南京 : 江苏凤凰文艺出版社 , 2020.6
ISBN 978-7-5594-4179-9

Ⅰ . ①云… Ⅱ . ①桐… Ⅲ . ①长篇小说 – 中国 – 当代
Ⅳ . ① I247.5

中国版本图书馆 CIP 数据核字 (2019) 第 241537 号

云中歌 . 3，忆流年

桐华 著

责任编辑 张 倩
特约编辑 张 艳
封面设计 昆 词
出版发行 江苏凤凰文艺出版社
南京市中央路 165 号，邮编 210009
网 址 http://www.jswenyi.com
印 刷 三河市冀华印务有限公司
开 本 700mm × 980mm 1/16
印 张 20.5
字 数 364 千字
版 次 2020 年 6 月第 1 版 2020 年 6 月第 1 次印刷
书 号 ISBN 978-7-5594-4179-9
定 价 45.00 元

踏遍关山，倚断栏杆，无君影。

蓦然喜，终相觅！

执手楼台，笑眼相凝。

正相依，风吹落花，惊人梦。

醒后楼台，与梦俱灭。

西窗白，寂寂冷月，一院梨花照孤影。

云中歌

YUN ZHONG GE

目录

001 | 第一章 慧极必伤、情深不寿
016 | 第二章 悲莫悲兮，永别离
026 | 第三章 心字已成灰
050 | 第四章 血染同心缕，泪洒长命花
064 | 第五章 天易老、恨难酬
081 | 第六章 天山月依旧，不照去年人
100 | 第七章 故剑情深千载颂，人心难测万古理
117 | 第八章 而今才道当时错，心绪凄迷
134 | 第九章 人心尽处竟成荒
151 | 第十章 愿以此身，受你之痛
163 | 第十一章 人生只似风前絮，欢也零星，悲也零星

云中歌

YUN ZHONG GE

目录

180 | 第十二章
当时断送、而今领略，总负多情

201 | 第十三章
多情总为无情恼

219 | 第十四章
孤鸿语，三生定许，可是梁鸿侣?

235 | 第十五章
破茧成蝶

246 | 第十六章
当时不是错，好花月，合受天公妒

265 | 第十七章
只应碧落重相见

280 | 第十八章
此情已自成追忆

294 | 第十九章
明日天涯已陌路

303 | 第二十章
落子勿言悔

313 | 第二十一章
凤归何处

319 | 跋文

第一章

[YUN ZHONG GE]

慧极必伤、情深不寿

树上的叶儿快落尽时，刘弗陵离开了长安未央宫，移居骊山温泉宫。

大部分的事情他已经不再亲理，每日里只在温泉宫内接见几个大臣，政事都交托给霍光、杨敞、张安世、隽不疑四位议政大臣处理。

在议政大臣的选任上，朝堂内起了不少风波。忠于皇权或者对霍氏有怨的人拼尽全力想维护皇族的利益，力争刚调回京城的赵充国将军能被皇帝委任，而霍氏集团则全力排斥赵充国将军。激烈斗争后，霍光、杨敞、张安世、隽不疑四人被任命为议政大臣，这样的结果令很多人心寒。

丞相杨敞是霍光挑选出的墙头草，哪边风顺向哪边倒。

右将军张安世虽然不至于像前丞相田千秋一样对霍光毕恭毕敬、唯唯诺诺，可也从来没有违逆过霍光。

至于京兆尹隽不疑，朝堂百官都知道他仕途的转折点是“卫太子冤魂”事件。隽不疑少年时就才名在外，暴胜之将他举荐给先帝刘彻，刘彻虽封了他一个官职，却一直未真正重用过他。刘弗陵继位后，夸赞过隽不疑的才华，可也从未给他升过官。长安城门惊现“卫太子冤魂”事件后，隽不疑反应迅速、处理得当，将慌乱化解到最小，引起了霍光的注意。霍光向刘弗陵进言，当即将隽不疑擢为京兆尹，负责审查“卫太子冤魂”案，隽不疑不负霍光赏识，行事果断严厉，将冒充卫太子的人斩杀在闹市警众。自此，隽不疑才真正开始成为汉朝重臣。

这样的四个议政大臣，以后的政事谁说了算，还不明白吗？

远离了长安，似乎也远离了矛盾和烦恼，至少对云歌而言是如此。

以前陵哥哥一日的时间中，真正能分给她的很少。常常是，她早上起来，他已经离去，直到深夜，她才能见着他。而如今，他将他的全部时间都给了她。

没有了宫规限制，也不必担心暗中的窥伺，更不用畏惧未知的危险，他和她过起了寻常夫妻的日子。

云歌洗手做羹汤，他看书、写字、作画、吹箫。

两人手牵着手，在山间漫步，看溪流，看瀑布，看云起，看霞飞，或者什么都不看。

云歌教他如何做陷阱捉鸟，最后，师父才捉了三只，徒弟却捉了九只。

他教云歌如何刻印章，云歌总是将刻刀的刀刃弄断，一个字未雕成，后来却拥有了一枚世上最精致的玉印。

一次，两人雅兴大发，天不亮就起床，去收集竹叶上的露水，拿回来煮茶，忙了几个早上，终于收齐露水，喝到了茶，却齐齐感叹：“味道不过如此！不值得！”第二日，两人睡到日过正午，才肯起床。

他们还一起泡温泉。

刘弗陵以前一直不明白父皇为何将温泉池修得如此古怪，特意安放了玉枕，却位置奇特，特意修了玉榻，还不止一个，可式样古怪。至于别的东西，他更是没看懂过有什么用。当然，他也从没有想过去弄懂，以前每次来骊山，他都只是在池边，靠着玉枕静静休息，人虽在温泉中，心却系天下。

可云歌不同，她不是泡温泉，而是在温泉里面游来游去，对所有不能明白的东西都好奇，都想弄明白。云歌心思聪慧怪异，有一般少女所没有的大胆热情，还有不达目的不罢休的坚持，在她孜孜不倦的探索下，羞红着脸的低低细语中，他也渐渐明白了温泉中所有设置的功用和深意。

一日午后，残酒刚醒，他信手涂了一幅画。

一池清波荡漾，两只鸳鸯共戏，一只在水面，一只半沉在水底。侧角题了一句“忆来何事最销魂”。

云歌看到后，先是羞恼，夺了画要去撕，刘弗陵笑看着她，并未打算阻拦。

不料云歌眼珠一转，拿起细看，霞染双颊，唇角微翘，似笑似怒：“夫君既如此‘喜欢’，以后就每次都画一幅吧！”

刘弗陵脸上的笑顿时僵住，云歌却捧腹大笑。

山中日月竟如梭，刘弗陵只觉得每日的时间都那么短。在他的一生中，他从未如此盼望过时光能慢一些，可光阴却越发匆匆。

他心痛的次数越来越频繁，疼痛也越来越剧烈，已经瞒不住云歌了。

万箭钻心般的痛苦，让他的身体根本不受自己控制。轻时，四肢痉挛；重时，整个身体都会抽搐。

刘弗陵先前还很担心云歌，可后来发现，每一次发病，云歌都未显惊慌，她总是很平静地抱着他，在他耳旁轻轻说着话。有时候是个故事，有时候是个笑话，有时候是一首诗，有时候什么都不说，只是一遍遍唤着他的名字。

“陵哥哥，陵哥哥……”

他在疼痛中昏迷，坠向黑暗，却在她的语声中，靠着眷念不舍一次又一次地熬过锥心疼痛。

他答应过她，要在雪落时陪她堆两个雪人。

可当冬天的第一场雪飘落时，他已经行动困难，不能再陪她去外面散步，堆雪人成了永不可能实现的诺言。

他望着雪，心下黯然，云歌却笑偎在他身边说：“这么冷的天，躲在屋子里拥炉赏雪才好。”

在她的笑颜中，他心里释怀的同时，涌起了苦涩。

他命刘贺来见他，两个人在屋里单独谈了两个时辰。刘贺出来时，脸色难看，眼中有迷茫、不解，以及不平。

随从小声说："王上，雪飘得大了，不如改坐马车回长安。"

一句普通的话语，却让他呆呆站在了温泉宫门口，眺望着远方的路，似乎不知道该作何抉择。随从不敢催他，也只能一动不动地站着。

云歌抱着个食盒快步而来，怕食物变冷，还特意用斗篷捂在怀中，忽地看见远处一个头发、眉毛皆白的人立在雪中，身后还有一群"雪人"毕恭毕敬地躬身而站。

云歌绕了一下路，走了过去。

"大公子，'迎风赏雪'倒是风流雅事，不过你自个儿风雅也就行了，何必强让别人和你一块儿风雅呢？"

刘贺这才发觉身后的随从，挥了挥手，让他们到屋廊下候着去。他上下打量了一番云歌，随后笑起来，笑容很是意味深长，云歌被他笑得莫名其妙。

"你笑什么？我怎么了？"

"我笑你梳错了头发，都进了我刘家的门了，怎么还一副姑娘的打扮？"

云歌脸"腾"地红起来，羞归羞，气势却是不弱，恶狠狠地瞪着刘贺："一双贼眼睛，整天就知道瞄女人！哼！你若再敢对长辈不尊，胡捣蛋，我可叫他打你板子了！"

刘贺大笑起来，只是笑声虽洪亮，却听不出一点欢愉的意思。

"你怎么了？有什么烦心事吗？"

刘贺吊儿郎当地看着她，笑嘻嘻地说："我能有什么烦心事？我啊！我快乐得不得了！你怀里鼓鼓囊囊，抱着的是什么？"

"我做的菜。"

刘贺一听来了兴致："自从'雅厨'消失，我可是很久没吃到一口像样的菜了，都有什么好吃的？"

云歌将食盒递给他："红衣姐姐呢？"

"在山下。"

"那你带下去，和她一块儿吃点吧！顺道帮我给她带声好。"

食盒不大，却很精巧地做了两层，第一层放了两道菜，明月鸽松、翡翠玉带。明月鸽松鲜嫩清香，翡翠玉带色泽明艳，让人一看就生食欲。第二层放了三道菜，一盘五色杂饭，一盘盛放着两个滚圆的团子，只闻幽幽清香，却看不出来是用什么做的，还有一盘看着像红霞白云汤，可红霞白云汤应该是汤水，这盘菜却是晶莹剔透的凝胶状。

“这究竟是不是红霞白云汤？”

“算是，也不算是。前面的用料都一样，挑选色泽鲜艳的陈年腊肉，配豆腐做汤，不过汤料里加了一味比较奇怪的东西。”

“什么？”

“桃树的树枝上常会有一种液体流出，干后凝结成半透明的胶体。‘桃胶’刚流出时清香扑鼻，比桃花还香，把分泌不久的桃胶采集回来，放置在密闭的瓦罐中保存，入汤、入菜皆可。”

刘贺啧啧称奇，用此入菜，还是第一次听闻，亏云歌想得出来。

“这是什么？闻着有股梅花的香味。”

“雪醉梅蕊，把南边进贡的一种稻谷磨碎成粉，用陈年的梅花酒做引，入口软糯，只是不易消化，所以不可多吃。吃的时候，用银刀从中间切开，还可以看到两朵梅花并蒂开放，配着外面的白色，就好像开在雪中的梅花。”云歌一面说着，一面去盖食盒，“小心凉了，要吃就快点去吃。”

云歌在这些菜中花费的心思非同一般，看她先头还珍而重之地捂在斗篷下，现在却是说给就给，毫不犹豫，刘贺笑问：“我和红衣吃了，你们吃什么？”

云歌笑眯眯的，眼睛弯弯如月牙：“宫里还有大厨房，我们就将就一顿呗！只望你吃了美食后，能真心笑一笑，不要再那副皮笑肉不笑的样子，看得人……”云歌做了个打寒战的动作。

刘贺脑子里闪过月生醉酒的画面。

“她……她笑起来时，有一双像月牙一样弯弯的眼睛；说话时，像驼铃一样好听；站在那里时，像一棵树一样漂亮……”

他当时嘲笑月生：“驼铃是什么？就是铜铁的铃铛，那声音好听吗？银铃一样的声音还差不多。女人像树一样，能漂亮吗？像花一样才算漂亮。”后来他才明白，对曾在沙漠中挣扎过的人而言，驼铃声就是人间最动听的声音，绿树就是世上最动人的景色。

“月贤弟，你不会是看上人家小姑娘了吧？难怪我送给你的姑娘，全被你退回来了。你放心，只要你喜欢，她就是天上的七仙女，我也给你弄来……”

一句玩笑，却让醉意阑珊的月生勃然大怒，人都立即被气清醒了。

“你胡说什么？你以为人人都像你？当年我年纪小，又因为吃了不少苦，性子偏激狭隘，人家救了我，我却连谢都不肯说，这些年道理懂得越多，越是愧疚，我是真心感激他们。”

看着月生铁青的脸，他知道他说错话了，以月生的性格，若真喜欢一位姑娘，反倒一句话都说不出来。他连忙又是鞠躬，又是作揖：“对不起，对不起，是我言语造次了。”

……

“喂！你在想什么？”云歌在他眼前摇手，“你今天究竟怎么了？”

“不小心想起了一位故人。”刘贺摇摇头，高声朗笑起来，“好！我收下你的食物，不过我也不会白收你的东西，所以就不谢你了。就此告辞，来日有缘再会。”话一说完，他就笑着向山下大步行去，在屋檐下躲雪的随从们忙跟上去。

漫天雪花中，他在快速地远去，似乎仍能听见他的笑声，可那笑声伴着风雪，总觉得透着股悲凉无奈，似壮士断腕，又似英雄末路。

云歌不解地望着刘贺的背影，却没有时间多想，她的心中装满了另一个人的身影，未等刘贺走远，她就反身向大殿内跑去。

刘贺这一去，没有返回长安，而是直接回了封地昌邑国。

刘弗陵又命刘询来见他。

雪已经落了两日，却仍落个不停。山道难行，刘询弃马步行。到半山腰时，有宦官出现，命刘询的随从止步，只准他一人上山。何小七想开口理论，被刘询看了一眼，只能安静退下。

宦官朝刘询淡淡点了下头，人隐回了林中。

蜿蜒的山道上只剩了刘询一人，抬头望去，天地皆白，红尘空无一物。

因为大雪，溪水封流，鸟兽隐踪，世间唯一的声音就是雪落的簌簌声。

在簌簌声中，刘询走了一个多时辰才到山顶。往日色彩华丽的温泉宫被白雪换了颜色，一座银装素裹的宫殿矗立在白茫茫的天地间，素净得让人心头压抑。

接待的宦官都神色阴沉，不苟言笑，刘询也步步小心，言语谨慎。

忽看到山坡上，一个人身披大红斗篷，怀里抱着几株怒放的红梅，沿坡而下，刘询只觉天地顿亮，胸中的压抑不知不觉中就散了许多。

因为梅花太多，将头和脸都遮了去，看路很不方便，她一面小心翼翼地下山，一面又要小心怀里的梅花别被伤着。

几处石块上的雪已结成冰，石块本身又有些松动，她脚下一滑，人就跌在了雪地上，跌跌撞撞地滑了下来。

刘询和他身前领路的宦官都是大惊，同时向前飞掠而出，宦官虽然人在前，却后于刘询到。

刘询半抱半扶地去接云歌，云歌大叫："别伤到我的梅花！"刘询忙胳膊使力，避开梅花，将云歌侧揽到了怀中。入怀处，只觉得幽香扑鼻，也不知道究竟是花香，还是人香。

云歌立稳了脚，先探看梅花，见梅花没事，方笑着和刘询说："多谢大哥。"

刘询问："雪路难行，怎么不叫个人陪你去折梅？"

云歌淡淡一笑："我喜欢自己做这些事情。"

刘询还想说话，一旁的宦官阴沉沉地说："陛下等着见侯爷呢！"

云歌道："你下去吧！我正好要过去，和大哥同路。"

云歌发话，宦官不敢再多说，行了一礼后，安静退下。

刘询想帮云歌拿梅花，云歌盈盈一笑，说了声"多谢"，却未接受他的好意。

行到正殿，云歌小声问六顺："里面还有人吗？"

六顺点点头："几位大人仍在。"又对刘询行礼说，"侯爷略微等一会儿，奴才这就进去禀奏陛下。"

刘询暗惊，刘弗陵还召见了别人？他在长安城内并没有听闻此事。

一会儿后，六顺返来，对刘询说："陛下命侯爷进去。"

云歌眼巴巴地盯着六顺，六顺笑道："几位大人已经不在殿内了，不过陛下可不知道姑娘也等着见陛下呢！"

云歌随着刘询向殿内行去："大哥不会介意我占用一点他的时间的。六顺，去找个花瓶拿进来。"

刘弗陵靠坐在榻上，面容清瘦，神情倦怠，可眉目中却有刘询从未见过的平静喜乐。

刘弗陵看到云歌，眼内已再无他人，一边帮云歌掸斗篷上的雪，一边笑着说："一场雪竟已经把山后的梅花催开了。"

刘询静静磕了头后，自行坐到了一边。

云歌一边插花，一边笑着说："是呀！几株梅树开得可好了，不过，我已经把最好的都给摘回来了，众人赏，不如我们独自赏。"

云歌插好花，将瓶子捧放到窗下，恰能让刘弗陵一抬眼就看见。她推开窗户，天地顿从窗入：漫天雪花轻卷，红梅迎雪怒放。

刘弗陵静静看了一会儿，含笑点点头，云歌将窗户关上。

云歌指指花，指指自己，刘弗陵含笑摇头，云歌皱眉。刘弗陵招手让云歌过去，将云歌插花时掉落在案上的几朵梅花，仔细插到云歌髻中，端详了一瞬，唇角蕴笑，敲了下云歌的额头。

云歌侧头一笑，喜滋滋地出了屋子。

两人未置一语，可一举一动，似已将一切说明。一个未见颓丧，一个也未见哀凄，只是在有限的时间里，尽力共享着世间的美丽。

刘询来之前，不是没想过刘弗陵和云歌现在的情形，可怎么都没想到竟是这样。死亡并不见得痛苦，等待死亡却一定很痛苦，如果不是了解刘弗陵的病况，一定不会相信这两人是日日生活在死亡的阴影下。

刘弗陵命殿内所有人都下去。

刘询恭敬地垂目静坐，似乎等着随时听候刘弗陵吩咐。

刘弗陵淡淡目视着他，无甚喜怒："朕还记得第一次见你时，你正在看《史记》，说'近来喜读先帝年轻时的事情'，你和朕说说你的心得。"

刘询有点发怔，记得也是个天寒地冻的日子，当年还是一介寒衣，今日已是皇家贵胄，中间发生了太多事情，好似十分久远，仔细一想不过才一年。

刘询想了会儿后，谨慎地说："其实也就四个字'隐忍''谋划'。"

当年，窦太后把持朝政，刘彻日日沉迷于打猎游玩，又召了一帮年轻人陪他胡闹。窦太后看他如此，杀心才稍减，不料就是这帮胡闹的年轻人成了后来威名震天下的羽林军。

刘弗陵微笑：“你谋划做得还算过得去，隐忍的功夫却实在太差。心太急，太害怕失去，手段太毒辣，连‘谋定、后动’都算不上。刘贺行事比你周全稳妥许多，法理人情兼顾。”

刘询袖中的手不自禁地攥到了一起，力持镇定地说：“田千秋的事情，是臣办事经验不足，是臣的错。王叔自幼在天家长大，见识气度都非臣所能及，臣在市井中长大，有时候行事不免偏激，臣日后会改，会好好跟着王叔办事。”说着就向刘弗陵重重磕头。

刘弗陵想起身，身子一软，没坐起来，轻叹了口气：“询儿，你过来。”

刘询听到刘弗陵的“询儿”，心头竟是莫名一酸，他这一生，几曾真正做过孩子？

他扶刘弗陵从榻上起来，行到大殿一侧，只看整个墙上挂着一幅硕大的羊皮地图，绘制着汉家江山。山峦、河流、大地、城池都用不同的颜色标注出来，各地的人口也在一旁有注明，让看者陡然生出俯瞰天下的感觉。

刘弗陵问：“江山为何多娇？”

刘询回答得很快：“因为人。很多人喜欢看崇山峻岭、黄河咆哮，臣却自小就喜欢看河道上的船来船往。艄公的号子，渔女的歌声，还有河岸两边的叫卖声，都让我觉得欢喜。没有人的河流太安静，没有人的城池是死城，没有人，就没有秀丽江山。”

刘弗陵点头：“因为百姓，才有江山，所以治理江山一定要有一颗仁心。善待百姓，让百姓安居乐业，江山才能秀丽壮美。”

“仁”字上，他已经全然输给了刘贺，刘询不敢多说，只道：“臣谨记。”

刘弗陵语声忽然转硬，隐有寒意：“但光有‘仁心’还不够。如果是太平之世，如果只需要守江山，‘仁’治天下，好事一件！像文帝和景帝，二位先帝让天下百姓享了三十多年的太平富裕。可现在内有权臣弄权，外有夷族进犯，还需要‘狠心’，才可保社稷安稳、江山太平。”

刘询猛地侧头看向刘弗陵，与刘弗陵眼光一触，只觉得他眼内锋芒刺人，竟生畏惧，立即又低下了头。

刘弗陵道：“朕自八岁登基，自问行事，无愧天下百姓。”

刘询说：“陛下是罕见的仁君。”

刘弗陵却没什么欢喜：“可朕不是个好皇帝！朕有仁心，却无狠心，行事果断狠辣不及先帝万一。”

刘询无语。若刘弗陵是先帝，当年三大权臣的争斗也许就是另外一个局面，先帝根本不会顾忌百姓死活，卫太子之乱时，长安城血流成河，无数无辜百姓被杀。先帝连对自己的亲儿子、亲孙子都是宁可错杀，不可放过。若刘弗陵是先帝，根本不会容他活到现在，那么也就不会有现在的局面。

刘弗陵指着波澜壮阔的汉家江山，肃容对刘询说："朕就将这江山交给你了，只望你，心存仁念、手握利剑，治江山，稳社稷，造福天下苍生。"

刘询身躯剧震，不能置信地瞪着刘弗陵，半晌后，他近乎自言自语地问："陛……陛下是一直都想挑一个果决刚毅的人吗？"

刘弗陵微笑着说："不错！若选朋友，朕一定会选贺奴，可江山社稷不容朕用个人偏爱做主。怎么了？你不想要吗？"

刘询忙跪下磕头，人却依旧有点怔怔："臣……臣谢陛下！"他随后又立即反应过来，称呼不妥，改口道，"询儿叩谢皇爷爷大恩。"

刘弗陵站得时间有点久，已经力尽，回身向榻旁行去，脚步虚浮。刘询忙站起，扶着刘弗陵坐回榻上。

刘弗陵说："你去告诉于安，命他们都进来。"

刘询起身走到帘外，依言转述。

一会儿，几个人从外面鱼贯而入。

刘询一看来人，忙站了起来。

手握西北兵权的赵充国将军、负责京城治安的隽不疑，还有太仆右曹杜延年。赵充国是刘弗陵的人，满朝皆知。杜延年有点令刘询意外，隽不疑则令他震惊。

三人齐齐跪到刘弗陵榻前听吩咐，刘弗陵指了指刘询："从今日起，你们一切行事全听刘询吩咐。霍光若同意让刘询登基，很好！霍光若不同意……"

赵充国定声说："臣等也会让他同意。"

刘弗陵问刘询："你可听到了？你可有信心？"

刘询跪下，给刘弗陵重重磕头："臣叩谢陛下大恩，有三位大人相助，臣定不会辜负陛下厚望。"

刘弗陵让他站起来，命赵充国、隽不疑、杜延年向刘询磕头。

当三人当着刘弗陵的面发誓效忠时，刘询突然有些不敢面对刘弗陵的目光。

三人退下后，刘弗陵说："朕的布置，就不一一和你说了，他们三人，还有于安，会全部告诉你。杨敞是你举荐的丞相，你应该有法子对付他，朕就不操心了。张安世手握燕北兵权，毗邻广陵国的驻兵统领是他的亲信，朕能将张安世算作你的人吗？”

刘询胸有成竹地说：“陛下放心，张氏家族的长兄张贺是臣的恩人，有张贺在，张安世即使不帮臣，也绝对不会帮霍光。”

刘弗陵点头：“朕能为你做的事情，到此为止了，以后的事情，朕不想再管。”

刘询忙跪下磕头：“臣接触朝事的日子还很短，万一有不妥之处，还需要陛下提点。”

刘弗陵道：“朕的行事风格与你不同，从今日起，你按照你的方式办事。只不过，一定要记住我先头和你说的话，你的‘隐忍’功夫还太差。”

“臣明白，霍光在朝堂内根深脉广，绝非短日内能解决的，若太急，即使把臣的性命搭进去，也解决不了。臣日后，一定谨记‘隐忍’二字，再不敢贪功冒进。”

刘弗陵让他起来，坐到榻前：“你答应朕几件事情。”

刘询道：“听凭皇爷爷吩咐。”

“第一，不管将来发生什么，不许你杀刘贺。”

刘询立即应道：“臣遵旨。”

“第二，不许为难上官小妹。”

“皇后娘娘是皇爷爷的发妻，是臣的长辈，臣日后会向皇后行孙辈之礼，绝不敢轻慢。”

刘弗陵微愣了下，一字字说道：“她只是朕的皇后。”

刘询不解，对呀！上官小妹是皇后，是皇帝的发妻，有何不对？却不敢问，只能恭敬地应“是”。

“朕会问过她的意思后做安排，不管她走与留，你都要遂她心愿。”

“臣遵旨。”

“在你登基之前，于安能给你不少帮助，等你登基后，恐怕不愿意再看见他。对你而言，他知道得太多，用，不放心；不用，更不放心……”

刘询急急想说话，刘弗陵做了个手势，让他不必多说：“放他出宫，不许你动他分毫。”

“臣遵旨。”

刘弗陵想了一瞬后，淡淡说：“也就这点事情了。你把这些东西都写下来。”

刘询提笔，将应承的事情，都在白帛上一一记下，署名、盖好印鉴后，又印了个手印上去。

刘询将书写好的东西拿给刘弗陵看，刘弗陵点了点头。

刘询将白帛卷好，放在了案上，迟疑了一下问："云歌呢？"

刘弗陵一直的平静淡然终于被打破，眼中转过了不舍："她只是个山野女子，以后和你们都不会再有关系。"

刘询默默点了点头："臣有一事拿不定主意，想求教皇爷爷。"

"你问吧！"

"孟珏此人，究竟可用，不可用？"

刘弗陵不答，反问："放眼天下，你能找到更好的人去制衡霍光吗？"

刘询摇头："没有。"

"朕一直未真正用他，就是想把他留给你。你将来只是一人，臣子却有成百上千，如何让臣子彼此牵制，是一门极深的学问，你慢慢学吧！霍光在一日，你可以放心大胆地用他，霍光若不在了……"刘弗陵淡淡地说，"你应比朕更知道该如何办。"

刘询点头："陛下还有什么要叮嘱臣的吗？"

刘弗陵想了一瞬后说："据于安事后给朕讲，在和羌族勇士的打斗中，你表现得毫无弱点，直到比试结束，众人依旧看不透你武功高低。孟珏的功夫却是有弱点可寻的，所以当克尔嗒嗒以为可以斩杀孟珏时，却不料孟珏的'弱点'根本不是他的'弱点'。"

刘询以为他当日已经做到最好，不料听到刘弗陵这样的评语，思索了一下，好似有所悟，心里却很不服气，想着结果可是他赢、孟珏输。他向刘弗陵磕头，恭敬地说："臣懂了。"

刘弗陵道："你比朕更适合做皇帝，朕已没什么可教你的了，你回去吧！"

刘询磕头，连着磕了三个，却仍然未起来，僵跪了一会儿，又"咚咚"地连磕了九个头，一个比一个重，到最后好似要磕出血来。

他的举动有些莫名其妙，刘弗陵却丝毫未阻止，只微笑着说："把你的这份心留给天下百姓，你将这江山治理好，把朕未能做到的事情都做了，就可以了。"说着，人歪靠在了榻上，闭上了眼睛，挥了挥手让他走。

刘询站起，走了几步，忽有些迟疑，犹豫了一瞬，终是不甘心，一咬牙，反身回去又跪下。

"陛下，臣斗胆了，但这次不问，臣怕……臣心中已经困惑了很久，陛下第一次召见臣时，问臣'这一生最快乐的事情是什么？''最想做的事情又是什么？'臣斗胆想知道陛下的答案。"

刘弗陵没有立即回答，闭着眼睛，似在思索。

刘询心中稍慰，刘弗陵和他当年一样，这两个问题也无法给出答案。

可慢慢地，刘弗陵的眉宇间溢出了笑意。

"快乐的事情太多，一时想不出来哪件最快乐。"

刘询心中剧震，说不清楚是惊讶、羡慕还是嫉妒。

一瞬后，刘弗陵笑着说："最快乐的事情是娶了个好妻子。"

刘询屏息等着刘弗陵的下一个答案。

刘弗陵眉宇间的笑意淡去，一直未说话，刘询静静站了会儿，看刘弗陵倦意深重，似已睡着，他轻轻起身，正想退下，忽听到刘弗陵轻声说："最想做的事情是能陪着她一日日变老。"

刘询心惊肉跳，不敢直视刘弗陵。

刘弗陵挥了挥手，刘询立即转身，脚步匆匆，近乎逃地跨出了屋子。

云歌在屋子外面堆雪准备做雪人。

不知道从哪里跑来两只山猴，毫不畏生地跟在她身后，一时帮她堆一把雪，一时拽着云歌的斗篷，好似怕云歌冷，掸着上面的雪，一时也会帮倒忙，把云歌扫好的雪推散。

云歌不见急恼，笑眯眯地做着自己的事情，由着猴子在她身边闹腾。

在外面的时间久了，虽戴着雪帽，披着斗篷，可她的发梢、鬓角仍凝了不少雪花。

屋檐下立了好几个宦官，却没有一个人过去帮忙，都只是静看着。

看到刘询出来，她抬头一笑，扔了扫帚，跑到屋檐下，一边跺脚，一边把斗篷、雪帽都摘下来，急匆匆地进了屋子。

两只猴子"吱吱"乱叫，似乎十分开心，也跑到屋檐下，学着云歌的样子，跺脚跳腾，把身上的雪都跳落，"刺溜"一下就钻进了屋子。

屋外立着的宦官见惯不怪，任由两只猴子蹿进了大殿。

七喜拿了刘询的斗篷和雪帽过来，服侍刘询穿上，看刘询一直在看云歌，笑道：“那两只猴子是姑娘去年捡回来的，养了一个冬天后，放回了山中。自陛下和姑娘来温泉宫后，两只猴子不知道如何得知了消息，时不时来看陛下和姑娘，还常常带礼，上次它们送来的大桃子，比宫里的贡桃都好吃。够精怪的，两只山猴还懂得念旧情。”

七喜打着伞，一直把刘询送到宫门口，赔笑说：“只能送侯爷到此了，奴才另命人送侯爷下山，看这天色，得多打几个灯笼。”

刘询道：“不必了，我常走夜路，不怕黑。自我第一次进宫，大人就对我多有照拂，刘询铭记在心。”

七喜眼角余光扫了眼四周，笑道：“都是奴才的本分，侯爷若有用得上奴才的地方，尽管吩咐。”

刘询颔了下首，转身离去，七喜要给他伞，他轻摆了下手，没有要。

簌簌雪花，飘落不绝。

因天色已晚，天空积的云层都带着铅灰色，重重叠叠，坠得天像是要掉下来，层林越显萧瑟。孤寂的山道曲折而下，好似没有尽头。

刘询缓步穿行在雪花中，如闲庭信步，他本就身形高健，此时看去，低垂的天，昏茫的山，天地间似只剩他一人，衬得他更是雄姿伟岸。

七喜打着伞，站在宫门前，一直目送刘询消失在雪中，轻轻点了点头。

天快亮，刘询才回到长安，顾不上休息，就命何小七去请张贺，约好在一个屠户家相见。

他换了套便袍，刚要出门，黑子匆匆跑来：“大哥，有人……”他一拍额头，恭敬地说，“侯爷，有人求见。”

刘询笑骂：“别那么多虚礼，本就是兄弟，叫的哪门子‘侯爷’？”

黑子心中热腾腾的，咧着嘴直笑：“俺也这么觉得，‘大哥、大哥’多亲近，都是小七，非要俺叫‘侯爷’。大哥，有个书生要见你。”

刘询一边向外走，一边说：“我不是说了‘谁都不见’吗？”

黑子将手中打着的灯笼高高举起来，给刘询看。

“俺也这么回复的，可这人嘴特能扯，扯得都是俺们听不懂的话，俺们几个全给他扯晕了，他说和大哥是什么故交，让俺把这个灯笼交给大哥，还说他是来雪……雪什么炭火的。”黑子嘿嘿一笑，实在想不起来书生的原话。

刘询细看了眼灯笼，立即认出是去年上元节时，云歌想要的那盏。他将灯笼接过，递给一旁的侍从：“拿下去，好生收着。”又笑对黑子说，“命这个‘雪中送炭’的书生来见我，若能说出个一二三四则罢，若说不出……”

黑子握了握拳头，接嘴道：“俺们几个就好好替他松松骨头。”

书生见到刘询，见礼问好，不卑不亢，气度从容，并无一般小民初见皇族贵胄的拘谨。

刘询笑道：“上次竟然看走了眼。”

书生笑说：“不是侯爷看走眼，而是侯爷心中有更多计较，顾不上仔细看在下。”

刘询请他坐：“深夜求见，敢问何事？”

书生道：“在下姓李名远，来自漠北，长安城是家父的故乡，自小常听父亲提及天朝繁华，所以特来看看天朝的风土人情。”

刘询心中微动：“令尊高姓大名？”

李远十分干脆地回道：“李陵。”

刘询呆了一瞬，方笑道：“原来是匈奴王子远道驾临，本侯失礼了。”

第二章

[YUN ZHONG GE]

悲莫悲兮，永别离

自刘弗陵移居温泉宫后，上官小妹一直没再见过他。

突然接到宦官通传，刘弗陵要见她，她没有喜悦，反倒觉得心慌意乱，甚至不想去拜见，似乎不面对，有些事情就永远不会发生。

小妹走进殿内时，正写字的刘弗陵闻声抬头，看见她，淡淡一笑，让她过去。

小妹眼前有些迷蒙，恍恍惚惚地想起，刚进宫时，有一次她偷偷去神明台，刘弗陵突然上来，吓得她立即躲了起来。于安发现了她，十分生气，问她想偷听什么，她很害怕，哭着不回答。

刘弗陵听到动静，走了过来，蹲下身子问她："为什么一个人躲在这里，有人欺负你了吗？"

她看着变得和她一般高的皇帝，害怕突然少了，呜咽着说她想家，听说神明台是长安城的最高处，可以看到整个长安，她觉得也许站在神明台上，就能看到爹娘，可是栏杆好高，无论她再怎么踮着脚尖跳，也看不到外面。

刘弗陵凝视着她，沉默了一会儿后，很温柔地替她把眼泪擦去，将她抱起，走到栏杆旁，指着北面说："你爹爹和娘亲的府邸就在那边。"

她只看到连绵不绝的屋宇，根本分辨不出哪座是她的家，更没有看到爹娘。可是，即使没有看到爹娘，她仍呆呆地望着北面出神。因为，唯有如此，她才能觉得她离他们近了一点，她不是孤零零的一个人。

她一直呆呆地看着北边，而刘弗陵就一直抱着她，不催促，不询问，只是在沉默中，给了她支撑的力量。

"皇帝……大哥哥，你为什么来神明台？你想看什么？"她轻声问。

他目光投向了西边，没有回答。

他放下她，命于安送她回椒房殿，又对于安吩咐，以后她想在任何地方玩，都不要限制。

其实她很想问，我可不可以来找你玩。可是她不敢，因为他虽站在她身边，眼睛却一直望着西边，显得他好似很近，实际很遥远。

后来，她渐渐发现，她最好哪里都不要去，因为不管她去到哪里，都会有阴沉沉的目光盯着她。她开始明白，虽然父母一再告诉她，这里是她的新家，可这里不是她的"家"，她的天地只有椒房殿那么大小。

……

小妹坐到刘弗陵下方。

刘弗陵将圣旨交给她，她刚看了一眼，猛然抬头："陛下……"

刘弗陵淡笑着说："别惊慌，不是真赐你陪葬，只是一个给你自由的障眼法，替你卸下'皇后'这个沉重的枷锁。"

小妹心里有淡淡的失望，竟好像有些盼着这个圣旨是他真实的意思。

"小妹，前段日子的事情，朕要多谢你。"

小妹摇了摇头，他能常常来椒房殿，即使只是陪着她说话，她也是开心的。

"朕耽误了你不少年华，幸亏你还小，今年才十五岁，日后……"

小妹打断了刘弗陵的话："臣妾不想出宫。"

刘弗陵沉默了会儿说："这道圣旨你先收着，也许将来你会改变主意，有这道旨意在，刘询就不敢不帮你。"

小妹听到"刘询"，并未显惊讶，而是很平静地说："刘询想继承大统，就必须改换宗室，那他以后就是陛下的孙子，臣妾是太皇太后。"

刘弗陵颔首："他会很孝顺你，朕会命六顺到长乐宫服侍你，你可以信任他。"

刘弗陵将几个印玺交给小妹，小妹看清楚后，面色顿变："陛下，这……这是调动关中驻军的兵符，这个……这个是国玺，这是西北驻军的兵符……"

刘弗陵叮嘱道："这些东西，你小心收好，不要让任何人知道，等刘询控制了长安城后，你将这些东西交给他。你和霍光毕竟有血缘上的联系，刘询又生性多疑，他若感念你的恩德，日后就不会怀疑你帮霍光，也就不会只因朕的命令而仅是面子上善待你。"

小妹拿着关中驻军的兵符，只觉烫手："关中驻军的将军是霍光的人，必要时，霍光肯定有办法不用兵符就调动军队。"

"霍光能擅自调动军队，可粮草呢？十万大军一日间的粮草消耗是多少？他若不能喂饱士兵的肚子，谁会愿意跟着他胡闹？这个兵符实际上是控制粮草的，必要时，你交给刘询，他自会明白该如何做。"

小妹的手轻颤："陛下，你信我？"你可知道，我若把这些东西交给霍光的后果？也许整个天下会改姓。

刘弗陵凝视着小妹，微微而笑："朕信你。"

小妹眼中有雾气，紧紧地握着国玺，用性命许出诺言："臣妾一定会把它交给刘询。"

刘弗陵微笑着摇了摇头："天下没有一定的事情！虽然我已经和刘贺谈过，可是变数太多，霍光、藩王，还有个一直隐忍未发的孟珏，刘询不见得能胜，即使已经安排了一切，朕对他的信心也只有七成。"

小妹的眼睛中流露着坚毅："在皇宫中，五成把握就已值得放手去争了，七成已经很多了！"

"朕的目的是一定要避免兵祸。当此乱局，作为皇帝的人选，刘贺的确不如刘询，但同扰乱天下的兵祸相比，那点差距也就不算那么重要了。小妹，以一个月为限，如果一个月后，霍光掌控了长安，刘贺可以顺利登基，就把国玺交给刘贺，以皇太后的名义颁布懿旨让他登基，但是……”刘弗陵笑意淡去，神情变得凝重，“一旦刘贺登基，一定要他立即下旨杀了刘询。”

“啊？”上官小妹惊愕。

“刘询登基，刘贺惹不出大乱子；但如果刘贺登基，刘询不死，汉室江山将来必乱，苦的是天下万民，所以一定要刘贺一登基，立即下旨赐死刘询。”

上官小妹凝视着手中的国玺、兵符，只觉肩上沉甸甸地重。她以为她的一生就是一颗棋子，没有料到江山社稷、黎民苍生竟然有一天会都压在了她的肩头。

刘弗陵长叹了口气，眼中有歉疚：“这些事情本不该让你承担，可除了你，朕实在找不到人……”

小妹嫣然而笑：“陛下，臣妾很开心，臣妾是你的皇后，享受万民的叩拜，让社稷安稳，黎民免受兵戈，都是臣妾该做的事情，臣妾定当尽全力把国玺、兵符安稳地交给新帝。”

“朕给刘询安排了几个人，其他人倒罢了，赵将军却是个死心眼，所以朕还会特意留一道圣旨给他。若是刘贺登基，那道圣旨自会传到他手中；若刘询登基，这些事情，你就从来没听过。”

小妹用力点了点头，表示自己明白，忽又想起一事：“刘贺登基，容得下刘询；刘询登基，却只怕容不下刘贺，陛下可有什么安排？臣妾心中有数，也好便宜行事。”

刘弗陵微微笑了笑，眼中却是怜惜：“小妹，不要辜负了老天给你的聪慧，应该用聪慧让自己幸福。”

小妹低着头不说话。

“朕已经命刘询写了一道旨意，承诺不伤刘贺和于安性命。”

小妹嘴角微翘，带着几分淡淡的嘲讽：“他现在为了得到皇位，自然什么都肯答应。”

刘弗陵微笑着没有说话，凝视了会儿小妹，说：“朕派人送你回长安，你……你以后一切小心。”

小妹未动，抬起头，定定地看着刘弗陵，眼中所有的感情，第一次未经任何掩饰地流露出来，刘弗陵只淡淡笑着，似乎什么都懂，又似乎什么都未懂。

小妹轻声请求：“皇帝大哥，臣妾可不可以留在这里照顾你……”

刘弗陵将国玺、兵符包好，放到小妹怀里，温和却坚决地说：“小妹，以后照顾好自己，你前面的路还很长，外面的天地也很广阔，不妨把十五岁前的日子当作一场梦，所有的人和事都是一场虚华，梦醒时，一切都可以忘记。”

刘弗陵缩手时，小妹突地拽住了他，刘弗陵愣了一下，未再抽手，只淡淡地看着她，淡然的目光中有了然，有悲悯，还有歉意。

他的手指冰凉，小妹多想能用自己的掌心温暖他：“大哥……”小妹眼中泪意滚滚，“我……我……”

刘弗陵点了点头：“我都明白。”

小妹虽心如刀割、万般贪恋，可还是一点一点地放开了他的手，笑着抹去了眼泪。这一场心事终究再不是她一个人的春花秋月，即使最终是镜花水月，毕竟他曾留意到，他懂得。

她向刘弗陵行礼告退时却不顾君臣礼仪，一直凝目注视着他，似想把他的一切都铭刻在心中。

她微笑着退出大殿，微笑着坐上软轿，微笑着吩咐宦官起轿，可当轿子抬起的刹那，她却泪如雨下。

虽然下着大雪，但抬轿宦官的步履丝毫未受影响，不大会儿工夫，温泉宫已经要淡出视线。

“停！”小妹突地喝叫。

宦官立即停步，轿子还未停稳，上官小妹就跌跌撞撞地跳出了轿子。

六顺本以为皇后突然想起什么未办的事情，却不料她只是站在轿边发呆，仰头痴看着山顶，不言不动。

雪落得十分急，一会儿的工夫，小妹头上、身上就已经全是雪。

六顺怕皇后冻着，弯着身子走到皇后身侧，低声说：“皇后娘娘，时辰不早了，该起程回宫了。”一抬眼，却看见皇后满面是泪，他似乎明白了什么，心中黯然，静静地退了回去。

小妹呆呆地站了许久，慢慢转身，缓缓向山下行去。至少，现在，我们仍在同一山中。

六顺请她上轿，她好似未听见，只一步步自己走着。

白茫茫的天地间。

一个娇小的身影迎着风雪，艰难地跋涉。

蜿蜒的山道上，一个个浅淡的脚印印在雪地上。

北风吹动，雪花飞舞。

不一会儿，山道上的足印就消失了。

只一条空荡荡的山道，曲折蜿蜒在苍凉的山间。

今年的雪甚是奇怪，停一停，下一下，一连飘了十几日，天都不见转晴，山道被封，很难再通行。

温泉宫好似成了红尘之外的世界，刘弗陵完全不再理会外面的事情，和云歌安安静静地过着日子。

他心痛的次数没有以前频繁，可精神越来越不济，一旦发病，昏迷的时间也越来越长。

夜里，云歌常常睡着睡着，一个骨碌坐起来，贴到他的胸口，听他的心跳，确认听到了心跳声，傻傻地一笑，才又能安心睡去。

有时候，刘弗陵毫无所觉；有时候，他知道云歌的起身，云歌的倾听。当云歌轻轻抱着他，再次睡去时，他却会睁开眼睛，一边凝视着她疲惫的睡颜，一边希望自己不要突然发病，惊扰了她难得的安睡。

原来，当苍天残忍时，连静静看一个人的睡颜，都会是一种奢侈的祈求。

情太长、太长，可时光却太短、太短。

也许两人都明白，所能相守的时间转瞬就要逝去，所以日日夜夜都寸步不离。

白天，她在他的身畔，是他的手、他的眼睛，她做着他已经做不动的事情，将屋子外的世界绘声绘色地讲给他听，他虽然只能守着屋子，可天地全从她的眼睛，她的娇声脆语，进入了他的心。方寸之间，天地却很广阔，两人常常笑声不断。

晚上，她蜷在他的怀中，给他读书，给他讲故事，也会拿起箫，吹一段曲子。他已经吹不出一首完整的曲子了，可她的箫技进步神速，她吹着他惯吹的曲子，婉转曲调中，他眼中有眷恋，她眼中有珠光，却在他歉疚地伸手欲拭时，幻作了山花盛绽的笑。他在她的笑颜中，明白了自己的歉疚都是多余。

一个夜深人静的晚上，如往常一般，云歌给刘弗陵读南疆地志听，在先人的笔墨间，两人同游山水，共赏奇景，读了很久，却听不到刘弗陵一声回应。

云歌害怕："陵哥哥。"

脸贴到他的心口，听到心跳声，她才放心。

把书卷放到一旁，替他整了整枕头和垫子，让他睡得舒服一些。

吹熄了灯，她躺在他身侧，头贴着他胸口，听着他的心跳声，才能心安地睡觉。

他的心跳声是她现世的安稳。

半夜时，刘弗陵突然惊醒："云歌。"

云歌忙应道："怎么了？"

刘弗陵笑问："你读到哪里了？我好像走神了。"

云歌心酸，却只微笑着说："我有些累，不想读了，所以就睡了。"

刘弗陵听着外面雪花簌簌而落的声音，觉得胸闷欲裂："云歌，去把窗户打开，我想看看外面。"

"好。"云歌点亮灯，帮他把被子拢了拢，披了件袄子，就要下地。

刘弗陵说："等等。"他想帮云歌把袄子扣好。

因为手不稳，每一个动作都异常慢。云歌却好似全未留意到，一边叽叽咕咕地说着话，一边等着他替她整理，如同以前的日子。

等他整理好了，云歌走到窗前，刚把窗户推开，一阵北风就卷着雪花，直刮进屋内，吹得案头的梅花簌簌直动，屋内的帘子、帐子也都哗啦啦动起来，榻前几案上的一幅雪梅图哗啦啦地翻卷，好似就要被吹到地上。

云歌忙几步跳回去，在画上压了两个玉石尺镇。

她钻进被窝："真够冷的！"说着用手去冰刘弗陵的脸。

刘弗陵觉得脸上麻酥酥的，并无任何冷的感觉，他用手去触碰云歌脸颊上未化的雪，也没有任何感觉。

虽是深夜，可大雪泛白，丝毫不觉得外面暗，天地间反倒有一种白惨惨的透亮。

院子里，云歌本来堆了两个手牵手的"人"，但因为雪下得久了，"人"被雪花覆盖，已经看不出原来的形状。

两人拥着彼此，静静看着外面。

天地无声，雪花飞舞。

他觉得心内越来越闷，虽然没有疼痛，半边身子却开始麻木，在隐隐约约中，他预知了些什么。

刘弗陵轻声问："云歌，你会忘记我吧？"

云歌用力点头："嗯，我会忘记你。"

"云歌，看到桌上的雪梅图了吗？我在它最美的时刻把它画下，它的美丽凝固在画上，你就只看到它最美的时候。其实，它和别的花一样，会灰败枯萎，丑陋凋落。我也如此，并不见得有那么好，如果我们生活一辈子，我照样会惹你生气，让你伤心，我们也会吵嘴怄气，你也会伤心落泪。"

他紧握住了云歌的手，贪恋着尘世中的不舍，他唯一的不能放心。原以为只要他有情，她有意，他就能握着她的手，看天上云卷云舒，观庭前花开花落，直到白发苍苍。可原来，他拼尽全力，能阻止生离，却无法推开死别。

"不要念念不忘梅花最美丽的时刻，那只是一种假象。如果用画上的梅花去和现实中的梅花做比较，对它们不公平。"

云歌紧紧合上双眼，睫毛却在不住颤抖："嗯。"

风扬起了她的发，和刘弗陵的交缠在一块儿。

他在微笑，可他的眼睛里是担心，说话渐渐困难，也明白她都知道，他和她之间无须多语，可就是不能放心："记得我们那次看日出吗？不管发生什么，都不要放弃，坚持走下去，肯定会有意想不到的风景，也许不是你本来想走的路，也不是你本来想登临的山顶，可另一条路有另一条路的风景，不同的山顶也一样会有美丽的日出，不要念念不忘原来的路……"

云歌轻轻亲了一下他的唇，微笑着说："你放心，我会离开长安的，会忘了这里的一切。我会去苗疆，去燕北，走遍千山万水，我还会写一本菜谱，也许还能遇见一个对我好的人，让他陪我一起爬山，一起看日出，让他吃我做的菜，我不会念念不忘你……我会忘记……"云歌一直笑着，声音却越来越低，逐渐被强劲的北风湮没，到后来已分不清是在对刘弗陵说，还是对自己说。

窗外的雪越下越大，天地间苍茫一片，除了漫天大雪，再无其他。时间也仿佛被那彻骨的严寒所冻结，两人相依相靠，静拥着他们的地老天荒，是一瞬，却一世；是一世，却一瞬。

刘弗陵想抬手去摸摸云歌的脸颊，却没有一丝力气。他努力地抬手，突然，一阵剧痛猛至，胸中似有万刺扎心，连呼吸都变得艰难，眼前的一切都在旋转，他吃力地说：“云歌，给我唱首歌，那首……首……”

如有灵犀，云歌将他的手轻轻举起，放在了脸颊上，搂着他的腰，贴着他的胸口，轻声哼唱：

黑黑的天空低垂
亮亮的繁星相随
虫儿飞虫儿飞
你在思念谁
……

刘弗陵的眼前慢慢变黑，他努力想再多看一眼云歌，可她在自己的眼中慢慢淡去，渐渐隐入黑暗。他拼尽全力，八荒六合的担心、五湖四海的不舍也只是化作了心底深处一声无痕的叹息，散入了生生世世的轮回中。

……
天上的星星流泪
地上的花儿枯萎
冷风吹冷风吹
只要有你陪
……

听着他慢慢消逝的心跳声，云歌的脸色越来越苍白，直到最后一点血色都无，惨白如窗外的雪花。

一室寂寞的寒冷。

殿内的帘子哗啦啦地飘来荡去，愈显得屋子凄清。

她脸颊上的手逐渐冷去，直至最后冰如寒雪，她却毫无反应，依旧一遍遍地哼着歌。

歌声温柔婉转，诉说着一生的相思和等待。

漫长的黑夜将尽。

远处白蒙蒙的天，透出道道灿烂的金红霞光，飘舞着的白雪也带上了绯艳。

云歌抬头，望向窗外。

“陵哥哥，太阳要出来了，我们可以看雪中日出呢！”

身畔的人没有任何反应，面色安详，唇畔含笑。

她用力抱着他，抬着头，眼睛一瞬不瞬地盯着东方。

第三章

[YUN ZHONG GE]

心字已成灰

于安清早起来，看到云歌和刘弗陵相互依偎，以为他们在赏雪，未敢打扰，可从清早直到正午，两人都一动没有动过。

于安忽觉不安，轻手轻脚走到两人身旁，轻碰了下刘弗陵，触手冰凉，眼泪立即涌出，惦记着刘弗陵生前的叮嘱，不敢迟疑，一把擦去泪，轻声叫道："云姑娘，陛……陛下他已去，后面的事情，朝臣们会按规矩处理，陛下特地吩咐过奴才送姑娘离开长安。"

云歌起身，揉了揉眼睛，好似梦中刚醒，笑看了眼刘弗陵，又靠到了他的身上："陵哥哥刚睡着，我们要再躺会儿，你别吵。"

于安知道事情刻不容缓，咬了咬牙，猛然挥手，击在云歌颈上，云歌这才真正昏睡了过去。富裕立即上前，要把云歌抱走，云歌的手却牢牢扣在刘弗陵腰上，怎么拽都拽不开。

抹茶和于安弯下身子，想把云歌的手分开，两个学武的人，竟然要用足了力气，才能把云歌的手指一根根掰开。抹茶一边掰，一边突然开始哭泣。

于安本想呵斥她，可话到了嘴边，自己也险些要掉泪，忙把一切都吞下。他对抹茶和富裕，一字字吩咐："云歌就交给你们了，过了天水郡，会有赵充国将军的人接应你们，护送你们到西域，之前的路程要你们担待了，等长安事了后，我就去寻你们。"

抹茶和富裕哽咽着点头："师傅（总管）放心！"

刘询接到七喜传出的消息，有预料之内的平静，有期待已久的激动，也还有一丝淡淡的悲伤。他在屋内走动了一圈，猛然推开窗户。

不知何时，大雪已停了，积压多日的阴霾一扫而空，天空蓝水晶般的清澈，高悬在中天的圆日，万道金光，映得雪后的玲珑世界晶莹剔透。

一切都似乎预示着一个王朝的终结，另一个王朝的来临，而这个新来临的王朝会由他来开创。

刘询扬声叫人，问："孟珏这两日有什么动作？"

来人回奏："没有，就在府里养花弄草，偶尔去街市上闲逛。"

刘询自骊山下来后，就每日拜访孟珏一次，似乎两人交情深厚，日日密谋，实际上，他只是拉着孟珏说闲话。他并不指望孟珏现在就立场分明地支持他。但是，至少要刘贺不敢相信孟珏，在现在这个节骨眼儿上，刘贺只要有一分疑心，那么他就不敢用孟珏，不管孟珏给他的建议多么管用，他也不敢采纳。

刘询沉默了一会儿，叫道："何小七。"

"小的在。"何小七立即躬身听吩咐。

"通知各人，一切按计划开始进行，还有，一定要派人时刻盯着孟珏的动向。"

何小七应了声"是"，一溜烟地跑出了屋子。

日过正午，大好时光。

孟珏未做任何正经事情，真如刘询的探子回报的那样，在养花弄草。

一个青玉八卦盘，里面垒放着黑白二色的鹅卵石，他把两个蒜头一样的东西放到盘中，用鹅卵石压好，再往盘中注入清水。

八月匆匆进来，在门口行了礼："公子，我们在骊山附近守候了一个多月，今天才终于看到富裕下山。他很精明，不知道在山里如何绕道，竟不是从骊山直接下来的。他打扮成穷书生的模样，驾着辆灰驴车，身旁还坐着个妇人，扮作他的娘子，驴车里躺着个老婆婆，过关卡时，听那妇人哭说，婆婆得了急病，思乡心切，所以送婆婆回乡。我们都差点错过了，幸亏公子一再强调了富裕的长相，九妹又心细，我们才没弄丢了人。”

看来，刘弗陵已去！

孟珏放下了手中的鹅卵石，心内竟无丝毫轻松的感觉。

刘弗陵要送云歌离开长安，第一考虑的不是武功高低，而是是否忠心可靠。毕竟这个危急时刻，真正有能力动云歌的人，都会被更重要的事情缠着，无暇顾及云歌，等想起云歌时，却已经晚了。只要忠心可靠、办事稳妥，就能把云歌送走，反倒是用人错误、走漏风声才最可怕。若论忠心可靠，整个未央宫，除了富裕，不作第二人想。

三月嘴快地问：“公子，我们什么时候下手劫车？”

孟珏笑问：“谁和你说要劫车？”

三月缩了缩脖子，派了那么多人在骊山下守了一个多月，不为了劫车，还能为什么？

孟珏吩咐：“八月，你带人暗中保护驴车，直到护送驴车安全出了汉朝疆域。”

八月应道：“是。”

“若有万一，无论如何、无论如何要护住驴车内的人。”

公子说话历来言简意赅，“无论如何”四字竟特意重复了一遍，八月明白了话后的分量，跪下说道：“公子放心，我明白。”

孟珏看他离去了，又低头开始种另一盆水仙，三月轻嘘口气：“公子，我今日又闲着了？”

孟珏头未抬地说：“想得倒美！帮我捡鹅卵石，大小适中，分颜色放好。”

三月苦着脸，不甘愿地坐到了孟珏身侧，从一个木盆里挑选着鹅卵石。

仆人进来通传：“大人，侯爷来了。”

刘询最近日日来，孟府内的所有人都已习惯。三月听闻，不等孟珏吩咐，就擦干净手，下去准备茶点。

孟珏淡淡一笑：“快请。”

话音刚落，刘询已经走进屋内，看了看屋子里各色的玉盘、石盘、陶盘，笑道："孟珏，你真打算两耳不闻窗外事了吗？长安城里已经要闹翻天了，你还在这里摆弄水仙。"

孟珏问："发生何事？"

刘询说："听闻陛下已经在骊山驾崩，于安还把消息压着，但霍光早已得到消息，正准备召集大臣议论何人可接帝位。如果不出意外，今日晚间，等皇帝驾崩的消息正式公布后，霍光就会和几个议政大臣请王叔进京。"

说话间，孟珏又栽好了一盆水仙，他淡淡地说："皇帝驾崩是迟早的事情，众人意料之内。霍光会选择昌邑王，也在很多人意料之内，都是意料之内的事情，有什么可闹腾的？"

刘询无语，的确如孟珏所说，在皇帝没有子裔的情况下，只能从皇帝的兄弟、子侄中选择。霍光不会选难以控制的广陵王，更不会自掘坟墓去选燕王的后人，唯独能选的就是势单力薄的他和荒唐昏庸的刘贺。从他们两人中挑选，霍光当然不是选择谁更适合做皇帝，而是看谁更容易控制，刘贺荒唐名声在外，为人放荡不羁，霍光自然会倾向于选一个昏君。

刘询默默坐了会儿，笑着说："王叔继位，定会重用你，我该恭喜你。"

孟珏看向刘询，微笑着说："身为臣子，我自然该效忠皇帝。"

刘询点点头，起身告辞，孟珏也未留客。

富裕驾的车是驴车，八月的马是汗血宝马，追赶富裕是一件很轻松的事情。不过为了保险起见，八月先给九月飞鸽传书，转达了孟珏的命令。太阳快落山时，八月已经追到秦岭山脉，估摸着就要赶上九月，本松了口气，可忽听到山谷中兵戈交击的声音，心中一紧，忙驭马加速。

转过几个狭窄的山道，只看上百个黑衣蒙面武士围聚成扇形，将青驴车逼在山道一角，富裕和抹茶紧守着驴车，不敢轻动。九月带人护着驴车一边，另外一边是十余个灰衣人在守护。八月看他们招式阴柔毒辣，公子又事先提醒过，猜到是宫里的宦官。

若只论武功，灰衣人明显高过黑衣武士，可黑衣武士好似早知道灰衣人的武功路数，有备而来，兵器是专门克制软剑的厚刀，而且三人一组，彼此配合，将灰衣人逐个击杀。眼看着九月手下的人也折损大半，八月忙高叫了一声暗语，通知九月救人逃跑。

云歌在厮杀声中醒来，掀开车帘，看到外面的殊死搏斗，只觉自己正在做梦，呆呆看着众人，完全不能理解发生了什么。

九月看到云歌，才明白公子为什么要他们保护驴车，回身对富裕说：“对方人太多，我们只能救云歌走。”

富裕和抹茶对视了一眼，异口同声地说：“只要姑娘能护得我家小姐安全，我们就感激不尽。”

九月探手将呆呆愣愣的云歌拽下车，富裕和抹茶没了顾忌，立即拔出兵器迎敌，掩护九月逃走。

九月一手抛出飞索，钉入山道下方的一株大树上，一手挟着云歌，借助飞索，带云歌从众人头顶上飞掠而过。

黑衣人本以为云歌已是囊中之物，不料九月忽出奇招，情急下，出手越发狠毒，不大会儿工夫，灰衣人都被杀死。黑衣人立即追向云歌，八月带人挡在山道前，阻击黑衣人的追赶。

九月口中打了个呼哨，八月带来的汗血宝马疾驰到飞索下。

松手，落马，提缰绳，一气呵成。

九月正要掉转马头离去，黑衣人将已经俘虏的富裕和抹茶推到前面，一个好像头领的人高声叫道：“云小姐，我们只要你。你忍心看着这么多人都为了你死？”

抹茶和富裕软绵绵地靠在黑衣人身上，想来筋骨都已被打断，嘴里仍硬气十足：“不用管我们！”

八月一边奋力阻拦着追赶过来的黑衣人，一边吼道：“九妹，快走！公子定会为我讨回公道！”

九月含泪点了点头，打马就走。

云歌茫然地问：“我……我怎么在这里？陵哥哥……”她回头望着抹茶和富裕，“抹茶？富裕？”

抹茶大叫：“快走！不用管……啊！”

黑衣人一掌敲在抹茶的下颚上，刀刃入嘴，只听抹茶“啊”一声惨叫，鲜血激溅，他们竟然割去了抹茶的舌头。

“啊！”

云歌惨呼中，软倒在九月怀里，九月忙加速急驰，云歌去握她的手，哭求：“停下来，停下来……”又扭头频频向后看。

九月毫不理会，一手勒住云歌的胳膊，一手驭马加速。

黑衣人冷笑连连：“云小姐好狠的心！自你进宫，抹茶就一直悉心照顾你，真是枉费了她对你的一片情义。”

说话间，刀刃飞过抹茶的脖子，鲜血喷溅！黑衣人又刻意用了些巧力，抹茶的头颅竟在空中打着转地飞向云歌。

云歌大张着嘴，却一声都发不出来，眼睛里面是恐惧的绝望。

黑衣人又抓起了富裕，挥刀想砍。

云歌突然仰头长啸，悲凄的声音在山岭中荡开。

山谷中群鸟惊起，黑衣人带来的马匹竟哀鸣着全部跪倒在地。九月座下的马虽然没跪，却嘶鸣狂跳着要把九月和云歌颠下去。

九月惊骇，这匹马是纯种的大宛汗血宝马，本就是马中极品，又是公子从小养大的，十分温驯听话，可云歌的悲音竟能让汗血宝马违背主人的命令。

“你已杀了抹茶，我日后必取你命，你若再伤富裕，我必要你后悔生到这世上。”

各种各样的咒骂早已经听多了，可云歌的哀音竟让黑衣人心中无端端地一寒，刀刃停在了富裕咽喉前，冷笑着说：“我早已说过，我们只要你，你若乖乖留下，这些人当然都不必死。”

云歌唇间低鸣，汗血宝马安静了下来，自动回头，驮着云歌和九月向黑衣人行去，九月怎么勒马都不管用。

马儿停在八月的人身后，还在厮杀的黑衣人和八月的人都停了下来，却仍握着刀剑，彼此对峙。

云歌对九月说：“放开我。”

九月看到云歌静若死水的眼睛，寒意侵骨，不自觉地就松了手。

云歌跳下马，向黑衣人走去：“放了富裕。”

黑衣人的动作快如闪电，一手将富裕抛向九月，一手把云歌抓上马，策马而去。

云歌异样地安静，没有丝毫反抗，可因为主人事先有过吩咐，黑衣人对这丫头不敢轻估，仍把备好的一颗药丸递到云歌嘴边："只是一颗迷药，让你睡一觉。"

云歌一言未发地将迷药吞下。

寒冬腊月，天寒地冻。

窗户上蒙的纱已经残破，北风一吹，冷气直往屋里钻。屋内既无火盆，也无暖炕，霍成君走进屋中，觉得和屋外没任何区别。一旁的小吏赔着笑说："地方太简陋，有污小姐。"

霍成君冷冷地看着蜷卧在榻上的云歌："我倒觉得这里的布置仍然太奢华。"

小吏立即说："是，是，小的也觉得太奢华了。"

"叫醒她！"

小吏已经揣摩清楚霍成君的意思，立即命人去打冷水，泼了一桶到云歌身上。

云歌体内的迷药在寒冷下散去了几分，身子却仍然发软，强撑着坐起，看到霍成君，也未惊讶。

霍成君微笑着，走到她身前，居高临下地看着她。云歌的双瞳中，太过淡然平静，没有霍成君想看到的恐惧、慌乱或祈求。霍成君瞅了眼小吏，小吏会意，拎着桶冷水，笑嘻嘻地走到榻旁，从云歌的头顶缓缓浇下。

云歌两日没有进食，又身中迷药，根本无力反抗，她也放弃了无谓的挣扎，既不哀求，也不唾骂，任由混着雪块的冷水当头浇下，只安静地看着霍成君，漆黑的眼睛内有种一切都没有放在心上的漠然。

霍成君为了这一日等待多时，一直畅想着云歌的落魄悲惨，临到头，却只觉自己的一腔怨恨连一点水花都未激起。看到云歌的样子，新怨旧恨都上心头，她脸上反笑得越发欢快："去找根马鞭来。"

小吏立即领命而去。

霍成君接过小吏寻来的马鞭，笑着吩咐："你们都出去。"将鞭子抖了抖，用力抽下，云歌下意识地躲避，却因身上无力，根本没有躲开，衣服应声而裂。

"这一鞭子本该多年前就抽你的！你在街上冲撞我，杀害了我的宝马，却毫无愧疚！"

又一鞭子。

“这是因为我救了你，你却恩将仇报！”

又一鞭子。

“这是因为……因为……”霍成君无法说出心上的那道伤痕，只得将羞愤化作了更狠毒的鞭打。

“这是为了我大哥挨的板子！”

“为了母亲打我的耳光！”

“这是因为刘弗陵。连我入宫，你都要和我过不去！我花费了无数心思的歌舞，却成了众人的笑柄！”

霍成君越打越急，毫不顾忌，一鞭紧接一鞭地抽打下去，心中的怒火没有丝毫消逝，反倒烧得人欲疯狂。

……

一个黑衣男子匆匆进屋，沉声说：“霍小姐，主人还要用她。”

霍成君清醒了几分，看到云歌的样子，觉得这么多日子以来从未有过地畅快，她笑对云歌说：“今日先只要你半条命，过几日再送你去和刘弗陵团聚。”

浑身血痕，卧趴在榻上的云歌身子猛地一抖。

霍成君还想再刺云歌几句，黑衣男子道：“霍小姐，这里不是您久待的地方，请回吧！被人看见，后果……”他没有再说，只做了个“请”的姿势。

霍成君明白黑衣男子说得很对，扔了马鞭，笑着离去。

起先浇的雪水已经结冰，混着云歌的鲜血，凝在榻上，如同铺了一层血水晶。云歌软软地趴在血水晶上，背上全是纵横交错的鞭痕，整个背部被打得皮开肉绽、鲜血淋漓。很难想象这么重的伤会是一个看着温柔秀美的闺阁千金打出来的。

青蛇竹儿口，黄蜂尾后针；两者皆不毒，最毒妇人心！黑衣男子摇了摇头，去探看云歌。

被打得那么狠，云歌都未发一声，男子以为云歌早已晕厥，翻过云歌身子，却看她眼睛睁着，只是目中无一丝神采。男子翻动她身子时，她的伤口又开始流血，她却没有一点儿反应。

男子对立在门口的小吏吩咐：“这里不是还关着很多女人吗？去找个女人来帮着收拾一下伤口，再拢个火盆。”

小吏冷哼：“这里是我做主，还是你做主？你没听到霍小姐刚才说什么吗？我的前程……"

黑衣男子截道："我只知道若她现在就死了，你和我都得给她陪葬。"

小吏在前程和性命之间衡量了一下，还是决定选命，嘴里骂骂咧咧地命人去找衣服、生火盆，自己去找个略懂医术的女人。

霍光要上官小妹下了一道旨意，命刘贺进京。

刘贺接到旨意的同时，也接到了孟珏的消息。

"守拙示弱，登基为要。雷霆手段，击杀刘询。"

他淡淡一笑，将孟珏的消息烧掉，命下属准备进京。

从刘贺小时就侍奉至今的近臣王吉问道："王上，容臣问句不该问的话，王爷究竟想不想进京？"

刘贺明白他意有另指，答道："现在的形势下，我能选择吗？皇后娘娘下旨征召我进京奔丧，我能不去吗？"

王吉却仍固执地问："臣只想知道王爷的本意。"

刘贺微笑着说："不知道，姑且走一步，看一步吧！"

王吉沉默了一会儿，说："臣明白了，臣下去准备了，此去……唉！"王吉长叹了口气，"臣会多命一些人随王上进京。"

他刚想走，刘贺叫住了他，一面想，一面开始点人名，王吉忙提笔记下。

刘贺一口气点了几十个人，才停了，笑眯眯地说："这些人都要带上，别的……别的就由你挑吧！不过不许超过二十人，我还要带姬妾婢女呢！人再多，就要越制了。"

王吉眼中有"朽木不堪雕"的无可奈何，却只能应诺着，退出了大殿。

刘贺目送王吉离去，脸上的笑意渐渐淡了，一阵清冷袭上心头，只觉得说不清楚的寂寥。侧头间，看到纱帘后的红衣正望着他，眼中有迷惑不解，还有着急，他忽又笑了，轻声叫："红衣！"

红衣小步过来，跪在他膝前，刚想比画，他握住了她的手："我知道你想问'为什么命那些人随行？'"

红衣点了点头。刘贺点的这几十人，有的是当年燕王放置在他身边的人，有的是上官桀安插进来的人，有的是霍光的人，还有的是广陵王的人，反正不是这个人的探子，就是那个人的暗哨。

"我带他们去自然有我带他们的用意，我不想多带自己的人也自然有我的想法，此行风险很大，我舍不得拿自己人去冒险，只好请他们这些神神鬼鬼陪我玩一场了。”

红衣想了一会儿，仍然不明白，不过既知道这是公子的有意安排，就不再多问，只甜甜一笑，指了指自己。

“你也要随去？”刘贺温和却坚定地摇了摇头，“不，你留在这里等我回来，等我摆脱了长安的事情后，我再带你出去玩。”

红衣着急，刚想比画请求，刘贺把她拖坐到榻上，头枕着她的腿：“让我休息一会儿，过会儿还有很多事情要忙。”语声中有浓浓的倦意。

红衣眼中有怜惜，关于自己的一切都立即变得不再重要，重要的是他现在累了。

她轻轻替刘贺取下发冠，把头发散开，让他能睡得更舒适。

刘贺带着二百多人，浩浩荡荡地上了路。

此行虽然带了不少婢女，却都不是从小服侍他的人，刘贺也就没指望路途上能有多舒适。可说来奇怪，一路上，想吃什么、想用什么，总是未等他开口，一切就已经备好。刚开始，因为心中有事，他还未多想，只以为是婢女乖巧，还重重赏赐了她们，后来却渐渐留意起来。

一日清晨，起来后发现婢女拿来的衣袍恰是他今天想穿的，端上来的早饭也恰是他今天想吃的重口味，心里突地反应过来。这世上，还能有谁做到这一步？胸中有怒，却也有一阵一阵莫名的牵动。

刘贺坐到了案前，夹了一筷子菜后，笑着问：“这些都是你做的？”

婢女想着又有赏赐了，兴高采烈地说：“是。”

刘贺微笑着又问了一遍：“这些都是你做的？”

婢女的声音有一瞬犹疑：“是。”

“这些都是你做的？”

婢女的声音已如蚊蚋：“是……”

刘贺依旧笑着：“我只再问最后一遍，这些是你做的？”

婢女立即软跪在了地上：“奴婢知错！奴婢该死！奴婢不该鬼迷心窍……”

刘贺已经再无心情听她求饶，对着外面高声说：“红衣，你还不进来领罪？要让我下令斩了她们吗？”

穿着侍卫装束的红衣掀帘而进，跪到刘贺面前，脸上既无抱歉，也无害怕，只有一股隐隐的倔强。

刘贺看了她一会儿，原本责骂的话全都没了，挥手让仍在磕头的婢女退下，又对红衣说：“你先起来。”

红衣跪着不动。

刘贺知道她想让自己先答应她留下，心头火起，没理会她，自顾自地开始吃饭，一顿饭吃完了，红衣仍一动不动地跪在地上。刘贺想起她小时候被罚跪在沙砾上的情景，才八九岁的小姑娘，跪了一日一夜，膝头皮开肉绽，仍沉默着一个字不肯说。

他想着进京后，把红衣安置在宫外的驿馆，与其他人分开，即使发生什么，也牵扯不到红衣。他无声地嘘了口气，板着脸说：“我要喝茶！”

红衣听到他冷冰冰的话语，却一下笑了，从地上跳起，兴冲冲地就要去煮茶。

“站住，你先去把衣服换了，看得人伤眼！”

红衣笑着连连点头，高高兴兴地去了。

刘贺看到她的样子，摇着头，喃喃自语道：“我算哪门子藩王？竟老是被一个丫头逼得退让！”

刘询曾是江湖游侠的首领，手下多能人异士，刘贺本以为进京的路程不会太平，却不料一点阻碍未遇到，顺利得不能再顺利地就到了长安。手下的人都兴高采烈，刘贺却高兴不起来。刘询敢让他进长安，肯定是有所布置，再想起刘弗陵临终前和他说的话，他只觉心灰意冷、意兴阑珊。

刘贺到长安时，霍光和诸位大臣出城迎接。

虽然众人心中都明白霍光的意思，可因为还没正式登基，所以仍然按藩王的礼仪迎接，都未敢逾矩。

刘贺来的一路上，又闹了不少荒唐事，每经过一地，听闻当地有什么好玩的东西，必要搜刮了去；有什么好吃的，也必要给他献上，惹得百姓唾骂昌邑王是蝗虫。

朝内群臣叹息，霍光却很满意，越发定了立刘贺为帝的心，不过表面上仍然态度含糊，只由御史大夫田广明主持所有事务。

长安城内的禁军、羽林营都是霍家的人，还有关中大军的后援，一声令下，十万大军一日内就可以赶到长安。霍光觉得所有事情都尽在掌握，只需按部就班，遵照礼仪让刘贺登基；等刘贺登基后，朝务就全在他手，隐忍多年的理想，也似看到了实现的一天。

可天不从人愿，事情开始一点点地偏离他所预计的方向。

首先是国玺、兵符失踪。

他派人搜遍未央宫、骊山，所有可疑的人也都一一查过，却怎么都找不到国玺、兵符。

没有国玺，皇帝登基时，如何发布昭告天下的诏书？没有兵符，如何调遣天下兵马？

刘弗陵信任的人也就那么几个，一个个排除后，霍光推测国玺和兵符应该是被失踪的云歌拿走，立即下令不惜一切代价找出云歌。

云歌的事情还没有解决，又一个不好的消息传来。

匈奴的右谷蠡王出兵，试探性地袭击关中地区。

霍光在战与不战之间犹豫。不战，后果难测，如果匈奴得了甜头，很有可能集结大军发起进攻；可应战的话，关中大军就会被匈奴的兵力拖住，万一长安有变，肯定不能迅速赶回。

霍光还没有决定是否应战，乌孙又传噩耗。

当年为了分化西域，阻挡匈奴，武帝刘彻送楚王刘戊的孙女解忧公主和亲乌孙。

解忧公主是一位极有胆魄计谋的女子。自她去了乌孙，说服乌孙国王与汉朝交好，联合周边的西域各国，共挡匈奴，替汉朝化解了很多来自匈奴的威胁。

近日，乌孙国王翁归靡病逝，匈奴联合西羌趁机进攻乌孙，势如破竹，吞并了恶师、车延。乌孙国内对汉朝一直不满的贵族势力推举了有匈奴血统的新王，打算先杀解忧公主，再向匈奴投诚。

解忧公主带着儿子、女儿，率领忠于先王的军队和新王的军队苦苦周旋，派人送信给汉朝，请求汉朝出兵助她。

解忧公主还不知道刘弗陵已经驾崩，所以求救的信是写给皇帝刘弗陵的。

霍光看到解忧公主的信时，神情怔怔。

解忧自从离开汉朝，三十年都未有只言片语，以她的刚烈性格，若非事关百姓的性命，她绝不会开口求助。

霍光那边愁眉不展，刘询却是喜得击掌长叹：“天助我也！”翁归靡真死得太恰到好处！

他对李远又赞又忌，此人年纪只比他略大，行事却如此老练、稳妥。天时、地利、人和，全被他用尽了！幸亏此人虽算不上友，却绝不是敌。

霍光此时只有两条路可走：一、速战速决，尽快解决新帝的事情，因为只有新帝登基，才有可能发兵救助解忧公主；二、不理会解忧公主的生死，放弃乌孙，一意和朝中反对刘贺登基的势力周旋，直到刘贺登基。可是，放弃乌孙，就意味着放弃汉朝在西域几十年的经营，也意味着放弃了西北边疆汉朝子民的性命，任由匈奴、羌族长驱直入。

何小七问：“侯爷觉得霍光会选择哪条路？”

刘询淡淡说：“霍光是权臣，并非奸臣。对皇帝而言，他不算好臣子，可对百姓而言，霍光是好官。他在朝为官三十多载，没有做过一丝一毫对不起天下百姓的事情，刘弗陵的每一次改革，他都力排众议，全力支持，没有霍光的支持，汉朝说不定早成为另一个秦朝。西域绝对不能放弃，否则对汉朝的危害有多大，霍光比任何人都清楚，更何况解忧公主并非一般拿去滥竽充数的女子，她是宗室公主，霍光若不救她，那些藩王正愁找不到霍光的碴儿。”

何小七道：“我打听到，当年送解忧公主出塞和亲的人是霍光和李陵，如今李远利用解忧公主逼迫霍光，事情未免有些凑巧，我怕此人别有用心。”

刘询冷笑：“本来就是彼此利用，我达到我的目的就可以了。”

仆人禀告“张贺来访”，何小七行礼退下。

刘询和张贺聊了几句别的事情，装作无意地问起霍光和李陵。

张贺对李陵似极其敬佩，虽然李陵早已是匈奴的王爷，他提到时仍不肯轻慢：“……李陵是飞将军李广的孙子，霍光是骠骑将军霍去病的弟弟，两人都身世不凡，当年都只十七八的年纪，相貌英俊，文才武功又出众，极得先皇看重，当时长安城里多少女子……”张贺嘿嘿一笑，有些不好意思，“我看我年纪真大了，竟扯起这些有的没的事情来。”

刘询笑道：“人不风流枉少年！伯伯乃孝武皇帝重臣的长公子，当年风华正茂，想必也是长安城里的风流公子。”

“我和别人比还成，和他们两个不能比。痴长他们许多岁，却还只是个小吏，他们都是先帝近臣，出入宫禁，如自家府邸，这些人的事情离我很远，知道的不多。”张贺叹了口气，无限唏嘘，“唉！人生起伏，谁能想到？这两个长安城里最出类拔萃的人，一个后来竟娶了匈奴公主，当了匈奴的王爷，手中重兵在握；一个在汉朝只手遮天，权倾朝野……”张贺的言语间，流露着如果李陵未走，也许汉朝的格局就不是现在的格局，霍光也不会无人牵制。

刘询看问不出什么重要消息，转移了话题，开始商议正事，对张贺说：“我会设法让广陵王给霍光一点压力，张将军那边……”

张贺点头，表示明白：“侯爷放心，形势未明之前，我弟弟绝对不敢帮霍光。我已经和他撂狠话了，他是个精明人，自会衡量。只是，广陵王刚愎自用，如何让他按侯爷心意行事？”

“我自有办法，你只管等结果就行了。”

赵充国恰好进来，听到刘询的话，笑道：“侯爷终于有动作了，我们看侯爷一直不发话，心都悬得老高！”

刘询忙站起来，亲自迎他：“将军来得正好，将军一直屯兵西北，我正想问问将军，西域乌孙的事情怎么办。”

赵充国闻言，愣了一愣，对刘询立即生了几分敬重。这个节骨眼儿上，未心心念念只盯着帝位，还操心着乌孙的事情，这个新主子志向可绝对不低！

“乌孙的事情，说难很难，说好解决也很好解决，只要有皇帝圣旨，命臣发兵，臣有信心帮解忧公主打退叛军。”

刘询却有更深一层的担忧：“乌孙国的内战看上去是保守势力和革新势力的斗争，其实是游牧民族和农耕民族的斗争，是匈奴、羌族和我朝的斗争。叛军背后是匈奴和羌人，如今朝政不稳，我朝还没有能力和匈奴、羌族正面开战。即使叛军失败了，可乌孙国内的匈奴、羌族势力仍然存在，解忧公主能不能顺利掌控乌孙仍很难说。”

赵充国呵呵笑起来：“侯爷没有见过解忧公主，所以有此忧虑。她不是一般女子，只要乌孙国内形势安定，再有我们在后面给她一定帮助，她肯定有办法渡过这个难关，将乌孙国内的匈奴和羌族势力压制下去。”

刘询拍了下桌子，踌躇满志地说：“好！那我们就尽全力帮解忧公主登上乌孙太后的宝座。”

张贺笑着提醒：“要自己先登基，才能谈帮助别人登基。”

赵充国点头。

刘询大笑："放心，我没有忘。就要拜托赵将军了。"刘询向赵充国抱手为礼，"麻烦将军联系一切能联系的力量，开始公开反对刘贺登基，不管霍光用什么办法逼迫都寸步不让，即使他想调动军队开打，那你就准备好打！反正一句话，气势上绝对不能弱过他！"

赵充国有着军人的特点。他毫不忧虑这些：打？如何打？即使他手握西北大军，可粮草呢？后勤如何补给？又该用什么名目发兵？如何向天下人交代？

他只接受命令，执行命令，绝不质疑命令："下官立即去准备。"向刘询行了一礼，匆匆离去。

令霍光头疼的事情还没有解决，广陵王不知道从哪里听了一些风言风语，嚷嚷着说，刘弗陵正当盛年，去世太突然，只怕朝中有奸佞，要求进京护灵，并开始集结广陵国的兵力。

霍光去找张安世商议此事，希望加重广陵国附近的驻兵，命他们严守关卡，绝不能让广陵王离开封国，否则其他宗室藩王有样学样，都要求进京，天下会大乱的。

张安世的回答让霍光很无奈。

"调兵的事情，我只受命于皇帝，只听命于兵符。"

隐藏的回答就是霍光不能让他随意调动兵力，若想让他和广陵王开战，请拿皇帝的圣旨来，请拿兵符来！

霍光心中一横，决定不管国玺、兵符，先让刘贺登基，这样至少可以让刘贺用皇帝的名义下旨，可是没想到这竟然遭到不少重臣的强烈反对，赵充国甚至在大殿上拔刀相对，大声呵斥御史大夫田广明，责骂他是奸臣贼子，想选个昏君来误国。一些中间派看到有了如此强烈的反对意见，立即都缩了脑袋，支支吾吾地再不肯明确表态，尤其是丞相杨敞，为了避开锋芒，居然连装病的花招都使了出来。

朝中势力僵持不下，短时间内，霍光没有任何办法让众人都同意刘贺登基。

朝中官员的争斗一触即发，一个不小心，甚至会变成遍及天下的战争，可刘贺这个引发争执的人却对此毫不关心，整日在未央宫内花天酒地，甚至在刘弗陵灵柩前饮酒、唱歌，惹得大臣纷纷暗斥。

民间开始有一些乱七八糟的流言，影射霍光选择刘贺这个昏君，是为了日后篡位登基，甚至开始有童谣传唱：“真龙沉，假龙升。雨点大，乱帝畿。”

霍光忧虑渐重，找到刘贺，语带警告地说了几句，不想刘贺醉眼蒙眬，一副混混沌沌的惫懒样子，气得霍光甩袖而去。

匈奴，西域，羌人，乌孙，广陵王，还有朝廷内涌动着的暗流。

国一日无君，一日百事不兴。

霍光头疼万分。

霍成君推开书房的门，看父亲盯着墙上的弯刀怔怔出神。

“爹？”

霍光立即把手中的信收了起来：“成君，有事吗？”

霍成君走到霍光身后，帮霍光捶着肩膀：“爹，自皇帝驾崩，你就没怎么休息过，今天早点休息吧！”

霍光疲惫中涌出了无力感：“人算总是不如天算！乌孙的国王早不去世，晚不去世，偏偏赶在了这个节骨眼儿去世。”

霍成君道：“爹爹，不要太过焦虑。只要新帝登基，父亲通过他将政令颁布，一切都会好起来的。”

“我一直没想明白国玺和兵符去了哪里，云歌若身藏国玺、兵符，她应该要用国玺和兵符为皇帝办事，不会远离长安，可直到现在她仍然不露面，皇帝到底在想什么？”

霍成君想了会儿说：“爹，你有没有觉得皇帝挺奇怪的，他为什么没有颁布旨意，指定是谁接位？”

霍光不说话，这个问题他也想过，甚至暗中做过准备，打算用雷霆手段应付一切，可刘弗陵无旨意，所有的计划骤然都落了空，这个刘弗陵从来不按棋理落子！

“爹，你觉得皇帝属意的人是谁？”

“现在看来，应该是刘询。如果是刘贺，赵充国就不会一直反对刘贺登基，国玺和兵符也不会一直失踪。哎！”霍光长叹，“都是当年一念之仁，否则今日就不必……”

霍成君不解，仔细想了会儿，试探着说：“爹爹的意思是爹一直知道刘询。”

霍光冷哼：“若不是我，你以为只靠卫太子的旧臣就能避开所有追杀他们的人？若不是我肯定地告诉上官桀刘询已死，刘询后来能在长安城外做刘病已？”

霍成君小心地问：“爹爹打算怎么办？要不要设法把刘询抓起来，问出国玺和兵符的下落。”

霍光摇头：“不会在他那里。刘询若有兵符，长安城怎么还会是如今的僵持局面？”霍光一边思索，一边说，“我大概一开始就想错了，我一直以为皇帝一定会选刘询。可也许对皇帝而言，刘询和刘贺是有差别，但是差别并没有大到用天下万民的性命去争，就如我们霍家看待这两人，不管谁登基，都有利有弊，没有任何一个人好到值得我们霍家为他全力以赴、誓死扶持。皇帝应该只是一个倾向，因为害怕兵祸，所以并没有孤注一掷选择谁，他也许预留了一个时间，等谁占了上风，他就选择谁。”

霍成君说：“那我们就慢慢等，现在仍是父亲占上风，到了皇帝定的日期，云歌自然会出现，交出国玺、兵符。”

霍光叹气：“皇帝驾崩前一定未料到有今日的局面，否则以他的性格，绝不会如此做，我朝在西域花费了近百年的心血才有今日，不能功亏一篑！我等得起，可汉家江山等不起！西北的百姓也等不起！”

霍成君呼吸一滞：“父亲的意思是要让刘贺立即登基？只怕不容易……”

霍光摇头，微笑着说：“爹本想给你挑个英俊夫婿，可……唉！刘询虽长得不如刘贺，不过更容易让你做皇后。”

霍成君早羞红了脸，捶着霍光嚷：“爹，人家陪着您聊正经事情，爹却拿女儿打趣！我才不管谁做皇帝呢！”

霍光决心既定，一切就不再成问题，轻松了许多。

霍成君坐到霍光身侧：“那刘贺怎么办？虽然没有正式登基，可很多人已当他是皇帝了。”

霍光皱眉思索，很久后，才道：“我还是看走眼了。能让刘弗陵考虑将江山交付的人，绝对不是个荒唐人！”他立刘贺，又废刘贺，刘贺必定会对他不满。刘贺身边的人也不能再留，既然决定了除草，就务必要除尽，否则不知道什么时候它又长了出来，最后打蛇人反被蛇咬。

听到外面仆人禀告“大司农田延年到了”，霍光对霍成君说：“你回去吧！这些事情爹自会处理，你安心等着进宫做皇后就行了。”

霍成君红着脸，轻应了声“是”，起身离去。

深夜。

霍禹已经睡下，却又被人叫醒，说霍光要见他。

霍禹知道必有不同寻常的事情发生，不敢迟疑，忙赶着来见霍光。霍光命他明日一早就拉刘贺去上林苑游玩，无论发生任何事情，都不能让刘贺离开上林苑。霍禹忙应“是”，转身想走，霍光又叫住了他，凝视着他说：“爹平常对你严厉了些，只因为霍家满门将来都要倚靠你，你能明白爹的苦心吗？”

霍禹看着父亲迅速苍老的面容，斑白的头发，心中一酸，以往对父亲的愤怨全散了：“都是儿子不争气。”

霍光微笑着说：“明日的事情不可走漏风声，你一定要做到。”

霍禹跪了下来，定声说：“爹放心，儿子虽然有时候有些荒唐，要紧的事情却不敢糊涂，明日儿子一定会把刘贺留在上林苑。”

霍光又命人一一传了霍云、霍山、范明友来，细细叮嘱，等所有事情安排妥当，东边已露了鱼肚白。

清晨。

大司农田延年当庭奏本，陈述刘贺荒唐，说到刘贺竟然在刘弗陵棺柩前饮酒吃肉时，他伤心欲绝、痛哭失声，不少臣子想到刘弗陵在时的气象，再看看如今朝堂的混乱，也跟着哭起来，一时间，大殿里哭声一片。

田延年哭着对霍光说：“昔日伊尹当商朝宰相时，为了商汤天下，不计个人得失，废了太甲，后世不仅不怪他，反而皆称其忠。将军今日若能如此，亦是汉之伊尹也！”

霍光踌躇着说：“以臣废君，终是有违臣道！”

田延年哭说：“将军不敢做主，可以请太后娘娘做主。”

众人都齐齐说好，隽不疑也进言说：“大司农说得很有道理，我们不妨请太后选择贤人。”

霍光只能答应。

汉朝太后的起居宫殿是长乐宫，可因为刘弗陵刚驾崩，刘贺还未正式登基，所以上官小妹仍住在椒房殿。

小妹听完众人来意，惊惧不安，望着霍光，迟迟不肯说话，霍光诚恳地说：“太后有什么想法尽管告诉臣等。”

小妹怯怯地问："不知道大将军觉得谁是贤人，足担社稷？"

霍光扫了眼田延年，田延年奏道："卫太子的长孙刘询，先皇曾多次夸赞过他，说他'可堪重用'。"

霍光点头："臣也记得先皇说过这话。"

小妹眼中突地有了泪水："本宫也听过，好像是去年除夕夜当着各国使节说的。"

众位臣子都一边回忆，一边颔首。

霍光问："那太后的意思……"

小妹道："众位爱卿都是我大汉的栋梁，若各位觉得刘询是贤者，本宫就颁布旨意，废除刘贺，迎立刘询。"

赵充国立即跪下，一面磕头，一面大声说："太皇太后英明！"

霍光、田延年、隽不疑也跪了下来，纷纷口呼"太皇太后英明"。

杨敞看到僵持的两方已经意见一致，也忙跪倒，大呼："太皇太后圣明。"

所有大臣纷纷叩拜，小妹任由他们叩头，眼睛凝望着前方，却毫无落点，只有一片蒙蒙雾气。

雾气中浮现着他的淡淡笑意。

她握着他的手。

他说："我信你。"

至此，百官在迎立新君一事上，终于意见一致。

六顺看到霍光率领朝廷重臣来见上官小妹，却无霍禹、范明友、邓广汉几人，想到当年公主家宴的情景，心中"咯噔"了一下，忙命手下的小宦官设法把消息传递出去。

刘贺一大早就去了上林苑打猎游玩，住在驿馆的红衣接到六顺的消息，立即去寻刘贺，可整个上林苑外都有重兵驻守，根本无路可入。

红衣自小在王府中长大，宫廷风波看过的、听过的已多，见到今日的场面，遍体生寒，想着刘贺生死未卜，心下一横，决定无论如何也要见到他。

可是如何进去呢？

上林苑占地宽广，从孝武皇帝刘彻开始，就是皇家禁地。武帝末年，土地流失严重，加上天灾人祸，很多农民无地可种，他们看上林苑附近的山坡水草肥美，虽知是皇家禁地，可走投无路下，仍偷偷在上林苑放牧。刘彻知道后，下令杀过几次违命者。但不放牧是饿死，放牧却还可以多活几天，所以仍有农民来此，竟是杀之不绝。刘弗陵登基后，听闻此事，下令禁止诛杀牧者，朝臣反对，刘弗陵只淡淡说："天下治，民自归。吾等过，民犯险。"朝臣讷讷不能语。

后来，牧者发觉兵士只会偶尔来驱赶，却不会真正逮捕他们，胆子渐大，来此放牧的人越来越多，皇家禁苑不见珍禽异兽，反而常闻牛哞羊咩，也算一大奇景。再后来，随着刘弗陵的执政，来此放牧的人越来越少，但仍会有好奇、贪玩或偷懒的牧童来此放牛，只要不太靠近兵营驻扎区，士兵也就睁一只眼、闭一只眼，由他们去。

上林苑渐渐变成了一处极奇怪的地方，虽是皇家禁苑，却可在外围的山坡上偶见牛羊。

红衣所立之处，恰是一面山坡，当她看到远处的牛群时，计上心头。

连比带画中，她用重金将所有牛买下，又请放牛人在牛尾上绑上麻绳，把牛驱赶到上林苑附近的山坡上。

放牛人知道此处是军队驻扎的禁区，但禁不住重金相诱，又看红衣一个娇滴滴的弱女子，不像能闹出什么事情的坏人，所以依言照做。

羽林营是令匈奴都胆寒的虎狼师，今日她却要孤身一人闯此龙潭虎穴，不是没有怕，但……

红衣深吸了口气，毅然将牛尾上的麻绳全部点燃。

火烧屁股，上百头牛立即狂性大发，扬蹄朝上林苑冲去，大地都似乎在轻颤。

遇见疯牛连虎豹都会退让三分，上百头疯牛的威力可想而知。上林苑外的士兵猝不及防间，被牛群冲散。

漫天烟尘中，众人只看一个女子一身红衣，手持长剑，尾随在牛群后，飘然而入，身姿曼妙。

羽林营不愧是声震天下的虎狼之师，在短暂的惊慌后，立即镇定下来。有人持铁盾上前，结队驱赶牛群；有人挽弓射牛，每箭必中牛脖；还有人负责追捕红衣。

追捕的士兵高叫："兵营重地，擅闯者，格杀勿论！立即止步，也许还可保得一命。"

红衣充耳不闻，身形不见停，反倒更快。

她在树林、溪流、屋宇间飞掠而过，游目搜索着刘贺，身后的羽箭绵绵不绝，红衣只能闻音闪避。

一路飞纵，终于看到远处校场上的刘贺。他正搭弓射靶，身形挺拔，姿容俊美，仿若画中人，校场四周发出雷鸣般的喝彩声。

守在校场外的士兵看到红衣，立即围堵过来。

红衣心内焦急万分。如果她能说话，此时也许只需要一声大吼，可她一声都发不了，只能迎着密密麻麻的刀刃继续向前。

挽起清冷的剑花，以纤弱之姿，迎滔天巨浪。

每前进一步，都有鲜血飘落。红衣不知道这些鲜血是她的，还是别人的，她唯一知道的，就是不管多艰难，她都一定要见到他。

渐渐接近校场，人群中越来越多的人听到兵戈声，纷纷回头看。

只看一袭灿若朝霞的红影，在漫天的刀光剑影中飘飞。

每一次都觉得那红色云霞会被绞碎，可她就如疾风中的劲草，每一次的折腰后，却又坚韧地站起。

刘贺正引弓欲射，看到众人的异样表情，笑着回头，恰看见一线寒芒堪堪从红衣裙边划过，心神剧颤，立即喝叫："住手！"

霍禹却不出声，羽林士兵也就对这个未登基皇帝的命令置若罔闻。红衣在刀光剑影中苦觅生机。

突然，刘贺将手中的弓箭对准了霍禹："立即命他们住手。"

校场一片寂静，所有人都似屏住了呼吸。

兵器相撞的声音，仍持续不断地从校场外传来，寂静中显得十分刺耳，令所有人心惊肉跳。

只见刘贺脸上往日的嬉笑不羁荡然无存，眼内锋芒凌厉。有人偷偷想拔刀，刘贺随意踢起地上的一只羽箭，好似看都没有看，却正中那人心口，武功之高让霍禹震惊。

他冷声问霍禹："我能当场杀了你，可你有胆弑君吗？"

霍禹有了惧怕，忙跪下："臣不知道这女子是王上的人。"扭头下令，"住手！都住手！"

所有士兵立即收起兵器退开。

红衣向刘贺走去，刚走了两步，忽想起他最讨厌女子的残忍杀戮，立即将手中的长剑扔掉。

刘贺看到红衣无事，一颗悬着的心，才回到了原处。

刚才看到刀剑丛中的红衣时，只觉刺向红衣的每一剑都在刺向自己，居然如得了失心疯般，想都没有想就把箭对准了霍禹。只要霍禹不下令，即使明知道霍禹是霍光唯一的儿子，他也会不管后果地射杀霍禹。

红衣走到刘贺面前，柔柔地笑着，一边笑着，一边向他打手势。

刘贺脸色越来越凝重，一个旋身，如大鸟一般飞扑霍禹。

霍禹想闪，侍卫想救，却看刘贺如入无人之地，所有碰到他掌锋的人，声都未发，就一个接一个地倒在了地上。

霍禹在刘贺手下才走了四五招，就被刘贺擒住。

刘贺的一连串动作兔起鹘落，迅疾如电，等羽林士兵围过来时，霍禹已经在刘贺的手中，众人都不敢再轻动。

如老鹰提小鸡，刘贺拎起霍禹，将他丢给身后的亲随："用他开路，立即回未央宫，命令所有人，不管发生什么，都不许反抗，一切等我吩咐。"

随从抓着霍禹迅速离去。

刘贺看随从走了，扫了眼周围持刀戈的士兵，笑起来，丝毫未将他们放在眼中，一面向前走，一面去搂红衣："靠在我身上休息会儿，我倒要看看谁敢动我。"

红衣温柔地凝视着刘贺，唇边的笑意柔得如同江南春雨。

她握住了刘贺的手，身子却软软地向地上滑去。

刘贺这才发觉，红衣后背鲜血淋漓，只因为她穿着红色衣裳，所以一直看不出来她已受伤。

刘贺一把抱住了她，脸上平静的笑全部消失，换上了慌乱，对着周围的士兵吼叫："去传太医！"

士兵没有动，刘贺的声音如寒冰："我一日姓刘，就一日能将你们抄家灭族！"

士兵不见得畏惧个人生死，可是家人却是他们的软肋，立即有人跑着去找太医。

红衣感觉体内的温暖一点点在流失，她有很多话要告诉刘贺，可手上再无力气，在空中勉力比画了下，却画不出一句完整的话。

刘贺努力去按她的伤口：“红衣，你要服侍我一辈子的，不许你逃走！”

她张了张嘴，想将多年的心事告诉他，可心中的千言万语，到了嘴边，只有几声喑哑的“呜”“呜”“呀”“呀”。

她眼中有泪，脸上却仍然笑着，因为公子说过最喜欢看她的笑颜，她已经没有了声音，不能再没有笑容。

“红衣，红衣，再坚持一会儿，太医马上就到！”

她摸索着去解腰上的穗结，刘贺一把将穗结扯下，按着她的手说：“不许再乱动！”

她的手簌簌直颤，伸手去握他的手，想让他握住那个绳穗。

刘贺却以为她想要绳穗，把绳穗用力塞到她手里，很生气地吼道：“我让你不要再乱动！”她每动一下，血就流得更急。

红衣伸着手，想将绳穗递给他。

她眼中泪光闪动，却仍努力地笑着。

周围的一切都已淡去，她似乎又回到了昌邑王府，彼此日日相伴、朝夕相处的日子。

不过四五岁大，她就进了王府做奴婢，接受嬷嬷的调教。

不管相貌，还是心思，都算不得出众的人儿，可因为生了一副好歌喉，他把她要到了身边，日日命她唱歌给他听。

那一年，她八岁，正是满树梨花压雪白的季节，她穿着红色的衣裙，躲在树下练歌……

红衣嫣然一笑，合目而逝。

刚伸出一半的手，猛然坠落，那个绳穗飘飘摇摇地跌入了尘土中。

刘贺如遭雷击，只觉得胸内有个地方猛地炸裂，千万碎裂的粉齑中有刺骨的疼痛，痛得整个人如要散掉。他觉得慌乱恐惧，枪林箭雨、生死一线间都不曾有过这样陌生的感觉，陌生得他根本不知道自己为什么会如此。

他紧紧地搂着红衣，想用自己的身体温暖她，留住她渐渐流逝的体温，脸贴着她的脸颊，低声说："我早和你说过的，你的卖身契是死契，是王府的终身奴婢，永生永世不能离开。"

红衣眼中的泪此时才缓缓沿着脸颊掉落，无声无息地坠入了尘土中，唇畔却依旧笑意盈盈。

第四章

[YUN ZHONG GE]

血染同心缕，泪洒长命花

刘弗陵驾崩后的第二十六日，大将军霍光领上官皇太后口谕，下旨拘禁刘贺，又命范明友带禁军拘拿随刘贺进京的昌邑国臣子。

霍光头一天晚上给范明友的命令是：表面拘拿，实则斩杀。因为事出意外，昌邑国臣子肯定不会束手就擒，一定会反抗，范明友就可借机用“抗旨”的罪名将所有人诛杀。可似乎走漏了消息，范明友赶到时，竟像刘贺事先下过命令般，无论禁军如何挑衅，所有人都不出一言、俯首帖耳。范明友无错可挑，不能借机发难，只能将刘贺的臣子先拘押起来。

刘弗陵驾崩后的第二十七日，上官皇太后下诏，废刘贺，立刘询。

刘询入宫祭拜刘弗陵棺柩，认刘弗陵为祖父，称自己为刘弗陵嗣孙，又去叩见上官太皇太后，认上官小妹为祖母。

行完大礼后，上官太皇太后赐刘询清茶，六顺借着奉茶的机会，低着头小声问："侯爷，可要更衣？"

刘询微愣一下，不动声色地接过茶，弯身叩谢上官太皇太后。等饮了几口茶，刘询向上官太皇太后告退，言道内急需去更衣，出了殿门，一个鹅蛋脸、模样端正的侍女微笑着上前行礼："奴婢橙儿，服侍侯爷去尚衣轩。"

刘询点了点头，沉默地随在橙儿身后。一路行去，竟真进了更衣的尚衣轩中，橙儿请刘询坐："侯爷稍坐，奴婢去准备薰香。"

刘询坐到香榻上，心中全是不解，上官小妹究竟想干什么？脑中忽闪过《史记》中的句子："帝起更衣，子夫侍尚衣轩中，得幸！"他只觉得眼前的一幕无比熟悉，不禁哑然失笑，平阳公主用卫子夫讨好、拉拢刘彻，前提是"讴者进，帝独悦子夫"。上官小妹若想用平阳公主的计策为将来铺路，未免太小看了他。可是……现在能得罪上官太皇太后吗？能不接受对方的示好吗？

突然间，他有几分顿悟刘彻当年的"急色"了。色非色，幸非幸，刘彻幸的是卫子夫，其实传递的是他愿意接受平阳公主的效忠，这是一种无声的结盟仪式，表示从此后，在陈皇后家族外，他接受了平阳公主的势力。如果当时，刘彻拒绝了平阳公主，没有临幸卫子夫，后来的朝堂局势会如何？平阳公主在未摸准刘彻的心思前，一定不敢对抗陈氏家族，那么也就不会有后来的一切。

橙儿捧着薰香、净手用具进来，刘询唇角抿着丝淡笑看着她。

她深埋着头，捧着香木盘，将手巾送到刘询面前，小声说："侯爷，请净手。"

刘询没有动，橙儿有些窘迫，只得自己将手巾掀开一角。

刘询瞥到手巾下的国玺时，双眼突地瞪圆，吃惊地看向橙儿，橙儿看到他的样子，反倒镇定下来，微笑着说："奴婢奉太皇太后之命，将它们赐给侯爷。"

刘询张了张嘴，却嗓子发干，说不出话来。

橙儿将木盘放到刘询身边，行礼告退："侯爷请便，奴婢在外面候着。"

刘询紧紧地握着国玺，心内最后的一点儿担忧终于消失，本该高兴，却感到莫名地难受，眼前浮现的竟是刘弗陵的音容样貌。

他深夜莅临寒屋，从此自己的命运改变；他赐自己官职，封自己为王侯；他手把手地教自己诏书格式，何种诏书该盖何种印鉴，他将自己作为一个皇子缺失的课程全给补了回来；他教自己如何驾驭朝臣；他站在汉家地图前，徐徐而谈……

当刘询更衣返来时，上官小妹颇有倦容，命他和随行官员都回去。

刘询向上官小妹跪下，连磕了三个头，真心诚意地说："太皇太后，皇孙定会恪尽孝道。"

上官小妹微微而笑，十分客气地说："哀家早已经习惯一个人守着一座宫殿了，不喜欢打扰人，也不喜欢被人打扰，移居长乐宫后，你也不必日日来拜见，把江山治理好，就是你的孝顺。"

刘询自然满口应诺。

出了椒房殿，刘询说想一个人走走，众位官员立即都识相地向他告退。

不一会儿，偌大的宫殿就好似只剩了刘询一人。

碧蓝的天空，当中高悬一轮圆日，普照着大地，阳光强烈，映得人眼花，刘询未闪避，反迎着阳光边走边审视着周围的宫墙殿梁。从此后，这里全部属于他了！

他朝宣室殿行去，对赶来迎接他的七喜吩咐："召孟珏觐见。"

孟珏奉诏而来，一进入宣室殿，就看到坐在龙榻上的刘询。记得上一次进宣室殿时，龙榻上还坐着另外一个人。他微微笑着，向刘询行跪拜大礼，刘询等他磕完头后，才说道："你是朕贫贱时的故交，何必如此多礼？"

孟珏恭敬地说："陛下是九五之尊，君臣之礼绝不可废。"

"朕能坐到这里，还要多谢你。若无你的人帮朕鼓动广陵王进京，霍光只怕不会这么快决定，也要多谢你这二十多日，一直待在府中养花弄草。"

"陛下能有今日，是陛下雄才伟略，臣并无丝毫功劳。"

刘询笑道："从今往后，朕的一举一动都会受人关注，若众人发现朕的妻儿竟已失踪二十多日，定会诧异询问。孟爱卿有什么高见？"

孟珏淡淡地笑着："云歌平安，许平君和刘奭自然也平安。"

刘询沉默了一瞬，说："其实你根本不必用平君和虎儿来威胁我，我不会伤害云歌，无奈之举只为让你老实待在家里，确保你不会干扰我的计划，我会尽快放了她。"

"多谢陛下隆恩。"孟珏磕头，"臣还想求陛下一件事情，容臣见罪臣刘贺一面。"

"他在霍光手中。"

"所以臣来求陛下，给臣一个恩典。"

刘询面露为难之色："朕尽力吧！"

孟珏又磕了个头后，退出了宣室殿。

刘询一个人坐了会儿，起身向外行去。

七喜和两个小宦官忙匆匆跟上。

刘询一路默走，越行越偏。因为他并未穿龙袍，除了宣室殿、椒房殿这些大殿内值役的人外，大部分的宫女、宦官都不认识他，迎面而过时，纷纷给七喜请安，对刘询反倒不理不睬。七喜几次想要点破，都被刘询的眼色阻止，只能忐忑不安地小心跟随。

青砖铺就的地面已经高低不平，杂草从残破的砖缝中长出，高处没过人膝。廊柱栏杆的本来色彩早已看不出，偶尔残留的黑、红二色，更显得一切残破荒凉，只有圈禁在四周的高高围墙依旧彰显着皇家的森严。

站在门口已经觉得凉意。这里，连灿烂的阳光都照不进来。

几个侍卫拦在门前，冷声斥责："这里是掖庭冷宫，囚禁罪犯的地方，不得随意出入。"

七喜忙上前，出示了自己的腰牌，侍卫看是御前服侍的人，客气了很多："你既是宣室殿的人，自然知道规矩，这里囚禁的不是孝武皇帝的妃嫔、宫女，就是罪臣的家眷，全是女子，就是我们都不能入内。"

七喜又说了几句，侍卫却无论如何不肯放行，要么需要宫廷总管的令牌，要么需要皇帝旨意。

七喜有些动怒，刘询却淡淡笑了："你叫什么名字？"

侍卫沉声说："公孙止。"

刘询摊开手，上面有一块令牌。

"我们可以进去了吗？"

公孙止看是宫廷总管的令牌，呆了一呆，退到了一边："请进。"

刘询一边走，一边随手将令牌递给七喜。

七喜迟疑了下，接过令牌，忙跪下，对着刘询背影磕头："谢陛下隆恩，谢陛下隆恩。”

刘询步子未停，一径地向前走着。几个老宫女正靠着墙根儿打盹儿，看到他，刚想斥责，两个黑衣人从屋内跑出，沉默地行了一礼，在前领路。老宫女立即闭上了嘴巴。

刘询对七喜吩咐：“你留在这里等朕。”

黑衣人领着刘询走了一会儿，停了步子，指了指左手边的屋子，低声说：“人在屋里。”

一间破旧的屋子，门前的荒草足可漫过门槛。窗上残破的窗纱，被风一吹，呜呜地响着，如同女子的哭泣。

刘询问：“这几日她可好？”

黑衣人回道：“一直没有说过话，倒是很听话，从来没有吵过，也没有闹过。霍小姐来过一次，用鞭子抽了她一顿。”

刘询眉毛微不可见地皱了下，淡淡问：“打得重吗？”

“反正还活着，找了个关在这里的老宫女在照顾她。”

刘询挥了下手，黑衣人都退了下去。他走到窗口，看向里面。

一个人睡在榻上，一动不动，一头青丝散乱地垂在枕上，面目被遮掩得模糊不清。

刘询站了会儿，忽觉不对，几步跨进屋子，一把拽起榻上的人，竟是个四十多岁的女子，他大怒：“来人！”

一个黑衣人匆匆进来，看到榻上的女子，立即跪下：“小的……小的……”却根本不知道该如何解释。

刘询并非常人，立即冷静下来，知道问题的关键不在他，挥手让他退下，看向榻上的女子：“你想活，想死？”

女子微笑，眼内有看破一切的冷漠：“同样的话，今天早上刚有人问过，所以我躺在了这里，把那个丫头替换了出去。”

这种一切都已无所谓的人，最是难办，刘询思索着如何才能让这个女子开口。

女子凝视了一会儿刘询，眼内的冷漠退去，面色惊疑地问道：“你姓刘？你这双眼睛长得可真像陛下，鼻梁、下巴却长得有几分像太子……你……你……”

刘询回道：“我姓刘名询。”

突然之间，女子的身子开始不停颤抖，她哆哆嗦嗦地伸手去抚刘询的脸，眼泪簌簌而下：“你……你……”

刘询丝毫未怪，任由她抚着自己的脸：“我还活着。”

女子猛地抱住他，又是大哭，又是大笑，状若疯癫：“你都这么大了，我上次见你时，你还在太子殿下怀中，殿下会很高兴……会很高兴……”

刘询已经明白几分端倪，一动不动地任由她抱着。

女子哭哭笑笑了一会儿，突然紧张地看向外面：“你怎么在这里？快走！不要被人发现了。”

她在掖庭中被囚禁多年，根本不知道外面的事情，刘询几分心酸，轻声将一切告之。女子这才知道刘询竟是新帝，虽然早已见惯宫廷风云、人生起落，可还是吃惊万分，一会儿哭，一会儿笑，难以自持。

在女子断断续续的叙述中，刘询弄明白了女子的身份。她姓夏，是武帝刘彻殿前的侍女，看她的神情，肯定不仅仅这些，可刘询不想多问，她说什么就什么吧！尸骨都早已经凉透，活着的人还要活着，往事能埋葬的就埋葬了。

等夏嬷嬷稍微平静后，刘询问：“嬷嬷，关在这里的女子哪里去了？”

“我不知道她是陛下的女人，我欠过霍氏人情，所以……所以就让霍家的人把她带走了。”

“霍光？”

“这朝堂内，除了他的人，还有谁能随意出入宫禁？”

刘询说：“先委屈嬷嬷在这里再住几天，等一切安稳后，我会派人来接嬷嬷。”

将近二十年的幽禁生涯，一直以为荒凉的掖庭就是她的终老乡，不料竟还有出去的日子。夏嬷嬷没有欣喜，反倒神情茫然，只微微点了下头。

刘询刚走到门口。

“陛下，等一下！我突然想起……”

刘询回身。

夏嬷嬷斟酌着说：“幼时看过几本医书，略懂医理，我看那位姑娘好似身怀龙胎，陛下赶紧想办法把她接回来吧！”

刘询面色大变，眼中有寒芒闪烁："你说什么？"

夏嬷嬷歉疚地说："我也不能确定，只是照顾了她二十多日，觉得像。一个猜测本不该乱说，可如果她真身怀龙种，就事关重大了……所以我不敢隐瞒。"

刘询头重脚轻地走出了冷宫。

刘弗陵有了子嗣！

刘弗陵有了子嗣！

……

他脑内翻来覆去地就这一句话。

如果刘弗陵有了子嗣，那他这一个月的忙碌算什么？霍光现在可知道云歌有了身孕？如果霍光知道有可以任意摆布的幼子利用，还需要他这个棋子吗？如果赵充国他们知道刘弗陵有子嗣，还会效忠于他吗？如果……如果……

无数个如果，让他心乱如麻、步履零乱。

握着国玺的刹那，他以为一切已成定局，这座宫殿、这个天下都是他的了！可不承想老天悄悄地安排了另一个主人，那他究竟算什么？

不！绝对不行！宫殿、天下都是他的，他就是主人！

已经失去过一次，绝无第二次。那一次，他无力反抗，只能任由老天摆布，这一次，他绝不会俯首帖耳地认命。

零乱的步伐渐渐平稳，慌乱的眼神逐渐冷酷，他开始仔细地思考对策。

算来，云歌即使有身孕，应该也就一两个月，他是因为机缘巧合才预先知情，霍光应该不会这么快得到消息。

想到这里，他慌乱的心又安稳了几分，快步向宣室殿行去："七喜，立即传赵充国、张安世、隽不疑入宫。"

他必须立即登基！

残月如钩，寒天似雪。

院内几株梧桐，灰色的枝丫在冷风中瑟缩，青石台阶上一层冷霜，月光下看来，如下过小雪。霜上无一点瑕痕，显然很久未有人出入。

四月站在院子门口，低声说："王上一直把自己关在屋内，我们都不敢……自红衣死后，王上像变了个人……”

孟珏眼内如结冷霜，四月心中一颤，不敢再说话，行了个礼后，悄悄离开。孟珏踩着冷霜，缓缓踏上了台阶，门并没有关紧，轻轻一推，应声而开。

屋中七零八落地堆满了残破的酒坛，浓重的酒气中，散发着一股馊味。刘贺披头散发地躺在榻上，一袭紫色王袍已经皱得不成样子。

孟珏在榻边站着，冷冷地看着刘贺。

刘贺被冷风一吹，似乎有了点知觉，翻了个身子，喃喃说：“酒，酒……”

孟珏拎起地上的一坛酒，不紧不慢地将酒倒向刘贺。刘贺咂巴了几下嘴，猛地睁开了眼睛。孟珏依旧不紧不慢地浇着酒，唇边似含着一层笑意。刘贺呆呆地瞪着孟珏，酒水从他脸上流下，迅速浸湿了被褥、衣服。冷风呼呼地吹到他身上，他打了个寒战，彻底清醒。

孟珏倒完了一坛，又拿起一坛继续浇。

“你有完没完？我再落魄仍是藩王，你算什么玩意儿？给我滚出去！”

刘贺挥手去劈孟珏，两人身形不动，只掌间蕴力，迅速过了几招，刘贺技高一筹，占了上风，将孟珏手中的酒坛震飞。酒坛砸到墙上，“砰”的一声响，裂成碎片。

坛中的酒气，弥漫开来，浓烈欲醉。

孟珏退后，负手而立，笑看着刘贺：“看来很清醒了，方便我说话？”

“自我进京，你连影子都未露过，现在怎么又有话了？我和你没有什么话可说。”刘贺移坐到榻旁的案上，顺手抄起一瓶酒，大灌了几口，“孟大人，还是赶紧去服侍新帝，等新帝登基日，定能位列三公九卿。”

孟珏不屑解释，也未有怒气，只笑着说：“多谢你的吉言！先问你件事情，刘询手底下怎么突然冒出来了一帮黑衣人？训练有素，纪律严明，绝非江湖草莽的乌合之众。人，刘询不愁没有，可他哪里来的财力、物力训练这些人。”

刘贺怔了一瞬，明白过来，说道：“你还记得羌族王子克尔嗒嗒吗？当年先帝告诉刘询，可以给他财力、物力，让他想办法暗中介入羌族内部，想来，刘询就是用先帝的钱偷偷训练了这支军队。”

孟珏眼中似有疑问，眉头紧锁，刘贺轻叹了一声：“刘询的这些花招，先帝应该都心中有数。”

孟珏唇角一抹冷笑：“刘弗陵如果知道刘询用他们做了什么，不知道会做何感想。”

刘贺诧异地问：“刘询做了什么？这支军队虽然是刘询效仿羽林营所建，但现在最多两三千人，还成不了气候。”

孟珏没有回答刘贺的问题，巡视了屋子一圈，打开了所有箱笼，开始收拾东西。

刘贺跳了起来，去拦孟珏：“你做什么？这些是红衣的东西！”

“我要把她的东西取走，还有她的棺柩。”

“去你娘的！红衣生是王府的人，死是王府的鬼，几时轮得到你在这里说话？”

孟珏冷笑：“你连一个女子都护不住，有什么脸在这里嚷？”

孟珏的话戳到他的伤处，刘贺语滞，人仍挡在箱子前，脸上却是死寂的暗灰。

“该争时不争，该退时不退，做事情含含糊糊，唯独对我的疑心一点不含糊。在那么重要的时刻，你竟然回了昌邑，一副对皇位没有兴趣的样子，既然当时没有兴趣，为什么不索性没兴趣到底？让大家都平平安安！”

“先帝并没有打算传位给我！他请我离开长安，我……”刘贺想说，他不想背弃刘弗陵最后的要求，可是有些东西，他没有办法解释给孟珏听，孟珏也不可能明白他对刘弗陵的尊敬和感激。

“你管刘弗陵有没有给你传位，若想要，就要去抢！你若能妥善利用霍光，占优势的就是你！赵充国、张贺这些人有何可惧？只要动作迅速地除掉刘询，他们不支持你，还能支持谁？二哥训练的人全在长安城待命，我怕你要用人，武功最好的几个一个也不敢用，你用过谁？长安城的形势就是比谁手快，比谁更狠，你整天在做什么？心里想要，行动却比大姑娘上花轿还扭捏，你扭扭捏捏无所谓，可你……”孟珏想到红衣，脸色铁青。

刘贺张了张嘴，看着孟珏，却又闭上了嘴。权力于他只是工具，而非目的，如果为了工具，先要背叛自己的目的，那他宁愿选择放弃。为了权力的丑陋，他早就看够了！不管以前、现在，还是将来，他都绝不会允许自己为了权力，变成他曾深恶痛绝过的丑陋。他尊敬和感激刘弗陵，不仅仅是因为刘弗陵救过他、救过月生，也不仅仅是因为刘弗陵对他毫无保留的信任，给了他一展才华的机会，更因为刘弗陵的所作所为让他看到了权力的另外一种阐释方式——有仁善，有侠义，有宽恕，有大度，有从容。刘弗陵是刘彻悉心教导出来的人，论帝王之术、权力之谋，有谁能懂得比他多？他还未登基，母亲就惨死，刚登基，藩王就虎视眈眈，紧接着，三大权臣步步紧逼，若论面临的局势复杂、情势危险，又有谁能比得过他？他比谁都有借口去挥舞无情的帝王刀剑开路，用巨大的权力铁轮碾碎一切违逆他的人和事。只要结果好，过程如何并不重要，为了更远大的目标，牺牲掉一小部分人，早就是被帝王默认的行事准则，众人甚至会赞美这样的帝王英明果断，可是，刘弗陵没有！他只要狠一狠心，就会有更简单、更容易、更安全的路，他却偏偏走了另一条路。

自小到大，皇爷爷的教诲，母亲的教导，以及所见所闻、亲身经历都告诉自己，权力就代表着无情和丑恶，在刘贺心中，他憎恶它，可在他的血液中，他又渴望它。在他的嬉笑红尘下，藏着的是痛苦和迷茫，是不知何去何从的颓废，但是，刘弗陵用自己的所作所为消解了他的痛苦和迷茫，让他明白权力本身并不无情，无情的是人，权力本身也不丑恶，丑恶的是人。

刘贺张口想解释，可自小到现在的心路历程哪里是那么容易解释得清楚的？最后只得长叹了口气后说：“小珏，我和你不是一样的人，我信守的原则，你不会懂，或者即使能懂得，也不屑。于我而言，结果固然重要，但过程也一样重要。现在，我生我死都无所谓，只想求你一件事情，请你看在红衣和二弟的分上去做。”

孟珏的脸色铁青中透出白，显是怒极。刘贺没有理会，接着说道：“月生初进昌邑王府，就与王吉他们交好，望你看在月生的分上，救他们一命。”

孟珏虽然哀怒交加，却没有冷言反驳，因为在月生给他的信中，的确曾提到过王吉的名字，说过王吉对他的礼遇，月生能得到刘贺赏识，也是王吉的举荐。

刘贺见他不说话，自顾自地竟对他行了一大礼：“多谢！王吉是个正人君子，定不忍见同僚赴死而他独自偷生，你就告诉他，很多人不过是我借霍光的手要除掉的人，请他务必珍重，昌邑王府内的诸般事务先拜托他了。其余的人，你能救则救吧！是……是我对不住他们！”

孟珏冷笑着讥讽：“好个‘聪明’的昌邑王！如此能谋善断，怎么忘记算红衣的性命了？怎么把她带到了这个是非地？”事情到此，他与刘贺恩断义绝，已没什么可多说的了，挥手欲推开刘贺，去拿红衣的遗物。

刘贺挡住了孟珏的手：“小珏，我知道你一直视红衣为妹，我没有照顾好她，是我的错，但红衣的遗物，我不会给你。不管这次我生还是死，她以后都会和我合葬。我做错的事情，我会到地下去弥补。”

刘贺的语气十分淡然，神色也十分平静，却是一种哀莫过于心死的淡然平静。

孟珏凝视了他一会儿，忽地摇头笑起来，满面讥嘲：“刘贺呀刘贺！你这辈子究竟有没有想清楚过一件事情？”

刘贺淡淡说：“我自以为聪明一世，实际一直是个糊涂人。自以为自己的荒唐糊涂是做给世人看的，但是做戏太久，原来早就真糊涂了，分不清自己的本心，也看不清真假。”

什么是真？什么是假？当世人都以为你荒唐糊涂时，你真能说自己很清醒吗？当身边的人也认为你好色贪欢时，她还能期望你会真心对她吗？

假做真时，真也会假。

孟珏大笑起来：“好！红衣的遗物和棺柩，我留给你！前几日刚听到红衣死的消息时，我的第一反应就是后悔当年没有杀你，你害死了二哥不够，竟然还害死了红衣。就是刚才，我仍在想要不要借助霍光或者刘询的手，将你的命永远留在长安。不过现在，我不打算再落井下石了，你的生死和我再无关系，红衣的遗物和棺柩，你想要，就留给你！”

“多谢！”

孟珏笑着摆手：“不必谢我。死亡的痛苦只是刹那，而我只是想看你痛苦、后悔一辈子而已！”

刘贺眼中有蒙蒙的哀伤，令他往日清亮的双眸晦暗无光。

孟珏笑问：“你还记得二哥临死时说过的话吗？”

刘贺沉默了好一会儿后，慢慢地说：“那年先帝召藩王在甘泉山行猎，月生陪我同行。当时还年少气盛，我又一贯言行无忌，言语间得罪了燕王。燕王设了圈套想杀我，月生看出苗头，苦劝我小心提防，一定不要离开先帝左右，我却自恃武功高强、聪明多变，未把燕王当回事。直到孤身一人被五头黑熊困住时，才知道人力终有限，危急时刻，月生赶到。后来……先帝带兵赶来时，月生已死，只救下了重伤的我。”

当日的血斗似乎又回到眼前，兄弟两人并肩而战，面对五头黑熊，却夷然不惧，谈笑风生，同进共退。

从小到大，刘贺看见的是妻子算计丈夫，丈夫憎恶妻子，儿子算计老爹，老爹屠杀儿子，兄弟阋墙，姐妹争宠，在认识月生前，他从不相信“知己”二字真实存在。这一生，他最痛快淋漓的时刻，就是那一日，最痛苦的也是那一日！

“……月生的半边身子被熊撕去，他死得很快，临死前，他嘱咐我，让我替他报恩，还让我好好照顾你，可你哪里需要我照顾？”

孟珏淡淡说：“如果我没有记错，你告诉我的是‘大哥，帮我好好照顾……照顾……’他话未说完，就带着遗恨而去了。”

刘贺木然地点头：“嗯。”

孟珏笑着说：“好大哥，他要你照顾的人可不是我。”

刘贺愕然：“月生就你一个亲人，整日里口中念叨的就是你，他指的不是你，还能是谁？”

孟珏笑看着他，眼中有寒冷的星芒。

刘贺心底有寒意渗入四肢百骸，他很想拒绝去听答案，因为他知道答案也许比杀了他更可怕，可他必须听。

“是红衣。”孟珏似乎很欣赏刘贺此时脸上的表情，说话的语气分外慢，“二哥是豪气干云的男子，他为什么会愿意屈就于王府？因为红衣是二哥的亲妹妹！小时候被父母卖给了人贩子，后来被辗转卖到王府。”

刘贺的身子控制不住地抖着：“月生……他……他为什么没有告诉我？”

“告诉你，你就能阻止你的母亲把红衣毒哑吗？告诉你，你能让红衣说话吗？告诉你，你就能补偿红衣所受的罪吗？告诉了你，你能做什么？”

刘贺张了张嘴，没能吐出一个字，只有身子颤得更厉害。

“二哥本想带红衣走，可红衣不愿意。”

“为……什么？”

“后来，我寻到王府时，本来想告诉你，红衣是月生的妹妹，可红衣求我不要说，她想在合适的时候，自己告诉你。”

“为什么？”刘贺的声音如将要绷断的弦，他像一个即将被滔天洪水溺毙的人，看着洪水滚滚而来，眼中有浓重的恐惧，脸上却是无能为力的木然。

“因为她这辈子只想跟着你，所以她不想离开。如果你知道她是月生的妹妹，你一定会对她千般好，把你对月生的愧疚全部弥补给她。也许你还会不顾皇家礼仪，立一个哑巴为侧妃，可她不想要这些，她想要的是因为她是她，所以你对她好。”孟珏微笑，“可惜！红衣竟然一直没有等到这个合适的开口机会。王上身边的女人来来去去，红衣算什么东西？不过是个哑巴！不过是你家买下的低贱奴婢……”

“闭嘴！”

刘贺的魁梧身形，好似突然缩小了许多，他无力地后退了几步，靠在了红衣的箱笼上。

红衣的盈盈笑颜在他眼前盘旋不去，越变越清晰。

她侧首时，温婉的笑；

她低头时，含羞的笑；

她抬头时，粲然的笑；

还有她默默看着他时，欲说还休的笑……

天哪！

他竟然从没有看懂过！

或者不是他不懂，而是他太习惯！

红衣就像他的影子，随时随地都在，他从不用去想如何得到她，从不用去费劲琢磨她的心思，也从不用担心会失去她，反正她永远在那里。他只要轻轻叫一声“红衣”，她就会盈盈笑着出现。

可是她再不会出现了，永远不会了。

……

他顺着箱笼滑坐到了地上，一个兰木盒子被带得从箱子上跌落，翻掉在地上。

“砰”的一声，盒子碎裂成了两半。里边盛放着的一堆编好的绳穗散落了一地。

一模一样的花式，都是红艳艳的绳子打成，月光下，刺眼地疼。

他摸索着拿过一个，依稀觉得在哪里见过，却不能立即想起来，想了好一会儿，才记起，红衣临死那天，想要塞到他手里的绳穗就和这个一模一样。

“这是什么东西？”

孟珏盯着地面上的鲜红，不能回答。

如果只是普通的穗子，红衣没有必要做这么多，还珍而重之地藏在盒子里。但是，又的确都是用普通的绳子打成，实在看不出它有任何不普通。

他看了好一会儿，觉得很是眼熟，忽然想起，有一次他去宣室殿，云歌一个人坐在廊下，就编着这个样子的绳穗。

“来人，来人！”刘贺一连串的大叫。

四月匆匆跑来，看到刘贺的样子，唬了一跳，这还是那个笑卧美人膝的王上吗？

刘贺举着手中的绳穗：“这是什么？”

四月仔细看了眼，说：“同心结。它的花样十分复杂，却只用一根丝绦结成，编起来很是耗心神。女子用红色的丝绦仔细打好同心结，将它挂到男子的腰间，表示定情，意谓‘永结同心’。嗯……好像还有一句话。”四月边回忆，边慢慢地说，“好像是‘交丝结龙凤，镂彩结云霞。一寸同心缕，百年……百年长命花。’”

“交丝结龙凤，镂彩结云霞。一寸同心缕，百年长命花。”刘贺的声音似哭似笑，他将同心结凑到眼前，仔细地看着，似乎从眼前的烦琐花结中，看到了当日寂静宫殿中，红衣低着头、仔细织着丝绦的样子，她眼中柔情百绕、唇边含着希冀的微笑，憧憬着有一日，她能把它亲手系到他的腰间。可是直到最后，她都没有送出她的同心结。

红衣眼角落下的泪，可有怪他的不懂？

他自以为聪明一世，却连一个女子临死前的心意都看不懂。

“一寸同心缕，百年长命花。一寸同心缕，百年长命花……”

他趴在地上一个个地去捡同心结，每一个都仔细地捋平，再小心地收进怀中。紫色的王袍在冰冷的酒渍中拖过，他一无所觉；头发上沾满了尘土，他也一无所觉。他只小心翼翼地捡着同心结，好似这样就可以掬住她死时落下的那串泪。

一寸同心缕，百年长命花？

孟珏心中滋味难述，一句话都说不出来。

他静静地盯着地上的同心结，忽觉得那鲜艳的红色压得他胸闷，忙提步向外行去。

如钩的残月，斜挂在灰色的梧桐树顶。

阶前的寒霜白涔涔一片。

风吹着门一开一合，发出“吱呀”“吱呀”的暗鸣。

静夜中听来，悠长、凄厉。

第五章

[YUN ZHONG GE]

天易老、恨难酬

阴暗的监牢。

因为没有阳光，一年四季都有一股发霉的味道，春天似乎永远不会光临，冬天在这里变得更加寒冷。

云歌安静地躺在枯麦草中，一种好似没有了生命的安静。

牢狱上方有一个小小的窗户。从云歌躺的地方看出去，能看到一小方碧蓝的天空，时而会有鸟儿飞过，留下几声欢快啾鸣。可她只是闭着眼睛，对一切都毫不关心。

狱卒将一碗饭放到栅栏前，碗中竟罕见地有几块肉。

“新帝登基，大赦天下！罪轻的当即释放，你们这些死囚，可以免去死罪了。头儿吩咐给你们都加顿餐，算是庆祝！”

牢里面一片“嗷嗷”的欢叫声。

云歌听到“新帝”二字，突地睁开了眼睛，嘴唇微动了动，想要问点什么，却仍是沉默了下来。

隔壁监牢里的男子三口两口吃完自己的饭菜，仍觉没有解馋，眼巴巴地盯着云歌牢前的饭菜：“姑娘，再不吃，可就凉了！”

云歌缓缓起来，端起碗想吃，却觉得胃里腻得人想吐，她把碗递给了隔壁的男子。

男子大喜，立即夹了一块肉塞进嘴里，又不好意思起来：“你还没有吃呢！”

云歌摇了摇头：“你吃吧！我吃不下。”

男子忙把云歌碗里的肉都拨到自己碗里，笑道：“无功不受禄，我看你面色苍白，脚步虚浮，非伤即病，帮你把个脉吧！”说着，探手去抓云歌的手腕。

云歌想移步闪开，却眼前一黑，向前跌去，忙抓住了栅栏，才没有摔倒。

男子握住云歌的手腕，替她把了一下脉，不禁摇头叹气：“唉！又是一个可怜人，这死牢里，只应该有死。有了生，反倒是痛苦！”他将肉块全拨回云歌碗中，“吃不下也吃点，有身孕的人不能由着性子乱来，你可还有亲人？孩子的爹在哪里？婆家可还有人……”

云歌只听到他的那句“有身孕的人”，整个人如在往下掉，又如同往上飘，脑袋里轰轰作响，她呆呆看着男子，看着他的嘴一开一合，却完全不知道他在讲什么。

她在脑子里把男子的话又过了好几遍，才真正明白了话中的意思，猛地一把抓住男子的胳膊，急切地问：“你刚才说什么？你说我……”

云歌的眼中仿似有火苗燃烧，映得她的脸庞熠熠生辉，和刚才判若两人。

男子小心地说：“你有孩子了。”

云歌的手紧紧扣着他，指甲好似要掐进他的肉里：“你肯定？”

男子忍着疼痛点头：“我虽不是个好郎中，可喜脉不会把错。”

云歌一下捂住了嘴，眼中有泪，看着就要落下，不想发了会儿呆，她又笑了起来：“我有孩子了？我有孩子了！”肯定是陵哥哥怕她孤单，才送了他来陪她。

她摸了摸自己的脸颊：“我很苍白吗？我看着很虚弱吗？这样对孩子不好，是不是？”

云歌的问题又急又密，男子只来得及不停点头。

对不起，对不起，娘不知道你来了，娘没有好好照顾自己，没有好好照顾你！娘错了！

她立即端起地上的碗，一大口、一大口地往嘴里塞起食物。

“你身上有金银首饰吗？想办法买通狱卒，尽快通知孩子他爹，看看有没有办法疏通一下，至少换个好点的监牢，不必男女同狱。”男子哪里能知道霍成君特意下令将云歌囚在此处的原因，还一门心思地帮云歌出着主意。

云歌手中的筷子停住，视线落在了不知名的虚空，她眼中浓重的悲伤，令人觉得风凝玉碎、天地皆泣。男子也算见惯生死的人，却从没有见过这么浓的哀凄，好似随时可以吞噬掉她单薄如蝉翼的身躯。

她突然侧头一笑，柔声说：“他出远门了，一时回不来，不过我会照顾好自己的。我前几天做错了，以后不会了。”她微笑时，唇角轻扬，有一种异样的倔强和固执。

她低下了头，大口大口地吃着饭，睫毛上似有泪珠，莹光闪烁，却始终没有落下。不一会儿，她就把一大碗饭全部吃完，抬起头问男子：“我的气色是不是看起来好一点了？”

男子重重点了一下头：“好多了。”

云歌从最安静的囚犯变成了最好动的囚犯。

每日的清晨和晚上，她都会在四方的监牢里面绕着圈子散步。

“这样是不是对身体比较好？”

男子点头。

每天，当阳光照进牢房时，她会在一小方块的阳光下，慢慢地打拳。

刚开始有不少囚犯盯着她的身体打口哨，说一些混账话，可她充耳不闻。

在阳光的映照下，她的脸上有晶莹的光芒。

她的神情，好似站在碧绿的草地上，沐浴着灿烂的阳光，迎着和煦的风，自由自在地舒展着身体。她的安详平静让偷看她的囚犯渐渐安静。他们仍然会盯着她看，可眼中的污秽渐渐消失。

每天，吃过晚饭后，她都会轻声哼唱歌谣。

男子知道她是唱给腹内的小生命听的。

有的歌听得懂，有的听不懂。

每当她温柔地唱歌时，牢狱里面会异常地安静。

在这个充溢着死亡的黑暗世界中，她的歌声让他们想起了很多东西。也许是寒灯下缝衣的母亲，也许是邻家妹子鬓边的一朵野花，也许是新婚之夜，妻子的一抹娇笑，也许是孩子的第一声啼哭，也许只是年少时，一个可望不可得的温柔眼神。

一个个手染鲜血的人，心竟会在她的歌声中变得一瞬柔软。

粗豪的昂藏汉子，从她的歌声中，竟听懂了一些东西，每到吃饭时，会把碗中最好的菜拣出一点，一个一个牢房地传到云歌的牢房中。

没有人说话，也没有人约定，每个人挑一筷子，传到云歌牢房里时，已经像小山一样，高高一碗。

云歌也不拒绝，她只微笑地看向那些凶神恶煞的大汉。

他们竟然会在她的眼光下，不好意思地躲避，却又故作着满不在乎的冷漠。

她吃着整个牢房为她准备的“特殊”饭菜。

虽然在阴暗的死牢里，可她的苍白在一点点褪去，她用坚强和渴望，在阴暗里生机勃勃。

看到她的一举一动，男子改变了先前的判断，即使这是死牢，她的孩子仍会是天下最快乐的孩子。

“你的宝宝会很幸福。”

云歌笑着点头：“当然！”眉目中有飞扬期待的欣悦，令人如见三月暖阳。

这一天。

男子又被云歌逼迫着把了第三遍脉，第一百遍告诉云歌：“你的身体恢复得很好，孩子更好。”

云歌笑眯眯地说：“不要不耐烦！等孩子出生了，让他认你做干爹。”

男子只有苦笑。

现在的云歌和前几天根本不是同一个人！早知道她是如此“聒噪”，如此“跋扈”，当初实在不该贪口舌便宜！结果不但没有占到便宜，反而被她占尽便宜！

突然，几个狱卒簇拥着一个胖胖的官员走过来。

云歌立即警觉地坐到了墙角。

胖胖的官员站在关着云歌的监牢前，清了清嗓子，念道："罪女云歌，妖行媚主，德行有亏，现经三司会审，定于七日后，闹市问斩，以警后世。"

官员念完，鼻子里重重"哼"了一声，不紧不慢地打着官腔问："可有冤枉你？"

男子在一旁急匆匆地插道："不是说新帝登基，大赦天下吗？还有，这算什么罪状？罪行到底是什么？"

官员冷冷地盯了他一眼，男子有点畏惧地往后缩了缩，看了眼云歌，心中愧疚，又挺起了胸膛，张口想理论。

"别说！"云歌叫。

他未理会云歌的阻止，高声说："她有身孕，按我朝律法，不能问斩孕妇！"

官员却好像完全没有听见，依旧不紧不慢地说："人犯既然无冤，七日后依照判决，执行死刑。"

牢狱里面的犯人敲着栅栏抗议，狱卒甩鞭警告，可犯人的喧哗声不仅没有被压下去，反倒越来越大，在封闭的空间里听来，整个牢房都似在嗡嗡颤动。

官员的镇静消失，慌里慌张地想跑。

云歌拽住了他的衣袖："你们说我罪行深重，要以警后世，是否会贴出告示，昭告天下？整个天下？"

官员急急地想拽出衣袖，不耐烦地说："当然！"

云歌放开了他，官员像只老鼠一样，用和身躯极不相称的敏捷，刺溜一下就蹿出了牢房。

随着监牢大门重重的关闭声，牢里的叫嚷声猛地消失，所有人都看向云歌。

有悲愤，有不平，有怜悯，还有无奈。

一个老头子问："姑娘，你是不是得罪了权贵？这可不仅仅是要你死，还是要你难看地死在全天下人面前才能解恨。"

云歌淡淡笑开，霍成君、霍光可不仅仅是权贵，他们是长安城的"主人"。

晚上。

四个狱卒进来，将一块黑布罩到云歌头上，要押她去别处。

云歌有些无奈，霍光实在是太过谨慎小心，竟然隔一段日子就换一个地方，想来是因为知道死牢里面的人和她混得有点熟悉了，怕出意外，所以又给她寻觅了新的关押地方。

云歌笑向四周抱拳行礼，朗声说："多谢各位几日来的照顾，小女子铭记在心，容后再报。"

所有的罪犯都默默向云歌回礼。这个"容后"只怕就是十八年后，来世再报了。

当云歌被罩上黑布，向外押去时，牢狱里面响起有节奏的敲击声，还有低沉的哼唱，是送别的哀音。

云歌却在细声地哼着摇篮曲。她和宝宝不需要哀音，她们会活下去的。

不过，她不知道的是，当她离开死牢一个时辰后，死牢发生了大火。因为外面的铁门遇热，门锁变形，无法打开，关在死牢里面的牢犯全被烧死了。

牢狱里面低沉的哀音竟成了众人和她最后的诀别。

霍府里面一派喜气洋洋的忙碌。

霍成君即将入宫的事情，虽然还未对外正式宣旨，可所有人心中都早已认定。

刘询登基后，将民间的发妻许平君册封为婕妤，皇后之位仍然空置，所有人都明白此位是留给谁的，只等着刘弗陵葬礼后，霍成君进宫，刘询应该就会册封她为后。

孟珏一大早就来求见霍光，站在霍府大厅，等了整整一天，却没有任何人理会他，连一杯热茶都欠奉。

外面不时地传来丫头们的阵阵笑声，他却一直很心平气和。他曾经历过的屈辱远胜于此，今日的一切在他眼中不值一提，只要能达到目的，过程并不重要。

快要用晚饭时，霍光才面带疲惫地缓步进来，连朝服都未换下，显是刚从宫中回来，就直接来见他。

大厅四周空落落，坐榻都被撤走，只留了一个主人坐的坐榻，孟珏自然不能坐到主人位置上，所以只能站在厅堂内。霍光打量了一眼四周，无奈地摇了摇头，成君再聪慧，毕竟仍是一个不满二十的少女。

霍光吩咐丫头给孟珏置座、奉茶。

“不知道孟大人找老夫所为何事？”

孟珏先深深行了一礼：“霍大人，听闻昨日晚上，长安城东南的死牢失火，牢犯全部被烧死。”

霍光叹息着说：“是啊！真是可怜，陛下刚赦免了他们的死罪，没想到老天竟然不肯让他们活。”

孟珏又道：“还有一件事情，不知道霍大人听说了吗？秦大人昨日下午去死牢宣读完审决后，听闻来拜访过霍大人，可他从霍府出来后就失了踪。”

霍光微微笑着，盯着孟珏说：“劫持朝廷命官可是死罪。”

孟珏笑得气定神闲：“一般人强留朝廷官员叫劫持，皇帝留下朝廷官员可不叫劫持。”

霍光眼皮子猛地跳了几跳，脸上的微笑变得僵硬。

孟珏接着说：“听说罪女云歌是被霍云将军拘拿到的，不知道霍云将军是从哪里抓到的云歌？”

霍云告诉霍光是从长安城郊的农家中搜出云歌的，霍光笑着反问：“孟大人认为该从哪里抓到的？”

“张贺大人曾任掖庭令十多年，掌管掖庭和冷宫。张大人以前虽然官运不顺，但听说为人豪侠仗义，与冷宫内的侍卫、小吏交情极好。掖庭冷宫无人问津，关押的又全是女子，什么时候多一个，什么时候少一个，只怕无人真正说得清楚。”

霍光端起桌上的茶慢慢啜着。云歌竟一直在刘询手中，他为什么会放了云歌？又为什么会这么“恰巧”地被霍云抓住？云歌有身孕的消息，刘询究竟知道不知道？

孟珏安静地欣赏着墙壁上挂的字画。

霍光喝了小半杯茶后，决定摊开了直说：“如果陛下真想救云歌，他强行下一道圣旨，命令释放云歌，我也不得不遵从，可是陛下什么都没有做，任由刑部定了云歌死罪，看样子他想借霍氏的手把云歌除去。”

“陛下若只是想杀一个女子，何需这么麻烦？关键是这个女子，他现在根本杀不得，当然，更放不得。陛下是希望霍大人把麻烦都揽了去，而好处他尽落，到时候出了事情，他一句‘不知道’就可以推开一切，霍大人却只怕要背负上乱臣贼子的千秋骂名。”

霍光对孟珏的性格真是又欣赏又忌惮，闻言不禁大笑起来：“我会把云歌这个烫手山芋还给陛下，你去找陛下要人吧！”杀皇子的罪名，没有人担待得起。刘询想除掉孩子，还是麻烦他亲自动手吧！

孟珏淡淡地笑着说：“何必那么麻烦？关中匈奴还未退兵，乌孙的大半国土已失，既然霍小姐会做皇后，有些事情，知道不如装作不知道。”他已经用许平君交换了秦大人，虽然刘询说过只要孩子没了，就不会再伤害云歌，可他实不敢再让云歌落回刘询手中。

霍光沉思着没有立即说话。刘询是他亲立，关押云歌，两人也都有份，在此事上，他们是一条船上的人，只能共进退。

霍光道：“孟大人的意思老夫也明白。可如今还也不是，不还也不是；杀也不是，不杀也不是，老夫愚钝，实在不知道该怎么办。”

孟珏心里冷笑，若霍光愚钝，这天下的人早全是傻子了，只不过，霍光和刘询打的主意一样，就是都想杀人，却绝不肯自己来做恶人，那么……他就来做吧！

“在下倒是有个主意。”

“哦？快说。”

“一碗堕胎药，一杯鸩酒，从此天下人知道的就是先帝无子嗣。”

“这……”霍光面色十分为难，“这……老夫实不敢做决定，老夫就全当什么都不知道，孟大人和陛下商量着办吧！”

孟珏站起，毕恭毕敬地向霍光道谢。

霍光道：“你先不要忙着谢我，云歌的拘禁是成君在负责，她为什么会如此，你比我明白，这事我还要和她说一声，回头她会派人联系你。”

孟珏没有吭声，向霍光作揖告退，霍光意味深长地说：“日后你我同朝为官的日子还很长，孟大人有空时，不妨常来走动走动。”

孟珏淡笑着答应了。

当日深夜，霍府派马车来接孟珏。

马车并未去霍府，而是出了长安城，越行越偏僻，行到了山林中，在一处不起眼的宅院前停下，有人来领孟珏入内。

霍成君靠坐在窗前，眺望着夜色中的重重山影，怔怔出神。一切都如她意，可她的眉宇间未见任何快乐，反倒坠着重重心事。

“小姐，孟大人到了。”

霍成君抬手做了个“请”的姿势，很客气地说：“孟大人，请坐。”

孟珏作揖行了一礼，坐到了霍成君对面。

霍成君又扭头看向窗外，孟珏也不好说话，只能沉默地坐着。

一个小丫头正在廊下煎药，阵阵药香随风而入。孟珏闻到药香，唇边笑意依旧，眼中却有了几分黯然。

小丫头端着药罐进来，放到霍成君面前：“小姐，药煎好了。”又立即悄悄退下。

霍成君凝视着桌上的药，板着脸说：“这是太医所开的堕胎药，用药很谨慎，已经把对母亲的伤害降到最低，你若不放心，可以先检查一下。”

孟珏没有看药罐，只淡淡说：“云歌一直在小姐手中，小姐想下药随时可以下。”

“一碗药已经在这里了，那杯酒呢？”

“我出门前已经安排好，我见到云歌时，秦大人自然会因为贪污渎职，畏罪自尽。”

霍成君找了块帕子，端起药罐，将药缓缓倒入一个玉碗中。她倒药时，侧头而笑，神情冷然中透出几分妩媚：“我一直以为你是个无心的人，云歌充其量不过是多得了你几分眷顾，不过没想到……你若真无心，我倒认了，可是竟然不是。不过有心也好，你有心，我才能让你伤心。”

霍成君将玉碗推到孟珏面前，孟珏的瞳孔骤然一缩，唇边淡淡的笑意凝结成冰。

霍成君甜甜地笑着：“这碗药，我要你亲自喂给她喝。”

孟珏看着碗中乌黑的药汤，一动不能动。

霍成君笑着问：“怎么了？让这个孩子死，不是你提议的吗？那可是刘弗陵的骨肉，你不是也觉得碍眼吗？”

孟珏盯向霍成君，眼中有细碎的寒芒：“你非要如此吗？”

霍成君笑着点头，无比娇俏：“如果你不同意，六日后，我们法场见。我不是父亲，也不是皇帝，我没有那么多的顾虑，我只想我的心舒服，大不了，我们三方玉石俱焚！我相信你的人早已经翻遍长安，之前你救不了云歌，之后你也绝对救不了她。我向你保证，我已经做好一切准备来对付你，我若实在不痛快，有人会帮我想出无数个比砍头更好玩的方法杀死一个人。”

孟珏垂目凝视了会儿汤药，抬头看向霍成君，淡淡地笑开，缓缓吐出了个“好”。

霍成君只觉得寒气逼人，身子不自禁地就想向后缩，却硬用理智控制住，毫不示弱地盯着孟珏。

关押云歌的屋子建造得十分隐秘，借助山壁掩饰，一半隐在假山中，一半藏在地下，除了一道门和外面的机关相通，连窗户都没有。

云歌躺在榻上，面朝墙壁，似乎在睡觉。

随着机关打开的声音，一股浓烈的药香飘到了榻边。

“云歌，看看谁来看你了？”

是霍成君的声音。云歌暗叹了口气，我的死期都已经定了，你还想做什么？

半撑着身子坐起，不想却看到孟珏立在榻侧。

她心中莫名地一暖，好似孤身一人，跋涉缥缈寒山中，于漆黑中乍见灯火人家，一直无所凭依的心竟有了几分安稳。

霍成君端着一个托盘，上面放着一碗药。她将托盘放到案上，拿了炷香出来，一边点香，一边打量着云歌，笑说：“果然像是要做娘的人，关在这种暗无天日的屋子里，精神看着竟比上次在冷宫还好。”

云歌沉默地看着霍成君，双手无意识地交放在腹前。

霍成君笑看向孟珏：“迷香已经开始起作用了。”

孟珏向云歌慢慢走去。

云歌看到他的目光，忽然觉得害怕，缩着身子向榻里退去，却很快就贴到墙壁，再无可以退避的地方。她想挥手打开他，身上却软绵绵的，没有任何力道。

孟珏将她轻轻拥到了怀里，握住了她的手腕，一边把脉，一边细细看着她。他的眼中翻涌着墨黑的波涛，似有温柔，更多的却是没有任何感情的冰冷。

霍成君看到孟珏的样子，气冲脑门，冷笑了两声，语声柔柔地对云歌说：“你知道案上的药是什么？是孟珏亲手开的方子，亲手熬制的堕胎药。”

云歌终于第一次露出了慌乱的表情。

霍成君长长嘘了口气，十分满意地眯起了眼睛，细细欣赏着云歌的每一个表情。

云歌完全不相信霍成君的话，眼睛直勾勾地盯向孟珏，似乎在向他求证。

孟珏躲开了她的视线，面容平静地去端药碗。

她从不相信渐渐变为恐惧，面色惨白，眼睛圆睁，黑漆漆的眸子中满是哀求。她紧紧盯着孟珏的手，似乎还对他存有最后的一分信任，觉得他的手会缩回来。

当看到孟珏端起了碗，她最后的一分信任烟消云散，漆黑的瞳孔中有愤怒，有恨怨，却在碗一点点逼近她时，全化成了泪珠，变成了悲伤和哀求。

她的唇不停地在颤抖，拼尽全力，却说不出一句话，她凝视着孟珏，无声地哀求他。

求你！求你！求你留下我的孩子！

孟珏一手掐着云歌的下巴，将她的嘴打开，一手将碗凑到了云歌唇边。

云歌眼中的泪滚滚而落，她的手握住了他的衣袖。

药力作用下，她的身体根本不可能动，可她竟然完全靠意志，紧紧钩住了他的衣袖。

“求……求……”

绝望的恐惧让她的身子簌簌直抖，眼中诉说着哀戚的请求。

一串串的泪珠，又急又密地落下，滚烫地砸在他的手上，每一颗都在求他。

他的手停住。

云歌眼中有星星点点的光芒闪烁，忽让他想起了那个无数萤火虫的晚上。

他微闭了下眼睛，深吸了口气，将药缓缓灌进了她口中。

她钩着他衣袖的手松开，悲伤与哀求都淡去，眸中的所有光芒在一点点熄灭，眼中的所有情感都在死去，只眼角的泪珠，一颗、一颗地慢慢坠落。

孟珏脸色正常，手也仍然很稳，心却开始颤抖，怀里的人似乎是云歌，却又似乎不再是云歌。

当最后一口药汁灌完，她的面容竟然奇异地平静，只是死死地盯着孟珏，死死地盯着他。

一会儿后，云歌的裙下慢慢沁出血色。

她的手哆哆嗦嗦地去摸。

乌红的濡湿，黏稠地沾了一手。

云歌举起手看，似要看清楚一切，好将一切都深深地刻到心上。

孟珏心惊，去捂她的眼睛，可她竟然把手放进了嘴里，感受着她的孩子。

孟珏又赶忙去拽她的手。

按照所配的药，将孩子流掉后，就该很快止血，可云歌的血越流越多，毫无停止的迹象。

孟珏去查探云歌的脉象，手微不可见地抖着，他紧紧地抱住云歌，怀里的人却冷如冰块。

“云歌，云歌，你以后还会有孩子的，还会有很多很健康的孩子，只要你好起来……”

她面容平静，眼睛一眨不眨地看着他。

她吃力地举起手，把手上的血一点点抹到他胸前。

最后，鲜红的手掌覆在了他的心口，冰凉刺骨却带来如烙铁般滚烫的灼痛。

“我……恨……你！”她的唇无声而动。

一个个根本没有声音的字，却如惊雷，轰鸣在他耳畔。即使她转身离去，即使她在刘弗陵身畔，可他一直确信，她最后一定会和自己在一起，可在这一刻，他的确信如泡沫般碎裂。

因为失血过多，云歌昏迷了过去。

孟珏抱起她，向外行去。

霍成君想拦，可看到云歌满身的鲜红血迹，孟珏身上的斑斑血痕，她忽地遍体生寒，根本不敢接近他们，身子不自禁地就躲到了一边，只能看着孟珏大步离去。

七成新的青布裙，半旧的弹花袄，一根银钗把乌发整齐地绾好。

任谁看到这样的装扮，都难以相信这个女子会是汉朝的婕妤娘娘。

孟府的仆人一边领路，一边偷偷打量许平君。

许平君毫无所觉，只脚步匆匆，行到内宅时，三月迎了出来，刚要下跪，就被许平君挽了起来："别搞这些没意思的动作，赶紧带我去看云歌。"

三月是个除了孟珏外谁都不怕的主，听到许平君如此说，正合心意，顺势起来，领着她进了暖阁。

榻上的云歌沉沉而睡，脸色煞白，身子蜷成一团，双手放在腹部，似乎要保护什么。

榻上的被褥都是新换，可榻下的地毯上仍有点点血痕。

孟珏坐在地上，静静地看着云歌，背影看上去疲惫、萧索。

许平君心惊："发生了什么？"

三月小声说："公子已经这样纹丝不动地坐了一整夜了。所有能想的法子都想了，可云姑娘就是醒不来，再这么下去，人只怕……八师弟说，是因为云姑娘自己不肯醒。我猜公子派人请娘娘来，定是想着娘娘是云姑娘的姐姐，也许能叫醒她。"

这段日子，许平君从没有安稳睡过一觉，乍闻云歌的消息，眼前有些发黑，身子晃了两晃，三月忙扶住了她："娘娘？"

许平君定了定神，推开三月的手，轻轻走到榻旁，俯身探看云歌："云歌，云歌，是我！我来看你了，你醒来看看我……"

云歌安静地闭着眼睛，没有任何反应。

许平君只觉恐惧，忙伸手去探云歌的鼻息，时长时短，十分微弱，即使不懂医术，也知道云歌的状况很不妥。

"孟大哥，究竟发生了什么事情？云歌她怎么了？为什么……为什么……一切全变了？为什么会这样？"

从一个多月前，许平君就有满肚子的疑问，本以为会随着时间水落石出，可疑问竟越来越多。

先是孟珏请她立即带虎儿离开长安城，到一个叫“青园”的地方住一段时间。当时，孟珏神色严肃，只说和云歌性命有关，请她务必一切听他的安排，刘询那边，他会去通知。

孟珏绝不会拿云歌的性命来和她开玩笑，她当即二话不说，带虎儿悄悄离开长安。

等她再回长安时，刘弗陵竟然已驾崩，而皇帝竟然是病已！

病已搬到了未央宫的宣室殿，而她被安排住到了金华殿，两殿之间的距离远得可以再盖一座府邸。

病已进进出出，都有宦官、宫女、侍卫前簇后拥，而她见了他，竟然需要下跪！他走过时，她必须低着头，不能平视他，因为那是“大不敬”。

她去见他，需要宦官传话，小宦官传大宦官，大宦官传贴身宦官，然后等到腿都站麻了时，才能见到他；下跪叩拜，好不容易都挨了过去，一抬头，正要说话，却看见他身后还立着宦官，她满嘴的话，立即变得索然无味。

听说匈奴在关中闹事，西域动荡不安，他整日里和一堆官员忙忙碌碌，商量着出兵的事情；又因为他刚登基，各国都派使节来恭贺，表面上是恭贺，暗中却不无试探的意思，全需要小心应对，他忙得根本无暇理会其他事情。同在未央宫，他们却根本没有单独见面的机会。

她以前想不明白，既然同在一个宫殿里面，怎么会有秀女抱怨，直到白头都不能见皇帝一面，现在终于明白了。

她站在大得好似没有边际的未央宫里，常常困惑，她究竟是谁？婕妤娘娘？

别人告诉她，婕妤是皇帝的妃子中品级最高的。可她想不明白，这究竟是什么东西？对她有什么用？

她一直知道的是，她是他的妻，他是她的夫，可是现在她已经不知道自己是谁，也不知道他是谁了。

那个她在厨房叫一声就能从屋外进来，帮她打下手做饭的男人，哪里去了？

那个和她头挨着头、肩并着肩，一同搬缸酿酒的男人，哪里去了？

那个白日里与她说说笑笑，晚上挤在一个炕上依偎取暖的男人，哪里去了？

那个她不高兴时，可以板着脸生气，睡觉时，把背朝向她的男人，哪里去了？

……

然后她听闻大公子被幽禁在建章宫，一坛子一坛子的酒抬进去，日日沉睡在醉乡。

她隐隐约约地听说，皇帝的位置本来是刘贺的，可因为刘贺太昏庸，所以霍光在征得了上官太皇太后的同意后，立了病已。

她想着那个笑容恬静的红衣女子，急急打听红衣的下落，得到的消息却是：红衣已死。

她怎么都不能相信这是真的，夏天才刚听过红衣吹笛，秋天进宫时，她还拉着红衣，给她看自己绣给云歌的香囊。

为什么会这样？

云歌现在又是这样，命悬一线。

她不明白，究竟怎么了？才一个多月而已，究竟发生了什么？

孟珏一直沉默着，许平君柔声说道："孟大哥，你不告诉我云歌为什么会这样，我怎么帮你想法子？你是懂医术的人，应该知道，要对症下药，才能治病。"

孟珏的目光缓缓从云歌身上移开，看向许平君，眼中满是迷茫不解："一个连形状都还没有的孩子，比自己的命都重要吗？日后仍会有孩子的……"

"什么？"许平君听不懂。

"她究竟是因为孩子，还是因为刘弗陵？"

许平君看到云歌的姿势，猛地明白过来："云歌有孩子了？"话刚出口，又立即意识到另外一件事情，"她小产了？"

许平君身子有些发软，忙扶着榻滑坐到了地毯上，缓了半晌，才能开口说话："孟大哥，你是男人，不懂女人的心思。男人是等孩子出生后，见到了孩子，才开始真正意识到自己做父亲了；可女人却是天生的母亲，她们从怀胎时，就已经和孩子心心相连。小产后，男人也会为失去孩子难受，可他们依旧可以上朝，依旧可以做事，难受一段时间后，一切也就淡了，毕竟他们对孩子没有任何具体的记忆。女人的难受却是一生，即使以后有了别的孩子，她依旧会记得失去的孩子。"

孟珏的眼中是死寂的漆黑。

许平君还有一句话没有敢说：何况，这还是刘弗陵的骨血，这个孩子是云歌的思念和希望，是茫茫红尘、悠悠余生中，云歌和刘弗陵最后的联系。

"孟大哥，云歌的身体一向很好，孩子怎么会小产？"如果是别的女子，也许会因为丈夫离世，悲伤过度而小产，可云歌若知道她有了刘弗陵的孩子，只会更加坚强，好去照顾孩子。

孟珏一直沉默着，很久后，他才好似漠然地说："是我强逼她喝的堕胎药。"

"什么？你……"

许平君猛地站了起来，扬手扇向孟珏。孟珏静坐未动，没有一点闪避的意思。

"啪"的一声脆响，许平君自己都不敢相信，自己竟真的扇了孟珏一耳光，她手簌簌抖着，猛地转过了身子，去看云歌："我要带云歌走，她不会想再见你。"她转身向阁外行去，命人准备马车。

"你能带她去哪里？未央宫吗？云歌若不想见我，日后更不想见刘询。"

许平君的脚步定在地上，身上有股股的寒意，似乎再往前一步，就会打开漫天的暴风雪。她想问清楚孟珏，你说的究竟是什么意思，却没有一点勇气开口，只嘴唇不停地哆嗦着。

云歌的孩子，也是刘弗陵的孩子！刘弗陵的孩子……

云歌的下身又开始出血，孟珏一下从地毯上跳了起来，匆匆拿起金针，刺入她的各个穴位，可没有任何效果。

许平君无力地靠在柱上，眼中的泪，如急雨一般，哗哗而落，心中一遍又一遍祈求着，如果阎王殿上真有生死簿，她愿意把阳寿让给云歌，只求云歌能醒来。

云歌的嘴唇都已经发白，神色却异样地安详，双手交放在小腹上，唇畔还带着隐隐的笑。

孟珏用尽了方法，都不能止住云歌的血，他猛地拔出了所有穴位上的金针，抓着她的肩膀摇起来："云歌，你听着，孩子已经死了！不管你肯不肯醒来，孩子都已经死了！你不要以为你一直睡着，就可以当作一切都没有发生。孩子死了！是被我杀死的！你不是恨我吗？那就来恨！你若就这么死了，岂不是便宜了我？"

许平君冲过来拦他："你疯了？不要再刺激她！"

孟珏一掌就推开了许平君，他俯在云歌耳旁，一遍遍地说："孩子已经死了！孩子已经死了！孩子已经死了！孩子已经死了！"

三月听到响动，跑了进来，看到许平君摔在地上，忙去扶她。许平君满面是泪，握着三月的胳膊，哭求道："你赶快去拦住孟珏，他疯了！他会逼死云歌的！"

孟珏的声音忽地停住。

他臂弯中的云歌，如一个残破的布偶，没有任何生气，原本交握、放在腹前的手不知道何时已经软软地垂落，紧闭的眼睛中，沁出了两颗泪珠，沿着眼角，慢悠悠地落在了孟珏袖上。

三月喜悦地叫：“云姑娘醒了！”

许平君摇了摇头，云歌只是从一个美梦中醒来了，如今她又进入了一个噩梦。

孟珏小心翼翼地将她放到了枕上，唇贴在她耳畔，一字字地说：“你努力活下来！我等着你醒来后的仇恨！”

“她能醒来吗？”许平君望着云歌裙上的鲜红，没有任何信心。

孟珏冷漠地说：“没有人比我更了解仇恨的力量。”

第六章

[YUN ZHONG GE]

天山月依旧，不照去年人

虽然刘询不是霍光的第一人选，但霍光对现在的一切还算满意。在登基日，刘询当着满朝官员，盛赞他贤良。登基后，不管大事、小事，刘询都会事先征询他的意见。在两人的协商下，关中十万大军整军待发，准备给进犯的匈奴迎头痛击，霍成君入宫的吉日也已选定，可是在西域问题上，因为一个无名无望的人，两人之间却有了暗藏的分歧。

萧望之，东海兰陵人，一个普通的农家子弟，少年时勤奋好学，经纶满腹，才名在外。长史丙吉将他举荐给霍光，霍光专门召见了他，听闻他经史子集都能对答如流，的确才华出众，颇得霍光赏识。按理说他应该官运亨通才对，可因为在小事上忤逆了霍光，从此地位一落千丈，郁郁不得志。

刘询登基后，听闻此人，生了兴趣，命他觐见，交谈后发现果如外面传闻，经纶满腹，才华出众，当即决定重用萧望之。当然，刘询还有另一重更重要的考虑，此人因为得罪过霍光，被霍光贬抑多年难得志，必定对霍光有积怨，而自己此时缺的就是这种不畏惧霍光权势，绝不会被霍光拉拢的有志之士。

在西域问题上，刘询表现得不想卷入乌孙国的内乱，更不想动兵。虽然在霍光的一再说服下，勉强答应了出兵暗助乌孙，但是他打算派萧望之作为汉朝特使，随军同行。霍光激烈反对，刘询虽然不和霍光当面发生冲突，但是霍光一日反对萧望之，他就一日不理会乌孙的战乱。再加上，朝堂内本来就有不少反战派的儒生，认为国家刚刚安稳，更应该休养生息，实不该为了一个西域国家的内乱大动兵戈、劳民伤财，刘询十分欣赏他们的观点，自然顺应着众位儒生的谏言，按兵不动。

乌孙局势迫在眉睫，霍光无奈下，只得做了退让，接受萧望之为特使。在霍光退了一步的情况下，刘询也做了更大的让步，答应了霍光的要求，出兵西域。两方第一回合的斗争，看上去还是霍光占了上风，逼得不愿意动兵的皇帝都动了兵，但是，霍光却高兴不起来。

霍成君私下里劝解霍光："爹，皇帝只不过命萧望之去做特使，又不是什么大不了的官职，爹爹何必为此不开心？霍家的敌人少他一人不少，多他一人也不多！"

霍光苦笑："你也和外面的人一样，认为我没有重用他是因为他在小事上忤逆了我？你爹爹是如此心胸狭隘的人吗？"

霍成君讷讷地说："女儿错了！难道别有隐情？"

"萧望之是人才，不要说经史子集，就是兵法律典，他都能倒背如流，也许满朝文武，没有一个人能考倒他，皇帝一见他，惊为鸿儒，一点儿不奇怪，我当年也是这般反应。"

"此人竟然如此有才华？"霍成君惊异。

"我当时心生敬仰，立即将他留在身边，决定历练一番后，委以重任，但是时间长了，却慢慢发现此人原来是个纸上谈兵的赵括，而且他外表自诩清高、目下无尘，骨子里却好名重权，还一点儿都不肯承认。"霍光淡笑，"朝堂不但不是个纤尘不染的洁净地，反而是个污秽重重的肮脏地，只有两种人可以在这样的地方成就功业，一种是心性坚贞、无欲而刚的人，这种人如白莲，身在污泥，却丝毫不染，虽然结局常常会很悲惨，却会流芳千古；还有一种人则心思通明，表面上处事圆滑、手段狡诈，内心自有自己的行事原则，这种人像泥鳅，身在污泥中，却丝毫不被污泥所阻，反倒来去自如，甚至化污泥为己用，是匡扶社稷、治理国家的大才。像萧望之这样的人觉得自己是前者，可是他的自诩清高下深藏的是懦弱、贪婪，治国一定会误事。我阻止皇帝重用他，怕的是他误了国家，皇帝却以为我是害怕这般有‘才华’的人将来会制衡住我。”霍光的目中全是忧虑，再加上过早苍白的头发，让人觉得他显得越发老了。

霍成君听得发愣，看着面前的父亲，心底的感觉很奇怪，每一次，当她以为她已经看明白了父亲时，就会发现，还是没有看明白。父亲究竟是狠毒，还是善良？究竟是忠臣，还是奸臣？究竟是重情义，还是性凉薄？究竟是贪恋荣华的权臣，还是心性坚忍的智者？

父亲是第二种人吗？她小声地说：“父亲，你忘记说第二种人的结局了。”

“第二种人的结局？”霍光温和地凝视着女儿，笑了，很久后，他眺望着远处说，“有的能全身而退，有的被粉身碎骨。不过，我想他们并不在乎，只要达到了自己的目的，结局如何，他们不关心。”

一大清早，霍光就领着霍禹、霍山、霍云和霍成君去长安城外的霍氏宗祠，祭奠先祖牌位。

非节庆、非清明、非亲人忌日，霍光的举动在外人眼中未免奇怪，不过霍禹他们早就习惯。自小到大的记忆中，父亲高兴时，会来宗祠；不高兴时，也会来宗祠。宗祠里乌黑厚重的木门，氤氲缭绕的香火，似乎可以让父亲一切的心绪都平静。

他们只是猜不透，父亲这次究竟是高兴还是不高兴。朝堂上的一切都很顺利，按理说应该是高兴的，但青烟缭绕下父亲的面容，却有辨不分明的愁郁，看似在笑，可瞧仔细了总觉得笑下背负了太多东西，连一贯镇定从容的父亲似乎也觉得难以负荷。

祭奠了祖先牌位，一行人到厢房休息。

因为不是正式的祭奠，霍光自己虽不吃荤腥，但并不禁子侄食用，所以霍山听说刚从山中打了一只鹿，忙命人架炉烤肉。

两个丫头挽着袖子，拿着铁箸翻烤鹿肉，两个婆子在一旁煨酒。霍禹、霍山、霍云围着炉子，边吃酒，边说笑。霍光倚在暖榻上，一边啜着清茶，一边听着后辈们的笑语。霍成君嫌烟火味重，所以远离了炉子，坐在霍光下首。她手中把玩着个酒盅，默默沉思，酒冷多时，她都没有察觉。

“成君，你在想什么？”霍光问。

霍成君脸色有些苍白，往霍光身边坐了下，轻声说：“爹爹，就这样放过云歌了吗？”

女儿的执念竟如此重！霍光暗叹了口气：“云歌现在无足轻重，如今朝中局势不明，没有必要为了她，和孟珏势不两立。”

霍禹捕捉到“孟珏”二字，立即挥手让丫鬟、婆子们都退下。

霍山却理解错了霍禹的意思，笑拿起铁箸，夹起鹿肉来烤：“其实这东西要自己动手烤来吃，才有意思。”

霍云给自己倒了杯热酒，状似没有留意，实际却是凝神细听。

霍禹说道：“爹，孟珏是我们的敌人，本就势不两立，越早除掉他越好。”

霍光淡笑：“云儿，你说云歌是从长安城郊的农家中搜出，你们知道云歌之前是被谁囚禁着吗？”

霍云的手猛地一颤，酒全洒到了衣袖上，幸亏恰好霍山急匆匆吃了口鹿肉，被烫到了舌头，大呼小叫起来，把众人的注意都引了过去。

霍云趁机把酒杯搁下，偷偷瞟了眼霍成君，大大咧咧地说：“被人囚禁？不是刘弗陵安排云歌藏在那里的吗？”

“如果是刘弗陵安排的，为什么没有搜到国玺、兵符？为什么国玺、兵符最后会在刘询手里？孟珏说，云歌之前被关在冷宫。”

霍云、霍禹两人都“啊”的一声惊叫，满脸吃惊和不能相信。霍禹恨叹：“竟然就在我们的眼皮底下！”

“我们都低估了刘询，这位皇帝……实在不好应付。”霍光轻叹了口气，“他想要孟珏做他的刀，不过孟珏也不是个好相与的人，这把刀不肯顺他的心意来刺我。”

霍光说话时，霍云神色阴晴不定，瞅了好几眼霍成君，霍成君却只是低头静坐，一派泰然。

霍云收敛了情绪，也垂目而坐，只脸上罩着一层浓重的寒霜，不知道的人还以为他生气于被刘询戏弄了。

霍山把漱口的冰水一口吐掉，赶着问：“如此说来，孟珏倒不是我们的敌人了？”

霍禹冷着脸说：“是敌人，不过是需要拉拢的敌人，最好能让他的刀锋也对着皇帝，犯不着逼得他和皇帝联手对付我们。”道理虽然明白，气却咽不下，霍禹说着话，猛的一下把面前的酒壶从窗户砸了出去。

霍光听到霍禹说的话，本点了点头，看到他的动作，却又蹙了蹙眉。他侧头看向一直没有说话的霍成君：“成君，你怎么看？”

霍成君抬头一笑："爹爹、哥哥的话都很在理。我只是有点担心云歌那丫头，爹爹当时没有在场，所以不曾上心，可我亲眼看到她的眼神，就是现在想来，都是寒意沁骨，总觉得留着她，是个祸害。"

云歌怀有龙子的事情，越少人知道越好，所以霍光并未告诉其他人。霍禹三人听到他们的对话，都有些不能理解，但看霍光没有解释的意思，三人也不敢问。

霍光知道成君的话很对，留着一个深恨你的敌人，绝对不智。可是目前，孟珏和刘询都在保云歌的命，很难再动云歌，只能容后再说。

"目前最紧要的是应付好皇帝。新帝登基，免不了官员任免，如今又正要在关中和西域动兵，稍不留神，关中的兵权就会被皇帝拿回，云歌的事情以后再说。成君，你现在最重要的事情是为进宫做准备，刘询和刘弗陵不同，是个正常行事的男人，他应该会选纳妃嫔，用后宫的力量影响朝堂，你肩头的担子很重。"

霍成君的眉头不禁又锁了几分，沉默地点了点头。其实，从她暗中把云歌调换出冷宫，她和刘询的战争就已经开始了。她不相信他，他当然也不会相信她。

几人用完膳后，准备下山回长安。

除了开道的杂役，还有上百名侍卫前后守护，一行人浩浩荡荡地行在山道上。霍成君坐着红缎幔遮的小轿，霍禹三人骑着汗血宝马。霍光来时本坐的是轿子，回时突然动了兴致，命人寻了一匹青鬃马，骑马而行。

人虽多，却训练有素，没有任何喧闹声，冬天的山谷又静谧，只有马蹄踩着山道的"嘚嘚"声。

反正随着队伍而行，马又驯服，不需太过操心，霍山已经在马上打起了瞌睡。

突然，队伍最前面人叫马嘶，惊得山林中的鸟儿扑棱棱尖叫着飞起。

霍山的马一个急停，霍山被摔了下来，他刚要破口大骂，却看霍光他们都已经下了马。

霍禹和霍云拔刀，打算去护霍光。

霍光的表情很镇静，吩咐道："不用管我，保护好你们的妹妹。"

霍禹、霍云闻言，忙一前一后护住了霍成君，霍山发了一会儿蒙，脑子里面跳出"刺客"两字，才总算搞明白了状况，急忙拔出了刀，赶到霍成君身侧。

外围的侍卫纷纷拔出兵刃，准备阻挡迎敌，近身的侍卫则变换队形，围成了好几个圈，将霍光他们护在当中。

最外的一圈，搭箭挽弓，随时欲射；紧靠着往里的一圈，人人都手持过人高的青铜盾牌，搭于地上，彼此密接，像一个青铜城堡；最里面的两圈侍卫，有的身着软甲，擅长近身搏斗，有的身着重铠甲，随时可以用自己的身子挡开刀剑。

霍光的身前身后，还站了几个垂手而立的人，打扮如霍府普通家奴，但高鼓的太阳穴，显示出极高明的内家功夫。

等一切布置妥当，霍云、霍山都平静了下来，如此周密的保护，刺客怎么可能突破？他们都握着刀，看向圈子外面。

只见无数白灿灿的刀影中，一根乌黑的鞭子在随意游走，如灵蛇吐信，诡谲敏锐，鞭子的末梢，总有办法在密布的刀锋中寻到罅隙，攻入持刀人的手腕，轻轻一点，转瞬即逝，人却已如被毒蛇咬中，整个手臂都绵软无力，刀也就掉在了地上。

眼看着侍卫一个个被鞭子扫中，来人渐渐攻到了近前，霍光这才看清楚，刺客竟然只有两个人！

前面的是一个黑纱遮面的女子。一匹黑马，一袭黑衣，策马慢行，好似遛马。普通的马鞭不过半丈，她手中的鞭子却有三四丈长，舞得甚是漂亮，没有半点杀气，可鞭梢一点，就会有一个侍卫惨叫着弃刀。

女子身后，尾随着一匹通体雪白的马，马上坐着一个男子，锦衣裘袍，金冠玉带，端得是器宇非凡、华贵逼人，脸上却戴着个狰狞可怕的银狼面具，狼头铸造得栩栩如生，好似择人欲噬。温暖的阳光照射到银色的金属上，泛出冰冷无情的光芒，让人从心里透出阵阵寒意。面具上一双漆黑的眼睛，如寒星般清亮，面对他们的重重阵仗，流露着毫不在意的冷漠。

从出现到现在，地上已经死伤无数，他却只是坐在马上，袖手静看着一切，好似不仅仅他们的生死他没放在心上，就是他前面那女子的生死，他也压根儿不关心。

霍禹虽然性格傲慢，但自小被霍光严格训练，又亲历过几次血光激战，从不知道害怕为何物，可这次他的手有些发颤，未顾得上还有侍卫在和黑衣女子苦战，就举刀下令：“放箭！”

最外围的侍卫，立即射出了早已搭好的弓箭。

黑衣女子的鞭子快速挥舞，几丈长的鞭子，如一团旋风，将近身的箭全都卷落。

他们射出的箭，没有伤到敌人，反而将在外面围攻黑衣女子的侍卫全部射死。

霍山气急，跳上了马："大哥，我出去会会她！"

霍光刚想开口斥责他，只听一声洪亮的马嘶传来，伴着山谷回音，好似上千匹马在嘶鸣。霍山座下的马猛然一个拱背，将霍山摔了下来，紧接着弯下前蹄，跪在了地上。

霍禹、霍云所骑的两匹马也是面朝男子的白马跪下，而霍光所骑的青鬃马虽没有跪，却是左跳右蹿，极度不安，险些把几个侍卫踢伤。

男子的白马如同审视自己的臣子，看了一眼跪在地上的三匹汗血宝马，满意地刨了刨蹄子，又昂了昂头，三匹汗血宝马这才温顺地立起，俯首帖耳，再无以前"目中无马"的傲慢姿态。

霍禹颤抖着手，举起刀再次下令："放箭。"

这次的箭比先前更加密集，而且动用了几把弩弓，所以个别箭的劲力十分大，穿透了黑衣女子的鞭影，迫得女子拔出弯刀将箭击落。

霍禹见状，心中懊恼，早知道，应该带羽林营的一个弩弓队出来，任她武功再高，也得死在箭下。可是谁能料到？只是到长安城外拜祖，又不是打仗，这般的防护已是罕见。

"放箭！"

"放箭！"

……

黑衣女子在密集的箭雨中，艰难前行，好几次都险象环生、危在旦夕，可她身后的男子仍只是策马跟随，冷眼旁观，没有任何相帮的意思。

"放……"霍禹的眼睛突然瞪大。

只看男子的白马蓦然加速，在漫天箭雨中如一道银色的闪电，直向他们扑来，所有的箭都在一片可遮蔽天地的森寒刀影中坠落。

快到青铜盾牌前时，白马一声长鸣，高高跃起，如同流星一般，飞跃过侍卫重重的包围圈，稳稳地落在了包围圈内。他们以为坚不可摧的青铜盾牌城堡，竟然形同虚设。

所有侍卫立即大乱，前面有黑衣女子，后面有这个男子，他们不知道究竟该阻挡谁。

霍光身前的几个仆人同时出手。一人轻身跃起，想去攻击男子，一人去斩马腿，想将白马砍倒。

白马不等男子下令，就轻轻巧巧地避开攻击，后腿同时一踢，给想偷袭它的人一记重重的窝心脚。三匹汗血宝马见白马遇险，突然发难，扬蹄暴走，见谁踢谁，阻止着任何想接近白马的人。青鬃马也是又叫又跳，极度不安，想要逃走。混乱中，霍成君险些被马踢伤，霍山、霍云忙全力护住她，和几匹马打成一团。

在极度的混乱纷扰中，男子的刀却安静得像漫天轻舞的雪花，如雪一般寒，可以将一切凝固，令人连血里都透出冷；又如雪一般姿态曼妙、无处不在，每一刀都会落在人的要害。

实际只是眨眼的一刹那，可在霍光眼里，一切都好似慢动作，男子的刀，弧光轻旋，灿若星辰，飘若流云，似乎还述说着江南杏花雨里的一场旖旎相逢，可挡在他面前的人全被无情地斩杀。

在他的刀锋下，无坚不摧，保护霍光的几个高手一瞬间就身首异处。

霍禹眼睛都已全红，大叫："保护大将军。"

无数的侍卫如潮水一般涌上去，在众人铺天盖地的刀光剑影中，男子突然弃马，从马上飞身而下，动作如鬼魅一般无声无息。

霍光好似听到众人的惊叫，可是太快了，快得他根本来不及反应，脖子上已经一股寒意直透心底。

一切，立即，静止。

只有一个戴着银狼面具的男子，站立在霍光面前。

他手中的刀，搭在，霍光的脖子上。

霍禹、霍山、霍云的脑袋一片空白，霍光在他们心中是不可能倒的神，不管发生什么，他都有办法化解，霍光怎么可能会被人把刀架在脖子上？

霍成君呆了好一会儿，才有点醒悟，立即大叫："所有人都住手，退后！"其实不用她说，所有的人早已经停了动作，傻傻地盯着男子和霍光。

她看向男子，半恭敬半威胁地说："你刀下的人是大汉的大将军大司马，你若伤他半分，辱的是大汉国威，大汉必倾举国之力诛杀你和你的家族。不过，如果你肯放下刀，不管你是有冤，还是有求，我们都会尽力答应你。”

霍光虽然面色有些发白，却没有任何慌乱，唇边反抿着抹淡笑，从容地问道：“不知公子来自西域哪国的王族？汗血宝马胁如插翅，日行千里，被视为马中的‘天马’。据《史记》记载，大宛国贰师城附近有一座高山，山上有野马，奔跃如飞，可是速度太快，人类根本无法捕捉，于是大宛国人想了个办法，在春天的晚上，把五色母马放在山下，野马与母马交配后生下的就是汗血宝马。我朝武皇发兵二十万求汗血宝马，得了千匹，视若珍宝。可汗血宝马的优异就是来自野马的宝贵血脉，我朝汗血宝马传到现在，虽然神骏，却早已经不能算真正的‘汗血宝马’了。你的这匹白马，想必是野马马王的后代。老夫年轻时，也曾去过西域，却没有机会去大宛，说来还没有见过真正的‘汗血宝马’，倒是该多谢公子，让老夫一睹天马神姿。”

霍光竟在刀锋前，侃侃而谈，如果不是眼前的景象太怪异，听的人肯定以为他是在和子侄讲古。男子却毫无所动，只是一言不发地静站着。

忽听得马蹄“嘚嘚”，却看是黑衣女子骑马而来。因为霍光遇险，众人心神被慑，根本不知道黑衣女子何时脱身。

黑衣女子在马上回道：“三少爷，五个想去搬救兵的人已死。”

霍光的脸色终于变了一变，他想拖延时间的心思竟然完全被看透。他强笑了笑，开门见山地问道：“公子若想杀我，老夫早已毙命，你想要什么？”

男子的声音冷漠如冰：“我要见云歌，大将军命人将她接来，她若毫发无伤，你自然也毫发无伤。”

再过半个时辰就是原定的云歌问斩时间，看来此人是专程来救云歌。霍光呆了一下后，反倒轻松起来。原本怀疑此人会和刘询有瓜葛，不料竟是为云歌而来，那就好！如果此人是刘询的盟友，霍氏可就凶险了。

霍成君想张嘴道明实情，却又迟疑起来。如果来人知道云歌已经不在他们手里，会轻易放过父亲吗？他刀下的人可是大汉的大将军大司马，不管他提什么要求，都可以实现，错过了今日，绝不会再有下次机会。

霍光本是多疑的人，可是很奇怪，他相信这个把刀架到他脖子上的人。这人举止间的倨傲，竟让他觉得几分熟悉：“云歌的罪名早已撤销，已经放出大牢，如今在谏议大夫孟珏府上。”

男子深盯了他一眼，一言不发地撤刀，转身，上马，一连串动作，行云流水。眨眼的工夫，他的人已经在马上了。

仍有几十个铠甲森寒的侍卫手持刀戈，围在他身周，他却视若不见，十分从容地策着马离去。

他来得莫名其妙，走得也莫名其妙。

一地的尸首，众人的心惊胆寒，竟好似只是他的一场游戏。

霍山怒喝了一声，将手中的宝刀扔向他。

霍禹如梦初醒，立即下令："追杀来人！陈田、王子怒立即去调羽林营。"

男子闻声回头。

霍山的刀在空中，呼啸着直直击向他的脸。众人都以为他肯定能避开。却不料，男子不避不闪，任由刀直直击在了面具上。

"啊！"

不少人的惊叫声中竟透出了一丝惋惜，却是惊叫未完，就变成了目瞪口呆。

只看银狼面具从中裂开，男子却毫发未伤，显然他是有意如此，狰狞的面具下，竟是一张清冷异常的俊颜。

男子的目光在霍光面上微顿一下，转回了头。

不过一瞬。

一匹白马，一匹黑马，迅速消失在山林中。

看清楚男子容貌的刹那，霍光如遭雷击，眼前一黑，直直向地上栽去。

霍云忙扶住了他："伯伯，伯伯……"

霍禹、霍山、霍成君都立即围了过来。

"爹，爹！"

"伯伯，伯伯！"

七叫八嚷中，几个仆人又是给霍光顺气，又是烧艾草给霍光嗅。

霍光的气息略微平顺，人却迟迟不能回神，似乎在发呆，又似乎在思索。半晌后，他对霍禹吩咐："不许再追那个人了，也不许对任何人提起今天的事情。"想了想，他又吩咐："回去后，把今天的侍卫全都安排到边疆参军。"

霍禹虽心中不解，却不敢发问，只能连连应“是”。

云歌是三月见过的最听话也最冷漠的病人。

不管多苦的药，只要端到她面前，她肯定一口喝尽，不管多疼的针灸，她都能毫不皱眉地忍下来。

可是，别的事情上，不管花费多少心思，她都视若无睹。

她对所有人都很冷淡。那种冷淡，不是居高临下的傲慢，而是小心翼翼的戒备。

三月想起她以前眼神中纯净的笑意时，会觉得很心酸，也终于能体会到几分公子的心境。连她这个旁观者都如此，当事人的心中滋味只怕绝非“心酸”二字能道明。

冬日的天黑得早，所以晚膳也用得早。

三月服侍云歌用完饭，收拾了餐具出来，却见淡青的冥光中，两个人立在院子里，一个黑纱遮面的女子，一个背光而立的男子。

三月自恃武功不弱，可这两个人何时进入院子，又在这里站了多久，她竟一无所觉。更何况，云歌住的地方，二师兄和五师弟轮班带人守护，这两人竟能不惊动任何人，就站在了院中。

她谨慎地后退了一步，用力将餐具砸向地面：“来人！”

男子好似有些不耐烦，大步向屋内行去。

三月想拦，一根鞭子，倏忽而至，鞭尾几探，已将她去路全部封死。她看到男子进了屋，又听到屋内传来云歌的惊叫声，急得要哭出来。如果云歌再有意外，她如何向公子交代？

黑衣女子看到她的样子，轻声说：“从你准备晚膳时，我就跟在你身后，看得出来，你对我家小姐很费心照顾，多谢你！”

随着她的话语，她手中的鞭子渐渐慢了下来，三月恍惚了一瞬，终于明白了女子话里的意思：“云歌是你家小姐？”

八月、九月匆匆跑进来，看到三月被人袭击，二话不说就左右攻向黑衣女子。出手就是杀招，三月大骇，对黑衣女子叫道：“小心！”

刚跨进院子的孟珏，却是叫道：“竹姑娘，手下留情！”

阿竹袖中的弯刀收了回去，人斜斜飞开，三月替她挡下了八月的剑招，九月的双刺被孟珏匆忙间扔过来的一块玉佩砸到了地上。

阿竹向孟珏行了一礼："见过孟公子。"

孟珏作揖回了一礼："多年未见，你一切可好？几时到的长安？"

"很好。中午刚到。"

孟珏看向屋子："曜也来了吗？"

阿竹解释道："云歌要被砍头的告示贴到了敦煌郡，知情人就立即赶来向三少爷通报消息，不是我们不信任孟公子，实在是兄妹连心，没有办法不担心，请孟公子见谅。"

孟珏神情黯淡，向阿竹作揖："我哪里敢怪罪？当年曾在云歌双亲面前许诺过照顾她，不想照顾成了这样，该是我向你们赔罪。"

阿竹侧身避开，温和地说："我相信公子已经尽力，只是……我家少爷的脾气，还望公子看在云歌儿的分上勿往心里去。"

孟珏点了点头。

"我们刚到长安，还不知道发生了什么，云歌究竟做了什么要被砍头？"

孟珏没有回答，半晌后，才说："如果云歌想说，她会自己告诉你们。"他犹豫了一会儿，还是走向了屋子，到了门口，却再不往前。

这几日，如木偶人一般的云歌，终于有了几分人气，低头而坐，眼泪一颗颗地滴到被上。坐在榻侧的男子，盯着云歌，剑眉深锁，似乎很生气。

兄妹两人，一个只是坐着，一个只是垂泪，大半晌都一句话不说。

以男子的寡言少语也终于受不了了："云歌儿，你哑巴了？我问究竟谁欺负你，你怎么一句话不说？哪里来的这么多眼泪？"

云歌仍只是沉默地掉眼泪。

云歌自小是个话篓子，没人搭理都能自己和自己嘀咕半日，几曾沉默过？男子又是心疼，又是气闷，平生第一次放软了声音说话："谁欺负了你，你告诉哥哥，我帮你有仇的报仇，有怨的解怨，好不好？收拾完了他们，就带你回家，你想要什么，我都帮你去寻，你想要去哪里玩，我也都陪你去。"

没想到云歌的眼泪不但没有停，反倒一下扑到他怀里，呜呜地哭起来。

三哥有些无措，云歌儿只在二哥面前会如此，在他面前一贯嘴硬调皮，他身子僵硬，似乎完全不知道该怎么办。好一会儿后，他才学着二哥的样子，轻拍着云歌的背，只是做来极不习惯，脸上的表情很是古怪。

他看向站在门口的孟珏，孟珏抱拳一礼，他却只微挑了挑唇角，眼中全是不屑的讥讽。

孟珏淡淡一笑，好似淡然自若，实际全身都在戒备，只要云歌的手指指向他，下一瞬到的肯定就是她三哥的刀锋。

云歌哭了会儿，慢慢收了泪，靠在三哥的肩头问："我还以为你们都不要我了！爹呢？娘呢？二哥呢？你们怎么都不来看我？"如果三哥能早点到，也许一切……

云歌说着话，眼睛里面又有了泪光。

这丫头把砍头当家族聚会吗？三哥微蹙了蹙眉，没有回答。

阿竹回道："老爷和夫人还不知道，去年他们从吐蕃回来时，路经达坂山，碰上雪崩……"

"什么？"云歌现在如惊弓之鸟，一点刺激，就脸色煞白。

阿竹忙道："老爷和夫人性命无忧，只是人被困在了山谷中，一时半会儿出不来，怕是要等到春天，待雪化一些，才能设法出来。"

"那……那……"

"小姐不用担心，三少爷会把食物、衣服都准备好，雕儿会把东西都带进山谷。"

三哥蹙着眉说："你别闲操心！我看爹把那里当成世外仙居了，竟然命我送毛笔和大食的地毯进去，还指定毛笔要用羊脖子上的毛做，地毯要大菊花样式的。"

"二哥呢？"

三哥的脸色有点难看。

阿竹刚想说话，三哥不耐烦地说："全家最笨的是你！二哥的事情，他自己会摆平，实在不行了，还有我，轮不到你操心，你的事情呢？究竟怎么回事？若没有重要事情，我们立即回西域。"

阿竹柔声问："小姐，我看你面色不好，是病了吗？"

云歌沉默了一会儿，说道："三哥，我的事情我也会自己处理好。我知道家里肯定有很多重要的事情等着你去办，你和阿竹先回去吧！"

"你不和我回家？"

云歌眼中泪意蒙眬："现在不，等我……处理完一点事情，我会回去的。"

三哥凝视了一会儿云歌，点了点头。虽然是兄妹，可人生都只属于自己，没有任何人可以替代另一个人的人生。

三哥冷声说："不要让我下次冷不丁地又收到你要被砍头的告示！"

阿竹轻声说："三少爷一看到告示就立即上路，从知道消息到现在，几乎没休息过。"

三日内从西域赶到长安，即使神骏的汗血宝马都会累呀！何况三哥的身体本就不好。云歌自小产后，只觉得心里如结了冰，连血管里的血都是冷的，现在却觉得不管发生什么，总有一个小小角落会是暖的，好想就此缩回那个温暖的角落里面去，可是，想到孩子……

如果他活着的话，会有疼爱他的舅舅；会有武功高强的阿竹陪他玩；还有一个会做菜的娘，她会做给他天下最好吃的东西，她会带他去爬天山，去吐鲁番吃葡萄……

可是，没有了！什么都没有了！他什么都没有看到，就被人残忍地带走了！

云歌抬眼看向了孟珏。

孟珏平静地微笑，一切情绪都被遮掩住。

云歌眼内的寒芒，刺入他墨黑的双眸中，很快就被吞噬干净，竟是激不起一点惊澜。

三哥突然说："云歌儿，我替你另安排一个住处。"

云歌有些不解，难道三哥的势力伸展到了长安？可父亲不是不许他们踏入汉朝疆域吗？但能离开孟府，绝非坏事，云歌点了下头。

三哥一言不发地抱起了云歌，向外行去。孟珏让到了一旁，三月想说话，却被孟珏的眼神阻止住。

这段日子以来，从未有过的安心。云歌窝在哥哥怀里，沉沉而睡，迷迷糊糊中觉得马在爬山，睁开眼睛一看，果然人在山道上。

又行了一会儿，云歌看四周有不少墓碑，不禁问道："三哥，这是哪里？"

"你小时候不是一直问，有二哥、三哥，怎么没有大哥吗？"

"嗯，可是爹娘总是不肯回答，每次我问，娘看上去又是伤心又是自责。二哥后来和我说不要再惹娘伤心，等我长大，他会告诉我的。"

三哥勒住了马，停在一个宏伟的陵墓前。

他抱着云歌跳下马，淡淡说："这就是大哥。"

云歌"啊"的一声，因为小时候早已猜到大哥已死，所以惊讶远大于悲伤。大哥的坟墓竟在汉朝！

她向前走了几步，仔细看墓碑上的字："哀侯霍嬗"。墓碑侧下方还刻着几排小字："嘉幽兰兮延秀，蕈妖淫兮中溏。华斐斐兮丽景，风徘徊兮流芳。皇天兮无慧，至人逝兮仙乡。天路远兮无期，不觉涕下兮沾裳。"落款刻着"思奉车子侯歌孝武皇帝刘彻"。

云歌看到前面的诗还未觉什么，待看到"孝武皇帝刘彻"的落款时，猛地一惊，大哥是什么人？武帝竟然会为他的离去而"不觉涕下兮沾裳"。

云歌刚想问，却看三哥跪在了墓前，恭恭敬敬地连磕了三个头。见一贯倨傲冷漠的三哥都如此恭敬，她也忙跪了下来，面朝陵墓磕头："大哥，对不起。我不知道你也在长安，现在才来给你行礼。"

三哥行完礼后站了起来，云歌问："原来二哥的霍不是名，而是姓，大哥和二哥都姓霍，我们两个也姓霍，对不对？我还一直以为我们和匈奴人一样，是没有姓氏的。哀侯？大哥怎么会是汉朝的侯爷？爹娘为什么不把大哥的陵墓迁走？留大哥一人在这里，好孤单。"

三哥没有回答，目光看向了陵墓侧面，冷声说："霍大人已经听了很久，心中疑问应该已解。"

霍光从松柏林中缓步而出，面色异样地苍白。

霍嬗？霍光？云歌心中一震，似乎明白了什么，本就还在病中，身子一软，就向地上倒去，阿竹忙抱住了她。

霍光细细审视着三哥的面容，半晌后，好似才确认了一切："你叫什么名字？"

"霍曜。"

霍光笑着点头："日、月、星为曜，天地七星为曜，像大哥起的名字。"看向云歌时，笑容却有些勉强，"云歌是大哥的小女儿？"

"父亲的老来女。"一向不多话的霍曜，又特意补了一句，"我们家最宝贝的一个。"

"大哥他……他……"霍光的脸色越发得没有血色，竟说不出一句完整的话。

"我爹和我娘都很好。霍大人应该不喜我在长安久留，我会立即离开长安，不过云歌还想在长安再玩一阵子，我就把她托付给霍大人了。”

霍光怔了一瞬，刚想开口，霍曜却剑眉微扬，飘然退后，护住了云歌，唇角一丝冷笑：“好个霍大人！”

半晌后，霍光听到陵墓四周窸窸窣窣的声音。

霍光忙道：“不是我的命令。”又扬声命令：“是谁？立即出来见我！”

只看霍成君策马而来：“爹，女儿看你独自一人出城，放心不下，所以偷偷跟了来。女儿已经命人包围了这里，可爹爹你怎么……”霍成君怎么都想不明白，一贯谨慎小心的父亲怎么会和刺客如此接近，难道不怕再次被挟持吗？

霍光叫道：“成君，命所有人都退下，你过来，爹有话和你说。”

霍成君迟疑了一会儿，跳下了马，慢慢走到霍光身侧，惊疑不定地看看霍光，再看看云歌他们。

霍光指了指霍曜和云歌，语声艰涩：“那是你的哥哥和姐姐，你过去给他们行个礼。”

霍成君眼睛大瞪，嘴巴圆张，满脸震惊。

云歌却是蓦地扭转了头，紧咬着唇，身子不停地颤着。

霍光对霍曜说：“供奉祖宗灵位的宗祠就在不远处，既然来了，就去给祖先上炷香吧！还不知道有没有下一次。”

霍曜想了一瞬，点了点头。

霍曜带着云歌在霍氏的列祖列宗牌位前，依次磕头、敬香。行到“霍去病”的牌位前时，霍曜看牌位前面的香炉内香灰甚厚，香炉却纤尘不染，眼中的冷凝不禁淡了几分。

云歌怔怔看了会儿“霍去病”的牌位，喃喃说：“这就是爹爹的真名了，我听过这个名字的。”

霍光对霍曜说：“你放心回西域，云歌在长安一日，我一定会尽心照顾她一日。”

霍曜拱手为揖，终于说道：“多谢叔叔费心。”

霍光看着他和大哥相似的容颜，眼眶一酸，忽觉得众多的计较、愤怒、不解、担心都不重要了。这么多年的恨憾不就是大哥莫名猝死、嫂子自尽吗？不就是大哥的无后吗？

敬完香后，霍光让霍曜坐到他身旁，细细问着大哥和嫂子的一切。

霍光心情激荡下，恨不得让霍曜把所有的事情都仔细告诉他，可霍曜不喜说话，又心冷性淡，霍光问十句，他不过几个字就答了过去。

霍光听得心急，却无可奈何，阿竹见状，说道："霍大人想知道什么，以后可以慢慢问云歌儿，云歌儿是个话篓子，一件小事，她都能讲一天。"

霍光看了眼缩坐在角落里的云歌，再看看缩坐在另一个角落的成君，只觉面上笑容僵硬，干笑了两声，将尴尬掩饰了过去。

霍光想到霍曜常年在西域游走，心内一动，欲张口询问，却迟迟不能开口，只觉那个名字竟有千金重，压得舌不能言。

霍曜见他再无问题，起身想走，霍光一急，不禁冲口而出："曜儿，你可听说过冯嫽？"

霍曜面容冷淡，只微微点了点头，就再无下文。

霍光想问，却不知道从何问起。流年匆匆，已是多少年过去了？怔怔半晌，叹了口气，摆了摆手："你们兄妹还有许多话说，我不耽误你了，你去和云歌道别吧！"

霍曜微一颔首，向云歌行去。

霍光将一切情绪都收到了心底，面上又带上了惯常的从容镇定。

立在灯旁的阿竹将刚才的一切尽收眼底，忽地开口说道："西域人怎么会不知道冯夫人的名字？解忧公主在汉朝积弱的情况下，联西域诸国，阻匈奴、羌族。她将汉人的文化、医学传授给西域各族人，用怀柔的手段让西域各族对汉朝心生景仰，这些事迹，西域人尽皆知，可她的功劳至少有一半来自冯夫人。"

霍光虽未说话，眼神却是一暗。好一会儿后，仔细打量着阿竹说："你这番话不是一般西域人说得出来的。"

阿竹的面容被面纱所遮，看不清楚神情，只听她接着说："我记得多年前，老爷、夫人还和冯夫人有过一面之缘，三人相谈甚欢，大醉而散。老爷很少赞人，却曾说过冯夫人和解忧公主是'巾帼豪杰'。"

霍光一呆，眼内神色似喜似愁，竟有几分少年人的扭捏，喃喃问："大哥……大哥他真的这么夸赞她们？"

阿竹点了点头。

霍光忽又想起一事，既喜且忧地问："大哥当年威名赫赫，她又聪慧异常，她可猜到大哥的身份？”

阿竹道：“我不知道。冯夫人也许猜到了，也许没有。”

霍光低头不语。

阿竹向霍光静静行了一礼，退了开去。

霍曜坐到云歌身旁，看到云歌消瘦的面庞，十分心疼，连话都不愿多说的人，竟然重复问道：“云歌儿，你真的不随我回去吗？”

云歌呆呆地望着三哥。

霍成君是她的妹妹？！她深恨的人竟然是她的妹妹？

她该怎么办？

……

霍曜从怀内掏出一个东西，放到云歌手里。

触手柔软，云歌低头一看，眼泪顿时夺眶而出，急雨一般洒了下来。

乌黑的发绳，其上挂着一副女子的耳坠。自从星下盟誓后，它终于又回到了她的手中。

霍曜本是想让云歌开心，不明白怎么又把妹妹的眼泪招惹了出来，几分懊恼地说：“我记得你小时候哭着闹着要这个东西，这次出来，看娘不在，我就给你偷偷带出来了，早知道如此，就不……”

云歌紧握着发绳，哽咽着说：“多谢你，三哥，真的，多谢你！”手中的发绳柔软温润，云歌的心却如被尖冰所刺、鲜血淋漓的痛。她俯在哥哥的肩头，低低却坚定地说：“我要留在长安。”

霍曜扫了眼霍成君，问：“你想留在霍府吗？如果你不喜欢，我替你另找地方。”

云歌下巴靠在哥哥的肩头，眼睛却盯着霍成君，一字字地说：“就住霍府。”

霍曜抚着云歌的头，极温和地说：“只要你觉得高兴，不管你想做什么都去做，若需要帮手，就派人来找我，这世上，我只知道你一人是我妹妹，别人，我都不认识。不过，记住了，等心头舒服一点时，就忘记长安，回西域，我们叫上二哥一起去爬天山。”

三哥罕见的温柔中透着好似洞悉一切的理解，云歌眼泪哗哗直落，呜咽着点头，心中却明白天山依旧，人已不同。

等云歌不哭了，霍曜牵着她的手，走到霍光面前："叔叔，侄儿告辞。"

霍光站了起来："路上小心。见到你爹，就……就……"兄弟二人只怕永无相见之日。这些年，他所做的事情，大哥应该全都知道，一切言语都显得苍白无力，霍光苦笑了一下，说："你安心回去吧！我会照顾好云歌。"

霍曜对霍光行了一礼，转身而去。

云歌追送到门口，看三哥和阿竹翻身上马，策马离去。

寒夜中，三哥的背影越行越远，云歌觉得心中唯一的暖意也越去越远，到最后，只有掌中的一副耳坠，刺得掌心阵阵疼痛。

霍光咳嗽了几声，清了清嗓子说："云歌，当心身子，不要站在风口里。过一会儿，等仆人备好马车，我们就回家。"

云歌将发绳小心地挂到了脖子上，轻抚了一下上面的坠子，默默走回了屋内。

一直不说话的霍成君却是猛的一下把怀中的手炉砸到地上，从榻上跳起，急匆匆地要冲出屋子。

霍光断然喝道："成君！"声音中有不容违背的威严和隐含的警告。

霍成君停在了门口，看不见她的神色，只看寒风吹拂，鼓得她的衣裙簌簌直抖。好一会儿后，霍成君缓缓回身，盯着云歌，行了一礼："姐姐见谅，是妹妹无礼了。"

第七章

[YUN ZHONG GE]

故剑情深千载颂，人心难测万古理

民间若有长辈去世，需守丧三年才可论婚嫁，天家以月代年，“三年”丧期早满。霍成君如众人所料，顺利入宫，得封婕妤，赐住昭阳殿。不过因为孝昭皇帝还未下葬，所以并未举行什么大的庆典。

官员们比较了一下许婕妤和霍婕妤所住的宫殿，谁轻谁重已经一眼明了，一个个开始琢磨着准备什么礼，到时候好能最快送到霍府，恭贺霍家小女得封皇后。

霍成君入宫后不久，一顶青帘小轿将另一个女子抬进了未央宫。她侍寝了刘询一次后，得了个“长使”的封号，赐住偏僻的玉堂殿。“长使”的品级，光听名字就可以明白，不过比普通的使唤宫女稍强一点，所以朝中众人都未留意。只有住在金华殿的许平君和大司马霍光留意到了这位姓公孙的女子。

因为刘弗陵壮年驾崩，事出仓促，帝陵还未竣工，所以迟迟不能下葬。在如何安葬刘弗陵这件事情上，刘询十分为难。如果举行盛大的葬礼，一是国库吃紧，二是时间上会耽搁很长，修建帝陵往往需要多年，天气渐热，总不好一直停灵梓宫。可是如果简单了，他更怕朝臣日后的非议。

为了此事，刘询几次征询霍光的意思，可霍光这个老狐狸，从不肯正面回答他，总是搪塞着说“臣听从陛下的旨意”。弄得其他朝臣更不敢说话。无奈下，刘询只能去长乐宫，向上官小妹拿个主意。

刘询本准备了一堆说辞，想着如何委婉地说服上官小妹同意尽快发丧，毕竟此事关系着上官小妹在全天下面前的尊贵和体面，上官小妹肯定不希望丧事简单。不料，上官小妹听完他来意，未等他再开口，就说道：“哀家会颁旨意，禁奢华、从简朴。”

有了上官小妹的旨意，不管有任何差错，将来都无须他承担责任。刘询对上官小妹的感激又增一重，倒头就拜：“皇孙替天下黎民谢过皇祖母。”

小妹只淡淡的一丝笑，恍若不见。他几曾看重过这些？看现在的局势，汉朝和羌族的战事只怕不可避免，军饷粮草都是大花费，我若想大葬，他倒会不悦。

有了上官太皇太后的旨意，一切容易了很多。

经过两个多月的赶工，帝陵接近竣工。朝臣商议下，孝昭皇帝的葬礼定在了一个月后，由太常蔡义主持，葬于平陵。

霍光将消息告诉云歌，问她想不想在大葬前，单独祭奠一下孝昭皇帝，他可以替她安排。

云歌的反应出乎霍光预料，她呆了一呆，竟是好像不明白霍光在说谁：“我为什么要去祭奠孝昭皇帝？”一扭身子，她自顾走了。

霍光只能心内暗愁百结。云歌自住进霍府，就是这副不冷也不热的样子。成君先前的心思，他还能看懂，可如今也如云歌一般，心思深藏，任人揣测。在成君进宫前，霍光好几次想劝一下她，可她从不给他机会开口。无奈下，霍光只能等待时间化解一切，也只能希望时间能化解一切。

孝昭皇帝下葬的日子，司天监预测是个晴天。

可那一天，棺柩刚出未央宫，晴天忽变成了阴天，紧接着，小雨淅淅沥沥地下个不停。自春入夏，八百里秦川一直无雨，刘询急得日日难以安眠，唇上都起了水泡。

今日，忽然见雨，虽道路泥泞难行，身子被淋得透凉，心里却难得地轻松起来。

举国皆丧，抬目望去，只见天地白茫茫一片。

一遍又一遍的叩拜，一道又一道的诏书，等大礼全部完成，封墓的时候，刘询心中忽地一紧，没有立即开口传旨，下意识地看向山陵四周。扫视了一圈后，却未看见最该来送别的人。他又投目百官所跪的方向，既是意料之内，也是意料之外，孟珏不知何时，已经离开。刘询收回了目光，凝视着孝昭帝即将安寝的陵墓，心中百味杂陈，迟迟没有出声。

众位官员以为新帝刘询不舍孝昭皇帝，一个个哭声突然加大，都用尽了力气哀号，唯恐显得自己不够伤心。

伴着凄风冷雨，天地间一片萧索。

上官小妹反倒神情木然，冷冷地叫了声“陛下”。

刘询心中一震，眼中的迷茫一扫而空，只余坚毅。他向蔡义点了点头，蔡义扬声下令，封闭地宫。

封墓石落下后，地宫就永无开启之日。

轰隆隆的巨响中，一代帝王永沉地下。

三岁就被百官赞为神童，八岁稚龄登基，未满二十二岁就突然病亡。他的生命短暂如流星，虽然也曾有过璀璨，可留给世人的终只是抬头一眸、未及看清的匆匆。

同一时间，长安城外一座无名的荒山顶上，一个红衣女子临风而立，任雨打面。

连绵起伏的山岭被蒙蒙雨幕笼罩，合着山涧雾霭，视线所及，是飘摇不定的昏暗。天地的晦暗衬得女子的一身红衣越发显眼。

她似乎寻找着什么，一步一步地向山崖边靠拢，山风鼓得衣裙像一朵变幻无形的红云，裹着纤瘦的身躯摇摇欲坠。已经到山崖边，云海隐着乱石，根本看不清足落处，只要一步踏空，她就会化云而去。

隐身在暗处的孟珏，淡然地看着崖顶独立的女子。

眉梢眼角，冷凝如冰。

他身后站着于安。雨点纷纷，于安脸上满是湿意，他抹了把脸上的雨水，却抹不掉心底流动着的深沉悲悯。

“云歌和先帝来过这里？”清淡的语气中，孟珏并没有太多疑问的意思。

于安谨慎地开口说：“先皇刚知道自己病时，曾带云姑娘出过一次宫，当时老奴驾着车，无意中行到了这里。”

“今日，看不到日出了！”

云歌轻轻地叹了口气，倒也未见得有多遗憾。转身沿着泥泞山道而下，在雨丝织成的网中，安步当车，缓缓而行，全然未把凄风苦雨当回事。

此山本就难行，现在有雨，路就更加难走，可云歌起落间很是从容。于安看了暗惊，云歌这段日子只怕花了不少时间练武。

云歌出城时，还是半夜，路上无人，此时回城，却正过晌午，路上行人不绝。

皇帝出殡，长安城内，处处麻衣白幡，她的红衣格外扎眼，见者纷纷回避，唯恐惹祸上身。

未行多久，一队兵士将云歌拦住，叱骂了几声后，想将她锁拿回衙门。云歌自然不肯随他们去，出手挡开了士兵。

新皇登基，旧帝出殡，本就是敏感时刻，云歌一身红衣招摇过市，还公然拒捕，官兵大惊，立即调兵团团围住了云歌。

云歌嘴边一抹淡笑，竟是随手从一个士兵手中抢了把长刀，就在长安闹市中和官兵打了起来。

于安急着叫：“孟公子！”今天的日子，云歌如此当街大闹，可是人证物证俱全的大罪。

孟珏却是好整以暇，负手立在商铺屋檐下，隔着蒙蒙雨幕，冷漠地看着长街对面的混乱。

云歌虽然招式精妙，可双拳难挡人多，渐渐地，险象环生。于安看孟珏依旧一副坐看风云的神情，急得正想不顾后果自己出手，却看到一顶白璧素绸马车停在了路边，几个熟悉的面孔护在马车边上。

一个灰衣男子弯着身子，似在听马车里的人吩咐什么，一瞬后，他匆匆跑到官兵统领前，出示了一个腰牌，说了几句话，统领惊诧地望了眼白璧马车，遥遥向马车行跪拜大礼。车帘微微挑开，一只手轻抬了下，示意他平身。

统领下令兵士住手，竟丢下云歌，整队而去。

因为怕惹祸上身，路人早已躲开，各个商铺也都紧闭大门，此时官兵又突然离开，原本喧哗的街道刹那间变得冷寂无声，只屋檐上落下的雨滴，打在青石街道的积水中，发出长短不一的“叮咚”声。

云歌不解地愣住，视线扫过长街，看到屋檐下站着的孟珏。

细细雨丝织成的雨幕，如同珠帘，遮得他面容不清，可太过熟悉，只一个模糊的身形，她已知道是谁。

云歌以为是他多事，冷冷一笑，丢下长刀，就要离开。

白壁马车的缎帘挑起，一个宫装素服的女子跳下马车：“云歌！”

云歌脚步停住，回头看向匆匆朝她跑来的女子。

女子身后，两个宫女手忙脚乱地一边撑伞，一边追：“娘娘，娘娘，小心淋着了！”

许平君站定在云歌身前。她一身素服，头上戴着白色绢花，以示重孝，云歌反倒一身红色艳衣，如同新嫁。

两个宫女用伞遮住许平君，雨滴沿着伞沿垂落，如一道珠帘，隔在了云歌和她之间，许平君一挥手挡开了伞：“你们都下去！”

两个宫女忙垂首退了开去。

许平君张了好几次口，却都不知道该说什么。自别后，风云太多，她都不知道该从何说起。而心中对云歌有太多愧疚，压得她在这个几分陌生的云歌面前有些直不起腰来。

云歌凝视了她一会儿，忽而一笑，笑意将她眉眼中的冷漠融化，她轻声说道：“姐姐，你做娘娘了。”

许平君心头终于一松，她还是云歌的“姐姐”，不管多少风云，至少这点还没有变。

许平君牵着云歌的手，忽地沿着长街跑起来，一串串的泪急急坠落，幸亏有雨打在脸上，所以没有人知道那些滑落的水珠是从她心头落下。

只看长街的迷蒙细雨中，一个白衣女子，一个红衣女子，手牵着手，飞一样地跑着。迤逦的裙裾微微鼓胀，如半开的莲，砰砰的脚步声中，莲花摇曳着闪过青石雨巷，给本来清冷的画面平添了几分婉约。

在她们身后，飞溅起的雨花，一朵又一朵缤纷地盛开，全都是苍茫易碎的晶莹。

许平君不知道她究竟想逃离什么，又想追寻什么，她只是想跑。

奔跑中，似乎这段日子以来，被束缚在未央宫内的压抑都远离了她，她仍然是一个可以在山坡上撩着裙子摘野菜的野丫头。

好像跑过了大半个长安城，跑到她的力气都已经用完时，她的脚步渐渐慢了下来，剧烈的喘息中，她看向云歌。云歌发髻松散，湿漉漉的发丝紧贴着脸颊，显得很狼狈，眉眼间的笑意却是十分浓烈。

许平君脸上的泪仍然混在雨水中滑落，可唇边却绽开了笑。

两人你看看我，我看看你，忽地相对着大笑起来。

人生路上的疯跑，只要能有个人陪伴，就值得大笑了。不管这种陪伴是来自亲人、爱人，还是朋友，都肯定是幸运的。

她没有福气享受来自亲人的扶持，也许也已经失去那个最该携着自己手的人，可是，她至少还拥有一种清淡却持久的温暖。

看到熟悉的景致，许平君的脚钉在了地上。

院中的槐树枝叶长开不久，翠绿中，才打朵的小白花三三两两地躲在枝丫中探出围墙。雨水洗刷后，更添了几分皎洁。

原来，她跑了半个长安城，想来的是这里。

许平君摘下鬓边的簪子，轻轻捅了几下，就开了院门。

这开锁的技巧，还是他所教。

隐约间，树荫下，似乎还有个身影在做着木工活，笑着说："这是十年的老桐木，给儿子做个木马肯定好。"

院墙下半埋的酒缸旁，似乎还有个人一边酿酒，一边嘲笑着她的贪婪敛财："我怎么娶了这么个'爱钱'的女人？都怀孕了还不肯休息，仍日日算计着该酿多少酒，能卖多少钱。"

堂屋内，高高一叠空竹箩静躺在屋角。以前这些竹箩可是日日都没得闲，从春到秋，总能听到蚕儿吃蚕叶的沙沙声。养蚕是个辛苦活儿，蚕儿结茧前，每天晚上都要起来喂两次。常常半夜里，她刚要披衣起来，身旁的人已经下了榻，一边穿鞋，一边说："你睡吧！我去喂蚕。"

……

许平君用湿淋淋的袖子抹着脸上的雨水，笑着说："这屋子倒还是老样子，没什么变化。"

云歌轻轻"嗯"了一声，装作没有看见许平君脸上过多的"雨水"。

许平君笑着转身向外行去："我们去看看你的屋子。"行到云歌屋前，却看院门半掩，锁被硬生生地扭断。

如今的长安城里还有人敢偷这里？许平君忙推开门，牵着云歌快步走进了堂屋。

黄铜火盆前，孟珏正拿着火箸整火，看见她们进来，淡淡说："在火盆旁把衣服烤一烤。"

许平君这才猛地想起，云歌的身子今非昔比，忙强拖着云歌坐到火盆旁，自己去里屋找找有没有旧帕子、旧衣服。

一个看着有点眼熟的人捧了几条帕子，躬身递给许平君。

许平君以为是孟珏身边的人，随手接过："有劳！"转身出了屋子，递了一条帕子给云歌，让她擦脸，自己正想帮云歌擦头发，猛地想起在哪里见过那个人。那不是一直服侍先帝刘弗陵的宦官于安吗？可之前她听小宦官们说，病已本想让于安继续掌管宫廷，可他突然失踪了，一起失踪的还有宫里的一批珍稀珠宝、书画古董。病已为了顾全先帝颜面，秘而不发，也不想再追究，只让七喜替了于安的职位。

云歌一边擦脸，一边说："姐姐，别光顾着我，你先自己擦一下。"

许平君猛地一惊，回过神来，强笑道："知道了。"

三人围炉而坐，却无一句话。

云歌似在专心烤着衣裙，许平君低头望着火，怔怔出神，孟珏神态淡然，时不时地用火箸挑一下火。

云歌看裙子已经半干，身上的冷意也已全消，看向许平君："姐姐，我们走……"

孟珏忽地开口说："平君，陛下是否打算封你做皇后？"

许平君没有立即回答，好一会儿后，才漠然地说："满朝文武不是都已经认定霍成君是未来的皇后了吗？前段日子还有个姓公孙的女子进宫侍寝，只是没有庆祝而已。"

云歌垂目看着一块小小的木炭，从红色渐渐燃烧成灰色。这位公孙氏女子听说是一个普通侍卫的妹妹。她入宫不久，刘询又将她的哥哥公孙止调到了范明友手下。此事让霍光很是不快，不过刘询行事谨慎小心，下旨前小心翼翼地请示霍光，似乎霍光不同意，他就不会下旨，此举让霍光里面难受，外面风光，所以即使难受也只能干忍了下来。

孟珏道："今日葬礼前，几个亲近的臣子陪着陛下时，张贺说，葬礼后就该立后了，想先问一下陛下的真实想法，陛下的回答出乎众人意料。"

许平君豁然抬头，紧盯着孟珏："出人意料？"

"陛下说起他贫贱时常佩带着一柄剑，虽不是宝剑名器，可是此剑伴他微时，不离左右，如今不见了，他念念不能忘，所以希望众位臣子代为寻找。"

仿若挣脱乌云，跳出黑暗的太阳，许平君眼中刹那绽放的喜悦，让她整个人亮如宝珠，映得满堂生辉。

孟珏对即将出口的话有了几分不忍："不要做皇后。"

许平君不解："为什么？"

孟珏斟酌了一下，说道："皇后的位置，霍成君势在必得，你争不过她。"

许平君毫不在意地一笑，显然未把孟珏的话当回事，反倒半开玩笑地说："云歌如今可也是霍小姐呢！孟大哥你当着霍小姐的面说霍家是非，当心云歌不乐意。"

霍光接云歌进府后，对外说云歌是他已过世夫人的远房亲戚，失散多年，好不容易相认，怜云歌在长安孤苦，把云歌认作了义女，改名霍云歌。听说因得霍光爱怜，就是霍成君见了云歌都要恭恭敬敬地叫姐姐，所以霍府上下，竟是无一人敢对云歌不敬。许平君虽猜到事情肯定不像霍光说的那么简单，病已也曾叮嘱过她，让她见到云歌时，打探清楚究竟怎么回事。可她心中自有自己的主意，她认识的是云歌这个人，不管云歌姓霍姓刘，是贵是贱，她只知道云歌如她亲妹，那些纷纷纭纭的外事，云歌愿意解释，她就听，云歌不愿意，她也没那工夫理会。

云歌苦笑着说："姐姐心情大好了就拿着我戏耍？霍成君早认定皇后非她莫属，姐姐若不想蹚这潭浑水，这个皇后还是不要当的好。"

许平君反问："我的夫君已经下了潭，我能只站在岸边，袖手旁观吗？"

孟珏心头另有思量，刘询的“寻故剑”真的就是“故剑情深”吗？可是许平君眼睛内的喜悦太过耀眼，那么单纯的女儿心思，那么炽烈的渴望，是这段日子以来，他见到的最干净的美丽，让他迟迟不忍击碎。可是……他不是早已经击碎过一双恳求相信的眸子吗？他不是早已经习惯看鲜花下面的腐叶了吗？

“平君，你有没有想过，如果陛下封了你为后，你就站在了刀锋口上？陛下想要争取天子的独权，霍氏想要维护家族的权势，他们之间的矛盾汇聚到后宫，你首当其冲。陛下封你为后并不难，不过是一道诏书。以霍光一贯的性格，他绝对不会和皇帝正面冲突，可你拿什么去守住皇后的位置？陛下如此做，已经将你置于险地，是用你的安全在换取……”

许平君断然说道：“孟大哥，你不必说了，你说的道理我明白。我想这也是病已为什么想要我做皇后的原因。他在朝堂上已经被霍光左右牵制，他不想后宫再被霍氏把持，那是他的家，他需要一个可以安心休憩的地方，而我愿意在他休息时，做他的剑，护他左右。他是我的夫君，从我嫁他起，我已立志，此生共进退！我相信他也会保护我，因为我是他的妻！”

云歌听到孟珏话语下流转的暗示，本来寒气陡生，才想深思，可听到许平君的铿然话语，却又觉得本该如此。爱一个人，本就该与他共进退、同患难，如果她当初也有许姐姐的义无反顾，她和陵哥哥至少可以多一点时光，可以再多一点快乐。

孟珏似对许平君的选择未显意外，仍旧微微笑着：“以前，我一直觉得刘询比我幸运，后来，觉得我比他幸运，现在看来，还是他比较幸运。”

云歌唇边一抹冷笑。

许平君看到他们二人的样子，心中不安，蓦然间一个念头窜进脑海，孟珏究竟为什么要打掉云歌的孩子？病已又究竟做过什么？如果有一日，云歌知道病已所做的一切，自己该怎么办？

孟珏好似完全没有察觉云歌的敌意，对云歌说：“你既然住到了霍府，有了自己的宅院，有个人就该还给你了，省得留在我这里碍眼。”

于安从室内出来，跪在了云歌面前：“老奴办事不妥，让姑娘这段日子受苦了，还求姑娘看在……看在……让老奴继续服侍姑娘。”

云歌脑内轰然一声大响，痛得心好似被生生剜了出来。

在她的记忆中，骊山上的最后一夜，画面一直模糊不清。她只是睡了一觉，而他其实一直都没有离开。

在她的记忆中，他仍倚在夜色深处的栏杆上赏星，似乎只需一声轻唤，他就会披着夜色和星光，走进屋内。

在她的记忆中，他只是暂时出了远门。他一定是不放心她，所以打发了于安来，一定是……

许平君看云歌捂着心口，脸色惨白，忙去扶她："云歌，你怎么了？"

云歌摇摇头，脸色恢复了正常，她对于安说："陵哥哥都已经让你来了，我当然不会不愿意了，只是我现在暂时住在霍府，不知道你愿意去吗？"

于安简单地回道："姑娘住哪里，我住哪里。"

云歌忽想起一个人，开口问道："富裕在哪里？"

孟珏说："在我这里，我命他也跟你过去……"

"不用。"云歌对许平君说，"姐姐，你还记得富裕吗？就是我们在温泉宫认识的那个小宦官。"

许平君笑着点点头："记得，大家是患难之交，怎么会忘记？后来我在宫中也见过他的，他对我极好。"

"如果姐姐决定了当皇后，就让富裕做椒房宫的主管吧！他在宫里已经有些年头，熟知各种宫廷规矩，又和如今服侍陛下的七喜、太皇太后的六顺这几个大宦官都有交情，姐姐若要办什么事情，他都能说得上话。"

许平君已在宫内住了一段日子，深知那些看着不起眼的宦官和宫女在整个未央宫的重要性。宫里的一举一动都离不开宦官宫女，可她对这些一直尾随她左右的眼睛，总是不能放心，想做什么，也总觉得不称心。可她出身贫贱，并无外戚可倚靠，自然也无人帮她操心这些事情。未料到云歌心思转得如此快，转眼间，已经帮她解决了一个天大的难题，不禁喜道："当然好！"

盆中的火炭已经快要烧尽，许平君却迟迟不想说离去。在熟悉的旧屋，大家围炉而坐，除少了一个人以外，一切都好似和以前一样，她眷念着熟悉的温暖，不想回到冷清的未央宫。

云歌却是没有丝毫留念，炭火刚熄，就站了起来："姐姐，走吗？"

许平君只得站起，孟珏将一把旧伞递给许平君，许平君微点了下头示谢，一手撑着伞，一手牵着云歌出了门。

两人行到巷口，几个灰衣便服打扮的宦官正寻到了此处，看到许平君和云歌身后随着的于安，惊得都忘记了给许平君行礼，一个人喃喃问："师傅，您怎么……"

于安谦卑地弯着身子说："不敢，在下如今只是霍府的家奴，当不起各位的敬称。"

几个宦官仍看着于安发怔，许平君不悦地哼了一声，几人忙肃容请安，再不敢看于安。

许平君挥手让他们退下，握着云歌的手，满是不舍，仔细叮咛道："以后不要再在街上打架了。"

云歌微笑着说："姐姐不用担心我，霍光对我很好，他要对我不好，我可不敢当街闹事，霍家得宠的小姐才能飞扬跋扈。"

许平君"扑哧"一声笑了出来："你呀！早知道你是这个心思，我倒不该多事了。"语声中却仍夹着忧虑。

云歌笑着说："姐姐，你照顾好自己。我的事情，我自己有主意。"

许平君只能点点头，将手中的伞递给云歌，转身离去，立即有宦官过来替她撑伞领路。

偶有路过的住户，认出了许平君，都是惊得立即把伞扔掉，跪到了街侧，一个幼童不知尊卑，大声叫道："刘家婶婶，你答应要给我熬糖吃……"他的母亲吓得面无血色，忙把他的口死死捂住，另一只手摁着他的头，母子二人用力磕头赔罪。

许平君让他们起来，妇人却只是一味磕头，一句完整的话都不敢说。

蒙蒙的细雨，笼罩着天地，才是下午，却已经有了夜的昏暗。许平君立在长街中央，看着泥泞路上跪着磕头的人，神情茫然。

葬礼后不久，张贺和张安世两兄弟就当着文武百官的面，向刘询上书，请求册封许婕妤为皇后。事情出乎预料，霍光一派只能仓促应对。大司农田广明反对，说许婕妤是罪夫之女，不足以母仪天下，霍婕妤出身尊贵，品性端庄，才是皇后的最佳人选。张安世反驳道，许婕妤虽出身微贱，可与皇帝患难情深，更值得众人感佩。两方争执不下，只能请刘询做主，刘询虽没有明说，可话语中一直回忆着和许平君从相识到成婚的始末，说着妻子在他贫贱时，对他的百般照顾，情动处，眼中泪光隐隐。

如孟珏所言，当刘询表明了态度后，霍光只态度恭敬地接纳，并未当面就激烈反对，在右将军张安世和京兆尹隽不疑的一再进言下，最终刘询在圣旨上盖了印鉴，正式昭告天下，册封许平君为后。

霍光也许心中有不悦，可面上并未表现出来，甚至吩咐下人准备礼物恭贺许平君封后。可消息传到昭阳殿，霍成君却是气得差点晕过去，她将昭阳殿内所有刘询赏赐的东西全都砸到了地上，摔不烂的，也要用剪刀一点点剪碎。侍女战战兢兢地想劝，却全被她喝退。

当她砸完所有东西，全身也已无力气，悲愤攻心，软坐在了地上，一抬头，却看见窗下还挂着一盏“嫦娥奔月”八角垂缘宫灯。她望着宫灯，突然大笑起来，一边笑着一边竟狠狠扇了自己两巴掌。霍成君呀霍成君！你竟然又上了一次男人的当！当然知道他不是君子，可你以为他至少还会是一个守信用的生意人，你帮助他登上帝位，他给你后位，公平的交易！不想他竟然连一个生意人都不是，今日的两巴掌将你彻底打清醒，要你日后永远记得自己的错！

刘询不弃糟糠之妻的举动传到民间，让无数百姓生了感动赞佩。自古都是“痴情女子负心汉”，可刘询当了皇帝后还如此深情，让无数女子暗洒感动羡慕的泪水。一时间，长安街头的剑都贵了几倍，只因为很多女子买剑赠心上人，望他能如刘询一般，即使将来封侯拜相，仍记得“故剑情深”。

伴着“故剑情深”的故事，刘询竟成了大汉开国以来，最受民间百姓喜欢的皇帝。因为百姓心中，这个皇帝不再是龙座上一个高不可及的冰冷影子，而是一个有情有义的人，他如他们一般会笑会落泪，他们觉得刘询和他们很近。在他们心中，一个对糟糠妻子都如此有情有义的皇帝，会对百姓不好吗?

这一点连孟珏都没想到，一个还没做出任何政绩的皇帝竟只此一举就赢得了民心，令孟珏冷嘲之余，也自叹弗如！

许平君被封皇后，刘奭成了刘询的嫡长子。自周朝以来，天子承袭就沿袭的是嫡长子承位制，太子之位似乎不言而喻地要落到刘奭头上。朝内忠于皇权的大臣们欢欣鼓舞，被霍氏压制了二十多年，终于看到了出头的希望。

爽直的张贺想一鼓作气地再请刘询册封刘奭为太子，心思精明的张安世却摇头不同意。张贺有些气恼，对着弟弟嚷嚷：“张氏既然已经决定效忠陛下，你和霍光之间再无可能井水不犯河水，你怎么做起事情来还这么一副怕前怕后的样子？”

张安世对着这么个大哥，只有叹气："太子和皇后不一样。霍光的性格，可以容许平君做皇后，反正他自有办法将后宫实际控制在霍氏手中，只要将来霍婕妤得子，这些面子上的事情，他犯不着和陛下撕破脸地争，可太子……"他摇头表示霍光绝对不会放弃。

张贺冷笑连连："太子肯定是要立的，现在只有许皇后有子，不立大殿下，还能立谁？霍光他再巧，也难为无米的炊。你上不上书？你不上，我自己去上。"

张安世想拉没有拉住，张贺已经大步流星地出了屋子。

张贺的一道请立太子的奏章，如一块惊天巨石，激得整个朝堂水花四溅。立太子的事情不到准备妥当，刘询和霍光都不会轻提。可是，张贺的一道奏折将两方都想暂时回避的问题硬给摆到台面上。不要说霍光震惊愤怒，就是刘询都心中暗恼张贺的自作主张，可碍于张贺于他有恩，一直忠心耿耿，他又刚登基，真正能倚靠的臣子只有这些人，所以也只能暗恼。事情至此，覆水不能收，只能不得不小心地想出解决办法。

散朝后，刘询命七喜将张安世悄悄传来见他。

刘询望着下方跪着的张安世，诚恳地说："张将军，当日朕和梓童的婚事多亏令兄一手主持，如今他又上书请求立朕和梓童的儿子为太子。朝堂上的情形不必朕多说，将军心中应该都清楚，朕如今只向你拿个主意，朕究竟能不能现在就立奭儿为太子。"

张安世心内苦叹，大哥呀大哥，你真是要害死兄弟！朝堂斗争中，一直置身事外，不与任何党派结交，如今却被逼得非要明确地选择一方。

张安世不说话，刘询也不着急，只是静静地等着。张安世三朝元老，手握兵权，官居右将军，心思精明通透，处事沉稳小心，刘奭能不能做太子，张安世是个关键。

刘询问的是"能不能现在就立刘奭为太子"，而不是"刘奭适合不适合做太子"，看样子，刘询的心思已定，只是早晚而已。当太子很容易，不过一道诏书，只要诏书迅速昭告天下，霍光再强横，也不能把刀架在刘询的脖子上，逼刘询收回诏书，可是在霍光的手段下，刘奭这个太子究竟能不能做到登基?

张安世踌躇犹豫了半晌，仍不能决断，正无可奈何时，心头忽有了主意，缓缓说道："陛下，事情到现在，立当然有危机，可不立也不见得就能化解危机，不如索性破釜沉舟，立！一切名正言顺后，反倒会让人有了忌惮，有些举动也就不敢明目张胆地做了。"

刘询一拍龙案，猛地站了起来，眼中满是喜悦和满意："好！朕要的就是你这句话。"他快步走下金殿，亲手扶起了张安世。

张安世诚惶诚恐地又赶紧跪下，频频磕头："陛下厚爱，臣不敢！不过……"

刘询本来龙心大悦，听到张安世的"不过"，脸色突地一沉，可立即想着自己看重的不就是张安世小心谨慎的性格吗？遂不悦散去，问道："不过什么？"

张安世小心地禀奏道："大殿下在朝中没有可以倚靠的臣子，所以太傅就重要无比，陛下若想立大殿下为太子，应该先选好太傅。"

张安世的意思说白了就是嫌弃奭儿势单力薄，没有外戚可倚靠，俗语说"师如父"，通过选太傅可以说是替奭儿寻找了一个能倚靠的外戚。张安世则要等看到这个人选，衡量了胜败后，才会真正决定是否将张氏的生死与太子绑在一起。刘询在大殿内踱了一会儿步后，坐回了龙榻上，说道："将军先回去吧！这事朕会仔细考虑。"

张安世磕了个头后，低着头退出了大殿。

天色已黑，七喜和几个宦官进来想掌灯，刘询挥了挥手，让他们退下。面对着逐渐变黑的殿堂，他忽然生了几分无力感，明日上朝就驳回张贺的奏折吗？那今日晚上应该去昭阳殿歇息，可是每歇一次，他就是在给自己多制造一分危险！霍成君如果有了身孕……

这个问题，他连想下去的勇气都没有。静静坐了很久，他猛地站了起来，出了宣室殿，向椒房殿行去。七喜想要唤人，被刘询阻止了："你陪朕过去就可以了。"

许平君正在教刘奭写字，一个简单的"贰"教了一百遍，刘奭却依旧没有学会，许平君的急脾气发作起来，拽过他的小手想打。刘奭本来只是噘着嘴不乐意，反正娘打得一点也不疼，可一见父亲进来，立即从噘嘴变成了眼泪汪汪，跌跌撞撞地冲到刘询面前，一把抱住刘询的一条腿，无限委屈地说："娘要打我！"

刘询心头的郁悒散了几分，大笑着把腻在他腿上的刘奭抱起来："我看我也要打你的手板，竟然敢子告母状！"

病已竟然会独自一人出现在椒房殿，许平君有意外的惊喜，笑着整理好坐榻，让他坐："你用过饭了吗？"

刘询抱着刘奭坐到许平君身旁："没有。命人随便弄几个家常菜，我们一家人一起吃顿饭吧！"

许平君听到他的话，再看到他低着头亲虎儿，心里又是酸涩又是温暖，忙走到帘子外面命富裕去吩咐御厨做菜。

一家三口团坐在榻上用饭。没有了一直环绕在四周的宦官宫女，许平君分外放松，笑声不断。

用完饭后，刘奭嚷嚷着要玩骑马，刘询把他放到背上，驮着他在地毯上爬来爬去，父子两人闹成了一团。直到刘奭困了，刘询才让人抱了他下去睡觉。

“你太顺着虎儿了，现在毕竟是一国之君了，怎么能还陪着他玩‘骑马’？”许平君一面笑着，一面替刘询整理衣袍。

刘询笑搂住了许平君：“一会儿就全在地上了，你整理什么？”说着，手已经探进了许平君的衣裙内。

许平君“嘤咛”一声，软倒在了他怀里。

册封皇后前，刘询虽然偶尔会来，可许平君心里一直有别扭，所以两人一直是勉勉强强的。册封皇后之后，刘询总是来去匆匆，从未留宿过。许平君虽然心里难受，可也明白，身为皇帝的女人，将来的日子也就是这样了。

今日晚上，她却忘记了他是皇帝，只觉得他仍是她的病已，满心欢愉下，又是“小别”，许平君竟体验到了从未有过的快乐。

完事后，刘询仍搂着她不肯放，许平君只觉柔情满胸，看着他的侧脸，手指肚子无意地摩挲着他的鬓角。刘询笑起来，在她额头重亲了下：“你什么时候再给我生个孩子？”

许平君低笑着说：“这又不是我说了算的，还要看老天爷给不给。”

刘询把她又往怀里搂了搂，极温柔地说：“平君，虎儿对我而言，十分特殊，他是我的第一个孩子，也是我最爱的孩子，为人父母的，总恨不得把一切最好的都能给孩子。”

许平君笑着说：“你在考虑给虎儿请先生的事情吧？是该给请个先生了，我最近也一直在琢磨这事。”

刘询道：“我想把江山给他。”

许平君猛地一下，就想坐起来，却被刘询搂得紧紧，根本动弹不得。她说不清楚心中什么感觉，是该高兴病已竟如此爱虎儿，还是该害怕一种突变的命运？

刘询轻抚着她的背问：“平君，你在想什么？”

许平君强笑了笑：“你突然告诉我这事，我现在脑子里面乱糟糟的，根本什么都想不了。”

刘询说：“你不用担心了。我心意已定，不管谁反对都不会阻止我立虎儿为太子。太子定了，朝臣们才会有主心骨，只有看清楚了将来，他们才会对霍氏的畏惧少几分。否则，这帮大臣，算盘一个比一个打得精明，一日不立太子，他们就不会真正帮我。”

说着话，刘询困意上头，渐渐闭上了眼睛。许平君却是左思右想，一夜未睡。

第二日，刘询离去后，许平君依旧神志昏昏。富裕抱着刘奭进来给许平君问早安，她才突然记起，竟然忘记去给上官太皇太后问安了，立即匆匆赶去长乐宫问安。

上官小妹见到她，仍是那副不冷也不热的样子，与她说了几句话后，就捧起了书卷，暗示送客。

许平君起身告退，走了几步，却又退了回去，跪在上官小妹面前：“太皇太后，儿臣有一件事情请教。”

上官小妹淡淡地说：“你问吧！”

“儿臣看太皇太后最近一直在看史书，儿臣想请太皇太后给儿臣讲一下有关太子的故事。”

“你不是也识字吗？如果有兴趣，可以找来书籍自己看。”

“儿臣没有时间了，儿臣只想在最短的时间内了解一切。”

上官小妹面无表情地坐着，许平君以为她不肯开口，磕了个头，正想告退。却看上官小妹放下了书卷，说道：“那么多朝代，我也不全记得，就随便拣几个讲吧！”

许平君感激地说：“儿臣叩谢太皇太后。”

“秦始皇统一六国后，立公子扶苏为太子，扶苏公子后来自尽身亡。秦二世胡亥登基后，子婴被立为秦王，秦灭后，子婴被项羽杀死。传闻我朝高祖皇帝在位时，本想废了太子惠帝，改立赵王为太子，赵王后来被吕太后折磨而死，惠帝虽然登基，却郁郁而终，死时年仅二十四岁。”上官小妹看许平君脸色发白，问道：“你还要听吗？”

许平君咬着牙，点了点头。

上官小妹继续讲道：“近一点还有孝武皇帝，他七岁被立为太子，其间经历了窦太后执政，几次都险死还生，不过孝武皇帝雄才伟略，迎逆境而上，不仅收回了皇权，还成了历史上在位时间最长的皇帝。孝武皇帝能收回皇权，废后陈阿娇的外戚势力起了关键作用。再后面……卫太子的故事，你应该很清楚，我就不讲了。”

许平君呆呆地跪在地上，脸色煞白。这就是这些太子的人生吗？除了孝武皇帝，竟无一个善终。

上官小妹看着她，眼中似有同情，却是一低头又拿起了书卷，冷淡地说："可以和你说的，我都已经说了，你回去吧！"

许平君重重磕了三个头，退出了长乐宫。孝武皇帝有外戚可倚靠，可虎儿呢？他什么都没有！我这个做娘的，什么都给不了他！当年的卫太子有着权势滔天的卫氏倚靠，最后都落了个尸首异处。虎儿不但没有倚靠，反而有一个权势滔天的敌人——霍氏。

她只觉得脚步虚浮、天旋地转。想立即跑去求病已，不要立虎儿为太子，却知道他的脾气，如果事情挑明说出来，就已经再无回旋余地。

椒房殿内，宫女正陪着虎儿唱歌，富裕看到她回来，笑道："殿下真聪明，歌谣一教就会，娘娘打算什么时候给殿下请先生，开始正式授课？"

一语点醒梦中人！

许平君精神一振，一边转身出门，一边说："立即！"

跑到宣室殿，求见刘询，等了不一会儿，七喜就恭请她进去。

大殿内无人，只刘询坐在龙榻上等她。许平君几步走到刘询面前，跪下说："陛下，如果你想立虎儿为太子，就必须请孟珏做太傅，否则，臣妾绝不同意。"

刘询笑拉起她："还以为是什么大不了的事情，我也正有此意。只是下诏书容易，他会不会真心辅佐虎儿，我却全无把握。"

许平君趁着起身，迅速将眼角的泪抹去，平静地说："臣妾有把握，陛下就下旨吧！"

刘询拥着她说："好！朕在下诏立虎儿为太子的当天，就会命虎儿拜孟珏为师，太子的加封礼和拜师礼同一天举行，册封孟珏为太子太傅，官居三公之首。"又向七喜吩咐，"立即传张安世觐见。"

许平君向刘询告退："陛下还有政事处理，臣妾告退。"

刘询温柔却漫不经心地拍了拍她的背，就放开了她，看神情已经在全神贯注地思索着如何接见张安世了。许平君心头一阵茫然，安静地退出了大殿。

刘询和张安世究竟谈了些什么，许平君永不可知，唯一能知道的就是，张氏家族中的一个女子随后被选进了宫，得封良人。

第八章

[YUN ZHONG GE]

而今才道当时错，心绪凄迷

刘询不顾朝堂上的激烈反对，毅然下旨，宣布册封刘奭为太子，同时宣旨加封孟珏为太子太傅。

孟珏从一个百官之外、连品级都没有的官员一跃而成为和大司马、大将军同品级的太子太傅，令不少官员又是嫉妒又是羡慕，暗中嘲笑，本朝专出“鲤鱼跃龙门”的事情。一个皇帝，一个皇后，如今又出来一个太子太傅。

许平君在孟珏被册封为太子太傅的第二日，诏云歌觐见，富裕一见到云歌，两个眼圈立即红了，忙低下头将她领进了大殿。

云歌刚想下跪，许平君就跑了过来，将她一把挽住，还未开口说话，眼泪就已经在眼眶里面打转转。

富裕见状，忙命所有人都退了出去。

云歌默默地搂着许平君，好一会儿后，许平君才慢慢平静下来，将自己的担心恐惧一一告诉云歌，最后问道：“云歌，你觉得孟大哥会帮我和病已吗？”

云歌想了会儿，反问道：“陛下觉得呢？”

许平君面色有些难看：“陛下不完全相信孟大哥，他一面尽力想办法提拔我家的人，希望将来能成为虎儿的助力；一面正在我的堂姐妹们中挑人，想给孟大哥赐婚。”说到后来，脸涨得通红，极为不好意思。

云歌却是没什么反应，淡淡地说：“不失为一个好主意，姻亲历来是最好的结盟方式。”

“许氏家族中的男儿是什么样子，我心里比谁都清楚，陛下若指望着能出半个卫青、霍去病的，纯粹是做梦！我的指望全在孟大哥身上。不知道为什么，我相信他。有他在，虎儿的命肯定能保住，能不能坐江山那是另外一回事情。”

云歌听到许平君前面的话，皱着眉头思索，似乎刚意识到一些东西，一瞬后，恢复了正常，静静听着许平君的下文。

“我这次请你来，一是告诉你，陛下想赐婚给孟大哥，你若反对，我就绝不答应陛下如此做；二是想和你拿个主意，霍成君那边我该怎么办？立太子这么大的事情，她却一点动静都没有，我害怕得要死。”

云歌道：“大哥的性子不是你反对他就会不做的，何况他现在当了皇帝，渐渐开始习惯高高在上，恐怕更不喜别人干涉他的决定，所以姐姐不必为了我惹得他不高兴。霍成君的事情交给我，我会帮你处理好她的。”

许平君愕然。因为心中太过担忧恐惧，她只是想找个人毫无顾忌地说说话，并没指望真的能有什么解决方法。未料到，云歌竟然一口应诺，似乎早就想过如何对付霍成君。

云歌看着许平君呆滞的表情，抿唇笑道：“陛下下诏明天晚上普天同贺太子殿下，那些个礼仪繁复着呢！姐姐赶紧去准备吧！我回去了。”

许平君叹了口气，送云歌出门。

刘奭正在殿门口探头探脑地看，见到娘亲忙扑了上去：“娘，富裕不让我进来。”

许平君指着云歌对刘奭说：“这就是娘常给你说的姑姑，快去给姑姑行礼。”

刘奭拽着娘亲的手，不肯上前，只盯着云歌瞧。

许平君很难为情，忙对云歌说：“他有点怕生。”话出口，却觉得这句解释还不如不解释，尴尬地推刘奭："快叫姑姑呀！你不是老问姑姑长什么样子吗？"不想，刘奭索性缩到了许平君身后，只露出半个脑袋，打量着云歌。

许平君正想把他硬拖出来，却看见云歌对她眨了下眼睛，笑眯眯地蹲下，右手拿着一枚钱币给刘奭看，然后将手掌合拢，再迅速打开，手掌中已无钱币。刘奭瞪大眼睛，"咦"的一声，凑到了云歌身前。云歌将左掌摊开，钱币躺在左手掌心。刘奭用手指头碰了下，确认的确是一枚钱币，云歌又将手掌合拢、张开，钱币又没了。刘奭"咯咯"笑起来，指着她的右手说："我知道，在这里！"云歌笑着打开右手，空无一物。刘奭呆呆地看着她，再仔细瞧着云歌的两只手，都没有钱币。云歌笑着，右手在他的耳畔打了个响指，钱币出现在她的指间。刘奭看直了眼睛，对云歌一脸敬慕，拍着手直嚷："再变一次，再变一次！"

云歌笑问："我是你的什么人？你该怎么说话？"

刘奭拉住了云歌的手，一面摇，一面叫："姑姑，姑姑！再给虎儿变一次！"

小手温暖柔软，云歌却心中陡地一颤，呆呆地看着又笑又叫的刘奭。

许平君见状，立即明白过来，忙命富裕带刘奭下去。刘奭不依，两只手紧拽着云歌不肯放，眼见着就要哭起来。

云歌强忍着心内的伤痛，给刘奭再变了次戏法，又把钱币给了他，他才一步三回头地跟富裕离开。

许平君想劝慰，却根本想不出任何言语可以化解云歌的伤痛，只能紧紧地握着她的手，叮嘱道："照顾好自己。"

云歌强笑了笑："我回去了，姐姐保重。"

许平君点了点头，云歌转身而去。

云歌坐在马车上，只一遍遍想着，他要娶妻生子了！他的人生就这么云淡风轻、若无其事地继续向前了吗？

回到霍府时，恰和打算出府回宫的霍成君迎面相遇。云歌是姐姐，成君是妹妹，以前是成君要给云歌行礼问安。可如今霍成君是君，云歌是臣，云歌该给成君行礼。云歌却连身子弯都没弯地直直走到了霍成君面前："我有话和你说。"

霍成君冷哼一声，脚步未停地从云歌身侧走过。

云歌道："娘娘应该是为了孟珏的婚事回府的吧！"

霍成君停住了脚步，看了眼小青，小青立即命所有人都退下。霍成君笑对云歌说："的确是！陛下想让孟珏和许家联姻，父亲却想让他和霍家联姻，刚才正和我们商量族中哪个年龄适当的女子可靠。"

云歌笑笑地问："娘娘看我如何？"

霍成君愣住，一瞬后，盯着云歌咬牙切齿地说："你休想！"

云歌说道："娘娘甘心让孟珏就这么娶妻生子、前程锦绣、子孙满堂吗？他是什么样的人，娘娘心里很清楚，一般的女子到了他身边，只怕很快就会忘了自己姓什么，到时候不要跟他一起倒打娘娘一耙就是好的，娘娘还指望她能帮娘娘？"

霍成君铁青着脸说："那也轮不到你。"

云歌笑着摇头，似乎感叹霍成君怎的这么愚蠢："你若真恨他，又真恨我，就该让我嫁给他。不费你吹灰之力，就能看着两个你恨的人互相折磨，有什么比这更快乐呢？"

霍成君怒气全无，愣愣地看着云歌。

云歌淡淡地看着她说："他真以为他做了那些事情后，还可以一个转身，就好像什么都没有发生过地继续他的锦绣前程？我绝不会让他娶妻生子、子孙满堂的。"

还是盛夏，霍成君却觉得全身寒意飕飕。一会儿后，才冷笑道："好！本宫如你所愿！"

小青看霍成君在走回头路，匆匆赶上来问："娘娘，不是回宫吗？"

霍成君寒着脸说："本宫还有事情和父亲说，你在府门口等着。"

小青打了个寒战，忙退了下去。

霍成君再次出府时，看云歌倚在她的马车上，笑赏着街上景致，很是惬意的样子，小青垂手站在一边，一脸愤怒，却不敢发作。

她走到马车旁，呵斥："下来！"

云歌未动，只问道："如何了？"

霍成君上车坐到她身边，压着声音说："父亲倒是挺疼你，我刚提议时，他坚决不同意，后来我说是你自己的意思，他才不反对了。霍云歌，我只提醒你，不要忘了你血管里面流的是霍氏的血！你和我的怨恨是你我之间的事情，你若做了对不起整个家族的事情，霍氏的列祖列宗不会原谅你！"

云歌笑看了她一眼，跳下了马车。

霍成君寒着脸吩咐："回宫！"

马蹄的"嘚嘚"声渐去渐远，云歌的笑意尽数消失，眺望着远方，神情迷茫。夕阳余晖将整条长街晕染成绯红色。温暖的光晕中，她的身影显得十分轻薄。

一辆马车踩着青石路而来，她闻声回头，看到马车上的于安，迷茫的眼中绽放出喜悦，却在看清楚马车的刹那，喜悦的光芒熄灭，一种透骨的哀伤漫上了眉头。

一瞬间，于安竟不忍睹，低着头说："小姐，马车已经备好了，您想去哪里？"

云歌呆了一下，才似完全清醒，微微笑着，跳上了马车："去给太子太傅大人道喜！"

这两日，来给孟珏贺喜的人络绎不绝，孟府门前的整条街上停的都是马车，道路十分难行，常会有马车挤在路中央动弹不得。幸亏于安驭马技术高超，马车上又印着"霍"字，所有的马车看到他们，都会主动让道，所以一路畅通地到了孟府。

几个家丁正守在门前迎客、挡客，其中一个看到云歌，忙转头对身旁的人吩咐了两句，又赶着跑上来，一边在前面带路，一边说："云姑娘……"

云歌笑着纠正道："我姓霍，云只是名。"

家丁立即改口："霍姑娘，奴才已经命人去通知弄影姐姐了。"

正说着，三月已经跑了过来，笑道："他们和我说，我还不信，竟真是姑娘！"

云歌笑道了声好，问："孟大人方便见客吗？"

三月一叠声地说："方便！方便！"她领着云歌向花圃行去，"这会儿，堂屋、书房都是人，闹得不得了。我看花圃倒是还清静，好多花也开得正好，姑娘就在那里等等吧！我已经让师弟去禀告公子了，他肯定很快就到。"

云歌笑点点头："多谢你。"

三月问云歌想坐在哪里，云歌说"随便"。三月就在紫藤花架下铺了湘妃竹席、设了楠木几案，烹了云雾山茶，确定云歌一切都方便舒适后，才退了下去。

云歌漫不经心地打量着四周，不远处，几丛芍药花开得正好。望着花，云歌脑海中忽地滑过一个人"懒卧芍药"的不羁样子。

于安见孟珏到了，向他行了个礼后，悄悄地离去。

孟珏立在花影中，目光专注地凝视着紫藤花架下的人儿。不知道想到了什么，她一时唇畔含笑，一时又在无声叹气，可不管笑还是叹气，眉梢眼角却总是挽着无数哀愁。

好半晌后，他才提步向她走去，一边走着，一边脸上带起了惯常的微笑。

云歌正望着芍药花出神，孟珏一直走到她身旁，她都没有发觉。

视线内红红白白的芍药花，忽地被一截蓝袍挡住，云歌呆了一呆，才回过神来。

无限风流，都被雨打风吹去！云歌心中一声长叹，缓缓抬头，和孟珏视线相触时，也已是笑若春风："恭喜孟大人。"

孟珏坐到她面前，微笑着将手中的一个小木盒递给她："你应该是专程为此物而来吧。"

盒子内放着一块锦帕，帕上压着一个小陶瓶。云歌将瓶子打开，倒了一粒药丸到手中，一边看，一边问："如何使用？"

"锦帕上有具体用法。此物遇水就化，小心收存。"

云歌立即将一粒药丸丢进茶杯中，端起轻抿了口："有异味！我要的是无味无色，神不知鬼不觉的药。"

"时间有限，我只能做到这个地步，你若不满意，就还给我。"

云歌把陶瓶收到了荷包里："我要。"

孟珏说："你要我做的东西，我已经给你，现在该你告诉我，你和霍光究竟是什么关系了。"

云歌凑到他眼前，下巴微扬，笑睨着他说："我告诉你了，你肯定要后悔得晚上睡不着觉。"

孟珏往后退了一退，拉远了与云歌的距离，淡淡说："洗耳恭听。"

云歌坐回了原位："其实一句话就可以解释清楚我和霍光的关系，我爹爹很久很久以前的名字叫'霍去病'。"

孟珏的笑在脸上僵了好一会儿后，才又恢复正常。

云歌慢悠悠地说："你别想着用这个对付霍光。一则，年代久远，既无人证，也没物证，你的话不会有人相信；二则，霍光和病已大哥没什么关系，我爹和病已大哥却都是卫家的血脉，大哥心里究竟会怎么想，你可猜不准。"

她拍了拍裙上的落花，站了起来："这次合作十分愉快，谢谢你了。"说完，转身欲走，却又突地回了头，侧眸笑道："几日内，你会收到我的一份大礼，不要表现得不开心哦！"一阵轻笑，步履轻快地走出了花圃。

为了庆贺太子册立，未央宫的前殿装饰一新，比起刘询登基的时候都丝毫不差。刘询、许平君并肩坐于金銮殿上，霍婕妤、公孙长使，还有新近入宫的张良人也依各人身份列席。百官、命妇依照品级而坐。孟珏是将来的天子师，座位自然在最前面，和霍光同席。

刘询今天晚上是真的开心，笑声不断。底下的官员们有真开心的，也有假开心的，可不管真假，笑声却是一点不能吝啬，不停地陪着刘询笑了又笑。

孟珏总觉得心里有丝不安，刘询和霍光的笑都别有意蕴。仔细想想，却又实在想不出来，今天晚上这样的日子他们能做什么。

歌舞声中，众人纷纷恭贺太子殿下，向太子殿下道完了喜，又向孟珏道喜。恭贺太子殿下是假，给孟珏道喜才是真。太子殿下还是个小不点，什么都不懂，要巴结奉承也是日后的事情，和孟珏搞好关系才是现在的关键。

席间张安世一句笑问“孟太傅可定了亲事”，让几个正在敬酒的人一下竖起了耳朵，心中暗叹：“完了！晚了！要被张家抢先了！”直恨不得当场打自己一耳光。难怪人家是正一品，自己只能是个从二品，这就是差距！

孟珏心中明白过来，拱了拱手，正想用话语避开这个问题，刘询已经笑道：“朕与孟爱卿是微时故交，这事朕倒是很清楚，他的终身大事还没着落，张爱卿若有好人选，赶紧告诉朕。”

张贺站了起来，朗笑道：“臣最爱做媒，陛下和皇后娘娘就是臣给说到一起的，想当初许家婆子还不乐意，看如今这和和美美的！许夫人，你不再埋怨我了吧？”

许母臊得直想找个地洞去钻，许父唯唯诺诺地赔着笑说：“不敢，不敢！”大殿上一片笑声，张贺笑说：“今日，臣给孟大人也说个媒，仍是许家的姑娘，皇后娘娘的堂妹，论模样、论相貌都是出挑的，性子也好，绝不会委屈孟大人。”

刘询赶在孟珏开口前，笑着说：“朕见过她，确是一门好亲事。”

刘询的意思已经很明显，众人也都明白了这门亲事是要把孟氏和许氏的利益连在一起。

金口玉言，眼见着一切就成定局，霍光忽地笑道：“老臣也凑个乐子，老臣也知道一位不错的姑娘，和孟太傅十分般配，虽不敢说千里挑一，但这长安城里若想再找一个更好的出来，却有些难！”言语间虽然只夸着自己的人，却句句在损许家的姑娘。

霍光一向谨慎恭敬，就是对一般人都很客气有礼，今日竟然当众挤对许家。大殿里静了一静，才又笑起来，但是笑声已经明显透着勉强。

张贺正想当场发作，张安世在案下狠狠地拽了他一下，他才闭了嘴，仍不满地瞪着霍光。

刘询笑道："不知霍大人所说是谁？若真有这般好的人，朕和梓童也想见见。"

张贺小声嘀咕："就是！是骡子是马牵出来遛遛，别光是嘴里吹！"

霍光笑道："臣想说给孟太傅的姑娘，陛下和皇后都认识的，就是臣的义女霍云歌。"

刘询和许平君都愣在了金銮座上，神色怪异。孟珏猛然侧头，盯向云歌，却见她深低着头，根本看不清楚表情，一副十分不好意思的样子。

张贺看着云歌，咂巴了下嘴，再没吭声。张安世看了眼兄长，奇怪起来，这人怎么突地就心平气和起来了？

从宴席开始就一直没有开口说过话的许平君突然问道："霍大人可征询过云歌的意思？她自己可愿意？"

霍光还没开口，霍成君就笑道："孟太傅人才出众，臣妾的姐姐当然乐意的，臣妾求陛下允了这门婚事吧！"

云歌抬头，对着许平君疑问的视线点了点头。

刘询迟迟不肯说话，只是盯着云歌。

许平君不解地望了会儿云歌，毅然起身，面向刘询跪了下来，求道："陛下，臣妾觉得不论性情，还是容貌，云歌都与孟太傅更般配，求陛下准了霍大人的媒！"

霍成君也跪了下来，满脸诚恳地同求。

这是许平君和霍成君第一次意见一致，恐怕也是最后一次。

殿下的百官彻底看傻了，不明白今天晚上唱的是哪出戏，只能静悄悄地看着殿上的两位娘娘同为霍家求婚。

刘询强笑着说："这事容后……"

孟珏突地跪了下来，一边磕头，一边说："臣茕然一人，霍小姐正是良配，求陛下准婚！"

霍光笑眯眯地说："臣代小女求陛下准婚！"

现在的场面已成了射出去的箭。刘询看了眼仍跪在地上的许平君和霍成君，只得一手扶着一个，搀起了她们，朗笑道："双喜临门，可喜可贺！可喜可贺！霍云歌山水清韵、花木风致，许香兰生性婉顺、质赋柔嘉，特赐婚于太子太傅孟珏，诰封霍氏正一品夫人，许氏从一品夫人。"一旁早有官员执笔将刘询的话一一记录，润色整理成圣旨。

霍光笑着向刘询谢恩，将不悦全放在了心底。孟珏却僵跪在地上，没有立即反应。

霍成君一泓秋波，从云歌脸上扫过，落在了孟珏身上，笑着说："陛下真是厚爱孟太傅！一门竟有两位一品夫人。恭喜孟太傅！"

孟珏警醒，忙磕头："臣谢陛下隆恩。"殿上立即响起众人七嘴八舌的道喜声。

刘询只抬了抬手，让他起来，拿起桌上的酒杯欲喝，却早已是空的，七喜忙端了酒壶过来斟酒，刘询未等酒斟满，就不耐烦地问："歌舞呢？"

一旁侍奉的宦官立即命奏乐。因是贺太子册立，歌舞喜庆欢快，满殿的人也好似都喜气洋洋，刘询笑赏着歌舞，缓缓端起酒杯，一口一口地喝着酒。

云歌等着两曲歌舞完了，众人对她的注意都散了时，借着更衣，悄悄退避出了筵席。都是熟悉的路径，不大会儿工夫已经行到宣室殿外。有宦官过来查问，见是她，倒是愣了："姑娘怎么在这里？"

可他的面孔对云歌而言，却是陌生："你在宣室殿当值？"

"是！陛下登基后，将奴才从骊山调到这里。"

那病已大哥应是相信他的了："麻烦你帮我带个话给陛下，说我想私下见他一面。"

"姑娘客气，奴才立即找人去给七喜总管传话。"

云歌点了点头，眼睛一直望着殿内。

宦官请她进殿等候，她沉默地摇摇头，可一会儿后，又向前行去，未走几步，却又猛地停住。她似想后退，又似想前进，几番犹豫后，迟迟疑疑地走进了殿门。

宦官在前面带路，想领着她去正殿，笑问："姑娘想喝什么茶？"身后没有回应，一转身，看见云歌不知何时早停了脚步，呆呆立在院内。

宦官小步跑着回去。

云歌似乎盯着院内的一草一木，眼中却空无一物。他隐隐明白了缘由，轻轻说："姑娘要用人，唤奴才就可以了。"说完，也不管云歌有没有听到，悄悄退了下去。

刘询进来时，云歌正低头立在茑萝架下，一手扶着竹架，一手轻抚着叶蔓。隔着疏落间离的绿叶看去，她的人如笼在氤氲流转的青纱中。他身后的宦官想出声命云歌跪迎，刘询摆了下手，令他下去。

他轻步走到藤架前，低声说道："你来晚了，花期刚过。"

云歌抬头，看见绿叶中，一双黑漆的眼睛，若星辰一般，将她阴冷黑暗的迷途突然照亮，她笑了起来："你说'茑与女萝，施于松柏'，很难种在庭院，可我种活了。"语声轻得似怕打碎梦境，快乐却盈满了整个天地和她的眉眼。

云歌走近，伸手想触碰他，又突然想起了什么，立即缩回了手："我知道我一碰，你就会像以前一样又走了。这次我不动，也不说话，你多陪我一会儿，就一会儿。"

她的目光沉静缠绵，不管红尘繁华、时光荏苒，天地在她的眼中，唯有他！

刘询只觉得熏然欲醉，醉梦中，时光似将过去与现在最完美结合。他温柔地凝视着她，分开了挡在脸前的藤叶，轻声说："云歌，我不会消失。"

云歌怔怔地看着他，眼中有了一层雾气，遮得她的人在迅速远离，刘询伸手欲握，云歌恰后退了一步，躬身行礼："陛下，臣女失礼了。"

刘询递到半空的手，突然改向，落在了一片藤叶上，好似本来就想去抚那片叶子："云歌，你还要和我玩君臣的游戏吗？"

云歌笑直起了身："那你要我叫你什么？还是'大哥'吗？"

刘询绕过藤架，站在了云歌面前："嗯。"

一个宦官抱着一卷湘妃竹席，铺放在花架下。七喜端着一方小几过来，上面放着两杯刚烹好的茶，刘询淡笑着说："给朕拿壶酒来。"

七喜忙去拿了壶酒，刘询连酒杯都未用，拎着壶直接倒进了嘴里。

云歌本想等着他问"寻我何事"，可刘询根本不开口，只倚坐在藤架下，笑喝着酒。

云歌低着头，将手中的茶杯转了一圈又一圈，几次想开口，却都难以成言，心内纷乱忐忑，左思右想着，真的能行吗？大哥他能答应吗？

"还记得吗？有一次我们也一直沉默地坐在院子里。"

低沉的声音在黑夜中突兀响起，云歌呆了一下，真正地微笑起来："嗯！那次我们还去见了卫皇后，我当时不知道她是……其实我该给她磕个头的，我知道大哥正在给卫皇后重新修建陵寝，等迁葬后，我再去给她磕头。"

一个小宦官匆匆跑了进来，将一盏灯笼捧给刘询，磕了个头后，就又立即退了下去。刘询沉默地将灯笼递给云歌。

云歌不解地接过：“给我的？”看了一会儿，才突然想起是上元佳节时，自己想要而未得的那盏灯笼。没有开心的感觉，反倒涌起了酸楚，随手将灯笼放到了一旁，却又不忍拂逆刘询的一片好心，强笑着说：“多谢大哥！”

刘询俯过身子，紧盯着云歌问：“你真愿意嫁给孟珏吗？你要不乐意……”

“真的是我自己的主意。”

“那我呢？”

“什么？”云歌完全不能明白。

“我算什么？”

“大哥，你喝醉了吗？”云歌身子后仰，想要避开刘询。

刘询猛地握住了云歌的胳膊：“我身在监牢时，是谁花费了无数钱财买通狱卒，只为了让我晚上能有一条毯子，白天能多一碗饭？是谁又是哀求又是重金地将当铺里的玉佩赎回？是谁为了向霍光求情，以厨技大闹长安，还不惜得罪当时正权势鼎盛的上官家族？”

云歌摇头，着急地说：“大哥，你误会了！”

“我误会了？”刘询笑起来，“云歌，你看我的眼神，我不会误会！虽然你总是躲在暗处，每次我一看你，你就闪避开了，可我心里都明白。只是当时……当时我没有办法，自己的命都朝不保夕，我拿什么去拥有你呢？只能装作什么都不知道，云歌，那些东西呢？那些盛在你眼睛里面的东西呢？为什么没有了？我想你像刚才那样看我，我现在可以给你……”

“大哥！别说了！那些事情是我的错！你已经有一个天下最好的妻子，现在后宫里面还有张良人、公孙长使，以前的事情，你就别再想了，那些事情真的是误会。”

她竟然将以往的一切一笔勾销，好似那些东西都是他幻想出来的。刘询伤怒交加：“误会？我不相信我亲眼看到的，亲耳听到的是误会。在你心中，我先孟珏一步，如果不是我无奈退让，他哪里会有机会？云歌，不要嫁给他！我如今哪里比他弱了？”他想拉她入怀，云歌扭着身子要闪。

刘询武功高强，虽然因醉只剩了六七分，可武功大进的云歌也只勉强和他打了个平手。两人一逼一躲，整个茑萝花架都颤起来，酒壶、茶杯、灯笼全摔在了地上，叮叮当当地响，可没有任何人出现，似乎整个宣室殿只有他们。

缠斗中，刘询渐占上风，云歌的两只手都被他缚住，动弹不得。他轻抚着她的脸颊，喃喃说着：“云歌，所有可望不可即的东西，我都得到了，只剩你了……”手指摸过她的唇时，云歌猛地张口重重咬在了他的掌上。

猝不及防受到攻击，剧痛下，他立即收回缚着云歌双手的手，本能防护地挥掌。刹那，掌风已经扫到云歌太阳穴前，云歌根本没有办法闪避，只抬眸望向了他。被那双眸内的清寒波光一映，他突地打了个冷战，生生地顿住掌势，酒立即惊醒了一半。

云歌趁着他愣神，立即退后，紧紧地拉着自己的衣服，远远地缩坐到了花架尽头。

“我……我……”刘询看着自己的手掌，不能说话。

“大哥，以前的事情，你看到的、听到的都是真的，可那只是因为我误会了你的身份。我和陵哥哥小时候就有婚誓，我来长安是为了寻他，因为你长得和他有些像，又有一块一模一样的玉佩，所以我将你误认作了他。你所看到的，听到的，其实都是我为他而做，不是因为你。”

云歌躲在花影中，整理衣裙，不知道是因为语声模糊不清，还是他根本就不想听，一切的语句都变得支离破碎，晦涩难解，只是落到心底时，扎得心一阵阵尖锐的疼痛。

“大哥，对不起！我不知道我当时的行为会引起这么大的误会，请大哥原谅我。许姐姐对大哥情深义重，大哥也一直对姐姐呵护疼爱，你们一定要幸福。”

刘询好似已经完全清醒，理了下长袍，挥挥衣袖站起来，微笑着说：“她是对我‘情深义重’！”最后四字有着异样的重音。

云歌整理好衣裙，走了出来，脸上仍带着红晕，神态却已经坦然大方：“大哥懂得就好，要好好珍惜她。你是皇帝，可以找到无数美丽出众、温柔婉约的女子，可世间再不会找到第二个人如此对你。”

刘询的微笑下，有着疏离冷漠：“你找我什么事？”

云歌咬了咬唇，鼓起勇气问：“大哥，你想要霍成君为你生孩子吗？”

刘询盯着云歌，沉吟着没有回答。

“大哥，告诉我真话！也许我可以帮到你。”

刘询低垂了眼眸：“她若有了孩子，虎儿就会很危险。这一生，我也许还会有很多孩子，可他肯定是我最爱的孩子。”他的唇边有微笑，“我亲手给他做摇篮，亲手给他做木马，亲手给他洗尿布，就是现在，我仍然愿意趴在地上，让他骑在我的背上，陪着他玩骑马。虎儿永远是我的儿子，而别的孩子从一出生，就还有另一个身份，他们还是我的臣子，不管他们再怎么聪慧可人，这些东西，我给不了了。”

云歌弯着腰寻了好一会儿，将先头滚落在地上的一个小陶瓶捡起，递给刘询。

刘询接过，打开看了一眼：“这是什么东西？”

“每次和霍成君行房事前，给她吃一粒，她就不会有你的孩子。”

竟然有这样的药？刘询眼中射出狂喜，匆匆将药丸倒到掌心，放到唇边尝了下：“异味太重。霍成君不是一般女子，她自幼出入宫闱，在这些方面一直很小心。”

“我试过了，这个药丸遇水立化，放在当归、鹿茸炖的山鸡汤中，就尝不出来异味。大哥可以想个办法，常陪着她喝一些。当归、鹿茸对男子温补肾阳，对女子调经养血。就算她命太医去查，只要查不到当时喝的那一碗，就没事，反而会因为大哥的恩宠而高兴。”

刘询看着云歌的目光透着怪异，迟迟没有说要还是不要。

云歌忐忑不安，细声说：“大哥是皇帝，她是你的妃子，说话间可以很容易地将药丸顺入汤碗中，再精明的太医、宫女都看不出异样的。”

刘询淡淡地笑起来，将陶瓶仔细地收入怀中，一边向外行去，一边说：“云歌，你变了。”

云歌的紧张消散，随着他的步履走出大殿，淡笑着说：“大哥不也变了许多？”

刘询紧抿着唇角，没有说话。

暗夜中，不闻他音，只两人衣袍的窸窸窣窣声。

这般富丽堂皇的宫殿中只弥漫着沉默，那个荒草没膝的野坟堆里却荡漾着一串串的笑声。

恍恍惚惚间，刘询觉得耳畔似有笑声，猛地侧头，却只看到她清冷的侧脸，那些荒坟上的笑声，越飘越远，越飘越远……

云歌看到一个军官打扮的人影从宫墙间闪过，她突地拔脚就追了过去。那个人影也发现了她，立即加快了步伐。

刘询叫道：“云歌，你做什么？赶紧回来！”

云歌却好似完全没有听到，只像疯了一样地追着那个人影，刘询无奈，也追了过去。

宫墙间，越走越偏，都是云歌从没有到过的地方，有侍卫发现了云歌的踪迹，呵斥道："皇宫禁地，岂能狂奔乱走，来者立即止步！"

云歌眼看着那个身影闪入了宫墙暗影中，急得不顾一切往前冲。

侍卫拔了刀出来，将她拦住，正要动手，刘询在后面叫："都住手！"

侍卫看清楚来人，忙跪了下来。

云歌在各个廊柱殿门间快速游走，却根本没有了那人的身影。

刘询问："你究竟在找什么？说出来，朕命人帮你一起找。"

"一个穿着黑色军官衣服的人，刚刚从屋檐下掠过。"

跪在地上的侍卫你看看我，我看看你，齐齐摇头："臣等只看见姑娘跑了过来。"

云歌不肯罢休，里里外外地翻找了一遍，仍没有发现任何蛛丝马迹。

刘询劝道："回去吧！这么长时间不见你人影，你义父肯定已经开始着急了。说不准，是你一时眼花，把野猫当了人影。"

云歌寻不到人，也只能先回去，她静静走了会儿，说道："那个人杀了抹茶，我绝对不会看错！我一定会把他找出来的。"

刘询说："这里的侍卫全是霍光的人，你找到了又能如何？你既然都已经原谅了霍光，也认了他做义父，有些事情就索性忘记吧！"

云歌只固执地说："我要找到他，这是我欠抹茶的。"

刘询无奈地叹了口气："我会命人尽力帮你去找。"

"谢谢大哥。"

云歌微弱的笑容中流露出他熟悉和渴望留住的东西，但他竟不敢多看，匆匆撇开了目光。

接近前殿时，两人分路而行。虽然已经刻意避嫌，一前一后回到宴席，可他们离席时间这么长，一直留心着二人的人心中都早有了各种猜测。

许平君刚看到云歌时，脸色突变，一瞬后，却笑着摇了摇头，神态安然地给虎儿夹菜。霍成君却是一时脸色铁青地看向刘询，一时又笑意绵绵地看向孟珏。孟珏面无表情地凝视了会儿云歌，转过了头，背脊孤独倨傲地挺着，整个人好似已经和黑夜融为一体。

云歌根本没留意到席上的一切，心中仍萦绕着抹茶的身影，端起酒就灌了一大杯。旁边的宫女借着给云歌倒酒，小声说："小姐，你的头发，避席理一下吧！"

云歌脸唰地通红，忙站了起来，匆匆回避出席，早有宫女捧了妆盒镜匣过来，伺候她重新梳妆。

发髻有些松散，倒还不至于凌乱，只是簪子上钩了一缕茑萝翠叶，夹杂在乌发间，有些扎眼。一对翡翠耳环，只剩了一只，另一只耳朵看着空落落的。宫女替她梳好头发，耳环一时找不到配对的，索性把另一只摘了下来，看看一切都妥当了，笑禀："霍小姐，奴婢告退。"

云歌脸埋在粉盒前，不想再出去，实在太尴尬了，人家会怎么想她和刘询？呀！许姐姐！云歌跳起来，急匆匆地跑了出去。

许平君似已料到云歌返回来，第一个寻的就是自己，云歌刚进去，她就迎着云歌急切的视线，盈盈笑开。云歌心中骤暖，也盈盈笑起来，目光看向刘询时，却不免有些恼。

刘询右手拢在袖中，左手端了酒杯正与孟珏喝酒，小手指上戴着个翡翠指环，映着白玉杯十分显眼，看仔细了，发觉正是自己掉落的那只耳环。

似感觉到有人看他，刘询侧眸看向云歌，未理会她的恼意，反倒唇角似笑非笑，一味地盯着云歌。

云歌眸光流转间，扫到霍成君和孟珏，忽地唇角微翘，似羞似恼地嗔了刘询一眼，低下了头。

殿堂坐满了人，又歌舞喧哗，笑语鼎沸，大部分的臣子都未留意到云歌的出出进进，皇帝指上的一个小指环，就更不会有人注意。但察觉到异样的人都噤若寒蝉。张贺虽然一直留意着几人，可仍然似明白、非明白，不能相信地问弟弟："陛下他……他和云歌是不是有点不对劲？"

张安世叹了口气，低声说："这个云歌真是个名副其实的妖女。"

张贺义愤填膺，气得脸色铁青："陛下怎么能……怎么可以这样？他刚当众赐婚，就……就把人家未过门的妻子……太羞辱人了……"

张安世肃容说："大哥，现在坐在上面的人是君，你只是个臣，你绝对不能说任何不敬的话。否则，即使你以前救过他一千次，我们张家也会被你牵累，这件事情你千万不要再多管闲事了。"

张贺面容隐有悲戚："我是好管这种闲事的人吗？孟珏是故人之子，他和陛下应该是同舟共济的好兄弟，我答应帮许家做媒，只是想着他们两个通过姻亲也就结成亲人了。”

张安世疑惑地问：“他是谁的孩子？”

张贺黯然：“我觉得是……唉！自从当年在陛下婚宴上见到他，我试探了他好几次，他都不肯承认，只说自己姓孟。”

张安世知道哥哥的侠义心肠，可这些东西在朝堂上行不通，所以哥哥做了一辈子郁郁不得志的小官。

“大哥，有些东西不是你想的那么简单，即使结成了姻亲，也不见得就真亲近了。我不反对你替故人尽心，别的事情上，你怎么帮孟珏都行，但朝堂上的事情，你就不要再管了。咱们张家还有一门老幼，你得为他们多想想。陛下为显不忘旧恩，以后肯定还要给你加官晋爵，你一定要力拒。”

张贺本想着刘询登基后，他要尽心辅助，做个能名留青史的忠臣，可发现这个朝堂仍然是他看不懂的朝堂，而那个坐在上面的人也不是他想象中的刘病已。

“知道了，我就在未央宫挂个御前的闲职，仍像以前一样，与我的‘酒肉朋友’们推杯换盏，到民间打抱不平去。”

张安世心中的大石终于落下：“多谢大哥！”

张贺笑起来，拍了拍弟弟的肩膀：“是我这个没用的兄长该谢你。自打爹死在牢中，若没有你，张家早垮了！看看你，年纪比我小，白头发却比我多。”张贺说着，声音有些喑哑，匆匆端起酒杯一饮而尽。

张安世拍了拍哥哥的背，微笑着端起酒杯与兄长干了一下，也一口饮尽。再多的艰难，兄长能懂就足够了！

散席后，云歌上了马车，没行多远，就听到一把低沉的声音：“你们都下去。”

霍府奴仆看是新姑爷，都笑起来，一边笑着，一边说：“小姐，奴才们先告退。”听云歌没有说话，估摸着肯定不反对，遂都笑着避开。

孟珏一把抓起帘子，一股酒气随风而进，云歌掩着鼻子往后退了一退。

孟珏定定地盯着她：“你不用为了刺激我去糟蹋自己，太高看自己，也太高看我！你在我心中还算不得什么，我也从来不是痴情公子！”

云歌冷嘲：“你怎么知道是‘糟蹋’呢？”一会儿后，又缓缓说：“他的眼睛和陵哥哥一模一样，尤其是黑暗中两人贴得近了时，看不见其他地方，只有眼睛。”她看向孟珏，微微笑着，“不，不是糟蹋！我很快乐！”

孟珏脸色煞白。他一直不相信一切会是真的，刘询也许有意，云歌却绝对无情。可现在他相信了，因为云歌追逐的是刘弗陵，而不是刘询。

“你疯了吗？他是你的……”

“你别拿汉人那一套来说事！在匈奴和西域，子继父妻、弟继兄妻都很正常。何况就算是汉人，惠帝不也娶了自己的亲外甥女？我和刘询算得了什么？”

孟珏苍白着脸，一步步向后退去，不知道是因为醉酒还是其他原因，他的身子摇摇晃晃，好似就要摔倒：“云歌，你究竟要在这条路上走多远？”

云歌一句话不说，只盯着他，眼中的冰冷如万载的玄冰。

孟珏猛然转身，一边笑往嘴里灌着酒，一边踉跄着离去，月夜下，他的身影歪歪斜斜、东偏西倒。

云歌不堪重负，身子软绵绵地靠在了车壁上，原来恨一个人也需要这么多力量和勇气！

第九章

[YUN ZHONG GE]

人心尽处竟成荒

三日后，正是吉日，宜嫁娶。

在刘询的旨意下，霍家女和许家女同时进府。一个是大将军霍光的女儿，一个是皇后娘娘的妹妹，谁都不能怠慢。孟府的管家为了一切能周全，费了无数心思，只求能太太平平，两边都不得罪。

孟珏对一切出奇地冷漠，去请示他任何事情，他要么一句“你看着办就行了”，要么一句“随便”。

“是两位夫人同时拜堂，还是分开行礼？”

“随便。”

“公子晚上打算先在哪位夫人处安歇？按理应是大夫人，她是陛下封的正一品，不过公子若想先和二夫人圆房，老奴也可以去安排，公子的意思是……”

“你看着办就好了。”

呃！这都能随他安排，管家彻底明白了孟珏的无所谓。

“公子想让两位夫人住在哪里？老奴看着竹轩和桂园都不错，只是一个离公子的居处有些远了。”

管家已经做好准备，等着“随便”后就请示下一个问题了，不料孟珏沉默了一下说：“让大夫人住远点，越远越好。”

“老奴明白了。”

大婚当日，百官同来恭贺，宦官又来宣旨赏赐了无数金银玉器，还说皇帝有可能亲临贺喜。孟府真是鲜花着锦、烈火烹油之盛。

两顶花轿，一左一右同时到达孟府；两段红绸，一头在轿中新娘子的手中，一头握在了孟珏手中；两个女子，要随着他的牵引，步入孟府，拜天地高堂。

不料刚进府，大夫人脚下一个趔趄，跌倒在地，将牵引他们姻缘的喜绸掉落。一旁的丫鬟急急去扶她，她隔着盖头说她头昏身软，实难站立。

喜婆急得蹦蹦跳，再难受也该忍到拜堂礼结束，若连天地高堂都不拜，算哪门子成婚?

众人七嘴八舌地劝云歌忍一下，孟珏却只是唇边含笑，淡淡地凝视着戴着红盖头的人。盖头下的人好像知道他的动作，微仰着头，也在盯着他，目中有嘲笑。

两人之间的怪异让众人都安静了下来，看看这个，看看那个，却怎么都看不明白。

孟珏突地转身：“送夫人去房中休息养病。”异常淡漠的声音，似将一切的欢乐幸福都隔绝在外。

两段红绸，只牵引着一个女子进入了喜堂，另外一截空荡荡地拖在地上。

众人本在高声笑闹，见此，都是突地一静。霍光愣了一愣，仆人嗫嚅着解释小姐病了，他忙代女儿向孟珏道歉，张安世在一旁巧言化解，众人也都精乖地随着喜乐笑闹起来。

扰攘声将不安隐藏，一切都成了欢天喜地的喜庆。

一路行去，大红的灯笼、大红的绸缎、大红的柱子，漫天漫地都是红色。

云歌跟在三月身后，沉默地望着好似没有尽头的红色。

三月行到竹轩前，尽量克制着怒气说："大夫人，您以后就住在这里了。奴婢看夫人的样子，应该是不用请郎中了。"

云歌淡淡一笑，自推门而进，对尾随在她身后的于安吩咐："把屋里的东西都移出去，把我从霍府带来的东西换上。"

三月气得立即走进屋子，抱起榻上的喜被和鸳鸯枕就向外行去，紧咬着唇才能阻止自己出言不逊。

于安默默地带着两个霍府的陪嫁丫头把房子里面所有的布置都撤去。一会儿后，整个竹轩已经看不出任何洞房的气息。

云歌早脱去了大红的嫁衣，穿着一件半新的衣衫，倚在窗前，静静望着天空。手里拿着管玉箫，也不见她吹奏，只手一遍遍无意地轻抚着。

于安看到她手中的玉箫，无声地长叹了口气，劝道："小姐，闹了一天，人也该累了，若没有事情，不如早点歇息吧！"

云歌微笑着说："你先去睡吧！我一个人再待会儿。"

因为孟府的人并不知道于安曾是宫内宦官，以为他是个男子，不方便让他与女眷同住，所以另给他安排了住处。于安默默地退下，走远了，忍不住地回头看。

窗前眺望天空的身影，十分熟悉。这样固执的姿势，这样冷清的孤单，他曾在未央宫中看过无数次，看了将近十年，可当年的人至少还有一个期盼。

竹轩之内，安静昏暗，显得一弯月牙清辉晶莹。

竹轩之外，灯火辉煌，人影喧闹，月牙如一截被指甲掐出的白蜡，看不出任何光华。

刘询身着便服，亲自来给孟珏道喜，喜宴越发热闹。

众人都来给他行礼，又给他敬酒，他笑着推拒："今日的主角是新郎官，朕是来凑热闹的。"说着倒了酒，敬给孟珏。

他小指上的那个翡翠耳环，碧绿欲滴地刺入了孟珏眼中。

孟珏微笑着接过酒，一口饮尽。

众人拍掌笑起来，也都来给孟珏敬酒，凑乐子。刘询笑陪着臣子们坐了会儿，起身离去，众人要送，他道："你们喝你们的酒，孟爱卿送朕就可以了。"

孟珏陪着刘询出来，周围的宦官都知趣地只远远跟着。

刘询笑道："朕成婚的景象好像就在昨日，仔细一想，却已是多年前的事情了，当日你送了份重礼，朕不好意思收，云歌还笑说，等到你成婚时，朕也给你送份重礼就可以了，平君为了这事，担心了很久，生怕到你成婚日，朕拿不出像样的东西来。"

孟珏弯着身子行礼："陛下赏赐的东西早已是臣的千倍、万倍，臣谢陛下隆恩。"

刘询握着孟珏的手，将他扶起："云歌性子别扭处，你多多包涵。"

他指上的翡翠指环冰寒刺骨，凉意直透到了心底。孟珏如被蛇咬，猛地缩回了手，又忙以作揖行礼掩饰过去，笑道："她是臣的妻子，臣自会好好照顾她。"

刘询笑着，神色似讥嘲似为难，好一会儿后，才说道："反正看在朕的面子上，她不想做的事情，你不要迫她。就送到这里，你回去吧！"

孟珏微笑着返回宴席。

众人看他与皇帝并肩同行、把臂谈心，圣眷可谓隆极全朝，都笑着恭喜他。

孟珏笑着与所有人饮酒。他的酒量不差，可敬酒的人实在多，他又来者不拒、逢杯必尽。别人是越醉话越多，他却是越醉话越少，只一直微笑着。到最后，不管谁上来，还不等人家说话，他就笑着接过酒一饮而尽。其实他早醉得神志不清，可他的样子，众人看不出任何醉态，所以仍一个个地来灌他。

自刘询来，张贺一直留心着孟珏，慢慢察觉出异样，不觉心酸。这孩子竟然连醉酒都充满了戒备提防、丝毫不敢放松，这十几年他究竟过的什么日子？

又有一个人来敬酒，张贺从孟珏手中拿过酒杯，代他饮尽，笑道："新娘子该在洞房里面等生气了，诸位就放过我们的新郎官，让人家去陪新娘子吧！"

众人都哈哈大笑起来，张安世一面笑着，一面向孟珏告辞。众人见状，也都陆陆续续地来告辞。

等众人都散了，张贺拍了拍孟珏的肩膀，想说话却又说不出来，只长叹了口气，转身去了。

三月跟在孟珏身边多年，却是第一次见他喝醉，偷偷对八月说："公子喝醉酒的样子倒是挺好的，不说话也不闹，就是微笑，只是看久了，觉得怪寒人的。"

八月对这个师姐只有无奈，说道："赶紧扶公子回去歇息吧！"

管家在一边小声说："夫人们的盖头还没挑呢！盖头不挑，新娘子就不能休息，总不能让两位夫人枯坐一夜。"

三月知道管家的话十分在理，霍大小姐自然不会等公子挑了盖头才去休息，可许家的小姐却会一直等着的。只得吩咐厨房先做碗醒酒汤来，服侍孟珏喝完汤，搀扶着他向桂园行去。

守在屋子里的婆妇、丫头看见孟珏都喜笑颜开，行了礼后，喜滋滋地退了下去。

三月把喜秤放到孟珏手中："公子，你要用这个把盖头挑掉。"

模模糊糊的红烛影，一个身着嫁衣的人儿，绰约不清。

晕晕乎乎中，孟珏忽然觉得心怦怦直跳，似乎这一刻他已经等了许久、久得像是一生一世，久得他都要以为永不可能再等到。

他用力握住喜秤，颤巍巍地伸过去，在即将挑开盖头的刹那，却突然有了莫名的恐惧，想要缩回去。

三月见状，忙握着孟珏的胳膊，帮他挑开了盖头。

一张含羞带怯的娇颜，露在了烛光下。

不是她！不是她！

孟珏猛地后退了几步，她……她在哪里？错了！都错了！不该是这样的！

三月要拽没拽住，他已经踉踉跄跄地跑出了屋子。

"公子！公子！"

三月在后面叫，可孟珏只是猛跑。三月恼得对八月说："早知道就不该做醒酒汤！现在半醉半醒地不知道又惦记起什么来了。"

竹轩的丫头打听到孟珏已醉糊涂，想着不可能再过来，此时正要关院门、落锁，却看姑爷行来，忙笑着迎上前向他请安。孟珏一把推开了她们，又叫又嚷："云歌，云歌，我……我有很多……很多……很多的话和你说。"

孟珏神情迷乱急躁，好似一个丢了东西的人，正固执地要找回来。

丫头们犹豫着不知道该怎么办，三月假笑着说："两位妹妹回避一下，公子有话想和云姑娘……霍小姐……哦！夫人私下说。"

云歌已经躺下，听到响动，扬声说："你们随弄影去吃点夜宵。"一边说着一边披了衣服起来，衣服还没有完全穿好，孟珏已经推门而入。

绿色的流云罗帐内，那人正半挑了罗帐，冷声问："你要说什么？"挽着罗帐的皓腕上，一个翡翠玉镯子随着她的动作簌簌颤动。

烛光映照下，碧绿欲滴，孟珏只觉刺得眼痛，那些心中藏了多年的话被疼痛与愤怒扯得刹那间全碎了。

他笑起来，一面向她走去，一面说：“洞房花烛夜，你说……你说我要说什么？”

云歌闻到他身上的酒气，皱着眉头躲了躲：“你哪里来的这么大怒气？又不是我逼着你娶我的。”

孟珏笑握住了她的手腕：“我也没有逼着你嫁我，不过你既然嫁了，妻子该做的事情一件都不能少。”

手腕被他捏得疼痛难忍，又看他神情与往日不同，云歌紧张起来：“孟珏！你不要耍酒疯！”

他笑着把云歌搭在身上的衣服抓起，丢到了地上：“你疯了，我也疯了，这才正好。”说着话，就想把云歌拉进怀里。

云歌连踢带打地推孟珏，孟珏却一定要抱她。两个人都忘了武功招式，如孩子打架一样，开始用蛮力，在榻上厮打成一团。

云歌只穿着单衣，纠缠扯打中，渐渐松散。

鼻端萦绕着她的体香，肌肤相触的是她的温暖，孟珏的呼吸渐渐沉重，开始分不清楚，自己究竟是愤怒还是渴望。

云歌很快就感觉到了他的身体变化，斥道：“你无耻！”

话语入耳，孟珏眼前的绿色忽地炸开，让他什么都听不到：“我无耻？你呢？”一把扯住云歌的衣袖，硬生生地将半截衣服撕了下来。

近乎半生的守候，结果只是让她越走越远。

明知道她是因为恨他，所以嫁他，可他不在乎，只要她肯嫁，他就会用最诚挚的心去迎娶她。

可她宁愿对刘询投怀送抱，都不肯……

“哧”的一声响，云歌身上的小亵衣被他撕破，入目的景象，让已经疯狂的他不敢置信地呆住，满胸的怒火立即烟消云散。

原本该如白玉一般无瑕的背，却全是纵横交错的鞭痕。

云歌一面哭着，一面挣扎着想爬开，那些鞭痕如一条条丑陋的虫子在她背上扭动。

孟珏伸手去摸。鞭痕已经有些日子，如果刚受伤时，能好好护理，也许不会留下疤痕。可现在，再好的药都不可能消除这些丑陋的鞭痕，她将终身背负着它们。

“谁做的？”

云歌只是哭着往榻里缩，手胡乱地抓着东西，似乎在寻求着保护，无意间碰到被子，她立即将被子拽到身前，如堡垒一般挡在了她和孟珏之间。

“谁做的？”

云歌一口气未喘过来，旧疾被引发，剧烈地咳嗽起来。咳得脸通红，紧拽着被子的指头却渐渐发白。

孟珏伸手想帮她顺气，她骇得拼命往墙角缩，咳得越发厉害，他立即缩回了手。

他呆呆地看着她。

随着咳嗽，她的身子簌簌直颤，背上丑陋的鞭痕似在狰狞地嘲笑着他，究竟是谁让那个不染纤尘的精灵变成了今日的伤痕累累？

“云歌！”孟珏低下身子，俯在榻前，一种近乎跪的姿态，“原谅我！”他的声音有痛苦，更有祈求。

如果可以，他愿意用一切换取一次重新开始的机会。

“滚……滚出去！”

她脸上的痛恨厌恶如利剑，刺碎了他仅剩的祈求。

他脸色煞白，慢慢站起来，慢慢地往后退，忽地大笑起来，一边高声笑着，一边转过身子，跌跌撞撞地出了屋子。

刘询从太傅府出来后，唇边一直蕴着笑意，可眉宇间却藏着说不清道不明的落寞。

何小七正想吩咐车仪回宫，刘询挥了挥手：“朕现在不想回去。”

何小七忙问：“陛下想去哪里？”

刘询呆了一呆，忽地振奋起来，笑道：“找黑子他们喝酒去。”

何小七笑着说：“那帮家伙肯定正喝得高呢！”

“他们在哪里？”

“陛下不是说让他们在军队里面历练历练吗？估计都在上林苑呢！”

刘询这才真正高兴起来，命车仪先回去，和何小七骑着马去上林苑寻访旧日兄弟。

何小七看他心情好，凑着他的兴头说：“陛下，臣有个不情之请。”

“扭捏什么呢？说！”

“陛下知道黑子他们，三杯黄酒下去，连自己姓什么都忘了。他们聚在一起，肯定免不了……”小七做了个扔骰子、吹牌九的动作。

刘询想起旧日时光，笑着摇头：“我知道你的意思了。军营不许聚众赌博，你是要我放他们一马。”

小七听他无意中已经从“朕”换成了“我”，心里轻松下来，嘿嘿笑着点头：“其实臣的手也很痒，感觉这赚来的钱花起来总不如赢来的畅快，花赢的钱总觉得是花别人的，花得越多心里越美！”

刘询大笑起来：“我待会儿教你几招，保你把他们的裤子都赢过来。”

何小七喜得差点要在马上翻跟头：“多谢大哥，多谢大哥！”

凭着何小七的腰牌，两人顺利地进入上林苑。一边打听一边寻，费了点工夫才寻到了躲在山坡上喝酒吃肉的一群人。如何小七所料，黑子他们确实在赌博，但赌的是斗蟋蟀，看黑子红光满面的样子，想是在赢钱。

刘询看着一帮人围着两只小畜生大呼小叫、摩拳擦掌、怒眉瞪眼，只觉得亲切，不禁笑停了脚步：“等他们斗完这一场，我们再去‘拿人’。”

何小七呵呵笑着点头，陪刘询站在树影中，静看着兄弟们玩乐。

一局结束，黑子一方输了，恼得黑子大骂选蟋蟀的兄弟，赢了钱的人一面往怀里收钱，一面笑道：“黑子哥，不就点儿钱吗？你如今可是‘财主’，别这么寒酸气！大家都知道你们是皇帝的旧日兄弟，这会儿输掉的钱，皇帝回头随意赏你点，就全回来了。”

黑子端了碗酒灌了几口：“财主你个头！我大哥的钱还要留着给……民……民……苍……”实在想不起来小七的原话，只能瞪着眼嚷：“反正是要给穷苦人的，让大家都过好日子。”

刘询笑瞟了眼何小七：“看来你私下里说了不少话。”

何小七忙低下头：“臣就是尽力让兄弟们明白一点儿陛下的大志。”

刘询正要走出去，忽听到那帮人嚷嚷着要黑子给他们讲讲皇帝。黑子向来是就算没人问，都喜欢吹嘘大哥有多厉害，何况有人问呢？立即一手端酒，一手挥舞着讲起来。刘询停了脚步，做了个手势，命何小七止步。

“……就说斗蟋蟀吧！若俺大哥在，娘的，还有你们赢钱的机会？……大哥做了侯爷后，仍对俺们兄弟好得没话说，俺们兄弟帮他看侯府时，别提多神气了！以前那帮趾高气扬的官老爷见着俺们兄弟都要低头哈腰地求俺们代为通传，俺大哥索性锁了门，不肯见他们！大哥对那帮子官爷很牛气，可他对一般人还是笑眯眯的，从来不摆架子，哪家乡里人有了着急事来求大哥，大哥都很尽心替他们办事。陈老头子丢了牛，都哭到侯府来，大哥立即派侍卫去帮他寻。俺看不惯陈老头没种的样子，发了几句牢骚，大哥还骂了俺一通，说……说‘牛就是一家人的衣食，没有了牛，地不能耕种，人怎么活’……”

黑子碗中的酒没了，一旁的人立即倒满：“黑子哥在侯府做事的时候，定见了不少世面。”

黑子满意地喝了两口，继续唾沫横飞地讲述：“……什么藩王、将军，俺都全见了……什么怪人都有！有一次，几个黑衣人深夜突地飞进侯府，说要见大哥……还有一次，一个书生竟然提着个灯笼来见大哥，俺们不理他，他还大咧咧地说‘我不是来……来添花，是雪……雪……炭……’”黑子猛地一拍大腿：“‘雪里送炭’！对！就这句，俺看这小子怪得很，就去告诉大哥……”

刘询听着前面的话时，一直面容含着微笑，越往后，脸色渐渐地阴沉。何小七听到后来，已经吓得脸色发白，最后不顾刘询先前的命令，突地从树丛中走出，笑着说：“黑子哥，你两碗马尿一灌，就满嘴胡话了。人家朱公子明明是来找陛下去雪夜寻梅的，你他娘的侯府住了那么久，还一点风雅都不懂！真是烂泥扶不上墙！”

黑子不服地跳了起来，撸起袖子，就想揍何小七：“俺看你是真出息了！娘的，拖着两管鼻涕，跟在老子屁股后面，一口一个‘哥’，问老子要吃要喝的时候，怎么不骂老子是烂泥？别以为你学了几个字，就能到老子面前充老爷……”

几个兄弟忙拦住了黑子，其他人知道他们都是皇帝的故人，谁都不敢帮，赶紧找了个借口散了。

黑子仍指着何小七大骂，其他兄弟虽然拉住了黑子，却一声不吭地任由黑子骂着小七。何小七本是他们这一帮兄弟中辈分最小的一个，可自从刘询当了侯爷，似乎格外中意小七，常常带着他出出进进。何小七竟然在不知不觉中变成了最大的一个，什么事情都要管，什么事情都要叮嘱，甚至他们叫刘询一声“大哥”都要被何小七唠叨半天。一帮兄弟早就有些看不惯小七，此时黑子刚好骂到了他们心坎上，所以一个个都不说话，只沉默地听着。

何小七低着头，任由黑子骂了个够后，寒着脸说：“军营不许聚众赌博，各位兄长都记住了，这是最后一次，下次若再聚众，小七即使有心回护，可军法无情！”

黑子气得又想冲上来，小七转身就走，直到走下了山坡，身后的骂声仍隐隐可闻。

山下系在树上的两匹马，只剩了一匹，看来刘询已走。

小七翻身上马，想着刘询刚才的脸色，心里一阵阵的寒意。李远是匈奴王子，若让人知道汉朝皇帝竟然要匈奴王子“雪中送炭”，又是当时那么微妙的时刻，像霍光、张安世、孟珏这般的聪明人只要知道一点，就肯定能联系到后来匈奴出兵关中，甚至乌孙浩劫，还有刘询暗中训练军队的事情……小七打了个寒战，这些事情是应该永埋地下的。

小七一夜没睡，脑子里面想了无数东西，却没有一个真正的主意。

第二日，等到散朝后，就进宫去见刘询，可究竟见了刘询，该说些什么，他却一片茫然。

七喜看到他笑起来：“大人真是明白陛下的心思，陛下刚命奴才召大人和孟太傅觐见，大人竟就来了。”

小七抬头看着清凉殿的殿门，像一个大张着口的怪兽，似乎随时准备着吞噬一切。他的心渐渐沉了下去。

七喜看何小七盯着清凉殿发呆，叫道：“大人？”

何小七身子弯了下来，谦卑地说：“麻烦总管领路了。”

七喜知他和刘询情分不一般，自不敢倨傲，忙客气地说：“不敢，不敢！大人请这边走。”

七喜刚到殿门口就停了步子，弓着身子，轻轻退开。

何小七提步入内，殿内幽静凉爽，只刘询一人在，他的面色看着发暗，精神疲倦，好似也一夜未睡。

何小七跪在了刘询身前：“陛下万岁。”

刘询默默看了他许久：“朕要吩咐你去办一件事情，你可以拒绝。”

“是。”

刘询靠在檀木镶金的龙榻上，一只胳膊随意地搭在扶手上，手握着仰天欲飞的雕龙头：“找个远离长安的地方，将黑子他们厚葬了。”

何小七的呼吸好似停滞，又好似在大喘着气，他要用尽全身力气，才能让自己发出声音："臣遵旨。"

殿内幽暗的光影中，只有两个人沉重的呼吸声。

七喜的声音突然响起，如寒鸦夜啼，刮得人遍体凉意："陛下，孟太傅到了。"

何小七想告退，刘询却命他留下，扬声对外吩咐："宣他进来。"

孟珏扫了眼跪在地上的何小七，向刘询磕头行礼，刘询指了指龙座不远处的坐榻，示意他坐下。

孟珏的脸色也很不好看，眉目中全是倦意，神情冷淡，没有了往常的笑意，人显得几分清冷。

刘询打量了他一眼，微笑着说："朕有件事情交给爱卿办。朕曾派手下的人去请云歌，手下人一时失手将抹茶给杀了。云歌前几日在未央宫瞧到了一个人，以她的性子，肯定会继续追查下去。爱卿既然一直未将这些事情告诉她，一定是不想云歌和朕正面冲突，朕就将这些手下人交给爱卿了。"

孟珏作了个揖，淡淡说："臣遵旨。"

刘询笑指了指何小七："小七也要帮朕料理一件事情，你们就彼此做个帮手，将事情替朕办妥了。小七，孟爱卿是朕的肱股大臣，你跟着他，要好好多学点。"

何小七心中暗藏的最后一点希望破灭了。刘询也许只是谨慎，也许早已经料到他会耍花招，所以将一切的生路全部堵死。他一句话都说不出来，只是喘着粗气，重重磕头。

刘询直视着前方，面无表情地说："你们都下去吧！"

孟珏和何小七刚出殿堂，刘询握着的檀木龙头突地碎裂，断裂的檀木刺入他的手掌，刘询却一无反应，只纹丝不动地凝视着前方。鲜血顺着凹凸起伏的雕刻龙纹，滴在了龙座上，鲜亮的殷红在幽暗的大殿内异样地明媚。

何小七先代刘询吩咐黑子他们偷偷出长安，赶去秦岭翠华山杀了霍光派去行刺刘询的人，黑子他们一听大哥会有危险，自然叫齐兄弟，乔装打扮，掩匿行踪，悄悄溜出长安，赶去帮助大哥。

等着他们离开后，何小七再暗传刘询旨意，将所有牵涉在捉拿云歌、杀先帝御前侍女和宦官的官兵调到了翠华山，命他们追杀一群乱贼，一个活口都不能留。

一切安排妥当后，何小七匆匆去找孟珏，向正靠着车辕闭目休息的人禀奏："孟大人，下官已经一切按照您的吩咐，将两方人马诱向翠华山，现在该怎么办？”

孟珏挑起了车帘，进马车内坐好，又闭上了眼睛，似乎十分疲惫：“马车到了翠华山，再叫醒我。”

何小七呆呆立了会儿，跳上马车，做起了临时马夫，打马向秦岭翠华山赶去。

面对刘询亲手训练、意欲对抗羽林营的军队，黑子哥他们的结局不言而喻。

何小七已经做好一切准备去面对死亡，可当他站在山岭上，看着谷中凌乱不堪的尸首、支离破碎的肢体，他忽地发现自己根本没有想象中的坚强。他顾不上去想孟珏就在身边，也许会向刘询回禀自己的反应，就跪在地上痛哭起来，一面哭着，一面将肚内吃过的东西都呕了出来。

自小就是孤儿，东讨半碗汤，西讨半碗饭地活着。很多时候，都是兄长们硬从口里给他省的食物。寒夜里挤在一起取暖，偷了有钱人的看门狗躲起来炖狗肉吃，一块儿去偷看姑娘洗澡……

孟珏负手立在一旁，静看着一切，等他哭了一会儿后，淡淡说：“哭够了就去清点人数，回头陛下问时好回话。”

何小七霍然抬头，满眼恨意地盯着孟珏。即使要杀死他们，为什么非要选择这种方式？为什么不能用一种温和的方式？为什么要让他们如此痛苦地死去？

孟珏毫不在意地微笑着，将一包药粉丢到他面前：“这是一包迷药，兑入酒中，可以让人全身无力，神志却依然清醒。”说完，挥了挥衣袖，自下山去了，好似一切的事情，他都已经办完。

陈键顺利完成刘询的命令后，按照何小七的吩咐，退避到山林中等待下一步的指示。

等了两个多时辰，太阳已经快要落山，仍然没有人来。众人嗓子渴得冒烟，肚子饿得咕咕乱叫，不远处就有山泉和野兔，可他们从接受训练的第一天起，就最强调军纪，所以没有命令，无一个人乱动，都屏息静气地站得笔挺。

一阵酒肉的香气传来，何小七赶着辆牛车出现：“这是陛下犒劳大家的酒菜，回头等大家成为陛下的近卫，各位都会有各自的官爵，先吃些东西，然后等夜黑了，悄悄返回营地。”

陈键命所有人就地休息，取用酒肉。

何小七先给他敬了一碗酒，笑着嘱咐他将来封了将军，可别忘了小七。陈键出身江湖草莽，不善这些官场上的言辞，只笑着把酒饮尽。何小七看他喝了，又端着酒碗，去敬其他人。一炷香后，整个山林中已经没有任何人语声和笑声，只地上横七竖八地躺着几十个黑衣人。

何小七打量了四周一圈，打了几声呼哨，十几个人奔进了树林，躬身听命。

“就地掘坑，将这些人都埋了。”

“是！”

等他们掘好深坑，拖着尸首要埋时，忽地发觉触手温暖，手中拖着的人竟然还是活的，甚至有些醉得浅的正惊恐地睁着眼睛，看着他们。一个个骇得呆立在地上，何小七冷冷地哼了一声，众人才又硬着头皮继续。

铁锹盖土的声音，听来如同刀刃刮在骨头上，不知道身在土下的人，清醒地听着尘土落在自己身上是何感受？别的人已经哆嗦得不成样子，何小七却觉得自己的仇恨和痛苦稍微淡了几分。何小七突然想也许孟珏残忍地设计杀死黑子他们，只是为了逼迫自己更残忍地杀死这帮人。

何小七看手下人将所有黑衣人都埋好了，又吩咐：“移植些草木来种上。”

等看着眼前的坟场变成了郁郁葱葱的林木，他才笑着说：“天快亮了，你们都回去休息吧！今夜的事情能忘得多干净就多干净，否则……”

众人立即跪下，指天发誓。

小七挥了挥手，让他们离开。他面对着林木，坐到了地上，在静谧的夜色中，像是要听清楚地下的一切动静，又像是在思考天亮后该做什么。

东边的天刚透了鱼肚白，孟府的马车就已经备好，等着送孟珏入宫上朝。孟珏刚出府邸，何小七不知道从哪里转了出来，作揖说：“不知道下官可否搭孟大人的车一程？”

孟珏仍是倦意深重的样子，只点点头，就上了马车。

何小七坐在下首，看孟珏闭着眼睛，歪靠在车上，完全没有说话的意思，他笑道：“下官将伤害过尊夫人的人都活埋了，想来孟大人应该还满意这种惩戒。”

孟珏唇角抿出了丝笑：“既然没有勇气拒绝，就不要再像只野猫一样东抓西挠了，又没有人责怪你。”

何小七强撑的镇静立即被孟珏的话击碎，挺直的身子好似突然萎缩了一半，他恶狠狠地说："大人就不想想将来吗？不觉得自己知道的太多了吗？"

孟珏睁开眼睛，笑看着何小七。他的视线看着温和，可何小七竟不敢直视，急急扭头躲避着孟珏，隐藏在心内的无助恐慌全都表露在了脸上。

孟珏又闭上了眼睛："不得不倚重的东西，即使用着刺手一点，也不会扔。"

何小七琢磨着孟珏的话，脸色越来越难看。如果再有十年时间，也许他可以成为霍光、孟珏这样的人，可他能不能再活一年都是个问题。

孟珏没有再理会他，自闭目养神。

马车快要到未央宫时，何小七突地问："为什么陛下不把这些事情交给张贺、隽不疑这些人做？为什么非要让我去做？"

孟珏没有理他，他自问自答地说："因为他们是君子，所以陛下也要在他们面前做君子，贤君良臣才可以记入史册，做天下表率、供后世瞻仰。我这一生已经永远不可能成为张大人和隽大人那样的人了，我只能躲在黑暗中，替陛下做陛下永不想任何人知道的事情。"他脸色苍白，语声中有着看清自己命运的绝望。

马车缓缓停住，孟珏下了马车，何小七仍呆呆地坐在马车内。

散朝后，孟珏还要给太子授课，等上完课，已快到晚膳时分。从石渠阁出来时，看几个宦官面色怪异地在交头接耳，看到他，又立即住了口。恰好富裕来接太子，孟珏叫住了他："宫里发生了什么事吗？"

富裕也是面色怪异，看左右无人，压着声音说："奴才也是来的路上刚刚听闻。御前要多个掌事宦官了，就是何小七何大人。不知道怎么回事，他硬要净身入宫侍奉陛下，如果陛下不答应，他情愿立即撞死，陛下怎么劝都没用，就只得准了。何大人一入宫，就仅次于七喜总管，所以宫里的宦官议论纷纷，都是又嫉妒又不解，弄不明白怎么有人放着好好的仕途不走，非要做断子绝孙的宦官。"

孟珏淡淡地笑着，何小七倒是没令他失望，竟从死局中想出了这唯一的生路。

孟珏回到府邸后，三月迎上来问什么时候用晚饭，孟珏随口说，已经饿了，换下官服就去用饭。

三月开始细声细气地说着成亲晚上孟珏的荒唐行径："……公子把人家的盖头刚挑开，就跑掉了，弄得好像人家姑娘相貌丑陋，吓着了公子一样，许姑娘难过伤心得不行，昨天哭了一整天，今天还在哭，我看着实在可怜，就让她做几道菜，晚上和公子一起用饭，她才不掉眼泪了。公子，我看二夫人是个挺好的人，不管怎么说，你都该给人家赔个罪、道个歉。”

孟珏一言不发，三月小声说：“就是去吃顿饭而已，好歹将来要在一个府邸里生活，总得见个正脸吧！公子只怕连人家长什么样子还没看清，不怕在府里见了都不认识吗？”

“去桂园。”

三月心里欢呼一声，乐颠颠地跟在孟珏身后往桂园行去，桂园里的丫鬟婆妇都欢天喜地地迎了出来，许香兰低着头给孟珏行礼，孟珏客气地让她起来。许香兰偷偷扫了眼孟珏，果如姐妹传言，一位玉琢般的公子，心如鹿跳、又喜又忧，不知不觉中脸就全红了。

虽然只两人用饭，许香兰却做了十来道菜，摆了满满一案。三月随口赞了声，夫人能干，许香兰的婢女蕙儿就笑着说：“夫人出嫁前，老爷专门请了师傅教夫人做菜，这几道菜都是我家小姐的拿手菜。老爷尝过小姐所做的菜后，都说哪家公子娶到我家小姐，可是有福气呢！”

三月听出来蕙儿的话另有所指，尴尬地笑牵住她的手，向孟珏和许香兰告退。

孟珏一声不吭地吃着饭，许香兰也不好意思说话，两人相对沉默地用完了饭，许香兰心内忐忑，食不知味，不知道孟珏可满意她的手艺。待丫头撤下所有饭菜，端上烹好的茶时，许香兰鼓足勇气，期期艾艾地问：“夫君，饭菜味道还合口吗？如果不好……”

孟珏微笑着说：“十分合口。”

许香兰不知道再说什么，沉默地坐着。孟珏回来得本就晚，一顿饭用完，屋外早已黑透，她隐隐约约地盼望着他能留下来，脑子里面回响着婆婆们教导的话，那些取悦夫君的方法一个个从心头掠过，却似乎没有一个能用到眼前的这个人身上，他的微笑太过完美，好像世间没有什么能令他动容。

突然，屋子外面响起了一缕乐声，许香兰不禁凝神去听。自堂姐成为皇后，族里就请了先生来教她们一帮姐妹弹琴，虽然还未全学会，但有些名气的曲子，她也都知道。这首应该是《诗经》中的《采薇》，先生曾弹给她们听过，还说过这是哀音，唯经历世情的人才会奏，可她在先生的琴音中没听出什么哀伤，这一次却真正体会出了先生所讲授的“物非人非”的沉重悲哀。是谁如此悲伤，竟在深夜奏此哀音？

昔我往矣，杨柳依依。

今我来思，雨雪霏霏。

行道迟迟，载渴载饥。

我心伤悲，莫知我哀。

孟珏脸上的笑容突地消失了，他身子僵硬地坐着，似乎在挣扎，最终他放下茶盅，向外走去，许香兰忙站了起来，慌乱不解地叫："夫君……"

孟珏却好像什么都没听到，只脚步匆匆地向外奔去，许香兰跟在他身后追，追出桂园，只看月光下，一个乌发直垂的绿衣女子坐在桂花树上，握箫而奏，听到脚步声，她回头一瞥，轻笑间，一个旋身飞起，就消失在了桂花林中。眼前的情景太过诡异，许香兰以为自己撞到了花神狐怪。

孟珏却冲到了桂花林前，叫道："云歌，你究竟想怎么样？"

蕴着笑意的声音从桂林深处传来，缥缈不定，好似人还在枝丫间跳来跳去："不怎么样，你若想晚上留在这里，我就在这里吹《采薇》，孟公子脸皮虽厚，手段虽卑劣，行事虽无耻，毕竟还是个讲究风流情调的倜傥公子，想必没有办法在此乐声中拥佳人入怀。"

她的语声娇俏，还含着笑意，话语的内容却尖酸刻薄，许香兰怔怔地想着，这是什么人？怎么敢在孟珏面前如此放肆？云歌、云歌？啊！是她！

孟珏跑进了桂林，许香兰忙追上去，可孟珏的身影很快就消失在桂花林中，她根本连他去往哪个方向都没有看清楚。

云歌从树上跃下，一抬头却发现孟珏就立在她面前。她握着箫，谨慎地后退了几步，眼中全是戒备，似乎怕他暴怒中会做什么。

孟珏眼中有哀恸，当日长安城月下奏曲时，绝没想到，他亲手教她的《采薇》，她会这般回敬给他。

"云歌，你不必如此。"

云歌微笑："我会天天如此！许姑娘是个好人，你还是趁早放她另觅良人，你以为你做过那些事情后，还能此生妻贤子孝吗？休想！"

孟珏的长衫在风中轻动，他举手对月，一字字地起誓："今生今世，若霍云歌无子无女，我孟珏也就断子绝孙！若违此诺，生生世世永坠泥啰耶。”

云歌呆住，孟珏竟发这么毒的誓。在西域传说中，泥啰耶是恶鬼聚集地，人的灵魂若到此地，就永无喜乐安宁。

孟珏反笑起来：“回去休息吧！不要再闹来闹去了，我去和许姑娘道个歉，也回去休息了。”

云歌狐疑地盯着他，孟珏走了几步，忽想起一事，回身说道：“云歌，不要再去追究当日杀了抹茶的人。”

“凭什么？”

“因为人已经被我杀了。”

云歌有如释重负，也有恼火：“谁让你多事？”

“我杀他，有我自己的原因，你的问题只是顺道。”

“什么原因？”

孟珏微笑：“你有什么不信的？无耻如我，会那么好的帮你去报仇？”

云歌不吭声，只是盯着他，孟珏想了想解释道：“他的死是一个潜伏的矛盾，也许将来会让朝堂中的两大阵营芥蒂深重、彼此仇视。”

云歌摇了摇头，飘然而去：“连一个人的死亡都能是你的棋子！”

孟珏淡淡地笑着，死亡的确是棋子，只不过不是一个人。

第十章

[YUN ZHONG GE]

愿以此身，受你之痛

刘奭渐大，男孩淘气调皮的本事也渐增，椒房殿被他闹得鸡飞狗跳。

他让宫女们兜起毯子做榻，一人提着一头，摇啊摇，睡在上面果然很舒服，他欢喜地“咯咯”笑。

他在鹦鹉的脚上系了一根绳子，看鹦鹉扇动着翅膀冲向蓝天，突然，他用力一拽绳子，鹦鹉尖叫着掉下来。看着鹦鹉飞上去，掉下来，他“哈哈”大笑起来。

他开始留意哪些宫女长得好看，哪些长得不好看，他只要长得好看的服侍他，因为他只喜欢一切美丽的东西，这样他也才会变得美丽。

……

刘奭的举动落在许平君眼里，不过是一个淘气男孩的胡闹而已，乡野里面哪家男孩子没有掏过鸟窝玩过雏鸟呢？不喜欢睡榻、喜欢被宫女兜着毯子摇着睡，虽然让人头疼，但也不是什么大不了的事情。

可刘奭的行为落在那些饱读诗书的朝臣眼里，却渐渐引起了恐慌。

根据史书记载，商纣王小时就喜欢被宫女兜着睡觉；喜欢美丽宫女，讨厌容貌丑陋者；喜欢虐杀动物……

人说“三岁看老”，刘奭的行为让很多朝臣恐惧担忧。大汉天下要交付给这样的一个人吗？若他们现在不闻不问，将来有一日他们会不会变成被掏心的比干？

当刘询察觉时，朝堂内的恐惧担忧已经成了一场轩然大波。

十几个官员上书请求刘询慎重考虑太子的事情，其中还包括刘询倚重信赖的隽不疑。这些官员劝奏说，虽然一向的规矩是立嫡长子，可若有贤者，史上也不乏越长立幼的事情，皇帝春秋鼎盛，将来定会子孙繁多，不必这么早就将太子定下。

面对这帮大臣，刘询充满了无可奈何。这些大臣全非玩弄权术的人，他们也许古板僵化，却是真正信奉皇权、忠于汉室的臣子；他们不见得是最好的栋梁之材，却是汉家朝堂稳定的基石。对于权臣、弄臣、奸臣、佞臣，可以用权术计谋，甚至威吓化解，可面对这些大臣，他想不出来任何化解的方法。置之不理？只是一时之策。这些人的古板固执绝不会让他置之不理，何况还有个霍光；惩罚？会寒了忠臣的心；可不惩罚，难道准奏吗？

在十几封奏折前，霍光的人也开始陆续上奏折，如果他再不及时处理，到最后也许会变成不得不准奏。

隽不疑第二次上书，论述“贤者唯用”。刘询看着侃侃而谈的他，心里烦闷无比，面上还要做出洗耳恭听的样子，只希望能再拖一拖。可霍光显然不打算再给他拖延的时间，大司农田广明跪下附和隽不疑的奏疏。田广明曾力劝霍光和诸位大臣废除刘贺那个昏君，选立他这个明君，是被他嘉奖过的“有功之臣”，以“能识人贤庸”闻名朝野，没想到这么快，这个他御口嘉奖过的“贤臣”就又来识人“贤庸”了。

别的大臣也开始陆陆续续下跪，恳请他慎重考虑册立太子的事情。

他看向张安世，张安世低头避开了他的目光，刘询心中暗叹了一声，转开了视线。

刘询望着下面仍不停上奏磕头的臣子，几分茫然地想，谁说皇帝可以为所欲为？这个位置上的人，因为顾忌太多，不但不能为所欲为，反倒处处受制。

正当众人七嘴八舌地一再述说古代废愚立贤的典故，孟珏突地满脸自责地跪倒在地，大呼：“臣有罪！”

刘询的心在他的“有罪”声中安定了下来，问道：“爱卿自入朝为官，只闻爱卿的贤举，从不闻有失检点之为，何来有罪一说？”

孟珏磕头奏道：“臣身为人师，却误教子弟。误了平常人，最多让朝堂少了一个栋梁，可误了太子，却会祸及天下，臣不但有罪，还罪该万死。”

“此话怎讲？太子的功课，朕和众位卿家曾一同查考过，爱卿教得很好。”

隽不疑他们也都点头。刘奭在经文诗赋方面表现十分突出。

“有一日臣想给太子讲述贤君、暴君的故事，教导他学贤君、厌暴君。臣先讲贤君，然后又给他讲述商纣王小时候的故事，希望他借此明白小时的善恶会影响大时的贤昏，臣讲述到一半，还没来得及批评纣王所行，身体突感不适，怕有犯殿下，所以匆匆请求退避。本想着第二日继续将故事讲完，可臣……臣竟然忘记了，纣王的故事就只讲了一半，又是混在贤者的故事中，殿下年纪尚小，还未懂分辨，只会照着先生讲述的去做。臣……臣罪该万死！”孟珏说着，砰砰地磕头。

几位大臣如释重负地吁了口气，原来并非刘奭本性残暴。

张安世跪了下来，一面磕头一面陈述太子的善行，比如对待大臣谦恭有礼，恪己安人，小小年纪就知道每日去长乐宫给上官太皇太后请安，有这些行为的人怎么会是本性残暴的人呢？

刘询又以父亲的身份，赞了几句刘奭日常琐事上温良敦厚的表现。

隽不疑等人都沉默了下来。

刘询见此，想着再说几句场面话，就可将此事暂且抛开了。不料田广明却不依，虽不再弹劾太子恶行，却将矛头对准了孟珏：“孟太傅自责的话很有道理，太子师关系着天下万民的安康，孟太傅却如此草率唐突，此次幸亏发现得早，尚来得及教导、纠正太子，可下次呢？孟太傅还会忘记什么？会不会等我等发现时，已经大错铸成，悔之晚矣？到时候大人真是万死都不足矣！臣认为孟大人实难担任皇子师一职，泣奏陛下为了江山社稷，务必严惩孟珏，另选贤良。”

孟珏现在是戴罪之身，只能一声不吭地跪在地上，等候裁决。

众人本以为孟珏是霍光的女婿，霍光应该会帮他开解一下罪行，不想霍光低着头，垂目端坐，好似和他完全无关。

张贺跪了下来，张安世未等他开口，就急急开始替孟珏辩解求情，可田广明言辞犀利，此事又本就是孟珏失职，张安世辩解的声音越来越软弱无力，田广明越来越咄咄逼人，大有孟珏不死不足以谢天下的样子。

刘询猛地拍了下龙案，制止了他们的争吵，扬声下旨：“孟珏身为太子师，未尽教导之责，本需严惩，念其向来克己守责，暂从宽发落，廷杖四十。杖后继续留用，以观后效。”

田广明仍满脸愤怒不平，但刘询已经宣旨准了他惩罚孟珏的奏请，他也不好再说什么，只能磕头高呼：“陛下圣明！”

廷杖之刑就是当着文武百官的面杖打，与其他刑罚相比，廷杖的本来用意不在“惩”，而在“辱”。不过因为孟珏所犯罪行恶劣，所以四十下的廷杖，算是既“辱”又“惩”了。

百官静静站在殿前广场上，观看行刑。按照法典规定，司礼监命人将孟珏双手绑缚，把衣袍脱下、掳到腰部，裸露出背脊，然后命他面朝大殿跪下，由专门训练过的壮汉杖打背脊。壮汉拿出一截长五尺、阔一寸、厚半寸的削平竹子，司礼监一声令下后，他用足力气打了下去。

一般人受杖刑，总免不了吃痛呼叫，或看向别处转移注意力，借此来缓和疼痛。可孟珏竟神情坦然自若，微闭着眼睛，如同品茶一般，静静感受着每一下的疼痛。

“啪、啪”声中，有人幸灾乐祸地眯着眼睛仔细观看，有人却生了兔死狐悲的心思，宦海沉浮，今日虽是孟珏，他日难保不是自己。

四十下杖刑打完，孟珏背上皮开肉绽、鲜血淋漓，可人却高洁不损，依旧雅致出尘，神志看着也还清醒。七喜匆匆跑来，替他解开缚手的麻绳，掩好衣服，命人送他回府。

孟珏被送回孟府时，神志已有些涣散，孟府的人看到他这个样子，立即炸了锅。

许香兰闻讯，忙跑来探望，一见孟珏背上的血迹，就哭了起来。

三月刚把几个哭哭啼啼的丫鬟轰出去，没想到这会儿又来了一个，可又不敢轰这位，只能软语相劝：“二夫人不必太担心，公子只是受了些皮肉外伤。”

许香兰看三月想帮孟珏脱去衣服，擦拭一下身体后上药，一面忍着哭泣，一面上前想要帮忙，可她一个寻常人家的女子，何曾见过这样的场面，衣服刚拿开，看到孟珏背上皮开肉绽的样子，她猛地一惊，失了力道，拽疼了伤口，孟珏微哼一声，脸色发白，三月一把就将许香兰推开，又立即醒悟不对，赔着笑说：“夫人还是出去吧，这些事情奴婢来做。”

三月一边清理伤口，一边纳闷。一般人受杖刑四十下，伤成这个样子不奇怪，可公子练武多年，怎么没有用内力去化解杖力？竟像是实打实地挨了每一杖。

三月拿出府中的秘药，正想给孟珏上药，孟珏闻到药香，清醒了几分，低声说："不用这个。"

三月以为孟珏有更好的伤药，忙俯下身子听吩咐，不料孟珏闭着眼睛说："把伤口清理干净，包扎好就行了。"

三月呆住，怀疑自己听错了："公子？这次伤得可不轻！不用药，伤口好得慢不说，还会留下疤痕，就是那股子疼痛也够受的，可是会日夜折磨着……"

孟珏睁眼看了她一眼，三月心中一颤，立即闭嘴，咬了咬唇，说："是！"把药扔到了一旁。

因为没有用药止痛，包扎伤口时，三月咬得嘴唇出血，才能让手一点不抖地把伤口包扎好。

一切弄完后，三月小声问："公子，疼得厉害吗？"

孟珏神情黯然，眼中流转着太多三月看不明白的东西，半晌后，没有说话地闭上了眼睛。三月默默行了一礼后，退出了屋子。

傍晚时分，富裕带着一堆宫里的补品来看孟珏，见面就给孟珏磕头，孟珏忙命人拽他起来，他硬是磕了三个头后才起身："这是皇后娘娘命奴才代殿下给大人磕的头。"

孟珏说："你回去劝皇后娘娘不要责备殿下，更不要自责。"

富裕眼圈有点红："陛下朝娘娘发了通火，责问娘娘如何做母亲的？竟然让儿子学纣王，虽然陛下怒火平息后，又劝慰、开解娘娘，可娘娘觉得全是她的错，奴才们怎么劝都不管用。"

孟珏想了瞬说："你若方便，不妨请云歌进宫去看看皇后娘娘。"

富裕立即反应过来，点头应好。

云歌进椒房殿时，许平君在抹眼泪，刘奭被罚跪在墙角，想是已经跪了很久，小人儿的脸色发白，身子摇摇晃晃，可仍倔强地抿着嘴，一句求饶的话都不肯和娘说。

云歌坐到许平君身前："你想罚他跪一晚上吗？"

许平君眼泪流得更急："其实该罚跪的是我，都是我没有教好他，见他所行不端，也就责骂几句，没有严厉管教。”

云歌招手让刘奭过去：“虎儿，到姑姑这边来，姑姑有话和你说。”

刘奭看向母亲，许平君瞪着他说：“怎么现在又知道听话了？早前干什么去了？”看到儿子苍白的小脸，终是不忍，冷着声音说：“过来吧！”

刘奭想要站起来，双腿却早已酸麻，富裕忙弯身半抱半扶地将他带到云歌身边。云歌把他揽进怀里，一面帮他揉腿，一面笑着说：“其实姑姑小时候也捉鸟玩的。”

刘奭斜斜看了母亲一眼，抱住了云歌的胳膊：“姑姑的娘可会责罚姑姑？”

云歌笑：“我捉鸟的本事就是娘教的，你说我娘可会责罚我？我爹还捉了两只大雕陪我玩呢！”

刘奭羡慕地看着云歌：“姑姑的娘真好！”

“对了，你是如何知道玩鸟的法子？”

“是娘娘告诉……”刘奭猛地闭上了嘴巴。昭阳殿内的娘娘是他的秘密。母亲总是不许他接近昭阳殿，可母亲越是不许，他越是好奇。里面住着什么样的怪物？会吃人吗？当他发现昭阳殿内住着的不但不是怪物，反而是个美丽温柔的娘娘；不但没有吃他，反而常常教他很多很好玩的事情，他渐渐喜欢上了去找娘娘玩。娘老是这不许，那不许，可娘娘会温柔地笑着，让他做任何他想做的事情。娘娘说了，这是他们之间的秘密，他是个男子汉，肯定会信守诺言，谁都不告诉！

许平君面色突变，云歌朝她使了眼色，继续笑着说：“虽然睡在宫女兜的毯子里十分舒服，但姑姑知道更好玩的睡法。”

刘奭看娘和姑姑都没有留意到他的嘴误，放下心来，赶着问云歌：“什么法子？什么法子？姑姑快告诉虎儿。”

“其实这个法子娘娘也知道的，她怎么没有告诉你呢？我以为她早告诉你了。”

刘奭嘟起了嘴：“你胡说！娘娘最喜欢虎儿了，什么秘密都告诉我！”

云歌摇头，不相信地说：“可是娘娘真的知道呀！不信你去问她。”

“好！我明天就去昭阳殿问。”

许平君盯着儿子，脸色发青，举掌就想打，云歌按住了她的手，对富裕吩咐：“带殿下下去，用热水给他泡个澡，再揉揉腿。”

太子刚出殿门，许平君哭着说：“你干什么拦着我，这个逆子竟然认贼做亲！我和他说了多少遍，不许他接近昭阳殿，他竟然一句不听。你看看他维护她的样子，竟然把亲娘当成了外人！他爹今日骂我时，他明明在场却一声不吭。”

云歌无奈地说："怎的人一旦长大就会忘记自己小时候是什么样子了呢？姐姐小时候有没有过父母一再阻止，你却非要做的事情呢？甚至父母越阻止，你就越想做？难道姐姐小时候就把所有的事情都告诉父母吗？姐姐难道没有自己的秘密吗？反正我是有的。"

许平君愣住。她如何没有呢？那时候娘拼了命地阻止她找病已玩，她却总是偷偷地去。娘不许她带红花，她却总会一出门后，就在辫子上插一朵红花，进门前又偷偷取下藏好。

"姐姐想阻止虎儿和霍成君来往是不可能的，都在未央宫中，只要霍成君有心，处处都是机会，而且姐姐越阻止，虎儿只怕越想和霍成君亲近。"

"难道就没有办法了吗？"

"有！姐姐把自己和霍成君的恩怨告诉虎儿，你是他娘，他若知道这个人是欺负他娘的人，不管霍成君对他多好，他也会疏远防备她。"

许平君摇头不同意："他还那么小，怎么能懂？何况我也不想让他这么早就知道这些污秽的事情。"

"小孩子远比大人想象的懂事，你仔细想想你小时候，只怕年纪很小时，人情冷暖就已明白了。"

确如云歌所说，当母亲以为她还什么都不懂的时候，她就已经知道母亲对她的厌恶了，甚至直到现在，她仍记得三岁那年的新年。母亲在厨房炖肉，她和哥哥们在外面踮着脚等。肉煮好后，他们欢天喜地地跑进了厨房，母亲将肉分放在几个哥哥碗里，却只给她盛了一碗汤。从那后，母亲煮肉时，她再也不在外面等了。许平君叹气："虎儿和我不一样，他有这么多疼爱他的亲人。"

云歌很严肃地说："姐姐，自你做皇后开始，他就不是一般的孩子了，他身上连带着许多人的命运。孟珏、张贺他们都先不说，只许家就有多少人？一荣俱荣，一损俱损，若虎儿……许家也会连带着……"云歌轻叹了口气："姐姐的心思我都明白，哪个做娘的不想孩子无忧无虑、快快乐乐地长大呢？可是虎儿注定不能像一般孩子那样长大了，一般孩子的快乐天真只会成为别人害他的武器，姐姐越是爱护他，反而越是该让他早早明白他身处的环境。"

许平君呆呆地望着云歌，好一会儿后，说道："我怀着他时，曾想着要把我所没有得到过的全部弥补给他，他会成为世间最幸福快乐的孩子。为什么会变成了这样呢？"

云歌握住了她的手，微微笑着，笑容下却全是心酸："因为他要做皇帝，老天会将整个天下给他，同时拿走他的全部人生。"

许平君俯在云歌肩头，默默落泪。

云歌将一块绢帕塞到她手里："姐姐，在虎儿学会保护自己之前，你是这未央宫中他唯一可以倚靠的人。"

许平君将眼泪擦去："知道了。最近我掉的眼泪太多，做的事情却太少。"

刘奭好似几天之间就长大了，他看人的目光从好奇变成了探究，举止间有着和年龄绝不符合的稳重。以前他总喜欢在宫里跑来跑去，忙着寻幽探秘，屋宇繁多的未央宫在他的眼中是一个大的游乐场所；现在他喜欢避开所有人，静静坐在一个地方，默默看书，看累了，就支着下巴眺望远处。

他小小的眉眼间究竟在想着什么，没有任何人能知道。以前刘询若长时间不去椒房殿看他，他就会去看爹爹，腻在爹爹身边戏耍，有时候也许是宣室殿，有时候也许是别的娘娘们的宫殿；现在他总喜欢牵着父皇的手去椒房殿，让父皇教他这，教他那。以前他对孟珏恭敬，却不亲昵，因为孟珏从未像别的亲戚长辈那样抱过他，也从不逗他笑、陪他玩，孟珏只是温和地微笑，微笑下却让他感觉到遥远；而现在他对孟珏敬中有了亲，那种亲不是抱着对方胳膊撒娇欢笑的亲，而是心底深处一块毫无保留的信任和仰慕。

"奭儿，怎么拿着册书，却在发呆呢？怎么好长时间没来找我玩？"霍成君笑吟吟地坐到刘奭对面。

刘奭觉得秋日的灿烂阳光好似全被遮住。他站起，一面向霍成君行礼，一面说："先生布置的功课很重，儿臣要日日做功课。"

霍成君看他头上有几片落叶，伸手想把他拽到身边，替他拿掉，可刘奭竟猛地后退了两步。毕竟年纪还小，举动间终是露了心底的情绪。

霍成君笑容僵了一僵，微笑着缩回了手，带着估量和审查，凝视着刘奭。

张良人和公孙长使同来御花园散心，两人因喜欢清幽，又想单独说些话，所以专拣僻静处行走，不料看到霍婕妤和太子殿下同坐在树下，回避已是来不及，只能上前给霍婕妤请安。

霍婕妤笑看了眼公孙长使微隆的腹部，心如针刺，刘询对她近乎是专宠，可她的肚子无一点反应，刘询几个月里只去过一次公孙长使处，她竟然就怀孕了。

“坐吧！你是有身子的人，不用守那么多规矩。”

公孙长使局促不安地站着，不敢坐。霍成君眼中隐有不屑，侧头看向张良人，笑命她坐：“宫里的一切可都习惯？”

张良人因为出身于大家族，行动间自多了几分落落大方，笑扶着公孙长使坐下，自己坐到她身侧：“回娘娘的话，一切都习惯，就是觉得没家里自由自在。”说着自己先笑起来。

霍成君笑着点头，与她谈论起以前闺阁中的旧事，公孙长使对这些贵族小姐的消遣一窍不通，半句话都插不上，只能静静地坐着。她看刘奭时不时看一眼她的腹部，有些不好意思，双手放在了腹部上。霍成君含笑问刘奭：“就要有弟弟了，殿下可开心？”

刘奭盯着公孙长使问：“是弟弟吗？”

公孙长使笑回道：“不知道。不过我倒希望是个女孩子，可以把她打扮得漂漂亮亮地陪我。”

刘奭一下高兴起来：“妹妹若像娘娘，一定很美丽，到时候我也要带妹妹玩。”

公孙长使也开心地笑起来：“谢谢大殿下的吉言。”

两个嬷嬷提着食盒过来，给众位娘娘请安后，笑对张良人说：“娘娘真让我们好找！转遍了御花园才寻到这里。”

张良人站起来接过食盒：“这是我命御厨按照家中的食谱做的几样点心。”

一个小宦官也寻了过来，刘奭起身告退。霍成君笑叫住他：“一起吃几块点心再去读书。”

刘奭回禀：“儿臣要回去做功课了。”

“吃几块点心耽误不了你的功课，快过来！”

张良人也笑说：“很好吃的，殿下尝尝吧！”

刘奭低声对宦官吩咐：“去找我师傅。”说完后，转身回去。

张良人亲手选了块最好看的点心递给刘奭，刘奭握着点心不动，只看着公孙长使将一块杏仁糕几口吃完。

公孙长使有些不好意思，笑着解释：“最近变得有些挑嘴，那日在张良人那里吃了两块点心，竟一直嘴馋得不能忘，所以张姐姐特意命御厨做给我。”

“原来我们都沾的是长使的光。”霍成君挑了块桃酥放进嘴里，又好似随手地拿了块给张良人，张良人本想拿杏仁糕的，但霍成君已经递到眼前，只能先放下手中的，笑着接过桃酥。

“手里的点心不爱吃吗？那尝尝别的。”霍成君捡了块杏仁糕给刘奭，刘奭接过后，却一直不吃，霍成君笑说：“尝一尝！”

公孙长使刚吃完第二块杏仁糕，也笑着说：“殿下，很好吃的。”

刘奭紧握着点心，越来越着急。

“太子殿下！”

一声充满了责备的叫声，却让他顿时轻松。刘奭立即扔下点心，扑向孟珏，又猛地顿住脚步，恭敬地行礼：“先生。”

孟珏神色不悦：“功课做完了吗？”

“还没有。”

“那还在这里戏玩？”

张良人忙道歉：“都是本宫的错，请孟大人不要责罚殿下。”

孟珏什么都没有说，微笑着行礼后，牵着刘奭告退。霍成君看着两人的背影，手里的桃酥断成了几截。

师徒两人回到石渠阁后，孟珏微笑着问：“谁叮嘱过你这些事情？”

孟珏的话没头没尾，刘奭却很明白，回道：“太皇太后。太皇太后有一日给我糕点吃，我就吃了。太皇太后却很不高兴，要我发誓，无论发生什么，都不许喝和吃任何娘娘给的东西，后来我告诉了娘，娘还亲手绣了一双鞋给太皇太后。”

孟珏倒也没显得多惊讶，微微点了下头，说：“今天的事情不要再提起了，明天去给太皇太后磕头时，记得要多磕一个。”

刘奭没听懂孟珏的话，只随口“嗯”了一声，跑到桌前，打开竹简开始诵书。

半夜里，刘奭正睡得香甜时，听到外面吵吵嚷嚷的声音，忙爬到窗户前，只看母后正匆匆整理衣装，一个侍女跪在殿门外边哭边奏：“长使娘娘晚上睡下时还好好的，可半夜里突然就嚷肚子疼，现在流血不止。”

“陛下可知道了？”

“陛下在昭阳殿。昭阳殿的总管说陛下已经歇息，不准奴婢入内惊扰。”侍女说着又开始给母后磕头，“奴婢求皇后娘娘救长使娘娘一命，奴婢愿意来生做牛做马……”

母后打断了她的话：“赶紧回去守着公孙长使，别在这里说胡话。”又对富裕说，“传本宫旨意，命太医立即进宫，若有怠慢的，本宫严惩！”富裕转身要吩咐底下人去宣旨，母后严厉地说：“你亲自去办！”

富裕应了声“是”，撒开双腿就跑出了椒房殿。

母后吩咐完一切后，带着人赶去玉堂殿。椒房殿安静下来，只几个守夜宫女立在殿门前，小声说着什么。

刘奭缩回榻上，拉起被子蒙住了头。

清晨，未等母后来唤他起床，他就洗漱停当，出了椒房殿。先去长乐宫给太皇太后问安。太皇太后还未起身，他就在殿外“咚咚”地磕了三个头，惹得已经熟稔的橙儿掩着嘴偷笑：“殿下今日的头磕得可真实诚！”

他没有像往常一样笑着回嘴，一个骨碌爬起来，跑去了石渠阁，翻开孟珏布置给他的功课，大声地朗诵着：“子曰：‘不仁者，不可以久处约，不可以长处乐。仁者安仁，知者利仁。’子曰：‘唯仁者能好人，能恶人。’子曰：‘苟志于仁矣，无恶也。’子曰：‘富与贵，是人之所欲也，不以其道得之，不处也。贫与贱，是人之所恶也，不以其道得之，不去也。君子去仁，恶乎成名？君子无终食之间违仁，造次必于是，颠沛必于是。’子曰：‘我未见好仁者，恶不仁者。好仁者无以尚之，恶不仁者其为仁矣，不使不仁者加乎其身。有能一日用力于仁矣乎，我未见力不足者。盖有之矣，我未之见也。’子曰……”

在一遍又一遍地反复诵读中，在一个又一个的“子曰”中，他努力寻找着可以相信和追求的东西。

“先生？”

刘奭急急擦去眼角的泪，站了起来，有些手足无措的尴尬。师傅不知何时到的，没有叫他，只静立在窗下，听着他的诵书声。

孟珏好似什么都没有看到，微笑着说：“今日我们不做书籍上的功课，我们去爬山，看看书籍外的风光。”

“好。”

刘奭掩好书，跟在孟珏身后，亦步亦趋。当爬到山顶，刘奭终于没有忍住地问：“先生，父皇聪明吗？”

“很聪明。”

“父皇……父皇会像书籍上的皇帝那样很喜欢很宠爱一个妃子吗？”

“不会。”

听到先生绝对肯定的语气，刘奭如释重负，小小年纪，竟然眺望着远方长长地吁了口气。

第十一章

[YUN ZHONG GE]

人生只似风前絮，欢也零星，悲也零星

云歌接到许平君传诏时，正对着医书背草药的药性，想着许平君找她应该和公孙长使、张良人的事有关，忙将手头的药草放下，赶进宫中。

许平君见到她，露了笑意，不过只在唇角一转，很快就淡了："有个人想见你，却又不方便直接找你，所以请我帮忙，你肯见她吗？"

"谁？"

"太皇太后。"

云歌低垂着眉目，看不清楚神情，只有睫毛轻轻颤动了几下："她无事不会找我的，姐姐带我去吧！"

许平君见她答应了，牵着她的手，并肩向长乐宫行去。许平君的面容清静到几乎没有任何情绪，完全不似她往日的性格。

云歌轻声问："公孙长使的事情是张良人做的吗？"

许平君淡笑："不管她做没做都无所谓。陛下立意要压下此事，根本不会去彻查，御厨和所有牵涉在内的人都已被秘密处死。"

云歌只有沉默，对刘询的处理方法，她虽然早已猜出几分，可真听到后仍不免心寒。张良人身后有右将军张安世和整个张氏，刘询不能失去张氏，可那个无辜的孩子呢？

长乐宫已到，橙儿和六顺正在殿门口张望，看到她们，欢喜地迎上来。六顺给皇后请完安后，竟失礼地问云歌："姑娘，你还好吗？"

云歌微笑着，十分平静地说："以后叫孟夫人。我很好。"

六顺忙跪下要赔罪，云歌却理都没有理他，径直走进了大殿。

上官小妹立在殿内，身上披着件厚厚的织锦披风，一副要出门的样子。

许平君有些诧异，她不是要见云歌吗？

"你们来得不巧，哀家要出去走走，改日再来吧！"

许平君反应过来，恭敬地说："儿臣正好有空，不如让儿臣随侍左右，儿臣虽然笨手笨脚，不过总比宫女尽心。"

上官小妹面无表情地点点头，出了殿门。许平君忙小步跟上，云歌低头随在她们身后。上官小妹转了几个圈子后，出了长乐宫，看方向似乎想去建章宫，许平君和云歌不知道她究竟想做什么，只能一直默默跟随。

六顺不知道使了什么法子，竟然让她们一路上没有遇见一个宫女宦官。等行到建章宫深处的一处院落前，上官小妹停了脚步，说道："我不方便过去，云歌，你想办法进去看一眼。"

云歌看侍卫环绕，守卫森严，不解地想了会儿，猛地明白过来，对许平君细声求道："姐姐，要麻烦你了。"

许平君道："他是你的故人，也是我的故人，一起进去吧！"

守卫见皇后亲临，不知道究竟该不该拦，犹豫间，许平君已走进了院子。

四月正在院中的梧桐树下扫落叶，抬头看到来人，手中的笤帚掉到地上，溅起一阵轻尘。

"大公子在哪里？"云歌问。

四月神情黯然，指了指身后的屋子。

许平君和云歌推开木门，刺鼻的酒气混着酸霉味扑面而来。

屋内堆满了大大小小的酒坛，根本没有可以落脚的地方。一个长发散乱的男子正抱着一个木匣子呼呼大睡，身上穿的似乎是一件紫袍，却已经被酒渍、油腻染得看不出本来的样子，皱巴巴地团在身上。脸上野草一般的胡髯和长发纠缠在一起，根本看不清楚五官，只觉得污秽丑陋不堪，令人避之都唯恐不及。

许平君叫："大公子！大公子！刘贺！刘贺……"

紧抱着木匣的人身子微动了动，喃喃自语："红……红……"忽地笑起来，大呼一声，"二弟，这是我们的喜酒，再干一杯！"

云歌猛地转身出了门，仰头望天，一口口地大吸着气。

许平君扶着门框，似有些站不稳，那个倜傥风流的男儿怎么成了这副模样？半晌后，她才定下心神，问四月："你怎么可以让他醉成这样？"

四月盯着许平君冷笑起来，一面笑着，一面快步在院子里走了一圈："他除了醉酒，还能做什么？难道清醒地散步吗？一天散一千遍？一年该散多少遍？"她说话的工夫，整个院子就被她走了个遍。

许平君看着逼仄狭窄的小屋，说不出话。这一切都是她的夫君一手造成。在四月犀利的目光前，她连抬头的勇气都没有。

云歌走到四月面前，一字字说："我会救他出去，你要做的就是让他醒过来！"

四月双眼圆睁，瞪着云歌，好一会儿后，用力点了点头："好！"

云歌快步离开，许平君紧跟在她身后，想问却不敢问。

上官小妹看到云歌，问道："他还活着吗？"

"离死不远了。你要我做什么？要我去求霍光，还是刘询？"

小妹悠悠地笑起来："霍光几次暗示皇帝下旨杀刘贺，罪名他都已经替皇帝网罗齐全，一千多条罪行呢！只差皇帝点头宣旨，皇帝却一直含含糊糊地装糊涂，霍光又想通过我的手赐死他，我装害怕，大哭着拒绝了。"

许平君喜悦地说："他定是念着故情，我去求他放人。"

小妹的视线如寒刃，割碎了许平君的喜悦："皇帝不是不想杀刘贺，而是不敢杀。孝昭皇帝曾命他写过一道圣旨，他承诺过不动刘贺，否则刘贺早就……"小妹一声冷笑，"皇帝现在最希望的就是霍光能设法杀了刘贺，可霍光不想背负杀害废帝的罪名，他是希望皇帝下旨杀了刘贺。"

许平君脸色发白，头深深地低了下去。

云歌问："圣旨呢？"

小妹摇摇头："我不知道。这个问题，我想过无数遍，皇帝肯定想的遍数更多。他先前一定以为在我这里，所以借着把我从椒房殿迁到长乐宫的机会，将我所有的物品都翻了个底朝天，可惜结果令他很失望。"

云歌看小妹盯着她："也不在我这里，我刚知道此事。"

小妹的视线越过了她，似看着极远处："他不会舍得将你牵扯进这些乱七八糟的事情，刘询倒是懂得他的心思，所以压根儿没去烦扰过你。"

云歌的身子猛地颤了下，半晌后，才哑着声音问："你为何拖到现在才找我？"

小妹瞟了眼许平君："太早了，你孤掌难鸣；再晚下去，就来不及了，现在的时候恰恰好。边疆有乱，皇帝和霍光暂时都顾不上刘贺，但他们一个抢了刘贺的皇位，一个废了刘贺，没一个会放心留着刘贺。"小妹看着云歌，微笑起来："霍小姐、孟夫人，在他的心中，刘贺是他的朋友，刘贺也敬他为友，否则，以刘贺的心智绝不至于沦落到此，我想他绝不想看到刘贺今日的样子，刘贺的事情就交给你了。"说完，好似卸下了个大包袱，神态轻松、脚步轻快地走了。

云歌遥望着守卫森严的院子，心里全是茫然。她虽然给了四月承诺，可她根本不知道怎么去兑现这个承诺。

书房内，孟珏平心静气、提笔挥毫，在书法中，寻觅着暂时的平和。

"卿云烂兮，纠缦缦兮。日月光华，旦复旦兮……"

三月轻敲了敲门："夫人想见公子。"

孟珏的眉间有不悦，可声音依然温润有礼："我有要事在忙，请夫人回去。"

"你怎么……"三月的叫声未完，云歌已经推门而进，"不会占用你多少时间，我来取回一样属于我的东西。"

三月一脸不满，孟珏盯了眼三月，她立即心虚地低下了头，匆匆后退，将门掩上。

孟珏不露声色地将面前未写完的卷轴轻轻合上："什么东西？"

"风叔叔给我的钜子令。"

孟珏沉默了一会儿，从暗格中取出钜子令交给云歌，云歌转身就要走，他问道："你知道怎么用吗？"

风叔叔说找执法人，可执法人在哪里？云歌停住了脚步，却没有回头。

“去一品居找掌柜的，将钜子令出示给他，钜子们自会赴汤蹈火、在所不辞。”

云歌震惊，一品居竟然是风叔叔的产业？

她冷嘲道：“如果你告诉我七里香其实也是你的产业，我想我不会太惊讶。”

孟珏没有回答，而云歌也没有给他时间回答，语音刚落，人已经在门外。

“三月。”孟珏扬声叫她进去。

三月拖着步子走进屋子，孟珏看着她没有说话，三月脸色渐渐发白，跪了下来：“奴婢知错了，绝无下次。”

孟珏移开了目光，吩咐道：“你派几个人暗中盯着云歌，查清楚她这几日的行踪。”

三月吊到半空的心放下，脸色恢复正常，磕了个头后站起来：“是。”

三月出来时，看见许香兰小心翼翼地提着一罐汤过来，她苦笑着上前行礼：“二夫人先回去吧！公子这会儿正忙着。”

许香兰眼中都是失望，强笑了笑说：“好的，我就不去打扰他了。”

一旁的丫鬟委屈地嘟囔：“守着炉子炖了一下午！前天忙，昨天忙，今天还是忙！喝碗汤的工夫都没有吗？”许香兰瞋了她一眼，朝三月抱歉地笑笑，提着汤姗姗而去。

三月只能叹气。

云歌为了救刘贺，细心地调查和分析着朝堂上的一切。

想要救出刘贺，只有一条路可走，就是把刘贺送回昌邑国。昌邑国是武帝刘彻封的藩国，只有皇帝才能下旨夺藩王性命、收回封地，而刘询因为对先帝有承诺，一日没有销毁自己亲手写的圣旨，一日不敢宣旨，光明正大地杀刘贺。

可要把刘贺送回昌邑，谈何容易？

首先要把刘贺从建章宫中救出，再送出长安，最后护送回昌邑。守建章宫的羽林营，虎狼之师，只听命于霍家，武功再高强的人，也不可能从羽林营的重重戒备中救出刘贺；即使把刘贺救出建章宫，又如何出长安？负责京畿治安、守长安城门的是隽不疑，此人铁面无私，只认皇帝，他一声令下，将城门紧闭，到时候插翅都难飞。最后的护送当然也不容易，以刘询的能力，肯定能调动江湖人暗杀刘贺，可相对前两个不可能完成的环节，最后一个环节反倒是最容易的。

虽然云歌看不到一点希望，可她的性格从不轻言放弃，何况这是刘弗陵的心愿，无论多么困难，她都要做到。

既然最后一个环节最容易，那就先部署最后一个，从最简单的做起，再慢慢想前两个环节。

她静静观察着朝堂局势的变化，希冀着能捕捉到刘贺的一线生机。

汉朝在秋天正式出兵，到了冬天，关中大军大败匈奴的右谷蠡王，西北大军虽然不能直接参与乌孙内战，可在赵充国将军的暗中协助下，乌孙内战也胜利在望，刘询和霍光的眉头均舒展了几分，众位官员都喜悦地想着，可以过一个欢天喜地的新年。

正当众人等着喝庆功酒时，乌孙的内战因为刘询宠臣萧望之的一个错误决定，胜负突然扭转，叛王泥靡在匈奴帮助下，大败解忧公主，顺利登基为王。解忧公主为了不让汉朝在西域的百年经营化为乌有，毅然决定下嫁泥靡为妃。

消息传到汉庭，一贯镇定从容、喜怒不显的霍光竟然当场晕厥。

迫于无奈，刘询只能宣旨承认泥靡为乌孙的王，他心内又是愤怒又是羞愧，面上还得强作平静。内火攻心，一场风寒竟让一向健康的他卧榻不起。

太医建议他暂且抛开诸事，到温泉宫修养一段时间，借助温泉调养身体。

刘询接纳了建议，准备移居骊山温泉宫。命皇后、霍婕妤、太子、太傅以及几位近臣随行。

因为旨意来得突然，孟府的人只能手忙脚乱地准备。

担心温泉宫的厨子不合孟珏口味，许香兰特意做了许多点心，嘱咐三月给孟珏带上。

一堆人挤在门口送行，孟珏和众人笑语告别，到了许香兰面前时，和对其他人一模一样，只笑着说了几句保重的话，就要转身上车。

许香兰强作着笑颜，心里却很难受委屈，听说不少大人都带着家眷随行，可孟珏从未问过她。唯一宽慰点的就是孟珏对她至少还温和有礼，对大夫人根本就是冷淡漠视。

“等一等！”一个冷冽的声音传来。

孟珏闻声停步。

云歌提着个包裹匆匆赶来：“带我一起去。”

自霍光病倒，大夫人就回了霍府，已经很多天没有回来，这会儿突然出现，所有人都安静下来，看孟珏如何反应。不想孟珏只微微点了下头，如同答应了一件根本不值得思考的小事。

云歌连谢都没说一声，就跳上了马车，原本该坐在马车内的孟珏坐到了车辕上，车夫呆呆愣愣了一会儿，才反应过来，扬鞭打马，驱车离开。

刚到温泉宫，云歌就失去了踪迹，三月着急，担心云歌迷路。孟珏淡淡说："她不可能在温泉宫迷路，做你的事情去，不用担心她。"

许平君正在整理衣服，听到富裕叫"孟夫人"，还以为听错了，出来一看，竟真是云歌，喜得一把握住了云歌的手："你怎么来了？一路上冷不冷？让人给你生个手炉来？"

云歌笑着摇头："一直缩在马车里面，拥着厚毯子，一点没冻着。"

许平君有意外的喜悦："孟大哥陪着你一起的吗？"

云歌笑意一僵："他坐在外面。姐姐，我有话和你单独说。"

许平君看到她的表情，暗叹了口气，命富裕去外面守着。

"什么事？"

"我已经计划好如何救大公子了，只是还缺一样东西，要求姐姐帮我个忙。"

"什么忙？"

"看守刘贺的侍卫是霍光的人，我已经想好如何调开他们，救刘贺出建章宫。"

"这些侍卫对霍家忠心耿耿，你怎么调开？"

云歌从怀里掏出一个调动羽林营的令牌，许平君面色立变："从哪里来的？"

云歌的手随意一晃，令牌即刻不见："从霍山身上偷来的。霍光病得不轻，儿子和侄子每夜轮流看护。他在霍光榻前守了一夜，脑袋已不大清醒，我又故作神秘地和他说一些乱七八糟的事情，他大意下，令牌就被我给偷来了。"云歌说着，面色有些黯然，"霍府现在一团乱，希望叔……霍光的病能早点好。"

许平君已经明白云歌要她帮的忙，十分为难地问："你想让我帮你从陛下那里偷出城的令牌，好让隽不疑放人？"

云歌点头："陛下离京前特意叮嘱过隽不疑，严守城门。隽不疑这人固执死板，没有皇命，任何花招都不会让他放行。这件事情必须尽快，一旦霍山发现令牌不见了，这样千载难逢的机会不可能再有。”

许平君侧过身子，去叠衣服，默不作声。很久后，她语声干涩地说：“我不想他杀大公子。可他是我的夫君，如果我去盗取令牌，等于背叛他，我……我做不到！云歌，对不起！”

云歌满心的计划骤然落空，呆呆地看着许平君。上官小妹以为刘询所为会让许平君心寒，她低估了许平君对刘询的感情，而自己则高估了许平君对刘贺的情谊。

“云歌，对不起！我……”

云歌抓住许平君的手：“姐姐，你只要帮我查清楚大哥把令牌放在哪里，把收藏令牌的机关讲给我听就可以了，这样子不算背叛大哥，如果我能偷到，证明老天站在大公子这边，如果我偷不到，那也是命，我和大公子都会认命。”

许平君蹙眉思量着，云歌钻到了她怀里：“姐姐！姐姐！姐姐！陛下身边高手无数，他自己就是高手，即使你告诉我地方，我也不见得能偷到。姐姐忘了红衣吗？大公子再这样子被幽禁下去，不等陛下和霍光砍他的头，他自己就先醉死了，红衣即使在地下，也不得心安呀……”

云歌还要絮叨，许平君打断了她：“我答应你。”

云歌抱着她亲了下：“谢谢我的好姐姐。”

许平君苦笑：“你先回去吧！我梳妆一下就去看陛下，等有了消息，我会命富裕去通知你。”

云歌重重“嗯”了一声，先回去休息。

她一边走着，一边反复回想着侯伯伯教过的技艺，却又频频叹气，刘询不是霍山那个糊涂蛋，也不会恰巧一夜未睡，昏昏沉沉地被她得了手，何况刘询肯定不会把令牌带在身上，而是应该藏在某个暗格里。

刚进住处的院门，三月恰迎面而来，云歌突然朝她笑起来，一边笑着一边说：“三月，你最近在忙什么？”

三月被云歌突然而来的热情弄得有点晕，不解地看着云歌。

云歌借着和她错身而过的机会，想偷她身上的东西，三月立即察觉，反手握住了云歌的手，满脸匪夷所思：“你要做什么？”

云歌懊恼地甩掉了她的手：“就玩一玩。”说完，咚咚地跑掉了。

立在窗口的孟珏将一切看在眼底，静静想了一瞬，提步去找云歌。

云歌坐在几块乱石上，居高临下地望着山坡下的枯林荒草，眉目间似含着笑意。她发了会儿呆，取出管玉箫，吹奏起来。

曲子本应该平和喜悦，可在萧萧寒林、漠漠山霭中听来，带着挥之不去的哀愁。

两只山猴不知道从哪里钻了出来，欢叫着跳到云歌身前，歪着脑袋看看云歌，再看看空无一人的云歌身侧，骨碌碌转动的眼睛中似有不解。

云歌微笑着对猴子说："他去别的地方了，只能我吹给你们听了。"

两只猴子不知道有没有听懂云歌的话，一左一右蹲坐到云歌身侧，在她的箫声中，异样的安静。

孟珏在后面听了一会儿，才放重了脚步上前，两只猴子立即察觉："吱"的一声叫，跳起来，带着敌意瞪向他，摆出一副攻击的姿势，警告他后退。

云歌回头看了他一眼，没有理会，仍眺望着远方。

孟珏看着两只猴子，不知道该怎么办，继续上前的话也许就要和两只猴子过招。

猴子瞪了他半晌，突地挠着脑袋，朝他一龇牙，也不知道究竟是笑，还是威胁，反正好像对他不再感兴趣，吱吱叫着坐回了云歌身旁。

孟珏捧着一个盒子，走到云歌面前。打开盒子，里面有各种机关暗门的图样，孟珏一一演示着如何开启暗门的方法。

云歌从漫不经心变成了凝神观察。

两只猴子"吱吱"跳到孟珏身后，和孟珏站成一列，模仿着孟珏的动作。孟珏动一下，他们动一下，竟是分毫不差。还装模作样地努力模仿着孟珏的神态，只是孟珏举止间的高蹈出尘，到了猴子身上全变成了古怪好笑。

一个人，两只猴子，站成一列，一模一样的动作，说多怪异有多怪异，说多滑稽有多滑稽。

云歌的脸板不住，变成了强忍着笑看，到最后实在没忍住，"扑哧"一声笑出来。

孟珏闻音，只觉得呼吸刹那停滞，全身僵硬着一动不能动。

两只猴子也立即学着他，突然间身体半蹲，上身前倾，手一高一低停在半空，然后僵了一会儿，随着孟珏的动作，缓缓侧头看向云歌。

云歌本来已经又板起了脸，可看见一人两猴齐刷刷的转头动作，只得把脸埋在膝盖上"吭哧、吭哧"地压着声音又笑起来。

孟珏望着云歌，眼中有狂喜和心酸。

两只猴子等了半天，见孟珏仍是一个姿势，无聊起来，蹲坐下来，眼珠子骨碌碌地转着，看看云歌，看看孟珏。

笑声渐渐消失，云歌抬头时，已经与刚才判若两人，冷着声音问："你在我面前做这些干什么？"

孟珏眼中也变回了一无情绪的墨黑："你是侯师傅的半个徒弟，这最多算代师传艺。"

云歌垂眸看着地面，似在犹豫。

正在这个时候，富裕喘着粗气跑来："哎呀！好姑娘，你让我好找！都快跑遍整座山头了。"

云歌立即跳起，惊喜地望着富裕，富裕却看着孟珏不肯说话。

"若是许姐姐吩咐的事情，就直说吧！"

富裕从怀中小心翼翼地掏出一方白绢，递给云歌："娘娘说了，看过之后，立即烧掉。"

云歌接过白绢，打开一开，果然是收藏令牌的暗格图样，她喜悦地说："回去转告许姐姐，她什么都不知道，也什么都没做过。"

富裕应了声"是"，想走，却又迟疑着说："姑娘，你可要照顾好自己。"

云歌微笑着点了下头。

富裕眼中有难过，却只能行礼告退。

云歌沉默地将白绢摊开，放在了地上。

孟珏走过来看了一眼后，将破解方法教授给她，两只猴子依旧跟在他后面，一个动作一个动作地学着。

不管暗门的机关有多复杂，可为了取藏物品方便，正确的开启方法其实都很简单。等清楚了一切，云歌对着远方行礼："谢谢侯伯伯。"

孟珏一言不发地离开，走远了，听到箫音又响了起来。

山岚雾霭中，曲音幽幽，似从四面八方笼来，如诉、如泣，痴缠在人耳畔。

踏遍关山，倚断栏杆，无君影。

蓦然喜，终相觅！

执手楼台，笑眼相凝。

正相依，风吹落花，惊人梦。

醒后楼台，与梦俱灭。

西窗白，寂寂冷月，一院梨花照孤影。

孟珏觉得脸上片片冰凉，抬眼处，苍茫天地间，细细寒风，匀得漫天小雪，轻卷慢舞着。

雪由小转大，飘了一夜，山中梅花被催开，在悬崖峭壁上迎着风雪烂漫。

刘询贪其坚韧高洁的姿态，竟站在雪里赏了一个多时辰。七喜和何小七劝了两次，反被刘询嫌烦，给斥退了。

等觉得兴尽了，刘询才欲返回。刚走了几步，却看一个红衣人影沿着山壁迎雪而上，攀到悬崖前，探手去折梅。他蓦地想起无意中拥入怀中的柔软幽香，心内阵阵牵动，不禁停下遥望。

风雪中，人与花都摇摇欲坠，刘询的心不自禁地就提了起来。看到那人顺利折到梅花，刘询也无端端高兴起来，觉得好似是自己成功做到了一件事情。

看了看那人下山的方向，刘询迈步而去。

七喜和何小七对视了一眼，嘴角都含了笑意。看斗篷颜色，该是个女子，不知道是哪家姑娘，或哪宫的宫女，只怕她自己都不会想到，这番雪中折花竟会折下泼天富贵。

等刘询绕到山道前，人与花竟已下山，白茫茫风雪中，一抹红影渐去渐远。

刘询忙加快了步速，一边追，一边叫："姑娘，姑娘……"

女子听到声音，停住了脚步，捧着花回头。

花影中，轻纱雪帽将容颜幻成了缥缈烟霞。

刘询赶到她身前站住，大病刚好，气息有些不匀，喘着气没有立即说话，只凝视着眼前的人儿。

几声轻笑，若银铃荡在风中。笑声中，女子挽起挡雪的轻纱："陛下，你怎么看着有些痴？"

刘询一时间分不清楚自己是喜是悲，怔怔望着云歌。

云歌在他眼前摇了摇手："陛下，你回去吗？若回去正好顺路。"

刘询忙笑道："好。"说着想把云歌抱着的梅花拿过去："我帮你拿吧！"

云歌任由他拿走了梅花，默默走在他身侧。

风雪中，两人走了一路，竟是再没有说一句话。

女子的软语娇声固然愉人心扉，可适时的沉默却更难得，刘询杂乱的心绪渐渐平稳，觉得心中有茫茫然的平和安宁。

进了温泉宫，刘询拿着花，迟迟没有还给云歌，直到最后才将花依依不舍地递回："好花要配个好瓶子，我命七喜去给你寻个瓶子。"

云歌没有接，微笑着说："陛下捧着它回来，就送给陛下赏了。"

刘询有意外之喜，笑道："我的起居殿中刚收了一个新花瓶，正好插梅花。"

云歌问："什么样子的？"

两人一面说着，一面肩并肩地进了大殿。

何小七欲跟进去，七喜一把拽住他，摇了摇头，又遥遥朝殿内的宦官打了个手势，所有宦官都悄悄退出了大殿。

何小七呆站了会儿，小声问七喜："这不是第一次？"七喜瞟了他一眼，没有回答。何小七忙知错地低下了头，嘴边却抿出了个阴沉沉的讥笑。

云歌一进屋子就笑说："好重的药味。"

刘询叹道："我的病已经大好，他们一个个却还把我当病人一般捂着。"

"大哥若不觉得冷，我打开窗户透一下气。"

看刘询同意了，云歌将内殿的窗户一一打开，捧起案上的一个玉瓶，行到外殿："大哥说的是这个瓶子吗？"

"就是它。"

云歌把瓶子放在正对殿门的案上，脱去斗篷，跪坐在了案前。

刘询将花递给她，坐到她身旁，看她修剪花枝。

两人时不时视线相触，云歌或嫣然，或低首，刘询只觉花香袭人，人欲醉。

花插好后，云歌献宝一样把花捧到刘询面前："大哥喜欢吗？"

刘询的声音很重："喜欢。"

云歌侧首而笑，刘询忽地伸手欲握掩映在红梅中的皓腕，云歌却恰好缩手，两人一擦而过。

云歌取出腰畔挂着的玉箫，低着头说："我给大哥吹个曲子，好不好？"

刘询点头。

云歌侧依在案上，轻握着玉箫，悠悠地吹起来，慵懒闲适中妩媚暗生。

此情此景，竟触手可及。

他的峥嵘江山中，唯缺一段人间天上的旖旎。恍恍惚惚中，刘询只觉欣喜无限。

云歌一首曲子吹完，低头静坐着，好似在凝神细听，又好似含羞默默。一瞬后，她向刘询欠了欠身子，站起来就要离开。

刘询急急伸手，只来得及握住她的一截裙裾。

云歌回头看他，剪水秋波中似有嗔怪，刘询忙放开了裙裾："你……明日陪我去山中散步可好？太医说我应该每天适量运动。"

云歌凝视了他一瞬，忽而一笑："大哥若明日还愿意见我，我就陪大哥去散步。"

刘询喜悦地说："那说好了，明日不见不散！"

云歌笑着，扭头而去。

她一出殿门，就加快了步速，一边向树林里走，一边嘴里打着呼哨。树林深处传来猴子的吱吱叫声。云歌跑进林中，一只猴子倒吊在树上，另一只猴子抓着个木盒给她。云歌拍了拍猴子的脑袋："好样的，回头再谢谢你们，赶紧回山中去，这几天都不要再出来，藏好了！"

云歌打开木盒，把自己要的令牌藏入怀中，强装镇静地向宫外行去。

等出了温泉宫，到了约定地点，一直潜藏在暗处等候她的人立即迎上来，云歌将两块令牌放到他手中："这块可以出入建章宫，这块用来出城门。皇帝说不定今天就会发现令牌被盗，你们一定要快！一定要赶在皇帝派人通知隽不疑之前出长安，否则……一定要快！"云歌有深深的抱歉，因为一旦失败，所有参与此事的人只有死路一条。

来人立即飞身隐入了风雪中："我们一定尽力！"

云歌的一颗心扑通扑通地跳，从这一刻起，很多人的性命都在以点滴计算。而她唯有等待。

刘询目送着云歌出了殿门，很久后，才收回了目光，看向案上的梅花，只觉得从鼻端到心里都馨香萦绕，仿似自己不是坐在温泉宫里，而是回到了很久前的少年时代。

踏春时节，柳丝如轻烟，浅草没马蹄。锦衣少年、宝马雕鞍，在黄莺的娇啼声中，呵护着高贵优雅的仕女谈笑而过。他们遥不可及，居高临下。在经过一身寒衣的他时，他们或视而不见、态度傲慢，或出言呵斥、命他让路，却不知道这个他们随意轻贱的人原本在他们之上。

在萦绕的梅花香中，过去与现在交融错乱，那个一身寒衣的少年正在乱莺啼声中，一边欣赏春色，一边折下梅花，笑赠佳人，而从他们身边走过的人都在频频回头。

刘询微笑着坐了很久后，吩咐七喜去拿奏折，准备开始处理政事。

太医建议刘询到温泉宫的初衷，是想让他远离政务，清心休养，可刘询丝毫未懈怠政事，每天都会将送来的公文、奏折仔细批阅。

有些奏折批阅后就可以，有些奏折却还需要加盖印鉴，所以吩咐完七喜后，他又亲自起身去室内，准备开启收藏印鉴和令符的暗格，取出印鉴备用。

他的手搭到暗格机关上，按照固定的方法，打开了暗格，所有的印鉴和令符都呈现在了他眼前。

云歌一遍遍问自己，我真的只能等待了吗？

不！一定还有可以帮到他们的方法，一定有！不能让他们独自而战，我还能做什么？还能做什么？只要拖住刘询，让他越晚发现令符丢失，所有人就越多一分生机。可是怎么拖住他呢？再返回去找他？肯定不行！刘询聪明过人，如果我表现太过反常，他一定会起疑心，察觉事有蹊跷，反倒提前败露。

究竟怎么样才能让刘询觉得不是外人在刻意干扰他，而是他自己做的决定？

她猛地转身疯跑起来。

当云歌气喘吁吁地出现在书阁中时，孟珏的眼色沉了一沉。

刘奭欢喜地站起来："姑姑。"看了看孟珏，又迟疑着改口，"师母。"

云歌走到刘奭面前蹲下："你想去打雪仗吗？"

刘奭笑看了眼孟珏，不说话，只轻轻点了点头。

云歌望向孟珏，孟珏颔首同意。她立即牵着刘奭向外行去，又吩咐小宦官去叫皇后。

她和刘奭捏好雪团，偷偷在树后藏好。许平君刚到，两人就一通猛扔，砸得许平君又跳又叫。

刘奭看到母亲的狼狈样子，捂着肚子，笑得前仰后合。

许平君看到儿子的样子，心头一酸，这才是孩子该有的样子呀！

她随意抹了抹脸上的雪，就匆匆去捏雪团，又扬声叫身边的宫女："他们两个欺负我一个，快点帮我打回去！"

宫女们见她被云歌打成那样，都丝毫未见怪，遂放心大胆地加入战局，帮皇后去追打云歌和太子。

两拨人越打越激烈，兴起处，全都忘了尊卑贵贱，叫声、笑声、吵声不绝于耳。

随着暗格的打开，刘询正要细看所有的印鉴和令符。忽然，窗外传来惊叫声和欢笑声，刘询皱了皱眉，侧头看向外面。本以为不过一两声，不想竟然一阵又一阵地传来，他不禁动了怒，谁的胆子这么大？敢在他的殿外喧闹？七喜干什么去了？竟然由得他们放肆？

随手将暗格关好，暗藏不悦地向外大步走去，还未走到殿外，七喜就从外面急匆匆地跑进来："陛下，奴才刚命人去查探过了，是皇后娘娘、太子殿下和孟夫人在打雪仗，所以奴才就没敢多言，先来请示陛下，陛下的意思是……"

刘询的眉头慢慢展开，笑了起来："他们倒是好雅兴。走！看看去！"

七喜笑应了声"是"，立即去拿斗篷，服侍刘询去看热闹。

皇后和几个宫女是一队，云歌和刘奭是一队，人少力弱，已被打得全无还手之力，只能借助山石树木躲避。可惜只两个人、四只眼睛，根本躲都躲不过来。

刘询站在高处看了一会儿，扬声说："羊角士。"

云歌立即反应过来，一推刘奭，指向九宫上角，他忙把手中的雪团狠狠砸出去。"哎哟！"一个要偷偷潜过来的宫女被砸得立即缩了回去。

"花十象。"

云歌轻声下令，刘奭和她立即左右分开，各自迎战，将两个从左右角包攻的宫女打了回去。

"肋道。"

……

刘询用的是象棋术语，他的每句话，许平君她们也能听到，可就是不明白刘询到底指的是哪个方向，又是何种战术，所以听到了也是白听。

在刘询的指挥下，云歌和刘奭敌不动我不动，可敌人一旦动，他们却总能后发制人。

许平君不依了，嚷起来："陛下，君子观棋不语！"

刘奭着急，立即探头大叫："父皇是锄强扶弱，侠客所为！"

云歌想摁他的脑袋，已经晚了，一个雪团滴溜溜地砸到了他头上。

刘询大笑起来："真是头憨虎！中了你娘的声东击西、引蛇出洞。"

虽看不到许平君，可她欢快的笑声飘荡在林间。

刘奭见到父母的样子，也高兴地笑起来，雪仗打得越发卖力。

这场"雪中大战"一直打到晚膳时分才散，刘询龙心大悦、玩性尽起，索性吩咐御厨准备晚宴，召随行的大臣和他们的家眷赏雪品酒、对梅吟诗。

君臣欢闹到深夜，才兴尽而归。

孟珏和云歌一前一后回到屋中，各自休息。

云歌疲惫不堪，却无丝毫睡意，在屋子里来回走着，时不时地咳嗽一声。

孟珏也未歇息，听到隔壁不时传来的咳嗽声，走到窗前，推开窗户，遥望着月色，任寒风扑面。

一更时分，三月匆匆而来，凑到窗下，小声说："刚收到师弟的飞鸽传书，大公子已出长安，公子吩咐送给大公子的礼物，师弟也已经送到。"

孟珏点了点头，三月悄悄退下。

孟珏去敲云歌的门。

"谁？"

"是我，有话和你说。"

云歌拉开了门，不耐烦地问："什么？"

"刘贺已出长安。"

云歌绷着的背脊突地软了，扶着门框好似站都站不稳："你如何知道的？"

"四月也算我的人，难道你希望我坐看着她往死路上走？后面的事情你就不用再操心，刘贺的武功心智都不比刘询差，他输的是一股决绝和狠劲。"

云歌神情黯然："现在的刘贺不是当年的大公子了，他现在究竟是醉是醒都不清楚。"

孟珏淡淡说："我已命人把红衣的棺柩带给刘贺，他就是醉死在酒坛子里了，也得再爬出来。”

云歌隐约间明白了几分刘贺为什么会变成这样的原因，悲悯中也认同了孟珏的推断，不错！刘贺绝不会再允许任何人惊扰红衣。云歌冷冷地说：“你若不想毁了你的锦绣前程，最好回去蒙头睡觉。”她“砰”的一声，将门摔上，想着抓紧时间，还能睡一两个时辰，立即向榻边走去。至于明天怎么办，即使天要塌下来，也先养足精神。

孟珏静静地站了会儿，转身回屋。

半夜，刘询正睡得香甜，何小七慌里慌张地爬进寝殿。

刘询立醒，沉声问：“什么事？”

何小七一边磕头，一边禀奏：“接到隽不疑大人传书，说……说已经放刘贺出长安。”

“什么？”

刘询猛地坐了起来，一把扯开帘帐，怒盯着何小七。

何小七硬着头皮，将隽不疑的话又重复了一遍。

刘询赤着脚就跳下了榻，几步走到墙壁前，打开暗格，收令牌的匣子已不见。他脸色铁青，眼中又是伤又是恨，声音冰寒彻骨：“我要刘贺的人头。”

“是。”何小七磕了个头，赶忙起身，向外急掠去。

刘询悲怒交加，连她都会最终辜负了他的信任！这件事情绝非她一人能做，还有……孟珏！肯定是孟珏指使的她，可是……孟珏如何知道兵符印鉴的收藏地方？还有开启机关的方法？不可能是云歌！登基后，他特意将未央宫、温泉宫所有的机关暗格都重新设置过，即使云歌以前见过也没用。也不可能是身边的宦官，他们没有这个胆子！那么是谁？能是谁？这个人一定是他亲近信任的人。

刘询回身看到榻旁的梅花，枝头的俏丽全变成了无情的嘲讽。他突地举起玉瓶，狠狠地砸到地上，巨响中，立即香消玉殒。冷水荡着碎花慢慢淌过他的脚面，他却只一动不动地站着。

第十二章

[YUN ZHONG GE]

当时断送、而今领略，总负多情

云歌睁眼时，天已大亮，她不能相信地揉了揉眼睛，的确是大白天。

她以为这一觉顶多睡到半夜，没想到竟安安稳稳地直到天亮。不过，不管了！事已至此，只能随遇而安、见机行事了。

洗漱完，刚出院门，就看到周围侍卫来来往往、说说笑笑，她抓住一个询问原因，侍卫笑着回禀："陛下要去围猎，许了百金的彩头。"

原来如此，难怪他们都这么高兴，彩头还是其次，若能借着围猎，得到刘询青睐，将来封侯拜将都有可能，不过……刘询还有心情围猎？

云歌道了声谢后，去找许平君。

刘奭也在皇后屋内，许平君正帮着他整理猎装。云歌见刘询要带儿子去，忐忑的心稍微安稳了几分，也许刘询还未发现令符丢失。

刘奭握着一把小弓，学着将军们走路的样子，在云歌面前走了几步，又做了个挽弓射雕的姿势。

刘奭的眉眼像许平君，显得文弱秀气，此时这么一打扮，突然间也有了几分刘询的英武，云歌笑拱着手说："拜托大将军给在下打两只兔子回来。"

刘奭跺脚："谁要打兔子？我要打老虎！"

许平君笑推他出门："赶紧去找你父皇和师傅，就等你了。"看刘奭走了，却又不放心起来，追到门口叮嘱："紧跟着你父皇和师傅，不许自个儿乱跑！"

刘奭重重地长叹口气，摇头晃脑地说："女人呀！"

许平君气笑着回了屋子，眉目舒畅，好似未央宫内积压的郁悒都已消散。

云歌说："虎儿比在未央宫活泼许多。"

许平君点头："看他这个样子，我也开心。"

"姐姐，陛下今天的心情如何？他有没有问起我？"

"很好呀！没有提过你，我只听到他和大臣们商量打猎的事情。"

"哦！"

"怎么了？你还在琢磨盗令符的事情？你打算什么时候救刘贺？"

"没！没！姐姐千万不要再提这事了。你吃早饭了吗？我起得太晚，还没吃过东西。"

许平君忙吩咐人去准备食物，又唠唠叨叨地数落云歌，云歌只能安静地笑听着。

两个人一块儿说着闲话，一块儿笑闹，一块儿用饭，好似又回到了旧日时光，无拘无束的少女时代。

中午时，两人一块儿去爬山，约定比一比，看谁先到山顶。云歌未让许平君，自然第一个到达。

站在山顶上，她望着粉妆玉琢的重重山岭，眉目间无限黯然，江山依旧，人物全非！

听到许平君叫她，忙打起精神，笑着回头。只看许平君内着一袭正红色绡凤锦衣，外穿雀金裘兜帽斗篷，姿态端庄，气度雍容，随着她盈盈步履，素白的天地都成了她华贵的底色。

她走到云歌身前，喘着气问："你盯着我干吗？"

云歌微笑着看向远处："我们都已不是原来的我们了。"

许平君笑搂住了她："只要有些东西不会变就成！"

云歌倚在她肩头，轻轻"嗯"了一声。

下山时已经很晚，围猎的人却还没回来。许平君担心起来，富裕劝道："陛下又不是在骊山打猎，他们是带着人进入秦岭山脉，深山里才能打到大畜生。听说孝武皇帝年轻的时候，有时候一入山打猎，来回要一两个月。陛下这次虽没打算去那么远，不过两三天总是要的。"

自出了刘奭学"纣王"的事件后，许平君一直在勤读史书，知道富裕所说不虚。想着周围那么多人保护，又没有霍家的人捣鬼，自己的担心的确多余，可对儿子的牵挂却还是放不下。

"云歌，你晚上陪我一起睡，他们全走了，这里怪冷清的。"

云歌犹豫着说："还有富裕他们呢！我晚上闹得很，怕吵着姐姐。"

许平君没好气地说："让你过来就过来，哪里来的那么多借口？"

云歌只得搬过来，和她一起睡。

晚上，许平君睡梦中被云歌的咳嗽声吵醒，才明白了云歌的心思。她忙起来，帮云歌倒了杯水："每日夜里都这样吗？"

云歌抱歉地说："一会儿就好。这几日天寒地冻的，所以严重了些。"

"孟大哥没有……"

云歌蹙了蹙眉，许平君未敢再说下去。

云歌喝了几口水，又躺下睡了。

许平君见她闭着眼睛一动不动，满腹的话只能全放回去，一面左思右想着，一面经不住困意地迷糊了过去。

天刚麻麻亮，忽听到外面吵吵嚷嚷，许平君和云歌立即坐了起来，富裕在外面奏道："陛下命人来传口谕'命皇后、婕妤和温泉宫其他人等立回长安'。"

许平君一面穿衣一面问："为什么？"

"不太清楚，来人言语含糊，好像是陛下要封山。"

"陛下呢？"

"陛下取道别处，应该正在回长安的路上。"

霍成君的声音在外面响起："皇后娘娘和孟夫人还睡着吗？本宫刚去看过孟夫人，听说她在这里……"

许平君恨恨地说："这只乌鸦！刚安稳了两天，就又出来了。她一叫，准没好事！"

云歌整理好衣裙，笑挑起帘子："娘娘起得可真早！"

霍成君笑走到云歌面前，挽住她的手，一副姐姐妹妹亲热的样子，声音却是阴森刺骨："赶着给姐姐道喜呀！"

云歌笑问："喜从何来？难不成娘娘得了绝症？"

霍成君的眼睛异样地明亮："我？姐姐就休想了！我肯定活得比姐姐长，比姐姐好！不过你的另外一个大仇人已经离世，姐姐高兴吗？"

云歌的手足顿凉，强笑着说："听不懂你说什么。"

霍成君紧紧抓着她的手，如毒蛇缠腕："妹妹得到消息，孟珏孟大人打猎时不慎跌落万丈悬崖，尸体遍寻不获，陛下悲痛万分，下旨封山寻尸。陛下现在匆匆赶回京城，就是准备治丧。"

许平君一把抓开了霍成君，指着门外，厉声说："滚出去！"

霍成君大怒，恨盯着许平君："你算什么东西……"

许平君喝问："我是皇后，本宫的话你都敢不听？你要本宫执行宫规吗？富裕，传掌刑宦官。"

富裕响亮地应道："是！"

霍成君气得身子直抖，强吸了几口气，弯身行礼："皇后娘娘息怒，臣妾知错！"说完，立即退出了屋子。

许平君摇了摇面无血色的云歌："她的鬼话哪里能当真？孟大哥怎么可能掉下悬崖？"

"他自己当然不会掉下去，但如果陛下逼他掉呢？"

许平君脸色煞白，厉声说："不会！陛下绝不会现在就动孟大哥的，他还指望着孟大哥帮他保护虎儿。"

云歌喃喃说："你说刘询'现在不会动'？看来他早有杀孟珏的意思。"

许平君被自己的话吓得呆住，心底深处是不是早已经察觉到一切，只是从来不肯面对？

"陛下他……他……孟大哥一直小心谨慎，于虎儿有恩，陛下没有道理想杀他的，也许出了什么意外，大雪中山路难行，也许有猛兽……陛下不会，陛下不会……"

云歌的眼睛清亮透彻，一瞬间就将背后因由全部看清楚："刘询对孟珏不满已久，我救出刘贺后，刘询肯定不相信我能一个人筹谋此事，以为幕后策划的是孟珏，所以暴怒中动了杀机。”

云歌匆匆收拾了几样东西，顺手将案上的点心果子兜好，披上斗篷，就冲出了屋子。

许平君追着她叫：“云歌！云歌！”

云歌苍白的面容下全是绝望：“我是恨孟珏，正因为恨他，所以我绝不会受他的恩，我不许他因我而死！”

云歌的身影在风雪中迅速远去。

许平君泪眼模糊，只觉得在这一刻，她生命最重要的东西都在远离、消逝，她所尽力相信和守护的一切都将破碎：“云歌，你回来！我们先回京城想办法，可以派大军……”

人影在风雪中已模糊，隐约的声音传来：“姐姐若想帮我，就立即回京城找霍光，说我入山寻夫，也许他念在……会派兵救……”

人与声都彻底消失了，只北风呼啸着卷过。

雪花越落越急，不一会儿的工夫，许平君已经满身是雪，富裕叫：“娘娘！娘娘！”

她好像什么都听不到，富裕含泪说：“娘娘，现在整个长安只有你能救云姑娘了，您可一定要救她！”

许平君喃喃问：“我可以吗？”

“一定可以的！云姑娘只有娘娘一个亲人，娘娘是她唯一的依靠。”

许平君从迷茫变得冷静：“我也只有她一个亲人。富裕，把马车撤了，我们骑马回京！”

骊山是秦岭山脉北侧的一个支峰，山秀岭峻，东西绵延四十多里。整个秦岭山脉呈东西走向，横亘于关中大地，山势雄宏，呈蜂腰状分布，东、西两翼各分出多支山脉：西翼有大散岭、凤岭和紫柏山；东翼有华山、蟒岭山、流岭和新开岭；中段有太白山、鳌山、首阳山、终南山、草链岭；还有无数的小山岭点缀其间，如翠华山、南五台。

云歌打听清楚刘询封山的地段后，直奔而去，途中与封山的侍卫相遇，她先巧言骗问出刘询狩猎的大致方位，然后强行闯入，还顺手牵羊地夺走了一把军刀。因山中地形复杂多变，又下着大雪，侍卫们很快就失去了她的踪迹。

云歌连爬了两座山峰，这已是第三座，如果不是这座，她还要继续去爬下一座。山顶上一片萧索，大雪已将一切掩盖，只剩下皎洁的白。

她挥着手中的军刀，将树上的雪震落，渐渐看出了异样，很多的树都有新的断痕，她心中一震，知道自己找对了地方，忙用衣袖去擦树干，很新鲜的刀剑痕迹露在眼前。

云歌眼前隐隐浮现出：孟珏被诱到此处，等察觉不对想要退避时已经来不及，只得持剑相抗，三面重兵环绕，包围圈渐渐收拢，将他逼向悬崖边……不对！此处的刀痕力道如此轻微，用刀的人显然杀意不重，看来刘询并不想立杀孟珏，他想活捉他？为什么……也许孟珏身上有他想要的东西，也许他还有顾忌，也许有其他原因，所以并非他诱孟珏到此，而是孟珏发现他的意图时，主动向悬崖边靠近，他宁可粉身碎骨，也不愿任刘询摆布！

云歌扶着树干，大口地喘着气，等稍微平静一点后，她小心地一步步走到悬崖边，向下探望。壁立千仞，峭崖耸立，她一阵头晕，立即缩了回去。

从这样的地方摔下去，还能有活路吗？

她身子发软，摔坐在了地上，雪花簌簌地飘落在身上，脑中也似飘着大雪，只觉得天地凄迷，白惨惨的寒冷。

迷蒙的雪花中，好似看到一个锦衣男子，走进了简陋的面店，正缓缓摘下头上的墨竹笠。彼时，正是人生初见，一切还都如山花烂漫。

“我叫孟珏，孟子的孟，玉中之王的珏。”

“送你的。你送我地上星，我送你掌中雪。”

“坐下来慢慢想，到天亮还有好几个时辰。”

“夜还很长，而我很有耐心。”

“云歌，等我，我马上就到。”

……

不知道为什么，眼泪就如决堤的水一般涌了出来，她一面哭着，一面拄着军刀站起来，挥舞着军刀，发疯一般地砍着周围的树：“不许你死！不许你死！我才不要欠你的恩！我自己做的事情自己承担……”

哭着哭着，军刀好似重千斤，越挥越慢，“咣当”一声掉在了地上，她软跪在地，放声大哭起来。

“那边有人。”山涧中有人高喊。

云歌眼泪仍是落个不停，只觉得天地昏茫，一切都已无所谓。

听着渐近的脚步声，一个念头闪电般滑过她的脑海，如果刘询已经肯定孟珏死了，还有必要派这么多人封山？

哭声立停，连泪都来不及抹，立即捡起军刀，躲进了山林中。

她从侧面仔细观察着悬崖，崖壁上长了不少松柏老藤，如果落下时，预先计划好，借助松柏的枝干，坠力必定会减少许多，再侥幸地没有撞到凸凹起伏的山壁上，也许有千万分之一的生机。

她将长刀绑在身上，准备下山谷，看看有无可能从下往上攀，也许孟珏正奄奄一息地吊在崖壁的哪棵树上，可也许他已经……她立即打住了念头，跺了跺脚，搓了搓手，出发！

等爬到山谷中，仰头望山，才发觉此山有多大，左右根本看不到边际，一寸寸地找，要找到何时？

不管找到何时，也生要见人，死要见尸！

云歌深吸了口气，手足并用，开始往上攀缘。松柏、藤条、灌木交缠，有的地方积雪甚厚，看不清楚植物本来的面貌，等手拽到了才感觉出有刺，云歌虽然戴着厚厚的绣花手套，仍被尖刺刺伤了手掌。

突然，几声细微的鸟鸣声传来，云歌顾不上去听，仍专心爬山。又是几声鸟鸣，云歌停住，侧耳细听，一会儿后，又是几声。

乍听，的确像鸟叫，可前后的叫声连在一起，却隐然有“宫、商、角”之分。云歌闭起了双目，似推断，似祈求：“徵音！徵音！”

鸟叫声再次响起，果然又高了一个音调。云歌眼中泪花隐隐，立即追着鸟叫声而去。

当她拨开密垂的藤萝时，孟珏正倚在山壁上朝她微笑，神情平静温暖，好似山花烂漫中，两人踏青重逢，竟无丝毫困顿萎靡。

云歌冷着脸说：“你因为我遭受此劫，我现在救你出去，我们两不相欠！”

孟珏微笑着说："好。"

云歌看着他血迹斑斑的褴褛衣袍："伤得重吗？还能走吗？"

"恐怕不行。"

云歌背转过了身子："我先背你下去。"

一双手小心翼翼地搭在了她的肩上，仿佛受伤的人是她。鼻端耳畔是熟悉又陌生的气息，彼此都似有些迷茫，没有一个人说话。

云歌砍了一段藤条，当作绳子，将他缚在自己背上，背着他下山。

虽然有武功在身，可毕竟是背着一个高大的男人，又是如此陡峭的山壁，有时是因为落脚的石块突然松了，有时是因为看着很粗的藤条却突然断裂，好几次两人都差点摔下去，云歌虽然一声不吭，可额头上全是冷汗，而孟珏只沉默地抱着她，每一次的危险，连呼吸都未起伏。云歌忽地担心起来，这人莫不是晕过去了？趁着一次落脚站稳，扭头探看，却看他正微笑地凝视着她，目中竟透着宁和喜悦，云歌呆了一呆，脱口而出："你摔傻了吗？"

孟珏笑而不语，云歌恶狠狠地瞪了他一眼，匆匆扭过了头。

好不容易，下到了山谷，云歌长出了口气，放下他，让他先靠着树干休息，又将怀中的点心果子放在他手边，虽已是一团糊了，不过还能果腹。

"你帮我砍些扁平的木板来，我的腿骨都摔断了，需要接骨。"

云歌拿出军刀削砍出木板，孟珏将如何接骨的方法告诉她，吩咐说："若我晕过去了，就用雪将我激醒。"

云歌点了点头，孟珏示意她可以开始。

云歌依他教授的方法，用力将错位的腿骨一拽再一扭，"咔嚓"声中，孟珏脸色煞白，满额头都是黄豆大的汗珠。

云歌抬头看他："要休息一下，再接下一个吗？"

孟珏从齿缝中吐出两字："继续。"

云歌咬了咬牙，低下头帮他清理另一条腿的伤势，先将木刺剔除干净，然后猛地将腿骨一拽。

剧痛攻心，孟珏忽觉气血上涌，迅速抬起胳膊，以袖掩面，一口鲜血喷在了衣袖上。

云歌低着头，全神贯注地在帮他接骨，并未注意孟珏的动作，待接好后，又用木板、藤条固定绑好。

云歌用袖子抹了把额头的汗："你还有哪里受伤了？"

孟珏微笑着说："别的地方都不要紧。"

自见到他，他就一直在笑，而且这个笑不同于他往常挂在脸上的笑，可究竟哪里不同，云歌又说不清楚。她没好气地说："现在的情形你还能笑得出来？你就不怕没人来救你？学鸟叫求救？你以为自己很聪明吗？幸亏这些士兵都是粗人，懂音律的不多，否则救兵没叫来，敌人倒出现了。"

孟珏微笑着不说话。她在崖顶上放声大哭，山谷又有回音，不要说他，就是几个山岭外的人都该听见了，他的鸟叫本来就是叫给她听的。

云歌见他只是微笑，恶狠狠地说："刘询派人重重包围在外面，名义上是封山志哀，实际是怕你万一活着，可以借着搜山杀你。你现在这个样子，和俎上鱼肉有什么不同？"

孟珏笑问："霍光会来救你吗？"

"不知道。他的心思我拿不准，我救了刘贺，估计他的怒气不会比刘询少，不过他对我一直很好……"

听到山谷中的隐隐人语声，云歌立即背起孟珏，寻地方躲避。

幸亏这个山谷已经被来回搜过五六次，这队士兵搜查时，并不仔细，一边咒骂着鬼天气，一边随意地看了看四周，就过去了。

等士兵走了，孟珏说："现在有两个方案，你任挑一个。一、霍光会救你，刘询没有任何理由阻挠霍光救女儿，只要霍光态度强硬，刘询肯定会退兵，那我们就在这个山谷中等，这里是我摔落的地方，刘询已经派兵搜过多次，短时间内士兵肯定对此处很懈怠。二、霍光不会救你。刘询搜不到我的尸体，以他的性格，定会再加兵力，士兵定会返来此处寻找我的蛛丝马迹，那我们就要尽力远离此地。我有办法逼刘询退兵，但需要时间，所幸山中丛林茂密，峰岭众多，躲躲藏藏间够他们找的。"

云歌心中有很多疑问，可孟珏既说有办法，那肯定就是有办法。她低着头默默想了一会儿后，抬头看向孟珏："我被关在天牢时，结识了一帮朋友，我一直想去谢谢他们一声，可一直打听不出来自己当时究竟被关在哪里，后来听说，那一年有一个监狱发生大火，里面的人全被烧死了。那些人是我认识的人吗？是霍光做的吗？"

孟珏看到云歌眼中浓重的哀戚，很想能出言否认，将她的自责和哀伤都抹去，可是他已什么都做不到，只能点了一下头。

云歌背转过了身子，将他背起，说道："我们离开这里！"

茫茫苍林，寂寂山岚，天地安静得好似只剩下了他们两个人。

云歌沉默地背着孟珏行走在风雪中，深一脚，浅一脚，步履越来越慢，却一直牢牢地背着他。

云歌对捉迷藏的游戏很精通，一路走，一路故布疑阵。一会儿故意把反方向的树枝折断，营造成他们从那里经过，挂断了树枝的假象；一会儿又故意拿军刀敲打长在岔路上的树，把树上的雪都振落，弄成他们从那里经过的样子。他们本来的行迹却都被云歌借助不停飘落的雪自然而然地掩盖了。

雪一时大，一时小，到了晚上，竟然停了。

孟珏看云歌已经精疲力竭，说道："找个地方休息一晚上吧！雪停了，走多远也会留下足迹，反倒方便了他们追踪。"

云歌本想找个山洞，却没有发现，只能找了一株大树挡风，在背风处，铺了厚厚一层松枝，尽量隔开雪的寒冷，又把斗篷脱下铺在松枝上，让孟珏坐到上面。孟珏想说话，却被云歌警告地盯了一眼，只得闭上嘴巴，一切听云歌安排。

黑夜中，火光是太过明显的追踪目标，所以云歌虽带了火绒却不敢生火，两人只能静坐在黑暗中。

突地传来几声"咕咕"叫，其实声音很小，可因为四周太过安静，所以显得很大声，云歌一下撇过了头。孟珏将云歌起先给他的点心递过去，云歌忙抓了一把塞进嘴里，吃了好几口后，反应过来，惊讶地问："你怎么还没有吃完？你不是很久没有吃过东西了吗？"

孟珏微笑起来："经历过饥饿的人知道如何将尽量少的食物留得尽量长。有时候食物不是用来缓解饥饿，而只是用来维持着不至于饿死。"

云歌看着手帕中仅剩的几口点心，再吃不下："我够了，剩下的归你。"

孟珏也未相劝，只是将手帕包好，又放进了怀中。

云歌默默坐了会儿，问道："树林里应该会有很多动物，我们能打猎吗？"

孟珏笑起来："这个时候，我们还是最好求老天不要让我们碰见动物。大雪封山，有食物贮存的动物都不会出来，顶着风雪出来觅食的往往是饿极的虎豹。我不能行动，没有一点自保能力，一把军刀能干什么？"

"我会做陷阱，而且我现在武功大进了，可不会像以前一样，连桀犬都打不过。"

孟珏微笑地凝视着她，温和地说：“我知道。等天亮了，我们看看能不能设陷阱捉几只鸟。”

“好！”云歌的沮丧消散了几分，身子往树上靠了靠，闭着眼睛睡起来。太过疲惫，虽然身上寒冷，肚子饿，可还是沉沉地睡了过去。

孟珏一直凝视着她，看她睡熟了，慢慢挪动着身体，将裹在身上的狐狸斗篷扯出来，盖在了她身上。云歌人在梦中，咳嗽声却不间断，睡得很不安稳。孟珏神情黯然，轻轻拿起她的手腕，把脉诊断，又在心中默记着她咳嗽的频率和咳嗽的时辰。

半夜里，又飘起雪花来，天气越发寒冷。

天还未亮，云歌就被冻醒了，睁眼一看，瞪向了孟珏。

孟珏微笑着说：“我刚醒来，看你缩着身子，所以……不想你这么快就醒了，倒是多此一举了。”

“你以后少多事！惹火了我，我就把你丢到雪里去喂老虎！”云歌警告完了，抓起一把雪擦脸，冻得龇牙咧嘴的，人倒是彻底清醒了。

“我们继续走，顺便找找小动物，再顺便找找山洞。我身上有火绒，有了山洞我们就可以烤肉吃了。”

大雪好似让所有的动物都失踪了。

云歌虽然边走边留意，却始终没有发现任何动物的踪迹。不过在孟珏的指点下，她爬到树上，掏了几个松鼠的窝，虽没抓到松鼠，可弄了一小堆松果和毛栗子，两人算是吃了一顿勉强充饥的中饭。

本来食物就少得可怜，孟珏还特意留了两个松果不吃，云歌问：“你留它们做什么？”

孟珏微笑着将松果收好：“到时候，你就知道了。”

云歌想了想，明白过来，猛地敲了下自己脑袋，气鼓鼓地背起孟珏就走。

孟珏笑着说：“你没想到，不是你笨，谁第一次就会呢？我也是为了生存，才慢慢学会的。”

云歌默默地走了好一会儿，突地问：“你小时候常常要这样去寻找食物吗？连松鼠的食物都……都吃。”

孟珏云淡风轻地说：“就一段时间。”

云歌走过荒漠，走过草原，爬过雪山，翻过峻岭，对她而言，野外的世界熟悉亲切、充满乐趣，可现在才知道她并没有真正了解过这个残酷世界，在父母兄长的照顾下，所有的残酷都被他们遮去，她只看见了好玩有趣的一面。

经过一处已经干枯的矮灌木丛时，孟珏突然贴在云歌耳畔小声说："停，慢慢地爬下去。"

云歌不知发生了什么事情，全身紧张，屏息静气地缓缓蹲下，伏在了雪地上。

孟珏将备好的松子一粒粒地扔了出去，由远及近，然后他向云歌做了个勾手的姿势，示意她靠近他，云歌忙把头凑过去，以为他要说什么，他却伸手去摘她耳朵上的玉石坠子，云歌立即反应过来，忙把另一只也摘下，递给孟珏。

等了很久，都没有任何动静，眼看着松子就要全被雪花覆盖，云歌疑问地看向孟珏，孟珏只点了下头，云歌就又全神贯注地盯向了前方。

冰天雪地里，身上冷，肚子饿，这样一动不动地趴在雪中，实在是一种堪比酷刑的折磨，更何况孟珏还身受重伤。不过孟珏和云歌都非常人，两人很有耐心地静等，雪仍在落着，渐渐地，已经看不出还有两个人。

一只山雉从灌木丛中钻了出来，探头探脑地观察着四周，小心翼翼地刨开雪，寻找着雪下的松子，刚开始，它还吃一颗松子，警觉地查视一下周围，可一直都没有任何异常的声音，它渐渐放松了警惕。

大雪将一切食物深埋在了地下，它已经饿了很久，此时再按捺不住，开始急速地刨雪，寻找松子。

孟珏屏住一口气，用力于手腕，将云歌的玉石耳坠子弹了出去，两枚连发，正中山雉头颅，山雉短促地哀鸣了一声，倒在了雪地里。

云歌"哇"地欢叫一声，从雪里蹦起来，因为趴得太久，四肢僵硬，她却连活动手脚都顾不上，就摇摇晃晃地跑去捡山雉。从小到大，打了无数次猎，什么珍禽异兽都曾猎到过，可这一次，这只小小的山雉是她最激动的一次捕猎。云歌欢天喜地地捡起山雉，一面笑，一面和孟珏说："你的打猎手段比我三哥都高明，你和谁学的？"

孟珏很久没有见过云歌笑着和他说话了，有些失神，恍惚了一瞬，才说道："人本来就是野兽，这些东西是本能，肚子饿极时，为了活下去，自然而然就会了。"

云歌呆了一下，说不清楚心里什么滋味，去扶孟珏起来，孟珏见她面色憔悴，说道："这里正好有枯木，又是白天，火光不会太明显，我们就在这里先把山雉烤着吃了，再上路。"

云歌点了点头，把孟珏背到一株略微能挡风雪的树下，安顿好孟珏后，她去收拾山雉，将弄干净的山雉放在一边后，又去准备生篝火，正在捡干柴枯木，忽然听到脚步声和说话声传来，她惊得立即扔掉柴火，跑去背孟珏："有士兵寻来了。"

背好孟珏就跑，跑了几步，却惦记起他们的山雉，想回头去拿，可已经看到士兵的身影在林子里晃，若回去，肯定会被发现。云歌进退为难地痛苦：想走，实在舍不得那只山雉；想回，又知道背着孟珏，十分危险。她脚下在奔，头却一直扭着往后看。

孟珏忽地笑了："不要管它了，逃命要紧！"

云歌哭丧着脸，扭回了头，开始用力狂奔，一边奔，一边还在痛苦，嘴里喃喃不绝地骂着士兵，骂着老天，骂着刘询，后来又开始怨怪那只山雉不好，不早点出现让他们捉，让他们吃。

忽听到孟珏的轻笑声，她气不打一处来："你笑个鬼！那可是我们费了老大功夫捉来的山雉，有什么好笑的？"

孟珏咳嗽了几声，笑着说："我在笑若让西域人知道曜的妹妹为了只山雉痛心疾首，只怕他们更愿意去相信雪山的仙女下凡了。"

云歌愣了一下，在无比的荒谬中，先是生了几分悲伤，可很快就全变成了好笑，是呀！只是一只瘦骨嶙峋的山雉！她一边背着孟珏跑，一边忍不住地嘴角也沁出了笑意。

孟珏听到她的笑声，微笑着想，这就是云歌！

身后追兵无数，肚内空空如也，可两个人都是边逃边笑。

孟珏和云歌，一个是走过地狱的孤狼，一个是自小游荡于山野的精灵，追兵虽有体力之便，但在大山中，他们奈何不了这两个人，很快，云歌和孟珏就甩掉了他们。

但久未进食，天还没黑，云歌就已经实在走不动了，虽然知道追兵仍在附近，可两人不得不提早休息。

云歌放孟珏下来时，孟珏的一缕头发拂过云歌脸颊，云歌一愣间，随手抓住了他的头发："你的头发……"孟珏的头发乌黑中夹杂着斑驳的银白，好似褪了色的绸缎。

"我七八岁大的时候，头发已经是半黑半白，义父说我是少年白发。"孟珏的神情十分淡然，似乎没觉得世人眼中的"妖异"有什么大不了，可凝视着云歌的双眸中却有隐隐的期待和紧张。

云歌没有任何反应，放下了他的头发，一边去砍松枝，一边说："你义父的制药手艺真好，一点都看不出来你的头发本来是白色的。”

孟珏眼中的期冀散去，他低垂了眼眸淡淡地笑着。很久后，他突然问：“云歌，你在大漠中第一次见到刘弗陵时，他说的第一句话是什么？”

云歌僵了一瞬，侧着脑袋笑起来，神情中透着无限柔软，回道：“就两个字，‘赵陵’，他不喜欢说话呢！”

孟珏微笑着闭上了眼睛，将所有的痛楚苦涩都若无其事地关在了心门内，任内里千疮百孔、鲜血淋漓，面上只是云淡风轻的微笑。

云歌以为他累了，铺好松枝后，将斗篷裹到他身上，也蜷着身子睡了。

半夜里，云歌睡得迷迷糊糊时，忽觉得不对，伸手一摸，身上裹着斗篷，她怒气冲冲地坐起来，准备声讨孟珏，却看孟珏脸色异样地红润。她忙探手去摸，触手处滚烫。

“孟珏！孟珏！”

孟珏昏昏沉沉中低声说：“很渴。”

云歌忙捧了一把干净的雪，用掌心的温度慢慢融化，将水滴到他嘴里。

云歌抓起他的手腕，把了下脉，神色立变，伸手去检查他的身体，随着检查，她的脸色越来越难看。

从悬崖上摔下时，他应该试图用背化解过坠力，所以内脏受创严重，再加上没有及时治疗和休养，现在的症状已是岌岌可危。

孟珏虽然一声不吭，可身子不停地颤抖，肯定很冷。

云歌用斗篷裹好他的身体，考虑到平躺着能最大限度地减少伤情继续恶化，她拿出军刀去砍木头、藤条，争取赶在追兵发现他们前，做一个木筏子，拖着孟珏走。

孟珏稍微清醒时，一睁眼，看到铅云积坠的天空在移动，恍惚了一瞬，才明白不是天动，而是自己在动。

云歌如同狗儿拖雪橇一样，拖着木筏子在雪地上行走，看来她已经发觉他的内伤。

“云歌，休息一会儿。”

“我刚才做木筏子时，听到人语声，他们应该已经追上来了，我想赶紧找个能躲藏的地方。”

在木筏的慢慢前行中，孟珏只觉得身子越来越冷，阴沉的天越坠越低，他的思绪晃晃悠悠地似回到很久以前。

也是这样的寒冷，也是这样的饥饿，那时候他的身后只有一只狼，这一次却是无数头“狼”，那时候他能走能跑，这一次却重伤在身。可这一次，他没有丝毫的愤怒、绝望、恐惧，即使天寒地冻，他的心仍是温暖的，他可以很平静快乐地睡着……

“孟珏！孟珏！”

孟珏勉强地睁开眼睛，看到云歌的眼中全是恐惧。

“孟珏，不许睡！”

他微微地笑起来：“我不睡。”

云歌很温柔地说：“我们马上就会找到一个山洞，我会生一堆好大的火，然后抓一只兔子，你要睡着了，就没有你的份了。不要睡，答应我！”

孟珏近乎贪婪地凝视着她的温柔：“我答应你。”

云歌拖着木筏继续前进，一边走一边不停地说着话，想尽办法，维持着孟珏的神志：“孟珏，你给我讲个故事，好不好？”

“嗯。”

等了一会儿，身后却寂然无声。

“讲呀！你怎么不讲？你是不是睡着了？”云歌的声音有了慌乱。

“没有。”微弱却清晰的声音从她身后传来，“我只是在想该如何开头。”

“什么样子的故事？”

“一个男孩子和一个女孩子的故事。”

“那你就从最最开始的时候讲起。”

“很久很久以前，有一个很快乐很富裕的家庭，父亲是个不大却也不小的官，母亲是一个美丽的异族女子，家里有两个兄弟，他们相亲相爱。突然有一天，父亲的主人被打成乱党，士兵要来拘捕他们，母亲带着两个兄弟匆匆出逃。”

“父亲呢？”

“父亲去保护他的主人了。”

“他不保护妻儿吗？”

“他是最忠心的人，在他心中，国第一、家第二，主人才是最重要的。”

“后来呢？”

“后来，这个异族女子带着两个幼儿寻到了夫君，虽然危险重重，但一家人重聚，她只有开心。”

“大难重逢，当然值得开心。”

“这个父亲的主人有一个孙子，年纪和两兄弟中的幼弟一般大小。这位父亲为了救出主人的孙子，决定偷梁换柱，用自己的幼儿冒充对方。主人的孙子活了下来，那个幼弟却死在了天牢里。他的母亲愤怒绝望下带着他离开了他的父亲，没有多久传来消息，他的父亲为了保护主人而死，走投无路的主人自尽而亡。”

“后来呢？那个男孩子呢？还有他的母亲。”

“主人虽然死了，但还有无数人怕死灰复燃，他们在暗中追杀着主人的部下，有一伙人追上了他们，这个坚强的异族女子为了保护自己的儿子，准备以身诱敌，她在临走前，把一柄匕首和身上仅剩的食物塞到儿子手里，对他说：‘你若是我的儿子，你就记住，我不要你今日来救我，我只要你将来为我复仇！记住！吃掉食物！活下去为我报仇！’敌人为了查问出有关主人和父亲的一切，酷刑逼供女子，女子只字不吐。这个女子被最残酷的方法折磨了一天，最后被折磨而死。她的儿子就藏在不远处的一株大树上，目睹了一切。等所有人走后，他跪在母亲的尸身前，将母亲给他的食物一口口吃下，因为这样，他才能有力气把母亲掩埋了。他一声未哭，他的眼泪早已干涸，只是从那之后，他就失去了味觉，再尝不出任何味道。”

云歌的声音暗哑艰涩：“后来这个男孩子遇见了一个很好很好的人，这个人收男孩做了义子，传授他医术、武功，男孩后来回到了长安，他出生的地方……”

孟珏似乎想笑，却只发出一声轻微的吸气声：“还没有讲到那里。后来这个男孩子一路历尽艰险，逃往母亲的故乡。因为不敢走大路，他只能捡最偏僻的荒野行走，常常几天吃不到一点东西，一两个月吃不到一点盐，又日日惊慌恐惧，他的头发在那个时候开始慢慢变白。”

孟珏停了下来，似乎要休息一下，才能有力气继续。云歌听得惊心动魄，一口气憋在胸间，一句话都说不出来。

“很多时候，死亡真的比生存简单许多、许多！”孟珏的语气中有沉重的叹息，“好几次他都想放弃挣扎，一死了之，可母亲的话总是响在耳边，他还没有做到母亲让他做的事情，所以每一次他都挣扎着活了下来。当他终于到了母亲的故乡时，他发现，在那里他被叫作‘小杂种’。一场战乱后，他离开了母亲的故乡，开始四处流浪。有一天，一个赌客赢钱后心情好，随手赏了他一枚钱，那个地头上的乞丐不满，将他带到树林中，殴打他。他早已经习惯拳脚加身的日子，知道越是反抗越会挨打，索性一动不动任由对方打，等他们打累了，也就不打了。这个时候，他突然听到了清脆的说话声，就像草原上的百灵鸟一样。百灵鸟请乞丐们不要再打这个男孩子，乞丐们当然不会听她的，这只百灵鸟就突然变成了狼，乞丐们被她吓跑了，后来……”

孟珏深埋在心底多年的话终于说了出来，一直以来念念于心的事情终于做到，精神一懈，只觉得眼皮重如千斤，直想合上。

“后来……他看见原来是只绿颜色的百灵鸟，这只绿色的百灵鸟送给了他一只珍珠绣鞋，他本来把它扔了出去，可后来又捡了回来。百灵鸟说……说‘你要用它去看大夫’。可即使后来快饿死的时候，他都没有把珍珠绣鞋卖掉。他一直以为是因为自己不想接受百灵鸟的施舍，想等到将来有一天，亲手把珍珠绣鞋扔还给她，可是不是的……云歌，我很累，讲不动了，我……我休息一会儿。”

云歌的眼泪一颗又一颗地沿着面颊滚下：“我还想听，你继续讲，我们就快走出山谷，我已经看到山壁了，那里肯定会有山洞。”

他已经很累很累，可是他的云歌说还要听。

“他有了个结拜哥哥，又遇见了一个很好……很好的义父，学会了很多东西……无意中发现……义父竟知道小百灵鸟，他很小心……很小心地打听着百灵鸟的消息……在百灵鸟的心中，从不知道他的存在……从不知道他的存在……”孟珏微笑起来，“可他知道百灵鸟飞过的每一个地方……他去百灵鸟家里提亲，他以为他一点都不在乎，可他是那么紧张，害怕自己不够出众，不能让百灵鸟看上，可百灵鸟却见都不肯见他，就飞走了……所以他就追着百灵鸟……”

混沌中，思索变得越来越艰难，只觉得一切都变成了一团黑雾，卷着他向黑暗中坠去。

“孟珏！孟珏！你答应过我，你不睡的！”

她用力摇着他的头，一颗颗冰凉的水滴打在他的脸上，黑雾突地散去了几分。

“我不睡，我不睡，我不睡……”他喃喃地一遍遍对自己说，眼睛却怎么睁也睁不开。

他的身体冰凉，额头却滚烫。没有食物、没有药物，他的身体已经没有任何力量对抗严寒和重伤。

云歌将他背起，向山上爬去。

虽然没有发现山洞，却正好有几块巨石相叠，形成了一个狭小的空洞，可以挡住三面的风。

她将他放进山洞，匆匆去寻着枯枝，一会儿后，她抱着一堆枯木萎枝回来，一边点火，一边不停地说话："孟珏，我刚抽枯枝时，发现雪下有好多毛栗子，我全扫回来了，过会儿我们可以烤栗子吃。"

火生好后，云歌将孟珏抱到怀里："孟珏，张开嘴巴，吃点东西。"她将板栗一颗颗喂进他嘴里，他嘴唇微颤了颤，根本没有力气咀嚼吞咽，只有一点若有若无的声音："不……睡……"

她去探他的脉，跳动在渐渐变弱。

如宇宙的洪荒，周围没有一点光明，只有冰冷和漆黑。弥漫的黑雾旋转着欲将一切吞噬。孟珏此时全靠意念苦苦维持着灵台最后一点的清醒，可黑雾越转越急，最后一点的清醒马上就要变成粉齑，散入黑暗。

突然间，一股暖暖的热流冲破了黑雾，轻柔地护住了他最后的清醒。四周仍然是冰冷黑暗的，可这团热流如同一个小小的堡垒，将冰冷和黑暗都挡在了外面。

一个小小的声音随着暖流冲进了他的神志中，一遍遍地响着："孟珏，你不可以死！你不能丢下我一个人！你不能又食言，你这次若再丢下我跑掉，我永不再相信你。"

他渐渐地闻到弥漫在鼻端的血腥气，感觉到有温暖的液体滴进嘴里。吃力地睁开眼睛，一个人影从模糊渐渐变得清晰。她的手腕上一道割痕，鲜红的液体正一滴滴从她的手腕落入他的口中。

他想推开她，全身却没有一丝力气，只能看着那一滴滴的鲜红带着她的温暖进入他的身体。

她珠泪簌簌，有的泪滴打在了他的脸上，有的落在了他的唇上。

他的眼中慢慢浮出了泪光，当第一颗眼泪无声地落下时，如同盘古劈开宇宙的那柄巨斧，他的脑中轰然一阵剧颤，嘴里就突然间充满了各种各样怪异的味道。

是……是……这是甜！

腥……腥味……

泪的咸……

还有……涩！

已经十几年空白无味的味觉，竟好似刹那间就尝过了人生百味。

“云歌，够了！”

满面泪痕的她听到声音，破涕为笑，笑了一瞬，却又猛地背转了身子，一边匆匆抹去泪痕，一边拿了条手帕将伤口裹好。

她把先前剥好的栗子喂给孟珏，眼睛一直不肯与他视线相触，一直游移在别处。孟珏却一眨不眨地凝视着她，栗子的清香盈满口鼻，让他只觉得全身上下都是暖洋洋的。

烤好的栗子吃完后，她拿树枝把火里的栗子拨出来，滚放到雪上，背朝着他说：“等凉了，再剥给你吃。”

“云歌。”

孟珏叫她，她却不肯回头，只低头专心地弄着栗子。

“因为娘临去前说的话，我一直以为娘要我去报仇，可后来……当我摇着你肩膀告诉你，让你来找我复仇时，我才明白娘只是要我活着，她只是给我一个理由让我能在绝望中活下去。她临死时指着的家乡方向，才是她真正的希望，她想要儿子在蓝天下、绿草上，纵马驰骋、快意人生，她大概从没希望过儿子纠缠于仇恨。”

云歌将一堆剥好的栗子用手帕兜着放到他手边：“你给我说这个干吗？我没兴趣听！”

他拽住了她的手：“当日你来找我请义父给先帝治病时，我一口回绝了你，并不是因为我不肯，而是义父早已过世多年，我永不可能替你做到。我替先帝治病时，已尽全力，自问就是我义父在世，单论医术也不可能做得比我更好。有些事情是我不对，可我心中的感受，只望你能体谅一二。”

云歌抽手，孟珏紧握着不肯放，可他的力气太弱，只能看着云歌的手从他掌间抽离。

“这些事情，你不必再说了，我虽然讨厌你，可你尽心尽力地给他治过病，我还是感激你的。”

云歌坐到了洞口，抱膝望着外面，只留给了孟珏一个冰冷的背影。不知何时，雪花又开始簌簌而落，北风吹得篝火忽强忽弱。

“霍光先立刘贺为帝，又扶刘询登基，如果刘弗陵有子，那他就是谋朝篡位的逆臣，无论如何，他都不会让这个孩子活着的。我当时根本不知道你和霍光的关系，可即使知道又能如何？在无关大局的事情上，霍光肯定会顺着你、依着你，但如果事关大局，他绝不会心软，你若信霍光，我们岂会在这里？你的兄长武功再高强，能打得过十几万羽林营和禁军吗？在孩子和你之间，我只能选择你！这件事情我不后悔，如果再选择一次，我还是选你。可云歌，我求你原谅我的选择。我不能抹去你身上已有的伤痕，但求你给我一次机会，让我能陪着你寻回丢掉了的笑声。”

即使落魄街头，即使九死一生，他依然桀骜不驯地冷嘲苍天，平生第一次，他用一颗低到尘埃中的心，诉说着浓浓祈求。

回答他的只有一个沉默冰冷的背影。

心，在绝望中化成了尘埃。五脏的疼痛如受车裂之刑，一连串的咳嗽声中，他的嘴里涌出浓重的腥甜。

风蓦地大了，雪也落得更急了。

呼啸着的北风卷着鹅毛大雪在山林间横冲直撞，云歌拿起军刀走入了风雪中：“你把栗子吃了。我赶在大雪前，再去砍点柴火。”

“是不是我刚才死了，你就会原谅我？”

冷漠的声音，从一个对他而言遥不可及的地方传来。

“如果你死了，我不但恨你今生今世，还恨你来生来世。”

云歌刚出去不久，又拎着军刀跑回来：“他们竟冒雪追过来了。”

孟珏立即将一团雪扫到篝火上，“嗞嗞”声中，世界刹那黑暗。

“还有多远？”

“就在山坡下，他们发现了我丢弃的木筏子，已经将四面包围。”

云歌的声音无比自责。可当时的情况，孟珏奄奄一息，她根本没有可能慢条斯理地藏好木筏子，再背孟珏上山。

孟珏微笑着，柔声说：“过来。”

云歌愣了下，走到他身边蹲下。

他将一个柔软的东西放在她手里：“过会儿我会吸引住他们的注意，你自己离开，没有了我，凭你的本事，在这荒山野林，他们奈何不了你。”

云歌看都没看地把东西扔回给他，提着军刀坐到了洞口。

“云歌，听话！你已经将我从山崖下救到此处，我们已经两不相欠。”

不管孟珏说什么，云歌只是沉默。

风雪中，士兵们彼此的叫声已经清晰可闻，此时，云歌即使想走恐怕也走不了了。

孟珏挣扎着向她爬去。

云歌怒声说："你干什么，回去！"

孟珏抓住了她的胳膊，一双眼睛在黑暗中清亮如宝石，光辉熠熠："云歌！"

云歌挣扎了下，竟没有甩脱他的手。

"我不需要你为我手染鲜血。"

他的另一只手中握着一只小小的葱绿珍珠绣鞋，上面缀着一颗龙眼大的珍珠，在黑暗中发着晶莹的光芒，云歌呆呆地看着那只绣鞋，早已遗忘的记忆模模糊糊地浮现在眼前。

毡帽拉落的瞬间，一头夹杂着无数银丝的长发直飘而下，桀骜不驯地张扬在风中。

"云歌，长安城的偶遇不是为了相逢，而是为了重逢！"

往事一幕幕，她心中是难言的酸楚。

人语声渐渐接近，有士兵高叫："那边有几块大石，过去查一下。"

孟珏将军刀从云歌手中取出，握在了自己手里，挣扎着，挺直了身子，与云歌并肩而坐，对着外面。

北风发着"呜呜"的悲鸣声，狂乱地一次又一次打向乱石，似想将巨石推倒。

鹅毛般大的雪花，如同天宫塌裂后的残屑，"哗哗"地倾倒而下。

天地纷乱惨白，似乎下一瞬就要天倾倒、地陷落。

纵然天塌地裂，她为他孤身犯险，对他不离不弃，此生足矣！

第十三章

[YUN ZHONG GE]

多情总为无情恼

许平君从骊山回长安后，先直奔霍府。

霍府的人看见皇后娘娘突然驾临，乱成了一团。许平君未等他们通传，就闯进了霍光住处。霍光仍在卧榻养病，见到许平君，立即要起来跪迎。许平君几步走到他榻前，阻止了他起身。一旁的丫头赶忙搬了个坐榻过来，请皇后坐。

“霍大人可听闻了孟大人的事情？”

霍光看了眼屋中的丫头，丫头们都退出了屋子。

霍光叹道：“已经听闻，天妒英才，实在令人伤痛。”

“云歌独自闯入深山去寻孟大人了。”

霍光这才真的动容：“什么？这么大的雪孤身入山？她不要命了吗？”

“这是云歌拜托本宫带的话，本宫已经带到。”许平君说完，立即起身离开了霍府。

霍光靠在榻上，闭目沉思。半晌后轻叹了口气，命人叫霍禹、霍山和霍云来见他。

“禹儿，你们三人一同去向陛下上书，就说‘突闻女婿噩耗，又闻女儿踪迹不明，老父伤痛欲绝，病势加重。身为人子，理尽孝道，为宽父心，特奏请陛下准臣等入山寻妹’。陛下若推辞，你们就跪着等他答应。”

霍云不太愿意地说：“之前对孟珏退让是因为不想他完全站到皇帝一边，可皇帝毕竟年轻，急怒下乱了方寸，竟开始自毁长城，正是我们求之不得的事情啊！我们作壁上观，坐收渔翁之利不是更好？”

霍山也满脸的不情愿：“云歌这丫头偷了我的令牌，我还没找她算账呢！还要为她跪？我不去！她又不是真正的霍家人。”

“你……”霍光咳嗽起来，霍禹忙去帮父亲顺气：“爹放心吧！儿子和弟弟们立即进宫求见皇帝。爹安心养病，云歌的事情就不用担心了，我们三个一起去，皇帝不敢不答应的。”

霍光颔了下首，霍禹三人正要出门，门外响起霍成君的声音。

“不许去！”

她走到霍光榻前跪下，霍光忙要闪避：“成君，你如今怎可跪我？”又对霍禹他们说，“快扶你们妹妹起来。”

霍成君跪着不肯起来：“云歌和我，爹爹只能选择一个。爹若救她，从此后就只当没生过我这个不孝的女儿。”

她语气铿然，屋里的人都被唬得愣住。

霍光伤怒交加，猛烈地咳嗽起来，霍禹急得直叫：“妹妹！”

霍成君却还是跪着一动不动。

霍光抚着胸说：“他们不知道云歌的身份，你可是知道的，你就一点儿不念血缘亲情吗？”

“云歌她念过吗？明知道许平君和我不能共容，她却事事维护许平君！明知道太子之位对我们家事关重大，她却处处保护刘奭！明知道陛下是我的夫君，她却与陛下做出苟且之事！明知道刘贺与我们家有怨，她却盗令牌放人！这次她敢盗令牌救人，下次她又会做什么？爹爹不必再劝，我意已决，从今往后，霍家有她没我，有我没她！”

霍光盯着女儿，眼中隐有慑人的寒芒，霍禹三人吓得跪在地上，头都不敢抬，霍成君却昂着头，毫不退让地看着父亲。

半晌后，霍光朝霍成君笑着点头：“我老了，而你们都长大了。”转了个身，面朝墙壁躺下，“你们都出去吧！”语声好似突然间苍老了十年。

霍成君磕头：“谢谢爹爹，女儿回宫了。”

几人走出屋子后，霍山笑着问霍成君：“云歌究竟是什么人？不会是叔叔在外面的私生女儿吧？”

霍成君笑吟吟地说：“二哥倒挺能猜的。管她什么人呢！反正从今天起，她和我们再无半点关系。”

霍山点着头，连连称好。

霍禹冷着脸说：“娘娘，臣就送到此处，先行告退。”

霍成君委屈地叫：“大哥，云歌和我们结怨已深，你又不是不知道，难道你也帮着她吗？”

“云歌的生死，我不关心，可父亲卧病在榻，身为人子，你刚才做的，过了！”

霍禹大步流星地离去，霍成君脸色青一阵，红一阵，突地扭头，快步跑出了霍府。

刚出霍府就有人迎上来，她一边上马车，一边问：“陛下知道云歌闯山了吗？”

“刚知道。”

霍成君身子一滞，屏着呼吸，悠悠地问：“陛下什么反应？”

“陛下十分惋惜，感叹孟大人夫妇伉俪情深，加派了兵力，希望还来得及搜救到孟夫人。”

霍成君长长地出了口气，全身轻快地坐进了马车，舒畅地笑起来。看来刘询这次动了真怒，杀心坚定，云歌也必死无疑了。

许平君回宫后，立即命人准备香汤沐浴，传来宫里最巧手的老宫女，帮她梳起最妩媚的发髻，又让宫女们把所有衣裙拿出来，挑出最娇俏的。装扮妥当后，所有宫女都称赞皇后姿容明丽。

镜中陌生的自己，原来也是妩媚娇俏的。

那个人是她的夫，她以为他要的是相濡以沫，从未想到，有一日她也会成为“以色事人”者。

窈窕的身影穿行过漫天风雪，飞扬的裙带勾舞着迷离冶艳。

刘询抬头的一瞬，只觉得素白的天地顿成了落日时的纸醉金迷。明媚艳丽，令人不能移目，可心里却莫名地骤然一痛，未及深思，柔软的身体仿似怕冷一般缩到了他怀里：“陛下可受惊了？”

仍带着沐浴后的清新，他不禁头埋在她的脖子间深深嗅着，她畏痒地笑躲着。他因生病已禁房事多日，不觉情动，猛地抱起了她向内殿行去。

鲛绡帐里春风度，鸳鸯枕上红泪湿。

他热情似火、轻怜蜜爱；她曲意承欢、婉转迎合。

她将他心内的空洞填满，他却让她的心慢慢裂开。

云雨缓收，风流犹存。

她在他怀里软语细声，过往的点滴趣事让他笑声阵阵，笑声表达着他的欢愉。

当“云歌”二字时不时融在往事中时，他仍在笑，可笑声已成了掩饰情绪的手段。

许平君含泪央求：“陛下派的人应该妥当，可臣妾实在放心不下云歌，求陛下派隽不疑大人负责此事。”

刘询凝视着她，笑起来，起身穿好衣服，欲离开。许平君抓住了他的衣袍，跌跌撞撞地跪在他的脚下：“陛下，臣妾求您！臣妾求您！看在过往的情分上，派隽不疑去搜救。”

看着她陌生的妩媚俏丽，刘询一直压抑着的怒火突然迸发。事不过二！云歌愚他一次，连她也敢再来愚弄他！

“你是为云歌而求？还是为孟珏所求？”

“臣妾……臣妾同求。”

刘询脚下使力，踢开了她的手，讥嘲道：“孟珏和你还真是好搭档。”

许平君愕然不解，心中却又迷迷蒙蒙地腾起了凉意，她爬了几步，又拽住了刘询的衣袍：“孟珏与臣妾是好朋友，孟珏自和陛下结识，一直视陛下为友，他为虎儿所做的一切，陛下也看在眼里，求陛下开恩！”

刘询冷笑着说：“朕看在眼里的事情很多，你不必担心朕已昏庸！你以为我不知道孟珏在背后捣的鬼吗？他将我害进大牢，差点取了我的性命，还假模假样地对我施恩。还有，你的未婚夫婿欧侯是如何死的？你要不要朕传仵作当你面再验一次尸？”

她仰头盯着他，在他冷厉的视线中，她的脸色渐渐苍白：“他……他……他是被我……我克死的。”

刘询大笑起来：“他倒也的确算是被你克死的，他不该痴心妄想要娶你，否则也不会因毒暴毙。”

许平君身子簌簌直抖，紧抓着他的衣袍，如抓着最后的浮木：“他……他是中毒而亡？”

刘询微笑着说：“此事你比谁都清楚，你不是不想嫁他吗？还要问朕？”

她的手从他的袍上滑落，身子抖得越来越急，瑟瑟地缩成一团。

刘询眼中有恨意：“朕一直以为你良善直爽，不管你有多少不好，只这一点，就值得我敬你护你，可你……你毒杀未婚夫婿在前，计谋婚事在后。”他弯下身子，拎着她问，“张贺为何突然间要来给我说亲？我以为的‘天作姻缘’只不过是你的有意谋划！你把我当成什么样的人？可以任你摆弄于股掌？刘贺的事情，你有没有参与？我虽然知道了你之前的事情，但想着你毕竟对朕……”刘询的胸膛剧烈地起伏着，手越掐越紧，好似要把许平君的胳膊掐断了一般，“……朕也就不与你计较了！可你竟敢……你倒是真帮孟珏，为了孟珏连朕都出卖！”

许平君泣不成声，身子直往地上软。

刘询扔开了她，她就如一截枯木，毫无生气地倒在地上。刘询一甩衣袖，转身出了殿门，七喜匆匆迎上来：“陛下去……”

“摆驾昭阳殿！”

“是！”

不一会儿，宣室殿似已再无他人。宽广幽深的大殿内，只有一个女子趴在冰冷的金砖地上，间或传来几声哀泣。

何小七轻轻走到殿门口，看着里面的女子，眼中隐有泪光。

他走到她身边跪下，将一件斗篷盖在了她身上，扶着她起来：“许姐姐，不要哭了，陛下他已经走了，你的眼泪伤的只是自己。”

许平君看着他摇头，眼泪仍在急落：“你现在可愿告诉我，你为什么要做宦官了吗？”

何小七没有忍住，眼中的泪滚了下来，他用袖子一把抹去。

“黑子哥他们已经都死了，我若不进来，迟早也……到了这里，无妻无子，身家性命全系在陛下身上，陛下也就不怕我能生出什么事来。”

许平君嘴圆张，眼中全是惊恐的不能相信。

“皇帝是皇帝，他姓刘名询，不是我们的大哥，也不会是姐姐认识的病已。”

许平君眼中的“不能相信”渐渐地变成了认命的“相信”，她木然地站起来，走到镜前坐下，慢慢地梳理着发髻，慢慢地整理着衣裙。

“小七，霍光有派人来求见过陛下吗？”

“没有。”

她眼中有了然的绝望，望着镜子中的自己，忽地抿唇笑起来。

“小七，你知道吗？云歌对我极好，她处处都让着我、护着我。其实她对病已也有过心思的，可因为我，她就退让了。我们被燕王抓住时，她让我先逃，为了护我，不惜用自己的性命去引开杀手。可我对她并不好，我明知道她对病已的心思，却故意装作不知道，她为孟珏伤心时，是最需要人陪伴的时刻，我却因为一点私心，让她独自一人离开长安，连个送行的人都没有。”

何小七劝道：“只要是人，谁没个私心呢？云歌她也不见得对姐姐就没私心。”

“我知道你们都以为她和刘询在偷情。”许平君微笑着说，“可我知道她不会，这世上我也许不信自己的夫君，但我信她。”

何小七愕然，傻傻地看着许平君。

“自她和我相识，每一次有了危险，她最先考虑的是我，每一次我面临困局，也是她伸手相助，虽然她叫我姐姐，其实她才像姐姐，一直照顾着我。这一次我也终于可以有个姐姐的样子了。小七，我能拜托你件事情吗？”

“昔日故人均已凋零，只余你我，姐姐说吧！”

许平君轻声叮嘱完，何小七震惊地问：“姐姐，你确定？”

“我确定！”

“好！”

许平君见他答应了，向殿外走去。

何小七看到她去的方向，忙追出来，问道：“娘娘不回椒房殿吗？”

“我去昭阳殿，一切的事情就拜托你了。”

许平君行到昭阳殿外，正对着殿门，跪了下来。殿内立即响起嘈杂声，霍成君和刘询已经歇息，听到动静，她不悦地问："怎么回事？"

服侍她的夏嬷嬷在帘帐外回禀道："皇后娘娘面朝殿门，跪在了雪地里。"

霍成君"呀"的一声，从刘询怀里坐了起来："赶快准备衣装，本宫去……"

刘询将她拽回了怀中："睡觉的时候就睡觉，有人喜欢跪就让她跪着好了。"

听到刘询的话，众人心里都有了底，全安静了下来，该守夜的守夜，该睡觉的睡觉。

霍成君婉转一笑，似含着醋意地说："臣妾这不是怕陛下回头气消了又心疼嘛！"

刘询笑着去搂她的腰："你明知道朕的心都在你这里，还吃这些没名堂的醋。一曲'折腰'让朕早为你折腰！"

霍成君闭上了眼睛，靠在刘询肩头，轻声娇笑着，心却不知道怎的就飞了出去，冷雪寒林、悬崖峭壁，只觉得茫茫然，他真的就这么走了吗？

刘询面上好似一点不在乎，可胸中怒火中烧，怀中的温香软玉、浅吟娇啼竟只是让他的心越发的空落。

簌簌的雪花不大不小地飘着。

昭阳殿外的屋檐下挂了一溜的灯笼，光线投在飞舞的雪花上，映得那雪晶莹剔透，衬着黑夜的底色，光影勾勒出的样子就如一个个冰晶琉璃，一溜看去，随着屋檐的高低起伏，就如一粒粒琉璃参差不齐地飘浮在半空。

许平君仰头呆呆地望着昭阳殿，眼中不禁又浮出了泪光。即使这般的美景，他都不会陪她一起欣赏了，纵有良辰美景又如何？

前尘往事断断续续地从脑中闪过，只觉得天地虽大，余生却已了无去处。欧侯的死，她能全怪孟珏吗？那般的巧合，她却简单地相信是自己命硬，心底深处不是不清楚，她只是不肯去面对心底的阴暗。忽想起张神仙给她算命时说过的话，"天地造化，饮啄间自有前缘"，只觉意味深长，慢慢细品后，一个刹那，若醍醐灌顶，心竟通透了。

若不是深夜，若不是下雪，若不是恰好跪在这里，哪里就能看到这般美丽的景致呢？

若不是当年自己强行掬水，何来今日雪地下跪？她今日所遭受的苦楚，比起她害死欧侯的罪孽又算得了什么？她在当日费尽心机想嫁给刘病已时就已经种下了今日的果。

人生得失看似随机，其实都是自己一手造成。与其为昨日的因自惩，不如为来日的果修行。

许平君微微地笑着，从头上拔下簪子，以簪为笔，以雪地为帛，将眼前所看到的“雪殿夜灯图”勾描出来。一边画，一边凝神想着该作一首什么样的诗才能配得起这如梦如幻景。

清早。

刘询起身去上朝时，本以为会看到一个神情哀伤凄楚、祈求他回心转意的人，不料眼前的女子淡然平静，见到他时，只是深深地埋下头叩首。她的姿势卑微谦恭，可他觉得她就如她肩头的落雪一般清冷干净。

他心中只觉烦躁，微笑着，匆匆而去，任她继续跪着。

他离开不久，刘奭披着个小黑貂斗篷跑来，站到母亲身前，替母亲把头顶和身上的落雪一点点拍落，眼泪在眼眶里打转，却一直咬着唇，不肯哭出来。

“娘，你冷吗？”

许平君微笑着摇摇头。

“姑姑能把师傅找回来吗？一定可以的，对不对？”

许平君想了会儿说：“娘很想和你说‘可以’，但你已经是个小大人了，娘不想哄你，娘不知道。”

刘奭在她面前默默地站了会儿：“娘，我去了。”

“好。”

刘奭“咚咚”地跑进了昭阳殿，霍成君见到他，立即命人给他宽衣、拿手炉、倒茶、拿点心，使唤得一群宫女围着刘奭团团转。

“殿下怎么突然有空了？”霍成君的目光里面有狐疑。

刘奭摇着霍成君的胳膊：“娘娘，您一直很疼虎儿，虎儿求您救救母后。母后再跪下去，会得病的。”

霍成君释然地笑起来，一面拿起个橘子剥给他吃，一面说：“你父皇正在气头上，等气过了，我们就去说几句软话，你父皇肯定会原谅皇后娘娘。”

刘奭吞下口中的橘子后，担心地问：“真的吗？”

“当然！”

他放下心来，脸上也有了几分笑意，随手抓起碟子里的糕点吃起来，霍成君端了碗热奶给他："慢点吃！早上没有吃早饭吗？"

刘奭点点头："我一起来就听说母后跪在雪地里，立即跑过来看。"

霍成君笑问："你母后怎么肯让你来找我？"

"母后……母后……"刘奭低下了头，吞吞吐吐地说不出来话，好一会儿后才说，"儿臣自己来的，儿臣知道父皇宠爱娘娘，娘娘说的话，父皇应该会听。"

霍成君看到他的样子，忽地叹了口气："若我将来的孩子有殿下一半孝顺，我就心满意足了。"

刘奭立即说："会的，弟弟一定会的。"

老人都说小孩子说的话准，霍成君开心地笑起来："殿下觉得我会有儿子？"

"嗯！"刘奭很用力地点头。

霍成君又给他喂了瓣橘子："等你父皇散朝后，我就去帮你母后求情。"

刘奭给霍成君行礼谢恩后，高高兴兴地去了。

朝堂上，几个大臣向刘询禀奏民生经济状况。

刘询越听越怒："什么叫粮价飞涨？今年不是个丰收年吗？一斤炭火要一百钱？那是炭火还是金子？"

大臣哆哆嗦嗦地只知道点头："是，是，陛下说得是！长安城内不要说一般人家，就是臣等都不敢随意用炭，为了节省炭，臣家里已经全把小厨房撤掉了，只用大厨房。"

刘询气得直想让他"滚"，强忍着，命他退下："隽不疑，你说说，怎么回事？"

"今年是丰收年，即使因为这几天大雪成灾，运输不便，导致粮价上涨，但也没道理疯涨。据臣观察，除了粮食、炭火，还有药材、丝绸在涨，只不过这两样东西一时半会儿感觉不到而已。"

刘询点头，没有生病的人不会去关心药价，也没有人天天去做新衣服。

"这些东西彼此影响，继续涨下去，只怕会引起民间恐慌，民众会抢购囤积，一旦发生抢购，物价就会被推得更高。最后的局面就是，不需要粮食和炭火的人库存充足，而真正需要的人购买不起。根据司天监的预测，今年冬天会大冻，若粮食和炭火不足，就会出现冻死和饿死的人。"

刘询只觉得脑疼欲裂："你说的这些朕都知道，你没说完的话朕也知道，若冻死、饿死的人多了，民间就会有怨言，怪朕昏庸无能。朕想知道的就是为什么好端端的物价会飞涨？”

“既然粮食本来充足，臣的推断应该是有人操纵市场，想从中渔利。”

大殿内“哗”的一声炸开，嗡嗡声不绝。

杜延年反驳说：“商人为了利益，囤货抬价的事情不是没有发生过，可这次是整个汉朝疆域内的粮食都在涨，还有炭火、药材、丝绸，哪个商人有这么大的能耐？”

田广明讥笑道：“隽大人以为这事我们没想过吗？我们正是仔细考虑了才不会胡言乱语，故作惊人之语。难道全汉朝的商人都联合起来了？那当年秦始皇统一六国还要什么军队？”

刘询喝道：“都闭嘴。隽不疑，你继续说。”

“臣想过，并不需要所有商人联合起来。人都有从众心理，就如抢购，并不是抢购者真需要，只不过看别人买了，他就也去买。此理放在商人身上也行得通，只要业内的一两个大商家开始囤货抬价，清醒的商人为了追逐利益，自然会先握紧手中的货品，相机而动，众多的小商人则是看大商家都如此做，自然而然地跟随。”

“如果朕下令发放赈灾粮，可会把粮价压下去？”

“那要看陛下有多少赈灾粮，而那些大商家有多少资金，如果他们能把陛下发放的赈灾粮通通吸纳，陛下的政令只怕于事无补，反倒会引发潜藏的危机。”

刘询颔首，隽不疑已经点到了他的犹豫之处。边疆不稳，粮草若不充足，危机更大。他一筹莫展中，一些零零碎碎的东西突然浮现在脑海里。他曾派人跟踪孟珏很长一段时间，暗探的回复常常是“孟珏又去逛街、转商铺了”“什么都没买”“就是问价钱”“和卖货的人、买货的人聊天”。他一直以为孟珏是故作闲适姿态，这一瞬，他却悟出了“商铺”“价格”“买卖”的重要。

孟珏！

朝臣们看刘询突然脸色铁青，眼神凌厉，都吓得跪倒在地，大殿里立即变得宁静无比。

众人提心吊胆地大气都不敢喘时，外面却传来吵闹声。

“陛下，陛下，奴才要见陛下。”

宦官闹着要见驾，侍卫们却挡着不肯放行。

刘询大怒：“拖下去，裸身鞭笞！”

侍卫们立即拖着富裕离开，富裕挣扎着大叫：“陛下，太子殿下突然昏迷……陛下……”

刘询跳了起来，几步就冲出了大殿："你说什么？"

富裕连滚带爬地跪到刘询身前，哭着说："陛下，太子殿下突然昏迷，怎么叫都叫不醒……"

刘询未等他说完，就大步流星地向椒房殿赶去。

七喜赶着说："传李太医、吴太医火速进宫！"

太傅刚去，太子就病？大殿内的大臣你看看我，我看看你，没一个敢说话，都屏着呼吸，低着头，悄悄地往外退。

椒房殿内，宦官宫女黑压压跪了一地。

刘奭安静地躺在榻上，脸色乌青，小手紧紧地蜷成一团。

刘询大恸，厉声问："从昨天到今天照顾太子的都是谁？"

两个宫女和两个宦官从人群中爬了出来，身子抖得就要软在地上，上下牙齿打着战，一个字都说不出来。

两个太医大步跑着进来，刘询顾不上审讯，赶忙让开。

太医诊了下脉，又用银针探了穴位，两人暗暗交换了个眼色，彼此意见一致，一个人哆嗦着声音禀奏道："应该是吃了不该吃的东西。"

许平君被两个宦官搀扶着刚刚赶到，看到儿子的样子，再听到太医的话，身子一软，就往地上栽去，一个太医又忙去探看皇后。

刘询的脸色反倒正常起来，异常平静地问："太子的病能治好吗？"

跪在地上的太医正好能看到刘询的手，刘询的双手一直在颤，太医的身体也跟着颤起来："臣……臣尽力！"

刘询微笑着说："你最好尽力。"

太医爬到刘奭身旁，再次搭脉，手却抖得不成样子，一口一口地大喘着气。

正在查看皇后的太医小声地说："张太医对疑难杂症独有心得。"

刘弗陵在位时，张太医在太医院位列第一，刘询登基后，似不喜欢张太医，一贬再贬，如今人虽还在太医院，却只是个负责研磨药材的杂工。

刘询立即说："传他来。"

不一会儿，张太医就赶到，他查探完病情后，思量了一瞬，问："可有绿豆汤？"

一个宦官忙回道："有！有！"

"立即去抬一大锅来，掰开殿下的嘴，灌绿豆汤，越多越好。"

一群没了主心的人都有了主心骨，各就各位地忙碌起来。

刘询的心稍宽，语声反倒弱下来："病可以治吗？"

张太医恭敬地说："幸亏太子殿下吃得不多，又发现及时，病情未恶化。先灌些绿豆汤，再吃些药，休养一段日子，应该就能大好。"

刘询一直紧绷的身子突地懈了，几近失力地靠着坐榻，一会儿后，又突地站了起来，对七喜吩咐："将椒房殿的所有人和御厨都押到刑房，朕亲自监审。"

审问了一整日，一个个拿口供，大刑加身，仍没有发现任何疑点。

刘询冷笑："他们都无辜，难不成毒是太子自己吃下去的？"

七喜正准备动用酷刑，富裕突然想起一事："今天早上太子殿下起身后，奴才正要服侍太子用膳，殿下突然听闻皇后娘娘跪在昭阳殿外，立即闹着要去，奴才自然不敢让殿下去，不想殿下把奴才几个支开，等奴才们回来时，已经不见殿下踪影，奴才们立即分头去寻，看到殿下从昭阳殿出来，手里好似还拿着瓣橘子……"富裕说着，声音越来越低，渐渐地没了。

刘询一动不动地坐着，只脸色越来越青，半晌后，他问："这件事情除了你，还有谁知道？"

富裕摇头："只奴才知道。"

刘询又静静坐了会儿，站了起来，一句话未说地走出了屋子。

因为宫女、宦官都被拘押了起来，椒房殿内异常冷清。

大概怕惊扰儿子睡梦，许平君只点了一盏灯。昏黄的灯下，她坐在榻侧，一边绣花，一边守着儿子。

刘询站在窗外，呆呆看了许久，只觉得慌乱了一天的心，突然就安宁了下来。

他提步入殿："醒了吗？"

许平君立即跪下，恭敬地说："还没，不过张太医说毒已经解了，应该随时会醒。"

刘询忽地心头莫名的烦躁，冷声说："你这个娘做得可真是称职！"

许平君的脸色苍白，不停地磕着头说："臣妾罪该万死。"

刘询只觉厌恶，斥道："出去！"

许平君忙弓着身子退出了大殿。

刘询坐在儿子身旁，轻轻抚着儿子的脸，小声说："你要吓死爹吗？等你醒来，不打你一顿板子，你记不住教训。下次再敢乱吃，就吊起来打。"

刘奭迷迷糊糊地刚醒来，就听到父皇说要"吊起来打"，吓得差点哭出来："父皇，儿臣……儿臣……知错……"

刘询拧着他的脸蛋问："浑小子，你好好的早饭不吃，为什么要跑去昭阳殿？"

"儿臣……儿臣请娘娘给母后求情。"

"你不来求我，跑去求她？"

"儿臣……儿臣……他们都说父皇最宠娘娘。"

刘询气笑："他们说的你就全信？"

"可……儿臣看父皇若不在宣室殿歇息，就去昭阳殿，父皇定是常常想念娘娘的。"

刘询想解释，却又不知道该怎么说，最后只得苦笑着说："将来有一日，等你做皇帝时，也许你就会明白。不过，你应该不会有这样的烦恼，因为爹会帮你把这样的人都清除了。"

刘奭似明白非明白地轻轻"哦"了一声。

刘询舍不得离开，东拉西扯地问着刘奭话。功课做得如何了，平日间都吃些什么，身边使唤的人可都喜欢，有谁对他不好了，刘奭零零碎碎地回答着。不知怎么的，说起了张良人，刘奭不解地问为何最近一直看不到她，张娘娘性子活泼，最近却一直待在殿里不出来，和她交情很好的公孙娘娘怎么也不去找她玩了。

刘询诧异："你怎么知道公孙长使和张良人关系亲密？"

刘奭笑讲着他在御花园中的经历，刘询的脸色渐渐阴沉。

"霍婕妤到了多久，张良人和公孙长使到的？"

刘奭想了想说："一小会儿，儿臣刚和娘娘没说几句话，张娘娘她们就来了。"

"霍婕妤命你吃点心，你怎么没吃？"

"儿臣听公孙娘娘说她肚子里面住着个小妹妹，觉得很好玩，就光顾着看她吃了，后来正要吃时，先生突地冒出来，斥骂了我一通，带着我就要离开。估计娘娘看先生生气了，不好再留我吃东西玩，就让我们走了。先生后来罚我抄书，警告我不许乱吃零嘴，还说君子远妇人，让我不要去找娘娘她们玩，应该多读书，多去父皇身边学习。"

刘询眼中情绪复杂，脸色越发阴沉。

刘奭低着头，怯怯地说："先生他十分严格，儿臣平日里挺不想见他，可没了他，儿臣又总觉得心里不安稳。什么事情都没有个人给我拿主意。今日早上，我看到母后那样，着急得没有办法才去求娘娘的，儿臣下次再不敢了。父皇，还没有寻到先生吗？您再多派些人去寻，好不好？"

刘询站起来，打算离开："你好好休息，这两日的功课可以先放一放。"

"嗯，多谢父皇。"

刘询弯着身，把刘奭的胳膊放进被子，把被角仔细捏好，摸了摸他的额头，转身要走。

"爹……"刘奭突地叫。

刘询回头："怎么了？"

刘奭看着他发呆，一会儿后说："爹，外面黑，雪又滑，你小心点。"

刘询眼中的阴影刹那间就淡了，笑着说："知道了。你以为爹是你吗？睡吧！明天爹再来看你。"

刘询出殿门时，视线四处一扫，看见个人影缩在暗处，似等他离开后才敢进去，他冷声说："以后看紧点，若再有差错，朕第一个降罪的就是你。"

人影跪在了地上。

他一甩袖子，出了殿门。

许平君看他走远了，才站起来，仔细锁好殿门，进了屋子。

刘奭看到母亲，一个骨碌就想坐起来，却身子发软，朝后跌去，许平君忙把他抱住："别乱动，毒刚拔干净，身上还没力气呢！"

刘奭扯母亲的袖子，许平君脱去鞋袜，上了榻。

刘奭靠在母亲怀里，小声问："父皇会饶了先生和姑姑吗？"

"应该会。他一时急怒才想杀你师傅，现在的情况提醒了他，霍光一日未放权，他需要借助你师傅的地方还很多，他能做的不是发怒，而是隐忍。"

刘奭终于放下心来，喃喃说："希望师傅能原谅我。"

"虎儿，你为什么这么说？你为了救师傅和姑姑，勇敢地吃下毒药，娘吩咐你小七叔叔去寻毒药时，还担心你会害怕，不敢吃，没想到你这么勇敢。他只会谢谢你，怎么会怪你？"

刘奭眼中有泪花："父皇说是打老虎的，我……我看见他们没有打老虎，有一群黑衣人围攻师傅，我该制止他们的，可我害怕得躲起来了。师傅摔下去时，也看见了我，他的样子好悲伤，他肯定很失望。我是个胆小鬼，看着师傅在自己面前被人杀害……我晚上做梦，看见师傅在生气……”

许平君紧紧地抱着他，拍着他的背：“不会，不会！你师傅是个最会体谅别人难处的人，娘以前也做过对不起你师傅的事情，可你师傅一点都没生娘的气，这次他也一定不会生你的气。虎儿不是胆小鬼，虎儿很勇敢，我的虎儿聪明善良又勇敢。”她的语声轻柔，想尽力拂去儿子心上的尘埃，却悲哀地知道，她已经什么都擦不去，他亲眼看到和经历的一切，将永远刻在心上。

“我不勇敢，姑姑才勇敢。娘，姑姑知道她救了大公子，爹会很生气很生气吗？”

“她当然知道。”

“可是她一点都不怕，她仍然去救大公子了！”

“对！如果有一天是娘或者你遇险，你姑姑也会什么都不怕地来救我们。”

刘奭的脸庞焕发出异样的神采，好似大雪中迷路的人在黑暗阴冷中突然发现火光：“原来书上的话不是假的。娘，我一直以为书上的话全是假的，我一点都不相信，我憎恶讨厌所有的书籍和所有的人，什么仁仁善善，都是假的！最讥讽的就是，明明不相信仁善的一帮人却还天天期望着我去相信！现在，我知道了，先贤们说的不是假话，他们只不过也在努力追寻，同时努力地说服世人去追寻。”

许平君听得心惊胆寒，刘奭的不动声色下竟藏了那么多的失望和迷茫。日常所见和书籍中所学完全两样，他在失望中迷了路，年纪小小就已经不知道自己该相信什么，又能相信什么。一个没有“相信”的人生，她想都不敢想。

刘奭心中积压的失望和迷茫散去，四肢百骸好似都轻松了，浓重的倦意涌上来，闭着眼睛，迷迷糊糊地说：“姑姑有了危险，娘也什么都不怕地去救她，甚至不怕失去父皇。姑姑很勇敢，师傅很勇敢，娘很勇敢，虎儿也很勇敢……”唇角含着甜美的笑意，渐渐沉入了睡乡。

许平君看到他的笑，轻轻在他额头亲了下，也微笑起来。

虎儿，不是娘不怕失去你父皇，而是娘喜欢的那个人早就不见了。等你再长大一点时，娘会给你讲娘认识的病已哥哥是什么样子，会给你讲娘做过的傻事，还会给你讲娘、病已、云歌、孟珏、大公子，讲述我们曾经的亲密和笑闹。这世上，时光会改变太多事情，但总有一些人和一些事，只要你相信，就永远不会变……

刘询一走出椒房殿，七喜立即迎上来：“陛下，回宣室殿吗？”

刘询目光阴沉，却面容带笑："昭阳殿。"走了会儿，又吩咐，"传朕旨意，赏赐张良人玉如意一对，命她明日晚上准备迎驾。"

"是。陛下，关着的宦官和宫女怎么处置？椒房殿总要人服侍的。"

"听到太医诊断病情的几个都杀了，其余的先放了，富裕……"

七喜小心地听着对富裕的发落，一边琢磨着哪个宦官能胜任椒房殿总管的职位，可等了半晌，都没有下文。

"……也放了。"

"是。"七喜很是意外，却不敢问，只能任不解永沉心底，暗暗地提醒自己以后要对富裕再多一分客气。

听到宫女向刘询请安，霍成君有诧异也有惊喜："陛下怎么来了？"

刘询皱眉说："你不希望朕来，那朕去别殿安歇，摆驾……"

霍成君忙拉住了他，娇声说："臣妾不是那个意思。听闻太子殿下病了，臣妾就想着陛下应该不会来了，臣妾当然希望陛下能日日……"霍成君说着，满面羞红。

刘询把霍成君拥进了怀中，温柔地笑着。

霍成君一边细察他神色，一边小心试探："听闻陛下把椒房殿的宫女宦官都拘禁起来了，难道太子的病……"

刘询眉目间露着几分疲惫，叹了口气："病倒没大碍，朕生气的是一大帮人还照顾不好一个人，所以一怒之下就全关起来了，还杀了几个。事情过后，却觉得自己迁怒太过，有些过意不去。"

霍成君心中有嫉妒，有释然："陛下是太喜爱殿下了，关心则乱。何况只是几个奴才而已，陛下也不必太往心上去，给他们一些警告也是好的。"

刘询笑道："朕还没有用膳，去传膳，拣朕爱吃的做。"

一旁的宫女忙去传膳，自然少不了刘询爱喝的山鸡汤。

刘询就如天下最体贴的夫君，亲手为霍成君夹菜，亲手为她盛汤，还怕她烫着，自己先试了一口。霍成君也如天下最温柔的妻子，为他净手，为他布菜，为他幸福地笑。

芙蓉帐里欢情浓，君王却未觉得春宵短。

天还没亮，他就起身准备去上朝，霍成君迷迷糊糊地问："什么时辰了？"

刘询的声音黑暗中听来，异常的清醒："你再睡一会儿。今年天寒得早，大雪下个不停，恐怕要冻死不少人，朕得及早做好准备，看看有没有办法尽量避免少死一些人。"

霍成君听得无趣，翻了个身，又睡了。

刘询毫无留恋地出了昭阳殿，一边走一边吩咐："传隽不疑、张安世、张贺、杜延年先来见朕。"

见到他们，刘询第一句话就是："各位卿家可有对策了？"

众人都沉默，杜延年小声说："臣来上朝的路上，已经看见有冻死的人了。看情形，如果雪再下下去，就会有灾民陆陆续续来长安。"

刘询恨声说："孟珏！"

众人还以为他恨孟珏意外身死，以至无人再为他分忧解难，全跪了下去："臣等无能。"

刘询问道："霍大人的病好了吗？他有什么对策？"

隽不疑回道："臣昨日晚上刚去探望过霍大人，还在卧榻休息，言道'不能上朝'。臣向他提起此事，讨问对策，他说陛下年少有为，定会妥善解决此事，让臣不必担心。"

刘询闭着眼睛，平静了一会儿，开始下旨："开一个官仓，开始发放救灾粥，早晚一次，此事就交给杜爱卿了。记住，一定要滚烫地盛到碗里，插箸不倒！若让朕发现有人糊弄朕，朕拿你是问！"

杜延年重重磕头："臣遵旨！"

张贺自告奋勇地说："陛下，臣也去，给杜大人打个下手，至少多一双眼睛盯着，让想从中渔利的人少一分机会可乘。"

刘询几分欣慰，准了张贺的请求，张贺和杜延年一粗豪一细致，应该能事半功倍。

"张将军，从今日起，你每日去探望一次霍大人，务必转达朕对他的挂虑和思念，盼他能早日康复，尽早上朝。"

张安世只得跪下接旨，揽下了这个精细活。霍光不上朝后，朝堂上的很多官员不是做哑巴就是唱反调，议事往往变成吵架，常常一整天议下来，一个有效的建议都没提出来。政令推行上就更不用提，刘询纵有再大的心劲，没人执行，也全是白搭。

等张安世、张贺和杜延年告退后，刘询对隽不疑吩咐：“你带人去搜救孟太傅和他的夫人，尽量多带人手，只要有一线生机，就要把他们救回来。”

事情透着古怪，但隽不疑历来对皇命“不疑”，只恭敬地说：“臣一定尽力。”

第十四章

[YUN ZHONG GE]

孤鸿语，三生定许，可是梁鸿侣？

孟珏和云歌被隽不疑所救，护送回孟府。三月见到孟珏的一瞬，放声大哭，又跪到云歌脚前用力磕头。

云歌面罩寒霜，轻轻巧巧地闪到了一旁，三月这块爆炭却没有恼，只一面抹着眼泪，一面站了起来。

许香兰看一堆人围在孟珏身前，根本没有自己插足的地方，孟珏也压根儿不看她一眼，又是伤心又是委屈，低着头默默垂泪。

云歌刚想离开，仆人来通报："皇后娘娘、太子殿下驾临。"

掌事的人忙去准备接驾，不相干的人忙着回避。一会儿工夫，屋子就空了下来，只孟珏躺在榻上，云歌站在门口，许香兰立在屋子一角，拿着帕子擦眼泪。

许平君带着刘奭匆匆进来，见到云歌，一把就抱住了她："你总算平安回来了！"

云歌也紧紧地抱住她："姐姐！"

云歌孤身闯雪山，皇后夜跪昭阳殿。其中的惊险曲折不必多说，两姐妹都明白彼此在鬼门关上走了一趟。

许香兰嘴微张，呆呆地看着堂姐和云歌，她们两个之间有一种亲密，好似不需言语就已经彼此明白，一个词语忽地跳到她脑中——肝胆相照，那本是用来形容豪情男儿的，可此时此刻许香兰觉得就是可以用在堂姐和云歌身上。

许平君牵着刘奭朝孟珏下跪，孟珏急说："平君，快起来！"觉得叫不动许平君，又忙叫云歌去扶她。

云歌站着没动，等许平君跪下行了一礼后，才伸手扶她起来："虽有惊有险，不过他还好好地活着，所以姐姐也不必太内疚，刘询……"看到刘奭，她闭了嘴。

许平君对许香兰说："香兰，你带太子殿下去外面玩一会儿。"

早已看得目瞪口呆的许香兰愣愣地点了下头，牵着太子出了屋子。

云歌看他们走了，才说："姐姐不必为刘询做的事情抱疚。"

许平君微笑着说："我没有为他所行抱疚，他所行的因，自有他自己的果，我只是替自己和虎儿谢谢孟大哥一直以来的回护之恩。"

云歌不能相信地盯着许平君。

许平君在她脑门上敲了下："你干什么？没见过我？"

"是没见过，姐姐变得有些不一样了。"

许平君淡淡说："我只是悟了。"

云歌分不清楚自己该喜该悲，她一直以为病已大哥会是许姐姐一生的"结"，最终也许还会变成"劫"，却不想这个"结"竟就这么解开了。

许平君似猜到她所想，轻声说："他叫刘询。"

云歌也轻轻说："是啊！他叫刘询。"

许平君眼波在云歌面上意味深长地一转，落在了孟珏身上："孟大哥，这几日过得如何？"

孟珏微微笑着，不说话。

云歌不自在起来，想要离开："我去洗漱、换衣服，姐姐若不急着走，先和孟珏说话吧！一会儿再来看我。若赶着回宫，我回头去宫里陪姐姐说话。"

许平君含笑答应，见云歌走了，她的笑意慢慢地淡了：“孟大哥，对不起。我求你仍做虎儿的师傅。”

“你出宫时，陛下跟你说什么了？”

“陛下什么都没对我说，只吩咐虎儿跟我一起来探望师傅。”

孟珏淡笑着说：“你不用担心，我不做太傅，还能做什么？除非我离开长安，不然，做什么官都是做。”

许平君喜极而泣：“谢谢，谢谢！”

“我想麻烦你件事情。”

“大哥请讲。”

孟珏说：“早或晚，我会选一个合适的时机，请许香兰离开，她若愿意，让她给我写封休书也成，她的身子仍白璧无瑕，她又是皇帝的小姨子，未来皇帝的姨母，不管以后再嫁谁，都没人敢怠慢她。”

许平君微微呆了下说：“好的，我会私下开导她的。大哥和云歌重归于好了吗？”

孟珏极淡然地说：“她的心结不是那么容易解开的，不过我都已经等了她十多年，也不在乎再等她十多年。”

许平君震惊中有酸楚也有高兴，酸楚自己的不幸，高兴云歌的幸运：“大哥所做都出于无奈，云歌慢慢地会原谅你的，大哥可有庆幸自己从崖上摔下？”

孟珏微笑着说：“所以这一次我原谅刘询，让他继续做他的安稳皇帝。”

一阵透骨的寒意从脚底直冲脑门，许平君打了个寒战，她以为她已经解开了结，却不知道也许一切早已是个死结。如果没有云歌，孟珏大概从此就会和霍光携手，甚至以孟珏的性格，说不定早有什么安排，借助霍光或者其他替自己报仇，来个一拍两散，两败俱伤！她只觉得手足冰凉，再也坐不住，匆匆站起来：“孟大哥，我……我回去了。”

孟珏没有留客，只点了下头。

孟珏重伤在身，行动不便，理所当然地可以不上朝，他又以“病中精神不济”为借口，拒绝见客。府里大小杂事少了很多，仆人们也清闲起来。孟珏养病，孟府的仆人就说闲话打发时间。

话说自大夫人进门，公子就没给过她好脸色看，和别人说话时，是微笑有礼，和大夫人说话时，却常常面有寒霜，可自从公子被救回府后，他对大夫人的态度就大变，人还在轮椅上坐着，就开始天天跑竹轩。

第一天去，大夫人正在为三七剪茎包芽，预防根部冻伤，看见他，正眼都没看一下，低着头，该干啥干啥，公子就在一旁呆看，看了大半天，要吃饭了，他就离开了。

第二天去，大夫人在为黄连培土壅蔸，还是不理公子，公子仍在一旁呆看。

第三天去，大夫人在为砂仁松土、施肥，当然，没搭理公子，公子仍在一旁看着。

……

大夫人一连在药圃里忙了十天，公子就在一边呆看了十天，两人不要说说话，就连眼神都没接触过。

药圃里的活儿虽忙完了，可大夫人仍整天忙忙碌碌，有时候在翻书，有时候在研磨药材制药，有时候还会请了大夫来给她讲授医理、探讨心得。公子还是每天去，去了后，什么话都不说，就在一旁待着。大夫人种树，他看树；大夫人看书，他就也拿本书看；大夫人研磨药材，他就在一旁择药，他择的药，大夫人压根儿不用，可他仍然择；大夫人和大夫讨论医术，他就在一旁听，有时候大夫人和大夫为了某个病例争执时，他似乎想开口，可看着大夫人与大夫说话的样子，他就又沉默了，只静静地看着大夫人，时含笑、时蹙眉。

仆人们对公子的做低伏小，惊奇得不得了，闲话嗑得热火朝天，至少热过炭炉子。可这一模一样的闲话嗑多了，再热的火也差不多要熄了，无聊之下，开始打赌，赌大夫人和公子什么时候说话。

……

时光流逝，晃晃悠悠地已经进入新的一年。

春寒仍料峭，墙角、屋檐下的迎春花却无惧严寒，陆陆续续地绽出了嫩黄。

孟府的仆人们彼此见面，常是一个双手袖在衣袖里，打着哈欠问：“还没说话？”

一个双眼无神地摇头：“还没。”

“钱。”

一个懒洋洋地伸手，一个无精打采地掏钱。

孟珏的身体已完全康复。可他仍天天去云歌那里，若云歌不理他，他就多待一会儿，若云歌皱眉不悦，他就少待一会儿，第二天仍来报到，反正风雪不误，阴晴不歇。

竹轩里的丫头刚开始还满身不自在，觉得公子就在眼前，做事说话都要多一重谨慎、多一份小心，可时间长了，受云歌影响，孟珏在她们眼中和盆景、屏风没两样，就是多口气而已。

忙活了数月，好不容易等到新配制的药丸制好，云歌兴冲冲地尝了下，却垮着脸将药丸扔到了炉子中。沮丧地坐了会儿，又振作起精神重新开始配药。抓着一味药刚放进去，又赶紧抓回来，犹豫不决，皱着眉头思索。

孟珏走到她身旁，她仍在凝神思索，没有察觉。突地，一只修长的手出现在她眼前，在每个药盒里快速点过，看似随意，抓起的药分量却丝毫不差，一瞬后，药钵里已经堆好了配制好的药。

云歌盯着药钵生气，冷冷地问："你每次所做都不会免费，这次要什么？我可没请你帮忙，也没东西给你。"

孟珏的微笑下有苦涩，也许只能叹一声"自作孽"。

"这次免费赠送。"

云歌更加生气，猛地把药钵推翻："我自己可以做出来。"

孟珏无声地叹了口气，坐到云歌对面，将散落的药捡回药钵中："你回答我一个问题作为交换。"

云歌不说话，只是盯着他。

"你做这个药丸给谁用？"

云歌回答得很爽快，眼中隐有挑衅："霍成君。她已经喝了很久的鹿茸山鸡汤，再不去掉异味，她迟早会起疑。"

孟珏提起毛笔将配方写出，递给云歌："把这个药方直接交给刘询。"

云歌犹豫了下，接过药方。

"其实这个药有无异味并不重要，这个药若使用时间超过三年，有可能终身不孕，如果我第一次给你的药，就是给霍成君用的，算时间也快了。"

云歌握着药方的手开始发颤，脸上的血色在一点点褪去，却紧紧地咬着嘴唇，不肯放下药方。

"你报复了她，你快乐吗？她一生不能有孩子，能弥补你一丝半点的痛楚吗？"

云歌无法回答，只是手簌簌地抖着，孟珏忽地握住了她的手："云歌，我们离开这里，你的心不是用来研究这些的，我们去寻找菜谱做菜，我现在可以尝……"

云歌用力甩开他的手，一连后退了好几步，脸色苍白，语气却尖锐如刺："我早就不会做菜了！”

子期离世，伯牙破琴绝弦，终身不复弹琴。自刘弗陵离去，云歌再不踏入厨房，荷包里的调料也换成了寻常所用的香料。

孟珏如吃黄连，苦涩难言。她为他日日做菜时，他从未觉得有何稀罕；她为他尝尽百苦、希冀着他恢复味觉时，他却从未真正渴望过要去品懂她的菜。当他终于能品尝出她菜肴的味道，不惜拱手让河山、千金换一味时，她却已不再做菜。

云歌慢慢平静下来，冷冷地说：“你回去吧！别在我这里浪费时间。”

孟珏起身向外走去，踏出门口时，头没回地说：“我明天再来。”未等云歌的冷拒出口，他已经快步走出了院子。

云歌捏着药方发呆，耳边一直响着孟珏说的话“终身不孕”，她应该开心的，这不就是她想要的吗？霍成君所做的一切，罪有应得！可她竟一点没有轻松开心的感觉，只觉得心更沉、更重，压得她疲惫不堪。

很久后，她提起毛笔，在孟珏的配方下面加注了一行字：“此方慎用，久用恐会致终身不孕。”

将药方封入竹筒，火漆密封后，交给于安：“想办法交到七喜手中，请他代递给皇帝。”

于安应了声“是”，转身而去。

云歌看着屋子里满满当当的药材，闻着阵阵药味，只觉得很厌恶现在的自己，费尽心思只是为了害人！

她猛地高声叫人，几个丫头匆匆进来，听候吩咐。

“把所有的药材都拿走。”

丫头小心地问：“夫人是说找个地方收起来吗？”

“随便，扔了，收了都可以，反正不许再在这个院子里。还有，药圃里的药草也全都移植到别处去。”

“是。”

几个丫头手脚麻利地行动起来，一会儿的工夫，就将屋子中的药草全部收走。一个伶俐的丫鬟还特意点了薰香，将药草味熏走。

坐在窗旁发呆的云歌闻到薰香，神情迷茫，好似一时间分不清楚置身何处，唇边含着一丝笑意，模仿着他的语调说："这香的味淡，该用鎏金银熏球，笼在袖子下，不该用错金博山熏炉。"

丫头忙准备换："这是宫里赏的香，一直收着没用，奴婢不知道用法，竟鲁莽糟蹋了。"

云歌回过神来，神情黯然地说："不用了，你们都下去吧！"

几个丫头赶忙退出屋子。

云歌嗅着香气，闭起了眼睛。恍恍惚惚中总觉得屋子里还有个人，静静地、微笑着凝视着她。

如果一个人住在了心里，不管走到哪里，他似乎都在身边。

闻到曾经的香，会觉得鼻端闻到的是他衣袍上的味道；看到熟悉的景致，会想起他说过的话；晚上听到风敲窗户，会觉得是他议事晚归；落花的声音，会觉得听到他叹息……

点点滴滴，总会时时刻刻让人滋生错觉，似乎他还在触手可及的距离内，可蓦然睁眼时，却总是什么都没有。

所以，我不睁眼，你就会还在这里，多陪我一会儿，对吗？

香气氤氲中，她倚着窗户闭目而坐，一动不敢动。渐渐地，似真似假地睡了过去。

四周弥漫起白色的大雾，什么都看不清楚，只有她一人站在大雾里，她想向前跑，可总觉得前面是悬崖，一脚踏空，就会摔下去，想后退，可又隐隐地害怕，觉得浓重的白雾里藏着什么。她害怕又恐慌，想要大叫，却张着嘴，怎么都发不出声音来，只觉得四周的白雾越来越多，好像就要把她吞噬。

忽然，一缕箫音传来，是无限熟悉的曲子，所有的害怕恐慌都消失了，她顺着箫音的方向跑去，大雾渐渐地淡了，一点、两点、三点的萤光在雾气中一明一灭，仿佛在为她照路。

终于，她看见了他。白雾缭绕中，他一身青衣，正立在那里吹箫，无数莹莹萤光，在他身周闪烁，映得他缥缈不定，好似近在眼前，又好似远在天际。这是她第一次离他这么近，云歌又是欢喜，又是悲伤，心里是万分地想靠近，却再不敢移步，只是贪恋地凝视着他。

一曲未终，他抬起了头，沉默地看着她。

为什么你的眼神这么悲伤？为什么？

她一遍遍地询问，他却只是沉默、悲伤地凝视着她。

陵哥哥，你是不是也觉得我是个坏人了？可霍成君杀死了我们的孩子！我没有做错！我没有做错！

你为什么还这样看着我？为什么？

……

“小姐！”

“不要走！陵哥哥！不要走！”云歌悲叫。可他的身形迅速地远去、消失，她心底再多的呼唤都化作了虚无。

她没有睁开眼睛，只无限疲惫地问：“什么事情？”

丫鬟的声音带着颤，好似被云歌的悲叫给吓着了：“老爷派人来接小姐回府探亲，说是家宴，想小姐回去团圆。”

“知道了。”

丫鬟硬着头皮问：“那奴婢帮小姐收拾包裹？”

云歌仍呆呆地闭着眼睛坐着，一点动的意思都没有，丫鬟小声说：“小姐，姑爷已经同意了，您若想去，马车随时可以出发。”

云歌突然问：“如果一个人，以前看着你的时候眼底都是温暖，也很开心，可突然有一天，他看你的时候充满了悲伤，你说这是为什么？”

丫鬟凝神想了会儿，迟疑着说：“大概是我做错了事情，让他不开心了。”

云歌喃喃说：“我没有错！他应该明白的。”

一个声音突然响起：“也许他不开心，只是因为你心里不开心，他难过，只因为你心里是难过的，他觉得你做错了，只是因为你心底深处早已认定自己错了。”

云歌猛地睁开了眼睛，孟珏正立在窗外，面无表情地看着她。想来他是因为霍光的事情，随丫鬟同来的，只是站在屋外没有说话。

他的唇角紧抿，似乎很漠然，注视着她的墨黑双眸中却有无限悲伤，竟和陵哥哥刚才的眼神一模一样，云歌心中陡地一颤，跳了起来，随手拿了件披风就向外走，丫鬟忙赔着小心服侍云歌出门。

到了霍府，霍光居然亲自在外面迎接。

面对霍光的厚待，云歌淡淡地行礼问安，客气下是疏远冷漠。一旁的丫头都觉得窘迫不安，霍光却似笑得毫无隔阂。

因为云歌的来临，宴席的气氛突地冷下来，霍光笑命霍禹给族中长辈敬酒，众人忙识趣地笑起来，将尴尬掩饰在酒箸杯盘下。

霍光看云歌没带行李，知道她肯定坐坐就走，寻了个借口，避席而出，带着云歌慢慢踱向书房。

他一面走，一面指点着四处景物："看到左面的那个屋子了吗？以前是主人起居处，你爹和你娘就住在那里。"

"那边的草地以前是个蹴鞠场，你爹喜欢蹴鞠，常叫人到府里来玩蹴鞠。可别小看这块不起眼的场地，当年的风流人物都在这里玩过，有藩王、有将军、有侯爷，卫太子殿下也来过很多次，不过你爹可不管他们是王还是侯、几只鼻子几只眼，脚下从不留情，那帮人常被你爹踢得屁滚尿流。"

霍光眼前浮现过当年的一幕幕，语气中慢慢带出了少年时的粗俚爽快，眉宇间竟有了几分飞扬。

云歌身上的冷意不自觉中就淡了，顺着霍光的指点，仔细地看着每一处地方，似乎想穿透时光，看到当年的倜傥风流。

"这个书房是你爹当年办公议事的地方，格局大致没变，只摆放的东西变了。那边以前放的是个巨大的沙盘，你爹常在上面与你娘斗兵，还赌钱了，究竟谁输谁赢，我是一直没搞明白，好像你爹把整个府邸都输了。"

"斗兵？和我娘？"

霍光笑："是啊！你爹什么事情都不避你娘，就是他和将军们商议出兵大事时，你娘都可以随意出入。这个书房还有一间屋子是专门给你娘用的，现在我用来存放书籍了。"

云歌突然间觉得这个书房无限亲切，伸手去摸屋宇中的柱子，好似还能感受到爹娘的笑声。她的嘴角忍不住地上翘，笑了起来，一直压在身上的疲惫都淡了，她心中模模糊糊地浮出一个念头，她是该离开长安了！陵哥哥肯定早就想离开了！这个念头一旦浮现，就越来越清晰，在脑中盘旋不去，云歌的手轻搭在墙壁上想，就明天吧！

霍光微笑地看着她，眼中有无限寂寥：“大哥的一生顶别人的好几生，在庙堂之巅能建功立业、名垂青史，在江湖之远能纵横天地、笑看苍生。有生死相随的妻子，还有曜儿和你这般的儿女，我想大哥此生必定无憾！”

云歌看到他斑白的两鬓、苍凉的微笑，第一次发觉他老了，看上去，比实际年龄苍老了十多岁，好像肩头的疲倦随时会让他倒下，虽然心中有厌恶，嘴里却不受控制地说：“叔叔的一生也波澜壮阔，辅佐了四代……三代帝王，几次力挽狂澜，将一个岌岌可危的汉朝变成了今天的太平安稳，叔叔也会青史留名。”

霍光让云歌坐，他亲自给云歌斟了杯茶，云歌只淡淡说了声“谢谢”。

“我想大哥并不在乎是否青史留名，他只是去做自己想做的事，别人如何评价是别人的事。我和他不一样，我很在乎世人如何评价我，我的确希望能留名青史，可这并不是我最在乎的事情，人人都以为霍光最在乎权势，其实也不是我最在乎的。”

云歌有些诧异：“那是什么？”

“我想边疆再无战争！我想四夷臣服！我想大汉的稳定太平不再用女子的血泪去换！这才是我最想要的！”霍光冷笑起来，朗声说：“权势算什么玩意？只不过是我实现这一切的必经之路！没有权势，我就不能为所欲为！只有鼎盛的权势才能让我不拘一格、起用人才；才能轻徭役、薄税赋，良田不荒芜；才能让国泰民安、积蓄财富；才能修兵戈、铸利箭；才能有朝一日铁骑万匹，直踏匈奴、羌族！”

霍光虽然身着长袍，坐于案前，可他说话的气势却像是身着铠甲，坐于马上，只需利剑出鞘，指向天狼，激昂的马蹄就可踏向胡虏。可在下一刻，他却又立即意识到，他再权倾天下，再费心经营，仍只是个臣子，能令剑尖杀敌、铁蹄驰骋的人永远不会是他！以前不是，现在不是，将来也不会是！他眼中的雄心壮志渐渐地都化作了无奈悲伤，他笑嘲着说：“‘太平若为将军定，红颜何须苦边疆？’大汉的男儿都该面目无光才对！”

云歌终于明白了他为什么会在惊闻乌孙兵败的时候，重病到卧榻数月，他并不是在装病教训刘询，让刘询明白政令的执行还离不开他，而是真的被刘询的刚愎自用气倒了。他谨慎一生，步步为营，却被刘询的人毁于一夕，其间伤痛绝非外人所能想象，也在这一刻，她开始觉得这个人真的是她的叔叔，他身上和父亲流着相似的血脉。

霍光察觉到自己的失态，眼中的情绪立收了起来，又变成了那个镇定从容、胸有成竹的权臣："这些话已将近三十年未和人说过，不知怎么的就突然间……让你见笑了！"

云歌将他杯中的冷茶倒掉，重新斟了杯热茶，双手奉给他："叔叔身体康健，手中大权在握，还有很多时间可以完成心愿。陛下虽然刚愎了一些，但并不是不明理的君主。就我看，他对武帝刘彻既恨又敬，只怕他一直暗存心思，要实现武帝刘彻未完成的心愿——安定边疆、臣服四夷，一方面是自己的雄心壮志，另一方面却也是为了气气九泉下的刘彻。我想只要君臣协心，叔叔的愿望一定能实现。"

霍光接过热茶，顾不上喝，赶着问："你说的可是真的？陛下一直表现出来的样子和你说的可不符，他总是一副毫不在乎西域、匈奴的样子，似乎只要官吏清明、人民安康就可以了，文帝、景帝虽然年年给匈奴称臣进贡、送公主，普通老百姓的日子过得其实比在武帝手里要好，我一直以为陛下打算效仿的皇帝是文、景二帝。"

云歌说道："叔叔聪明一世，却因为太在乎此事，反而糊涂了。陛下定是看破了叔叔在乎，所以他就不在乎，叔叔越想打，他就越表现得不想打，利用叔叔的在乎，逼叔叔在其他事情上退让。"

霍光呆呆发怔，一一回想着自刘弗陵驾崩后的所有事情，半晌后，痛心疾首地叹道："没想到我霍光大半生利用人的欲望，驱策他人，最后却被一个小儿玩弄于股掌间。"

云歌正想说话，听到外面仆人的叫声："娘娘，娘娘，您不能……"

门"砰"地被推开，霍成君面色森寒，指着云歌说："滚出去！霍家没你坐的地方，你爹当年走时，可有考虑过我爹爹？他倒是逍遥，一走了之，我爹呢？一个人孤苦伶仃地在长安，你知不知道你爹在长安树了多少敌人……"

霍光断然喝道："闭嘴！"冷鸷的视线扫向书房外面立着的仆人，所有人立即一溜烟地全退下，有多远走多远。

"云歌，你先去前面坐会儿，等叔叔处理完事情，再给你赔罪。"

云歌无所谓地笑笑，告辞离去："今日已晚，我先回去了，叔叔，您多保重！"

出书房后，走了会儿，忽觉得身上冷，才发现匆忙间忘拿披风了，一般的衣服也就算了，可那件披风上的花样是刘弗陵亲手绘制，命人依样所绣，自然要拿回来。

刚走到书房门口，就听到断断续续的争吵声。

"……我是宁要云歌这个侄女，不要你这个女儿……"

"……你说是我的亲生女儿？"霍光的笑声听来分外悲凉，"……亲生女儿会帮着刘询刺探老父的一举一动，通知刘询如何应对老父？亲生女儿会用利益说服堂兄一起背叛老父……”

“……既然你和刘询如此情投意合，爹不拦你……我霍光只当从没生过你，从今往后，霍家是霍家，娘娘是娘娘。”

屋里的声音时高时低，云歌听得断断续续，她如中蛊一样，明知道不对，却轻轻地贴到屋檐下，藏在了阴影中。

屋子里传来哭泣声：“爹……爹……”

似乎霍成君想去拽霍光的衣袖，却被霍光打开。她悲伤羞怒下突地吼起来：“爹爹可有当我是女儿？可曾真正心疼过我？爹爹装出慈父的样子，让女儿在刘询和刘贺中选，等试探出女儿的心思后，却偏偏反其道选了刘贺。还有大姐，爹爹当年对她许诺过什么？结果是什么？你让女儿怎么信你？爹爹究竟隐瞒了我们多少事情？爹爹说刘弗陵的命由老天做主，那长安城外的山上种的是什么？刘弗陵的病……”

“啪”的一巴掌，霍成君的声音突地断了，一切都陷入了死寂。

好一会儿后，她的声音含糊不清地响起：“爹爹，女儿已经知错！求爹爹原谅！爹……”

霍光沉默了很久后才开口，低哑的声音中满是疲惫：“你走吧！我没做好父亲，也怪不得你不像女儿。”

“咚咚”的磕头声，一遍又一遍的哭求，霍光却再不开口。

“吱呀”一声，霍成君拉开门，捂着脸冲出了书房。

云歌软软地坐到了地上，脸色煞白到无一丝血色。

“爹爹究竟隐瞒了我们多少事情？”

“爹爹说刘弗陵的命由老天做主，那长安城外的山上种的是什么？”

“刘弗陵的病……”

他们究竟想说什么？为什么要提起陵哥哥的病？霍光为了阻止霍成君未出口的话，竟然不顾霍成君的身份下重手打断她！

云歌只觉得气都喘不上来，似乎前面就是无底深渊，可她却还要向前走。

当年暗嘲上官桀养了个“好儿子”，如今自己的女儿、侄子有过之而无不及。霍光失望、悲伤攻心，坐在屋里，只是发怔，忽听到外面的喘气声，厉声问：“谁？”

正要走出屋子查看，看到云歌立在门口，扶着门框，好似刚跑着赶回来，一面喘气一面说："我忘记拿披风了。"

霍光看她面色异样，心中怀疑，微笑着说："就在那里，不过一件披风，何必还要特意跑回来一趟？即使要拿，打发个丫头就行了，看你着急的样子。"

云歌拿起披风，低着头说："这件披风不一样，是……是陵哥哥亲手绘制的花样。"

她眼中隐有泪光，霍光释然，一面陪着她出门，一面叮嘱："你如今已经嫁人，我看孟珏对你很好，他也的确是个人物。去世的人已经走了，活着的人还要活着。你的一生还很长，不能日日如此。你现在这个样子，地下的人也不能心安，把旧人放在心底深处珍藏，好好珍惜眼前的新人，才是既不辜负旧人，也不辜负新人，更不辜负自己。"

云歌神情恍惚，容颜憔悴，对他的话似听非听，霍光只能无奈地摇头。

在马车上候着的于安看到她的样子，再听到霍光的话，心内触动，对霍光谢道："多谢霍大人的金玉良言，其实这也是奴才一直想说的话。"

云歌对霍光强笑了笑："叔叔，我回去了，你多保重身体。"

霍光客气地对于安吩咐："你照顾好她。"

于安应了声"是"，驾着马车离开霍府。

云歌回到竹轩后，却站在门口发呆，迟迟没有进屋。

于安劝道："在霍府折腾了半天，命丫头准备热水洗漱吧！"

云歌突地扭身向外跑去，于安追上去："小姐，你要做什么？"

"我去找孟珏。"

于安以为她心思回转，喜得连连说："好！好！好！那奴才就先下去了。"

云歌气喘吁吁地推开孟珏的房门，孟珏抬眸的刹那，有难以置信的惊喜。

"孟珏，你收我做徒弟，好不好？我想跟你学医术。"

虽不是自己期盼的话语，可至少意味着云歌愿意和他正常的交往了，不会再对他不理不睬。他微笑着说："你愿意学，我自然愿意教，不过不用拜什么师，若非要拜师，那你就拜我义父为师，义父如果在世，也肯定不会拒绝你，我就算代师传艺。"

云歌感激地说："多谢你！我们现在就拜师，明天我就来学，好不好？"

孟珏岂会说不好？命三月设好香案，没有牌位，他就拿一幅白帛，龙飞凤舞地写了“孟西漠”三个字，挂在墙上。

云歌面朝“孟西漠”三字跪下，恭敬地说：“师傅在上，请受弟子三拜。”一面磕头，一面在心里默念：师傅，我虽然没见过你，但知道你一定是个很好很好的人。我拜师的动机不纯，你也许会不开心，但弟子一定会尽心学习，将来也用医术去救人。弟子愚笨，肯定赶不上师傅的医术，但一定不会做有辱师门的事情。

磕完头后，云歌又将“孟西漠”的名字在心中默诵了一遍，从此后，除了父母、兄长，她还有个师傅了。

孟珏看她磕完头后，一直盯着义父的名字发呆，笑着提醒：“该给义父敬茶了。”

云歌接过他递来的茶，小心翼翼地打开盖子，将茶水斟在地上。敬完茶后，依礼她就已经可以起来，她却又恭敬地磕了三个头，才站起来。

孟珏一面收香案，一面说道：“这回，我们可真成师兄妹了。”

云歌想想，也觉得缘分真是太奇怪的一件事情，她第一次看到金银花琴时，还想过是个什么样的人才能雕出这哀伤喜悦并存的花，不想后来竟成了他的徒弟。

她坐到坐榻上，说道：“你以后若有时间，多给我讲点师傅的事情，我很想多了解师傅一些。”

孟珏收拾完东西，坐到了她对面，点头答应：“不过我只知道我跟随义父之后的事情，义父从不提起以前的事情，所以我也不知道，很多都是我猜的。”

“我以后可以问我爹爹和娘亲，等我知道了，我再告诉你。”

“千万别！”孟珏急急地说，“你要问，去问你二哥，他应该都知道，千万不要去问你娘，你拜师的事情也不要告诉你娘。”

云歌很奇怪：“为什么？他们不是故人吗？而且应该交情十分深厚，要不然你也不会想利用……”她猛地吞下已到嘴边的话，撇过了头。

孟珏的语声很是苦涩：“正因为他们交情十分深厚，义父才不想你娘知道他早已过世多年，他怕你娘会伤心。”

云歌已经历过生离死别，听到那句“他怕你娘会伤心”，眼泪都差点下来，原来是这样的，师傅他竟情深至此！

“义父临终前特意叮嘱过三个伯伯和你二哥，你二哥因为义父离世，伤心难耐，当着你爹娘的面还要谈笑正常、尽力隐瞒，可你娘和你爹岂是好糊弄的人？所以，他一半是性喜丘山，一半却是为了义父，索性避家千里，你爹和你娘这些年来四处游走，应该也只是想再见义父一面。”

云歌听得又是惊又是伤，喃喃说："只怕我二哥已经在我爹面前露馅了，我爹应该早已猜到了，他虽然陪着我娘四处乱走，但雪一崩，他就借机住在了里面，因为他早知道，即使寻遍天涯海角，都找不到了！"

孟珏轻轻地叹了口气："上次我去你家提亲，你娘问起义父，我就胡乱说了几个地点，反正我是尽力往远里说，你娘还纳闷地问我：'你义父去那些地方做什么？'你爹却只是坐在一旁静听，原来他早已知道。"

两人琢磨着一知半解的旧事，相对唏嘘。

这一刻，他们之间所有的隔阂都似消失，因为纠缠不清的缘分，彼此间有着别人难及的了解和亲切。

云歌小声说："难怪我爹和我娘对我不闻不问的，他们是太相信师傅了。"

孟珏很尴尬，也小声地说："本来你爹让你三哥盯着点儿你，可我说我去追你，你娘和你爹立即就同意了，拜托我照顾你，想来他们虽然不愿勉强你，可心里一定很盼望婚事能成。"

云歌低着头，默默地坐着，孟珏也是默默地坐着。

烛火跳跃，轻微的"毕剥"声清晰可闻，两人的影子在烛光下交映在一起，孟珏忽地希望这一刻能天长地久。

云歌却猛地站了起来，低着头说："我回去了，明天等你下朝后，我来找你。"

孟珏也赶着站起："我送你回去。"

"不用！"

孟珏却未理会她的拒绝，灯笼都顾不上打，就跟在她身后出了屋子。

一路行去，虽然云歌再未和他说话，可也未命他回去，两人就着月色，并肩行在曲径幽道上。孟珏只觉得心静若水，说不出的宁和安稳，好似红尘纷扰都离他万丈远，只有皓月清风入怀，平日里需要借助琴棋书画苦觅的平静竟如此容易地就得到了，不禁盼着路能更长一些。

到了竹轩，孟珏自动止步，云歌也未说什么告别的话就进去了，行了几步，突地转身说："时间或长或短，汉朝应该会有一次大举用兵的战事，到时候，你能站在霍光一边吗？我不是为了他，而是为了他说的一句话，'太平若为将军定，何须红颜苦边疆？'你们这些堂堂七尺男儿整日间斗来斗去，可想过汉朝西北疆域十几年的太平是靠着两个女子的青春在苦苦维持？还有那些红颜离家园，却白骨埋异乡的和亲女子。你们一个个的计策除了争权夺利，就不能用来定国安邦吗？想想她们，你们就不会有些许不安吗？”

孟珏未料到她是这样的要求，肃然生敬，很认真地应诺：“你放心，大事上我绝不会乱来。”

云歌第一次露了丁点儿笑意，轻抿着唇角说了声“多谢”，转身而去。

孟珏回道：“这本是七尺男儿该做的事情，何用你来谢我？”

云歌脚步一顿，虽未回头，眉间却有一股柔和。

正式拜师后，云歌开始了真正的学医生涯。每日里风雨不误、阴晴不迟地去找孟珏。

云歌心思聪慧、认真刻苦，孟珏则倾囊相授、细心点拨，所以云歌的医术一日千里，让孟珏都暗自惊讶，想着义父若还活着，能亲自教云歌医术，恐怕云歌才是义父最佳的衣钵传人。

云歌刚开始还有不少担心和戒备，可发现孟珏教课就是教课，绝不谈其他，担心和戒备也就慢慢少了。

云歌疏忽犯错的时候，孟珏训斥起来一点不客气，丝毫不留情面。她自小到大，爹疼娘宠哥哥让，从没被人那么训过，怒火上头时，也出言反驳，可孟珏言辞犀利，字字直刺要害，偏偏语气还十分清淡，越发显得她无理取闹。

她词穷言无，又羞又恼，只能对着他嚷：“师傅若在，才不会这么说我！是你自己教得太差了！”

孟珏冷笑一声，拂袖就走，一副“你嫌我教得差，我还就不教了”的样子。

云歌嚷归嚷，其实心里很清楚，的确是自己做错了。医术不同于其他，其他事情可以犯错，一道菜做失败了，大不了倒掉重做，可用药用错，却会害人性命。所以过一会儿后，等怒火消了，她会低着头，再去问他，他倒仍是那清清淡淡的语气，也不提两人吵架的事情，只就云歌的问题细细道来，再着重讲解她做错的地方。

一学一教地日日相处下来，两人之间的关系渐渐缓和，虽还不至于谈笑正常，但至少在不提起往事的时候，两人可以如普通朋友一般相处。

第十五章

[YUN ZHONG GE]

破茧成蝶

自发生偷盗令牌的事件后，刘询就再不踏足椒房殿，许平君也尽量避免见他，所以两人虽然都身处未央宫中，却常常月余不谋一面。

一日，云歌进宫去见许平君，看她整日闷在椒房殿内，遂主动提出要出去走走。两姐妹边走边聊，不知不觉中走到了淋池畔，荷花才长出叶子不久，一个个碧绿的小圆盘袅袅地浮于水面。两人对着水天碧波，都是心绪万千，沉默无语。

忽地，一缕笛音随着清风传来，云歌和许平君循着乐声，眺望向远处。只看碧波尽处，柳烟如雾，一叶小舟徐徐荡出，一个红衣女子正坐在船头，握笛而奏。

云歌和许平君都是呼吸蓦地一滞，心跳加速。

小舟渐渐近了，舟上的女子回头间看到许平君，急急站起来，想要行礼问安："皇后娘娘！"

云歌和许平君看清楚是张良人，长长地吐了口气，眼角莫名地就有了泪意。

许平君高声说：“人在舟上不用行礼了。”

撑船的宦官将船靠了岸，小心地扶张良人下船。许平君这才发现张良人隆起的腹部。她告诉自己不在乎，可毕竟不是不相关的人，心还是猛地痛了下。

张良人上岸后，立即来向许平君行礼，许平君强笑着说：“不用行礼了，你身子不方便，多休息吧！”说完，不等张良人说话，就拉着云歌离开。

云歌默默地不说话，回头看了一眼张良人惊疑不定的神情，只能叹气，姐姐还是没掌握宫廷生存的法则。

许平君走着走着，脚下一个踉跄，人向地上跌去，云歌忙反手扶住她，许平君倚着云歌的手臂，弯着身子干呕，云歌生疑，手搭在她的腕上：“姐姐，你月事多久没来了？”

许平君直起了身子，惊慌地说：“不可能，我和陛下已很久没见过面了。”

“孩子已经两个多月了！姐姐，你可真是个糊涂人！当年虎儿刚怀上，你就知道了，如今却直到现在都还不相信。”

许平君脸色渐渐发白，云歌微笑着抱住了她：“姐姐，这是好事，应该高兴。”

许平君想起和刘询的最后一次房事，正是她雪夜跪昭阳殿的那夜，她身子轻轻地颤着：“孩子该带着父母的爱出生，不该是凝聚着父母彼此的猜忌和怨恨，那是不被神灵护佑的。”

云歌只能轻声安慰她：“能护佑他的人是姐姐，不是神灵，只要姐姐日后疼他，他就是幸福的。”

许平君的惊慌渐渐消失，想着恐怕此生这就是她的最后一个孩子了，神灵若不是眷顾她，怎么会赐她孩子？心中涌起了喜悦，微笑着说：“虎儿也该有个弟弟、妹妹做伴。”

云歌笑着点头：“姐姐最近太伤神了，身体可大不如怀虎儿的时候，回头让孟珏帮你开几服药吧！那些乱七八糟的事情，姐姐就不要理会了，安心养胎才是正经事情。”

两人一面笑说着话，一面向椒房殿行去。

日夜交替、光阴流转，不知不觉中已经到了夏季。

如云歌所料，霍光果然倾力筹划，准备集结大军，挥师西北，讨伐羌族，顺带暗中清除乌孙的保守势力，立解忧公主的儿子为乌孙王，将匈奴、羌族的势力赶出西域，使西域诸国放弃两边都靠的想法，完全向汉朝称臣。

刘询在此事上表现得漠不关心，再加上朝中儒生都厌战事，觉得现在的境况很好，所以朝堂内一片反战声。

霍氏门生虽然众多，可碰到漠不关心的皇帝和言辞锋利、动辄搬出民生安康一通大道理的儒生，霍光的主张实施困难。毕竟一场战争牵涉巨大，从征兵到粮草，从武器到马匹，即使以霍光的滔天权势都困难重重。

主战派与主和派相持不下时，行走丝绸之路的富贾巨商们联名上书，向皇帝陈述他们在丝绸之路的所见所闻，论述西域门户对中原地区的重要性：西域是汉朝通向外界的门户，如果西域被堵，汉朝就如同被锁在了院子中，不能了解外面世界的动向，无法与外界进行文化、医术和科技的沟通交流，只会故步自封。他们还慷慨陈词，言道从文帝、景帝到武帝，再从武帝到现在，汉朝商人地位在西域的变化和大汉的国势息息相关。文景时，西域人畏惧匈奴，蔑视汉人，将最好的食物和向导给匈奴，将最差的马匹、骆驼高价卖给汉人，甚至随意抢夺汉人的商品和屠杀商人；武帝时，汉朝商人所过之处，待遇之隆，如若王公，匈奴奔走回避，而现在，虽还不至于沦落到文景时的惨状，但在西域人眼中，他们已只是一群来自一个日渐没落帝国的商人，常有轻慢无礼之举。最后，他们许诺“愿倾绵薄之力，以助国家。无强国则无民尊，而无民之荣耀则无国之兴盛！草民等谨以贱躯叩首，遥祝一代明君，成百世霸业”。

刘询明知这封上书背后大有文章，可看到最后时，仍悚然动容、心潮澎湃，直想拔剑长啸、西指胡虏。

儒生们仍在底下哼哼唧唧，说着商人重利，他们如此做，只不过是希望国家为他们开辟一条顺畅、平安的通商之路，方便他们赚钱。

刘询问孟珏：“孟太傅如何想？”

孟珏笑看着众位指责商人的儒生问道：“这些商人是不是大汉的子民？”

一个文官嘴快地说：“当然是了。”

“他们的经商所得是否交了赋税？”

“当然！他们若敢不交……”

“既然他们是大汉的子民，既然他们向国家交了赋税去养活官员、军队，那么他们难道不该希求自己的国家保护他们吗？”

几个文官结结巴巴地说不出完整的话："这……这……要从长计议，一场战争苦的是天下万民，个别商人的利益……"

孟珏没有理会他们，只对刘询朗声说："犯我大汉天威者，虽远千里亦必诛之！"

孟珏的声音将所有的议论声都压灭了，突然间，大殿里变得针落可闻。在一片宁静中，孟珏的声音若金石坠地，每一字都充满了力量："这样的汉朝才配称大汉！"他眼睛的锋芒中还有一句话未出口：这样的君主才配称霸主！

朝堂上的百官，面色各异，空气中流动着紧张不安。

刘询强压住内心的惊涛巨浪，若无其事地微笑着问张安世："张将军如何想？"可他的眼睛却一直紧盯着孟珏。

张安世在刘询的眼睛里看到了既熟悉又陌生的光芒。武帝刘彻命张骞出使西域时，命卫青、霍去病出征匈奴时，命细君公主、解忧公主联姻西域时，眼睛内应该都有过这样的光芒，那是一个不甘于平凡的男人渴望千秋功业的光芒，也是一代君王渴望国家强盛的光芒。他恭敬地弯下身子，不紧不慢地回道："陛下如想做一位清明贤德的君王，一动自不如一静，不扰民、不伤财；但陛下如想做与周文王、周武王、高祖皇帝、孝武皇帝齐名的一代君王，那么雄功伟业肯定离不开金戈铁马！"

霍光立即趁热打铁："自卫青、霍去病横扫匈奴王廷后，匈奴分化为南、北匈奴。南、北匈奴彼此不合，经常打仗，若我朝能大破羌族，令乌孙彻底归顺，匈奴在西域最后的势力就被化解，我朝与北匈奴就对南匈奴形成南北夹击之势，也许陛下可以借此逼迫南匈奴向陛下俯首称臣，这可是先帝孝武皇帝终其一生都未实现的梦想！"

大殿内寂静无声，人人都屏息静气地等着刘询这一刻的决定。这个决定不仅仅会影响汉朝，还会影响匈奴、羌族、西域，乃至整个天下；不仅仅会影响当代的汉人，还会影响数百年、上千年后的汉人子孙。

刘询的目光从殿下大臣的脸上一一扫过，见者莫不低头，一瞬间，他决心蓦定，猛地站了起来，高声说："准霍大将军所奏，集结二十万大军，联乌孙击羌族！"

百官在他脚下叩拜，齐声诵呼："陛下英明！"

在众人雷鸣般的呼声中，刘询遥望着殿外，豪情盈胸，壮志飞扬！

自孝武皇帝刘彻驾崩，汉朝一直处于休养生息、养精蓄锐的阶段，这次倾国力发动的大规模战役，是十几年来的第一次。朝堂内，少壮男儿热血沸腾、摩拳擦掌，准备誓破胡虏、沙场建功。

民间却和朝堂上的气象截然相反，对大战畏惧厌恶，几乎是户户有泣声。毕竟征夫一去不见还，也许早化作了漠上森白骨，却仍是深闺梦里人。

许平君和云歌身着粗衣，行走在田埂果园间。

行过一处处人家，总会时不时地看到默默垂泪的女子，有白发苍苍的老妪，也有豆蔻妙龄的少女。只有孩童们还在快乐无忧的戏耍，大声叫着“爹爹”或“大哥”，丝毫不知道也许这就是他们对爹爹和大哥最后的记忆。

许平君心沉如铅，越行越沉默，当她们坐上马车，启程回宫时，她问道：“一人的千秋功业，也许需要上万具枯骨去换，如果委曲求全，也许就可以避开战事，陛下如此做，究竟是对是错？”

云歌也无法回答她的问题，沉默了很久后说：“有些事情不得不做，如那些商人所说‘无强国则无民尊，而无民之荣耀则无国之兴盛’，姐姐，难道你不希望说起自己的国家时，是骄傲地出口‘我乃大汉人’吗？我相信这些男儿愿意为国而战。既然已是必定，我们要做的不是问对或错，而是问如何才能让这些男儿无后顾之忧，让他们的儿子和弟弟安安稳稳地长大，多年后，即使记不清爹爹和大哥的容颜时，也可骄傲地对别人说，我爹爹和大哥为国捐躯、战死沙场，是大英雄！”

许平君苦着脸叹气：“你说话倒很有将门风范。”

云歌微笑着摇许平君的胳膊：“笑一笑，人的精神气是互相影响的，人家看到一个愁眉苦脸的皇后，肯定就更愁了！战死沙场的可能是有，可衣锦还乡的可能也很大呀！”

许平君挤了个笑：“满意了吗？”

云歌“呀”的一声，推开许平君：“好了！好了！你继续愁眉苦脸吧！你这一笑，文人墨客哪里还需要寒鸦叫、子规啼？”

许平君愁肠百结中，也被云歌惹得气笑起来。

刚行到城门口，就看人来人往、彼此推攘，挤得城门水泄不通。

因为许平君是微服私访，并无专人开道，车马难行，只得弃车步行，于安和富裕一前一后护住许平君和云歌。

云歌向一旁的人打听发生了什么事情。一连问了好几个人后，才将事情的来龙去脉搞清楚。

原来在民间的厌战情绪中，渐有传闻说，汉朝现在无将星，根本不适合出兵打仗。以前有卫大将军、霍将军才能百战百胜，霍将军、卫大将军死了后，孝武皇帝倾大汉国力，发兵二十万，死伤无数，才勉强和弹丸之地的大宛打了个平手。这次又是发兵二十万，打的却是比大宛强大很多的羌族，不知道又要死多少人。事情越传越离谱，连兵营中的士兵都拿了朝中各个将军的生辰八字去找人算命，看他们是不是真正的将星。

面对羌族的彪悍骑兵，这仗还没打，气就已经泄了。为了鼓舞士气，刘询宣旨在城门面见百姓和士兵，听说还会有娘娘出现。

看许平君一脸茫然的样子，就知道她对此事一无所知，云歌牵着许平君的手也挤在人群中等皇帝驾临。

等了好一会儿后，一身龙袍的刘询出现在城楼上，身边伴着的娘娘是霍成君。自下往上看，刘询高大威严，霍成君华贵端庄，如同画中的神祇。

刘询面朝着他的子民，朗声分析着这场战争的重要性。

众人刚开始还能凝神细听，可后来听到什么西羌、中羌、乌孙、龟兹……这些名字离他们的衣食住行太过遥远，很多人甚至从未听过乌孙、龟兹这些国家。渐渐地，都心不在焉起来，反而开始关注起城楼上那些天神般的人。

“皇后娘娘可真好看！”

“那不是皇后娘娘！那是霍婕妤，以前我在霍大将军府门口见过她上下马车的。”

“听说皇后娘娘出身低贱，哪里能有这份贵气？”

“难怪陛下没有让她一起来。”

“那当然，你以为人人都能母仪天下？”

……

云歌紧握着许平君的手，担心地看向她，许平君强笑了笑，表示自己没事，可她发白的脸色述说的是相反的意思。

刘询讲完话后，并没有收到预期的反应，百姓们虽然高呼着“陛下万岁”，可他们的声音里没有刘询所渴望的力量，他的心不禁沉了一沉。这场战争，究竟有几分胜利的希望？

霍成君看到刘询的脸色，小声说：“陛下，可否容臣妾对他们说几句话？”

刘询几分诧异地点了点头。

霍成君向前几步，直走到最前面，她望着城楼下黑压压的百姓，脆声说：“陛下为了这场战争，夜夜睡不安稳，日日苦思良策，这一切并不是为了自己，而是为了整个大汉天下的安稳，所有百姓的安稳。本宫一个弱女子，不能领兵出征，为陛下分忧解劳，为天下苍生尽力，本宫所能做的，就是从即日起，缩减用度，将银钱捐作军饷，尽量让陛下为粮饷少操一份心，让天下苍生少一份担子。”她一面说着话，一面将头上的玉钗金簪，耳上的宝石坠子一一摘下。

百姓的注意力被霍成君的话语吸引，再看到她的古怪动作，全都眼睛一眨不眨。

“本宫的所有首饰全都捐作军饷。如果一根金簪能免除十户人家的赋税，那么它比戴在本宫的髻上更有意义。”

百姓们望着黑发上无丝毫点缀的霍成君，心中生了感动。

“霍婕妤是个好娘娘。”

“是啊！”

“娘娘连首饰都不戴了，这仗只怕真的非打不可。”

“霍娘娘不但生得好，心眼也好。”

……

低低的议论声中，众人对战争的厌恶好似少了一点，刘询看到众人的反应，赞赏地看了霍成君一眼，霍成君垂目微笑，样子很是贤惠淑德。

许平君不愿再看，拉着云歌向人群外挤去。

人人都想往前拥，她却往外挤，引得好多人瞪向她，一个许广汉家以前的邻居，失声叫道：“许丫头……皇后娘娘！”

如施了定身法，挤攘的人群突地不动了，纷扰的声音也突然消失，人人都将信将疑地看向许平君。

那个邻居想到刚才脱口而出的一声“许丫头”，双腿直发抖，软跪在了地上，一面重重磕头，一面请罪：“皇后娘娘，皇后娘娘！”

众人实难相信眼前这个荆钗布裙、面容哀愁，挺着个大肚子的女子就是皇后，可看到那个男子下跪的举动后，仍是一个、两个，陆陆续续地跪了下来。在大家的窃语中，以许平君和云歌为圆心，一圈圈的人潮，由里向外，全都跪了下去，直到最后，整个城楼下，只有她们两个站着。

许平君很想逃走，可眼前是密跪的人群，根本无路可走；想躲避，可人海中根本无处可躲，反倒将她凸显了出来。她只能呆呆地站着，周围是黑压压的脑袋，无边无际，好似漆黑的大海，就要将她吞没。恍恍惚惚中，她抬头望向城楼：刘询高高在上地立着，遥远地俯视着城楼下发生的一切，脸容清淡，视线冰冷。

许平君脸色苍白、手脚冰凉，她破坏了他的计划！这样的一个皇后娘娘如何能让天下万民去仰慕崇拜？如何值得大汉兵士去效忠保护？

霍成君满意地笑起来，一边恭敬地行礼，一边高声说："还不去把皇后娘娘迎上来？"

一群士兵分开人群而来。

云歌用力握了一下许平君的手后，向后退去，一面跪下，一面轻声说："姐姐，不要怕他们，你就是他们呀！谁规定了皇后就要华贵端庄？你只要做你自己就可以了！我知道你是个好皇后！"

好一会儿后，士兵们才穿过人海，站在了许平君面前，向她行礼，想护送她离开人群、登上城楼。

许平君侧头看云歌，云歌用力点头，许平君在迟疑中，命所有士兵先退下。

所有的百姓都不解地偷偷打量着她，眼中有羡慕，有嘲笑，有不信，似乎还有轻蔑。

许平君的心在发颤，她有什么资格让他们跪拜？她心虚地想后退，却看到云歌抬着头向她微笑，眼中有深深的相信。她深吸了口气，挤出一个虚弱的微笑，看向周围。

"其实和'皇后娘娘'这个称呼比起来，我更习惯'许丫头''野丫头''许老汉的闺女'这些称呼，每次人家叫我皇后娘娘时，我都会有一瞬间反应不过来，不知道他们在叫谁。看到人家跪我时，我会紧张，紧张得连手脚往哪里放都不知道，现在你们这么多人跪我，我不但紧张，还感到害怕，我现在手心里全是汗！"

当她直面自己一直以来的心虚、胆怯时，她反倒觉得害怕淡了，心虚也小了，微笑渐渐自然，声音也越来越清晰。

"我很希望自己能变得高贵一些，能做一个大家期许中的皇后，值得你们的跪拜。我一直很努力地在学习，很努力地让自己配得起'母仪天下'四个字。可是，我努力再努力后才发现，这世上不是所有的事情，只要自己努力就可以得到的。"

低着头跪拜的百姓，一个两个的慢慢抬起了头，好似在慢慢忘记眼前人的身份，开始毫不回避地看向许平君。

许平君抬头看向了刘询，眼中有泪光，嘴边却有淡淡的微笑。

“我大概让你们失望了，我不是你们想象中和期许中的皇后样子。我没有办法变得举止高贵，也没有办法变得气质文雅。不管如何修饰，我仍是我，一个出生于贫贱罪吏家的普通女子。很多时候，我自己都对自己很失望，我无数次希望过我能有更剔透的心思，更完美的风姿，我能是一株清雅的水仙，或者一棵华贵的牡丹，而不是田地间普普通通的麦草，就在刚才，我又一次对自己失望了，可是现在，我很庆幸我是麦草。”

她看向跪在她脚下的千万百姓，面对着他们展开了双手。

“因为自小操持家务和农活，我的手十分粗糙，指节粗大，还有老茧，我曾经很羞于在别的娘娘面前露出这双手，常常将它们藏在袖子里。现在，我很羞愧于我曾经有这样的想法，它们应该值得我骄傲的，它们养过蚕、种过地、酿过酒、织过布，这双手养活过我和家人……我倒是又犯糊涂了，你们的手都和我一样，只怕很多姐妹、大婶的手比我更巧、更能干！普普通通的一双手而已，有什么值得多想的呢？手不就是用来干活的吗？不过比酿酒，我还是很自信，你们若有人能胜过我，当年也不会看着我一个人把钱都赚了去，却只能在一旁干瞪眼！”

不少人“哗”地笑了出来，几个人的笑，带动了其他人，大家都低声地笑着，原本的紧张压抑、猜疑揣度全都没了。

“今天早上我去村庄走了一圈，看到很多人在偷偷掉眼泪。我是妻子，也是母亲，如果出征的人是我的夫君、我的儿子，我想我掉的眼泪不会比她们少，也会和她们一样怨恨这场战争。如果不打仗多好！干吗好端端地要打仗呢？我知道大家心里在想，不是我们不肯保家卫国，可人家羌人不是还没来侵略我们吗？”

所有人都在点头，几个就跪在许平君身边的人忘记了她是皇后，像平常拉家常一样，一边擦眼泪，一边抱怨着说：“就是呀！也不知道皇帝心里怎么想的，没事非要找个事出来，太太平平过日子，不好吗？”

许平君含着眼泪说：“那些国家之间的利益纠纷我不懂，也说不清楚，但我琢磨着，羌人就像一头卧在你身边的老虎，它正在一天天长大，它现在没有进攻你，不代表你就安全，它只是在等待一个最合适的机会，好将你一击致命。我们有两个选择，一是日夜提心吊胆地等着它的进攻；二是趁它还没有完全长大，杀死它。正因为我是个妻子，是个母亲，我选择后面的做法，我希望我的儿子能安全长大，希望我的夫君不必将来面对一头更凶猛的老虎，你们呢？”

有的人一面擦眼泪，一面点头，有的人边叹气边颔首，还有人皱着眉头不说话，但不管何种反应，却显然都认可了许平君的选择。

许平君抹去了眼角的泪：“我对要出征的男儿们就一句话，你们放心去，你们的妻儿交给我！我许平君在一日，就绝不会让一个人挨饿受冻。”

众人立即交头接耳起来，嗡嗡声如无数蜜蜂聚集在了一起。

许平君反问：“怎么？你们不相信我的话？”

大家不知不觉间早忘了许平君是皇后，有人毫不顾忌地大声说：“天灾的时候，施粥也只能施几日，长贫难顾呀！”

许平君高高举起了自己的手，挑着眉毛冷声问：“谁需要别人的施舍？”

那个云歌久违了的泼辣女子又回来了，云歌想笑，眼中却有了泪意。

许平君脆声说：“我是做娘的人，宁可吃自己煮的粥，也不愿儿子靠别人施舍的肉长大！儿子要长的不只是个头，还有脊梁骨！只要你的妻子有一双这样的手，她就能养活自己和儿子。我以皇后的名义下旨，宫中所有丝绸布匹的采购会先向家中有征夫的家庭采办，价格一律按宫价，我还会命人成立绣坊，如果女红好，可以来坊内做绣娘，官员的朝服都可以交给她们绣。”许平君指向云歌：“你们知道她是谁吗？别看她弱不禁风，她可是长安城内真正的大富豪！咱们女人真要赚起钱来，不会输给男子！”

众人都盯向云歌，云歌笑站了起来：“我叫云歌，说我的名字，恐怕你们都不知道，但我若说我是‘雅厨’‘竹公子’，你们应该都听说过。”

竹公子的一道菜千金难求，长安城内的人自然都听闻过，阵阵难以相信的惊叹声，还有七嘴八舌的议论声，惹得云歌偷偷瞪了许平君一眼，又笑嘻嘻地对众人说：“我不算什么，许皇后的敛财、泼辣、吝啬、抠门才是早出了名的，大家若不信，尽管去和她家以前的邻居打听，那是蚊子腿上的肉都要剐下，腌一腌，准备明年用的人。只要天下太平，长安城里处处油水，你们的老婆、孩子交给她，肯定不用愁！”

众人大笑起来，原本愁云笼罩的长安城骤然变得轻松。笑声中，恐惧、担忧在消散，自信、力量在凝聚。

其实世间的男儿有几个会甘于平凡庸碌，不愿意驰骋纵横、建功立业呢？如果说男儿的勇气是剑和马，是勇往直前、冲锋陷阵，那么女子的温柔则是家和灯，是宁静的守护、温暖的等待。因为有了守护和等待，男儿的马才会更快，剑才会更锋利。许平君用一颗妻子和母亲的心，承诺了和所有的妻子、母亲一道守护和等待。所以这些男儿的心可以毫无后顾之忧地向前冲去。

云歌怕许平君站得太久累着，笑对大家告了声辞，扶着许平君向城内行去，众人都很自然地站起来给她们让道。不少人都叮嘱许平君当心身子，好生保养，还有老婆婆说家里养了只三年的老母鸡，回头给娘娘送去。

城楼上的四道目光一直凝在她们身上。两道恨怒的目光，即使隔着人海，仍然感觉明显，可从这一刻起，许平君已真正无所畏惧；另外两道目光中所蕴藏的东西却辨不明白，可她已不会再费尽心力地去探究。

离未央宫越来越近，人群的声音越去越远。

道路两侧开了不少花，几只彩蝶在花丛间翩翩飞舞。许平君和云歌都被它们的曼妙舞姿吸引，不禁驻足欣赏。

云歌微笑着想，当众人看到蝴蝶的美丽时，有谁能想到它们曾是普通的毛毛虫？又有谁知道它们破茧成蝶时的无奈和痛苦呢？

两人看了一小会儿，又向前行去，许平君轻声说："谢谢你。"

许平君的谢谢来得莫名其妙，云歌却很明白，微笑着摇头："姐姐该谢的是自己，不是我。你说的那些话，我也是第一次听到。姐姐，你不知道你说那些话时的身影多么美丽！灿烂的阳光照着你，你就像……像麦草，不过不是刚长出来的稚嫩麦草，而是已经历过日晒雨淋后的金黄麦穗，想想，金色阳光下耀眼的金黄，那种美丽绝对不输给水仙、牡丹！"

许平君不好意思起来，笑啐了一声："好了！又不是作歌赋，还没完没了了？"她握着云歌的手说："如果不是知道你一直会站在我身边，我也许根本就没有勇气去正视他们、正视自己。"

云歌侧着头娇俏地笑起来："姐姐也一直陪着我的呀！你不在我身边，我怎么能在你身边？"

许平君思索着云歌的后一句话，既高兴又悲伤地笑起来。是啊！你不在我身边，我怎么能在你身边？

冰冷的巍巍宫墙间，两个女子相携而行，阳光下的身影透着脉脉温暖。

第十六章

[YUN ZHONG GE]

当时不是错，好花月，合受天公妒

云歌本就是个聪慧的人，现在又碰到一个高明的师傅，再加上自己很刻苦，半年时间，医术已非一般医者可比。随着懂得的医理越多，云歌心中的疑惑也越多，遍翻典籍，却没有一本书可以给她答案。本来，孟珏是解答疑惑的最佳人选，可她不想问他，那么只能去找另一个人了。

云歌以为一到太医院就能找到张太医，没想到张太医已经离开太医院。原来，虽然张太医救过太子的性命，刘询也重重赏赐了他，可事情过后，刘询依然将他遗忘在角落，他的一身医术仍无用武之地，张太医从最初的苦闷不甘到后来的看淡大悟，最后向刘询请辞，离开了太医院。

依循一个和张太医交情不错的太医指点，云歌一路打听着，寻到了张太医的新家。

几间旧草堂，门口的席子上坐满了等着看病的人，张太医正坐在草堂中替人看病，他身旁站着两个弟子，张太医一边诊断病情，一边向学生解释他的诊断。

云歌站在门口，看着病人一个个愁眉苦脸地上前，又一个个眉目舒展地离去。早上，刚听说张太医辞官时，她本来心中很不平，可现在，听着病人的一声声“谢谢”，看着他们感激的眼神，所有的不平都散了。

一个弟子走过来问道：“姑娘，你看病吗？”

“我不是……”

“云姑娘？”闻声抬头的张太医看到云歌，惊呼了一声，立即站了起来，“云……孟夫人怎么在这里？”

云歌笑道：“我本来是想来问你为何在这里，是不是有人刁难你。可在这里站了一会儿后，突然就觉得什么都不想问了。我在想，即使是有人迫得张先生离开，张先生只怕还感激他呢！”

张先生大笑起来，声音中有从未听闻过的开朗愉悦。他向弟子吩咐了几句后，对云歌说：“草堂简陋就不招待贵客了，幸好田野风光明媚，姑娘就随老夫去田野间走走吧！”

两人踱步出了草堂，沿着田地散步。碧蓝天空下，一畦畦的金黄或翠绿晕染得大地斑斓多姿。农人们在田间地头忙碌，看到张先生，都放下了手头的活儿，向张先生打招呼问好，云歌在他们简单的动作后看到了尊敬，这些东西是太医们永远得不到的。

“张先生，我现在也在学医，你猜我的师傅是谁？”

张先生笑道：“孟夫人的这个谜语可不难猜，孟大人一身医术可谓冠绝天下，自不会再找外人。”

云歌笑着摇头：“错了！他只是我的师兄，不是我的师傅，还有，张先生就不要叫我孟夫人了，叫我‘云歌’或者‘云姑娘’都成。”

张先生怔了一怔，说道：“原来是代师传艺！这是云姑娘之喜，也是孟九公子之喜，更是天下病者之喜！”张先生说到“孟九公子”四字时，还遥遥对空中作了一揖，恭敬之情尽显。

云歌不好意思地说：“张先生过奖了，我只能尽力不辜负师傅的盛名。”

张先生拈须而笑，孟珏虽聪明绝顶，可不是学医的人，云歌也许才是真正能继承那位孟九公子衣钵的人。

“不过，我学医的目的不对，希望师傅能原谅我。我不是为了行医救人，而是……”云歌站定，盯向张先生，“而是为了寻求谜底。‘陛下的内症是心神郁逆，以致情志内伤，肝失疏泄，脾失健运，脏腑阴阳气血失调，导致心窍闭阻；外症则表现为胸部满闷，胁肋胀痛，严重时会髓海不足，脑转耳鸣，心疼难忍，四肢痉挛。’”云歌一字字将张先生当年说过的话重复了一遍。

张先生沉默着没有说话。

“你们都说是胸痹，可胸痹虽是险症，却从未有记载会在壮年发病。我想知道，连我这个初学医的人都觉得困惑不解，张先生就没有过疑问吗？今日，我站在这里，只要听实话。”

张先生轻叹了口气：“困惑、不解都有过，我的疑问远不止这些。”

“洗耳恭听。”

“一则，确如姑娘所言，除非先天不足，否则胸痹虽是重症，却很少在青壮年发病。先帝自小身体强健，当年又正值盛年，即使心神郁逆，劳思积胸，也不该在这个年龄就得胸痹。二则，据我观察，以当时的情况而言，根本无发病的可能。自云姑娘进宫，先帝的心情大好，面色健康，即使有病，也该减轻，没有道理突然发病。三则，《素问·至真要大论》中说‘寒气大来，水之胜也，火热受邪，心病生焉’。先帝应是突受寒气侵袭，引发了病痛。”张太医抬起一只胳膊，指着自己的衣袖说，“就如此布，即使十分脆弱，遇火即成灰烬，但只要没有火，它却仍可以穿四五年。”

云歌思索着说：“张先生的意思是说，有人把火放在了衣袖下？”

张先生忙说：“我不是这个意思。并不见得是有人把火放在了衣袖下，也许是风吹来了火星，也许是其他原因撕裂了衣袖，各种可能都有。”

云歌的神色严厉，诘问：“张先生既然有此不解，为什么从没有提过？就不怕万一真是人点的火？”

张先生诚恳地解释：“皇帝得病是关乎社稷的大事，如果说先帝中毒，一个不小心就会酿成大祸，我当然不能只凭自己的怀疑就随意说话，我暗中反复查证和留意过，我以性命和姑娘保证，先帝绝不是中毒。”

“你凭什么这么肯定？”

“所有能导致胸痹症状的毒药都必须通过饮食才能进入五脏，毒损心窍，而且一旦毒发，立即毙命，可先帝的胸痹却是慢症。我又拜托过于安仔细留意先帝的饮食，他自小就接受这方面的调教，经验丰富，却没有发现任何疑点，而且最重要的一点是，先帝的所有饮食，都会有宦官先试毒，没有任何宦官有中毒迹象。”

云歌无语，的确如张先生所说，于安的忠心毋庸置疑，又没有任何宦官有中毒的迹象，在这样的铁证面前，任何的怀疑都是多余的。

张先生道：“云姑娘，下面的话，我是站在一个长辈的立场来说，我真心希望将来你愿意让我诚心诚意地喊你一声‘孟夫人’，人这一生，不管经历多大的痛，都得咬着牙往前走，不能总在原地徘徊。”

云歌的眼中有了蒙蒙泪光，望着田野间的斑斓色彩，不说话。天地间再绚烂的色彩，在她眼中，都是迷蒙。

“不是说你永远停留在原地就是记忆，先帝会愿意看到你这个样子吗？他已经……”

云歌好似很怕听到那个字，匆匆说：“张先生，你不明白，对我而言，他没有离开，他一直都在那里。”

张先生愣住，还想说话，云歌急急地说：“张先生，我走了，有空我再来看你。”脚步零乱，近乎逃一般地跑走了。

纤细的身影在绚烂的色彩间迅速远去，张先生望着她的背影，摇着头叹气。

自张先生处回来，云歌就一直一个人坐着发呆。

难道那日晚上是她多心了？霍成君和霍光的对话是另有所指？

张先生的话有理有据，也许的确是她多疑了，也许她只是给自己一个借口，一个可以揪住过去不放的借口。

所有的人都在往前走，朝堂上的臣子们日日记挂的皇帝是刘询，百姓们知道的天子是刘询，宫中的宦官宫女想要讨好的人是刘询，霍光要斗的人是刘询。所有的人都早忘记了。喜欢他的人，讨好他的人，甚至包括忌惮、痛恨过他的人，都已经渐渐将他忘记。

他的身影在流逝的时光中，一日日消淡，直到最后，变成了史书中几笔淡淡的墨痕，夹在一堆丰功伟业的皇帝中，毫不引人注目。

唯有她清醒，时光流逝中，一切没有变淡，反倒更加分明。她在清醒中，变得十分不合时宜。每个人都希望能追逐着他们想要的，迅疾地往前走，可她却在不停地提醒着他们，不许遗忘！不许遗忘！他曾在金銮殿上坐过，他曾在神明台上笑过，他曾那么努力地想让你们过得更好，你们不可以忘记……

是不是因为前方已经没有她想要的了？所以当人人追逐着向前去时，她却只想站在原地。

曾告诉过自己要坚强，曾告诉自己不哭，可是泪珠丝毫不受控制地落下。

陵哥哥，我想你！我很想、很想你！我知道你想我坚强，我会的，我会的……

心里一遍遍许着诺言，眼泪却是越流越急。

院中，竹林掩映下，孟珏静静而站，身影凝固得如同嵌入了黑夜。

她窗前的烛火清晰可见，只要再走几步，他就可以跨入屋中，与她共坐，同剪夜烛，可这几步却成了天堑。

她的每一滴泪，都打在了他心头，他却只能站在远处，若无其事地静看。

她一面哭着，一面查看着刘弗陵的遗物，一卷画、一件衣袍、一方印章，她都能看半晌。

很久后，她吹熄了灯，掩上了窗，将他关在了她的世界外面，漫漫黑夜，只余他一人痴立在她的窗外。

夜，很安静，静得能听到露珠滴落竹叶的声音。

天上的星一闪一闪，似乎不明白他为什么要一个人独立于夜露中。

清晨，当金色的阳光投在窗户上时，鸟儿的叽叽喳喳声也响了起来。

三月抱着两卷书，走进了竹轩。

云歌正在梳头，见到她，指了指书架，示意她把书放过去。三月已经习惯她的冷淡，心情丝毫不受影响，笑眯眯地说："公子本来昨天就让我把这两卷书拿给你，我听丫头说你出门了，就没有过来。公子说他这两天恐怕会在宫里待到很晚，如果你有什么问题，就先记下，过两天一块儿解答。"

云歌淡淡"嗯"了一声。

三月放下书后，看到一旁的案上摊着一幅卷轴，上面画了不少的花样。她笑着凑过去看，每朵花的旁边，还写着一排排的小字，三月正要细读。云歌瞥到，神色立变，扔下梳子，就去抢画，几下就把卷轴合上："你若没事就回去吧！"

三月无趣，一面往外走，一面嘀咕："不就是几朵花吗？人家又不是没见过，那次我和公子去爬山时，还见到过一大片……"

"站住！"

三月停住脚步，不解地回头。

“你见过的是哪种花？”

云歌说话的语气尖锐犀利，三月心中很不舒服，可想到她救过孟珏，再多的不舒服也只能压下去，回道：“就是那种像钟一样的花，颜色可好看了，像落霞一样绚烂，我问公子，公子说他也不知道叫什么名字。”

云歌的脸色发白：“你在哪里见过？”

“嗯……”三月想了会儿说，“长安城外的一座山上，好大好大一片，美丽得惊人。”

“你带我去。”

“啊？我还有事……”

云歌连头也不梳了，抓住三月的手就往外跑，三月被她掐得疼，想要甩掉云歌，可变换了好几种手法，都没有办法甩掉云歌的手，她心中大骇，云歌的功夫几时这么好了？终于忍不住疼得叫起来：“我带你去就行了，你放开我！你想掐死我吗？”

云歌松开了她，吩咐于安立即驾车。

出了孟府，三月边回忆边走，时有差错，还得绕回去，重新走。待寻到一座荒山下，三月一眼就看见了那个美丽的湖，欢叫起来：“就是这里了！这个湖里有很多的鱼，上次我还看到……”

云歌没有丝毫兴趣听她唠叨，冷声吩咐：“带我上山，去找你看到的花。”

三月噘着嘴，在前面领路。沿着溪水而上时，云歌的速度一直很快，突然间，她停住了步子，抬头看着山崖上一丛丛的藤萝。

那些藤萝在溪水瀑布的冲刷下，有的青翠欲滴，有的深幽沉静。三月看她盯着看了半天都不走，小声说：“这叫野葛，公子上次来，告诉我的。”

“孟珏告诉你这叫野葛？”

三月点头：“是啊！难道不对吗？”

云歌的脸色煞白到一点血色也无，她一句话不说地继续向上爬去。

到了山顶，三月凭借着记忆来回找，却始终没有发现那片灿若晚霞的花，她越找越急，喃喃说：“就在这附近的呀！怎么没有了！”

云歌问：“你究竟有没有看到过那种花？”

三月凝神想了一会儿，最后无比肯定地说：“就在前面的这片松柏下，我记得这片树，还有这个泉水，当时泉水也像今天一样叮咚叮咚地响，配着那片钟形的花，就像仙女在跳舞。可是……花呢？那么一大片花，怎么一株都没有了？”

云歌盯着眼前的茵茵青草，寒声说：“你家公子会让这片花还继续存在吗？”

“啊？”三月接触到云歌的视线，全身一个寒战，一瞬间，竟然有想逃跑的念头。

云歌盯着看了许久，开始往回走。以她现在的武功，根本不可能摔跤，所以三月也就没有留意过她，可是在一处陡坡，云歌却脚下一软，整个人骨碌碌地就滚了下去，三月吓得大叫起来。幸亏云歌最后勾住了一片野葛，才没有掉下悬崖。

三月吓得魂飞魄散，忙把云歌拽上来。云歌的手腕上、腿上划出了血痕，不知道是疼的，还是野葛上的露水，她的脸上还有一颗颗的水珠。三月想要扶着她下山，她却一站稳就推开了她的手，如避猛虎，一个人跌跌撞撞地向山下跑去。

在湖边守着马车等候的于安，看到云歌满身血痕的样子，大吃一惊，以为有变故，手腕一抖，就将软剑拔出，纵身上前来护云歌。紧跟在云歌身后的三月又是哭笑不得，又是吃惊，云歌身边不起眼的一个人怎么武功也如此高强？难道真如师弟猜测，此人是从宫里出来的高手？

“于大哥，云姑娘是在山上摔了一跤，没有人追杀我们。”

于安把软剑绕回腰间，去扶云歌，满心不解。云歌现在的武功如何，他都看在眼里，竟然会摔跤？

云歌躲在马车里，一声不发，于安也不说话，三月只能一个人无趣地坐着，心中暗暗发誓，以后再不和云歌出来。这丫头越来越古怪，也越来越让人难以忍受！

回到竹轩后，云歌一个人在屋子里走来走去，如同一只困兽，希冀着能寻到一个出口，却发觉无论如何挣扎，周围全是死路。

在她心中，仍有一丝不敢相信，或者说不愿相信。孟珏，他……他……真的这么狠毒吗？

野葛，其实真正的名字该叫钩吻，如果有动物误吃了它，会呼吸麻痹、肌肉无力，最后因为窒息而心脏慢慢停止跳动。

而那种像钟一样的美丽花朵有一个并不美丽的名字：狐套，它的花期很短，可这种花却是毒中之毒，会让心脏疼痛，心跳减弱，误食者，刹那间就会身亡，且无解药，不是配不出来解药，而是有也没什么用，因为它毒发的时间太快。

这两种毒药都可以在某个方面营造出胸痹的假象，可是它们毒发的速度太快，陵哥哥的病是慢症，但孟珏善于用毒，也许在张先生眼中不可能的事情，孟珏完全可以做到……

云歌的身子一软，又要摔倒，忙扶住了书架，她只觉得自己的心也如中了钩吻的毒，窒息般的疼痛，像是整个胸腔就要炸开，手在不停地抖，身子也在不停地抖。霍光，也许这些都是霍光一人所干，霍光和霍成君都知道这些花的存在，这些事情也许和孟珏没有关系，可孟珏如何知道这些花的？他为什么要骗三月？他怎么可能不认识狐套？不知道野葛的真名？如果他心中无鬼，他为什么……

丫鬟捧着香炉进来，本来面有笑容，可看到云歌的脸色，再被云歌几近疯狂的视线一扫，笑容一下就全没了，嗫嚅着说："夫人早上受惊了，奴婢想着薰香安神，特意烧了一炉，夫人若不喜欢，奴婢这就拿出去。"

云歌闻到香的味道，模糊地想着此香中有栀子和幽芷，性寒，隐隐间，一道电光闪过，脑袋里轰然一声巨响，身子向后倒去，丫鬟忙去扶她，哭着叫："夫人？夫人？奴婢去请太医。"

云歌眼前的黑影淡了，渐渐地幻成了血红，一瞬后，她强撑着坐了起来，虚弱地吩咐："去叫于安过来。"

于安匆匆过来，看到云歌的样子，眼睛立即湿了，跪在她榻前说道："姑娘，你再这么糟蹋自己，老奴不如一死了之，反正到地下也无颜见先帝。"

这是于安第一次在云歌面前提起刘弗陵的死，云歌的眼泪一下就涌了出来，又立即抹去："于安，帮我做一件事情，不能让这府里的任何人知道。你帮我去药店配一服香。"

于安凝神细听。

云歌一边思索，一边慢慢地说："款冬、幽芷、薏苡、梅冰、竹沥、栀子……"想了好一会儿，又犹豫着加上，"山夜兰、天南星、枫香脂。"

于安答应着去了，云歌躺在榻上，全身冰凉、脑内一片空白，是与不是，等于安回来后，就能全部知道了。

很久后，于安才回来，说道："这香很难做，跑了好几个药铺都说做不了，我没有办法了，就跑到张太医那里，他现在正好开了个小药堂，他亲手帮我配了香，还说，如果不着急用，最好能给他三天时间，现在时间太赶，药效只怕不好。"

云歌闭着眼睛说："把香燃上。"于安重新拿了个熏炉出来，熟练麻利地将香放进了炉子。一会儿后，青烟缭绕而上，他深嗅了嗅，迟疑地说：“这香气闻着好熟悉！好像是……姑娘好似曾用过，这似乎是孟公子当年为姑娘配制的香。”

回头想向云歌求证，却看到云歌脸色泛青，人已昏厥过去。他几步冲到榻旁，扶起云歌，去掐她的人中，云歌胸中的一口气终于换了过来，旧疾却被牵引而出，剧烈地咳嗽起来，无论于安如何给她顺气都没有用，咳得越来越重，嘴角慢慢地沁出了血丝，于安不敢再迟疑，扬声叫人，想吩咐她们立即去请孟珏。

云歌拽着他的胳膊，一边咳嗽，一边一字字地说：“不许找他！他是我们的仇人！我不会死，至少不会死在他之前！”

于安忙又喝退丫头，匆匆拿了杯水，让云歌漱口：“我的命是孟公子护下，否则今上虽不敢明杀我，悄无声息地暗杀掉我却不难。富裕，还有姑娘……”

云歌将一截药草含进口中，压制住肺部的剧痛：“我的医术不好，我不知道他是如何用的毒，反正他肯定是想出了法子，将剧毒的药物变作了隐性的毒，让你们没有办法试出来，然后再用这个香做药引子，激发了陵哥哥体内的毒。这香可以清肺热、理气机，却寒气凝聚，正好解释了张太医一直想不通的‘寒气大来，心病生焉’，是我……是我……是我害死了他……”云歌猛地抽手去扇自己，于安被云歌所说的话惊得呆住，反应慢了，阻止时，云歌已经一巴掌结结实实地打在了自己脸上，于安忙抓住了她的手腕，她仍挣扎着想打自己。

于安哭起来：“姑娘！姑娘！”

云歌一连串的咳嗽中，一口心血吐出，力气尽失，人瘫软在榻上，双眼空洞，直直地看着虚空，面色如死灰，唇周却是紫绀色。

于安看她不咳嗽了，不知道是好是坏，哭着说：“要不然，我们现在就搬出这里，先去张太医那里，让他给你看一下病。”

云歌唇角抽了抽，低声说：“我要留在这里。于安，我的书架后藏着一卷画，你去拿过来。”

于安依言将画轴拿出来，打开后，看到白绢上绘制了好多种花草，一眼看去都是毒药。

“左下角，画着一株藤蔓样的植物。”

“嗯，看到了。”于安一面答应着，一面去看旁边的注释：钩吻，性剧毒，味辛苦……

“我们今天早上去过的山上，溪水旁长了不少这样的植物，你去拔一小株回来。”

于安看着云歌，迟疑地说："你现在这个样子……"

云歌灰白的脸上露出一丝怪异的笑："我这就给自己开方子治病，你放心，我会很好很好。"

孟珏回到府中时，天色已经全黑。不知道霍光怎么想的，突然和他走得极其近，似乎一切远征羌族的事情都要和他商量一下，许平君有孕在身，前段时间又开了两个大的绣坊，专门招募征夫的家眷，忙得连儿子都顾不上，太子殿下似乎变成了他的儿子，日日跟在他身边出出进进。不过，虽然忙碌，他的心情倒是难得地平和，因为知道每日进门的时候，都有个人在自己身边。虽然，他还在她紧闭的门窗之外，但是，和十几年前比，状况已经好多了。那个时候，她连他是谁都不知道，至少现在她知道他，她还为了救他，不惜孤身犯险。所以，他充满信心地等着她打开心门的那一日，也许十年，也许二十年，他都不在乎，反正他有一生的时间去等待，只要她在那里。

刚推开门，就察觉屋里有人，他沉声问："谁？"

"是我！"

云歌点亮了灯，笑吟吟地看着他。

他笑了："你怎么一个人坐在黑屋子里？"看清楚她，几步就走了过来，"你怎么了？脸色怎么这么难看？"

云歌若无其事地说："下午的时候旧疾有些犯了，不过已经没事了。"

孟珏虽然明知道云歌会拒绝，仍然忍不住地说："我帮你看一下。"

不想云歌浅浅一笑，应道："好啊！等你用过饭后，就帮我看一下吧！"

孟珏愣住，云歌跟着他学医，受的是义父的恩惠，她一直不肯接受他的半丝好意，今日竟……一个惊讶未完，另一个更大的惊讶又来。

"你用过饭了吗？"

"还没。"

"我很久没有做过菜了，也不知道味道如何，不过，你也吃不出味道来，所以就看看菜式，填填肚子吧！"

孟珏只觉得如同做梦，不能置信地盯着云歌："云歌，你……"

云歌抿着唇，似笑似嗔："你若不肯吃拉倒！"说完，就要起身走人，孟珏忙去拽她："不，不，我肯吃！我肯吃！我肯吃……"一连说了三遍还不够，还想继续说。

云歌打断了他，抽出手，低着头说："好了，我知道了。你去换衣服吧！我很快就来，等你换好衣服，我们就用饭。”

孟珏太过欣喜，什么都顾不上，立即去屋里换衣服，一面想着，云歌还不知道他的味觉已经恢复，他相信自己也能品出她菜里的心思，待会儿他要一道道菜地仔细品尝，然后将每一道菜的滋味、菜名都告诉她，也算是给她的一个惊喜。

云歌将所有的菜都放在了食盒里，看着最后的一道汤，却好一会儿都没有动。

守在门口的于安见状，走到她身旁小声说：“姑娘，孟珏的武功不如我，我去一剑给他个了断就可以了，你何必如此自苦……”

云歌脸上有渺茫的微笑，幽幽地说：“钩吻，会让人呼吸困难，然后心脏慢慢地停止跳动，你能想象人的心一点一点地停止跳动吗？人会很痛、很痛，‘痛不欲生’就是形容这种痛苦。陵哥哥却忍受过无数次。我要看着孟珏慢慢地、痛苦地死去，他是自作孽，不可活，我是从犯，也该自惩。你知道吗？我贴在陵哥哥胸口亲耳听到他的心跳一点点，一点点……”她眼中有泪珠滚来滚去，她猛地深吸了口气，从怀里拿出一小截钩吻，放进了汤里，然后提起了瓦罐，“你回去收拾包裹，我一会儿就去找你。”

于安面色惨白，想要劝她，却知道如果能劝，早就劝住了，只能目送着她一手提着食盒，一手提着瓦罐，独自一人走进了黑暗的夜色。

孟珏脱下官服后，犹豫着不知道该选哪件衣服，左看右看了半晌，忽地自嘲地笑出来。笑声中，闭着眼睛，随手一抽，抽出来的衣服竟是放在最底下的一件，是当年在甘泉山上，深夜背云歌去看瀑布时穿过的袍子。后来，因为种种原因，他几次想扔掉，却又都没扔，只是越放越深，最后藏在了最底下。他拿着袍子，怔忡了好一会儿，穿上了它，淡笑着想，反正她也不会认出来的。

换好衣服，擦了把脸，坐到案前静等。

安静的夜里，只觉得心跳得快，外面忽然起风了，窗户被吹得噼啪作响，他忙起身去关窗户。夏日的天多变，回来时，还觉得天空澄净，星多云少，就这一会儿的工夫，已经看不到一颗星星，青黑的天上堆着一层又一层的厚云，好似就连着屋檐。

孟珏正担心，就看到云歌两手提着东西，行走在风里，裙裾、头发都被风吹得凌乱。

他跑出去接她，刚到她身边，天上一个惊雷炸响，云歌身子猛地一个哆嗦，手中的瓦罐松脱，砸向地上，他忙弯身一捞，将瓦罐接住，另一只手握住云歌的手，跑了起来，进屋子后，他去关门："看样子，要有场大雨了。"一转身，看见云歌仍提着食盒立在那里，正呆呆地盯着他的手。摇曳的烛光，将她的身影勾勒得模糊不清，他刚想细看，她侧头看着他一笑，将瓦罐从他手中接过，小心翼翼地放到案头："这是汤，一会儿再喝，先吃菜吧！"

她把食盒打开，笑着说："孟公子请坐，在下要上菜了。"

孟珏笑起来，坐到案前，先对她作了一揖道谢。

云歌将四道菜摆好，微笑着说："你一边吃，我可以一边告诉你每道菜的味道，这道菜是用……"

孟珏笑着阻止了她："是吃菜品味，而非吃菜听味，让我自己慢慢吃，慢慢想吧！"

云歌淡淡一笑，随他去了，自己低头吃了两口五色杂饭，却食不知味，只得放下了筷子。

孟珏看着桌上的菜肴，琢磨着该先吃哪一盘。一眼看去，似乎十分分明，云歌的四道菜，展示了四个季节，春夏秋冬，按照四时节气去用就可以了。可是……一瞬后，他拿定了主意，举筷去夹一片片冰晶状的雪花，此菜堆叠错落有致，形如梅花。

云歌看到他的动作，有些诧异地抬头看了他一眼，撑着下巴没有说话。

冰凉爽口中透着若有更若无的甜，梅花的香在口中化开，清雅甘冽。这盘菜虽然是雪花，隐的却是报春的梅花。

初相逢的感觉大概就是如此，一切都若有若无，淡香中却自有一番浓郁。孟珏想到乞丐打扮的男孩，绿裙曳地的少女，昔日的顽皮古怪、明眸笑语、蹙眉瞋目、飞扬明媚都从眼前掠过，不禁淡淡地笑开。

吃了几口后，又去夹一碗半透明的桃花鳜鱼。桃花、流水、鳜鱼，都是春天的景色，可云歌最后用了桃胶调味，桃胶是桃树上分泌出的胶体，如同桃树流出的眼泪，所以民间也叫"桃泪"，而且这些桃花全是零星的花瓣，并非完整的花，应是暗喻落花纷纷，泪眼送春，所以此菜虽是春景，打的却是夏季。

鳜鱼的味道很鲜美，再配以桃花的香气，更是味足香浓。恰如两人正好的时候，月夜中，他背她去看瀑布；月光虹前，他第一次对她敞开了心扉；山顶上，他挽住她的发，许下了此生此世的誓言，那时的她和他应该都是浓香中欲醉的人。

第三道菜，茶炖小羊肉，乳白色的汤上，星星点点粉红的茶，煞是漂亮。看到茶，会很容易猜到夏季，不过茶花虽然开在夏季，却是夏季最后的一朵花，它谢时，秋天就已经要来了。

不知道为什么，羊肉一入口，先前的满口浓香一下就变了味道，竟是难言的辛辣，孟珏脸上的笑僵了一僵，不动声色地将羊肉咽下，去夹最后一盘菜。

最后一盘菜是菊花醉紫蟹，菊花是秋风中的花，紫蟹也正是金秋时节最好的食物，但是依照前面三盘菜，类推到此，孟珏已经可以肯定，这盘菜是秋景冬象。果然，揭开紫蟹壳，里面压根儿就没有蟹肉，用的是剁碎的河虾混以猪肉填在螃蟹壳里。似乎暗讽着，不是吃蟹的季节，也就别想着吃蟹了。

孟珏要鼓一鼓勇气，才敢去夹菜，刚入口，下意识的动作就是想立即吐掉，可他仍然微笑着，如同品尝着最甘美的佳肴，将菜细细咀嚼后吞了进去，不但吞了，他还又夹了一口菜，又经历着一轮痛苦，胃里翻江倒海，苦不堪言。心，也在苦不堪言中慢慢地沉了下去。云歌用了天下最苦的几味药草熬煮虾肉和猪肉，如果是恨，那么一定是汇集了天下最苦的恨。

“觉得如何？”

她的眉眼中似是盈盈的笑意，起先太过开心，没有仔细看，现在才看清楚，那笑容下深藏的恨。

也许因为绝望，他麻木地笑着：“很好。”

她提过了瓦罐，盛了一碗汤，还很温柔地吹了吹，等凉一些了，才端给他：“这是最后一道菜，用了很特殊的材料熬制的汤，你尝尝。”

他接过，轻轻地抿了下，舌尖刚碰到汤，一股异样的辛苦就直冲脑门，钩吻！原来如此！老天竟然一点机会都不给他，她终是知道了，到这一步，他和她之间，一切都无可挽回！

他抬头看向云歌，云歌抿着唇，盈盈地笑着，两人之间，眼波交会，似是缠绵不舍，也似是不死不休。

他觉得自己好似置身于大漠，一轮酷日炙烤着天地，四周是看不见尽头的黄沙，而他已经在这片荒漠中跋涉了一生，却看不到任何能走出荒漠的希望，浓重的疲惫厌倦袭来，他看着她笑了，一面笑着，一面大大地喝了一口汤。

云歌看到他吞下汤的同时，脸色刷地惨白，她自己却完全不知道自己的脸色变化，仍然强撑着，坐得好似姿态惬意，微笑地凝视着他。

他也微笑地凝视着她，一口一口地喝着汤，当喝完最后一口，他轻声唤道："云歌，你坐过来，我有几句话和你说。"

云歌煞白着脸，摇摇晃晃地站起来，如同失魂的人一般，坐在了他的身边。

"云歌，我待会儿就要去睡觉了。你带着于安离开长安，回家去。霍光的事情，你就不要再想了，刘询会替你报仇，你只需等着看就行了，他出手一定狠过你千百倍，至于刘询……"他细看着云歌的神情，看她没什么反应，心里舒了口气，"如果有一天……反正你只要记住，刘询以后的日子也不会好过，会有人去'惩罚'他所做的一切。一时间，我给你解释不清楚，但是，我向你保证，刘询让你承受的一切，日后他也会点滴不落地承受。"

云歌的眼睛里有蒙蒙的水汽，孟珏笑看着案上的菜肴，说道："这几句话，我想说很久了，却一直不敢说。云歌，高山流水，伯牙子期的故事虽然感人，但伯牙为子期裂琴绝弦并不值得称道。琴音是心音，我想伯牙第一次弹琴时，只是为自己的心而奏，子期若真是伯牙的知音，肯定希望他的心能继续在高山流水间，而非终身不再弹琴。在刘弗陵心中，你的菜绝不仅仅只是用来愉悦他的口腹！你应该继续去做好吃的菜，不要忘记了你做菜的本心！"

云歌的一串眼泪掉落，孟珏想轻轻抚摸一下她的头，手却已经开始不受控制地颤抖，他笑着起身，挣扎着向室内走去："你走吧！走得越远越好，刘……"他的步子一软，就要栽向地上，他忙靠到了墙上。

他扶着墙，大喘着气，慢慢地向前走着："刘弗陵即使知道今日的一切，他也不会希望你去为他报仇。他只希望你能过得好，杀人……能让他活过来吗？能让你快乐一点吗？每害一个人，你的痛苦就会越重！云歌，你不是个会恨人的人，刘弗陵也不是，所以离开，带着他一块儿离开！仇恨是个沼泽，越用力只是越沉沦，不要……不要……"他深吸了好几口气，才终于说完，"……再纠缠！"

屋子外面，几声惊雷，将痴痴呆呆的云歌炸醒，她猛地跳了起来，眼中含着恐惧地望着孟珏。

孟珏手抓着珠帘，想要掀开帘子，进里屋，却身子摇晃，他尽力去稳住身子，但没有成功，几声"咔嚓"，他拽着的珠帘全部断裂。在"叮叮咚咚"的玉珠坠地声音中，他跌在了地上，再爬不起来。

他的脸色越来越青紫，胸膛急剧地起伏，四肢开始向一块抽搐痉挛，云歌跑到他面前，对着他吼："是我下的毒，是我下的毒！"

孟珏想笑，却笑不出来，肌肉已经都不听他的命令，他哆嗦着说："我……我知道。"

"你该恨我，我也要恨你！听到没有，你要恨我，我也要恨你！"

孟珏的眼中全是悲伤，还有无尽的自嘲。云歌，如果恨也是一种刻骨铭心的记忆，那么你就恨吧！

胸痛欲裂，好似下一瞬，他就会在疼痛中炸裂，耳朵开始轰鸣，眼前开始发黑，就在意识昏迷的刹那，他仍想努力地再看她一眼。

"云歌，离开！"

伴随着最后的叹息，他的眼睛终于无力地合上。

云歌的身子软软地跪向地上。

于安在竹轩里越等越怕，为什么云歌还没有回来？万一孟珏发现云歌想杀他呢？他会不会反向云歌下毒手？最后实在再等不下去，不顾云歌吩咐，赶了过来，听到云歌的吼叫声，立即推开了门，发现无声无息、躺在地上的孟珏，和满脸悲伤绝望、跪在地上的云歌。

他冲上前去，抱起云歌，想带她走，却发现她整个身子都在抖，她双眼的瞳光涣散，整个人已在崩溃边缘，嘴里喃喃地说："他死了，他死了，他也死了……"

在这一刻，于安清晰无比地明白，这世上有一种人永远不会杀戮，而云歌就恰好是这样的人。如果说刘弗陵的死是她心灵上最沉重的负荷，那么杀死害死了刘弗陵的人并不能让云歌的负荷减轻，反而会让负荷越来越重。如果孟珏现在死了，云歌这一辈子也就完了，她会永远背负着这个噩梦般的枷锁，直到她背负不动，无力地倒下。

于安伸手去探查了一下孟珏的脉搏，抓住云歌喝问："解药！给我解药！"

云歌痴痴傻傻地看着他，于安用了几分内力，用力摇着云歌："孟珏还没死！解药，快点给我解药！"

云歌的瞳孔猛然间有了焦点，紧紧地盯着于安。

于安大声地吼着："他还没死！"

云歌的手哆嗦着从怀里掏出了一株开着白色小花的植物，想喂给孟珏，可在手碰到孟珏身体的刹那，她又突地收回了手。他害死了陵哥哥呀！我是个懦夫！我竟然连报仇的勇气都没有！

她将那株药草扔到孟珏身上，却又完全不能原谅自己，一步步地后退着，蓦地长长悲鸣了一声，就向外跑去。

闪电中，几声雷怒，铺天盖地的大雨倾泻而下，云歌在大雨中歪歪斜斜地跑远了。

于安想追她，却又不得不先照顾孟珏。他扶起孟珏，先用内力帮他把毒压住，看着白色的小花，十分不解，这不是他摘回来的钩吻上攀附的一株植物吗？当时没多想，就顺手一块儿带回来了。突然间，灵光一现，明白过来，世间万物莫不相生相克，此物既然长在钩吻的旁边，那么应该就是钩吻的解药。

忙把孟珏的嘴掐开，将草药挤烂，把药汁滴到了孟珏的嘴里，随着药汁入腹，孟珏的呼吸渐渐正常，神志也恢复过来。

于安把整株药草塞进他嘴里，立即扔开了他，无比憎厌地说："吃下去。"说完，就跑进了大雨里。

在轰轰的雷鸣中，一道又一道的闪电在天空中划过，如同金色的剑，质问着世间的不公，大雨无情地鞭笞着大地，似在拷问着世间的丑陋。

云歌在大雨中奔跑，奔出了孟府，奔走在长安城的街道上，奔出了长安城。

天地再大，大不过心，她的心已无宁土，苍茫天地间，她已经无处可去。

宏伟的平陵伫立在黑暗中，无论风雨再大，它回应的都是沉默。

"站住！"

守护帝王陵墓的侍卫出声呵斥。云歌却听而不闻，依旧向陵墓闯去。侍卫们忙拔出刀、上前拦人，云歌身法迅疾，出手又重，将几个侍卫重伤在地后，人已经接近陵墓主体。

大雨中，众人的警戒都有些松懈，不想竟有人夜闯帝陵，侍卫们又是怒又是怕，忙叫人回长安城通传，请调兵力。

其余侍卫都奋力拦截云歌，云歌渐渐情势危急，一个侍卫将她手中夺来的刀劈飞，另两个侍卫左右合逼向她，云歌向后退，后面却还有一把刀，正无声无息地刺向她。

云歌感觉到后背的刀锋时，一瞬间，竟然有如释重负的安静宁和，她凝望着不远处的帝陵，心里轻声说：“我好累，我走不动了！”刀锋刺入了云歌的后背。云歌本可以挡开前面的刀，她却停了手，任由前面的刀也砍了过来。

在闪电扭动过天空的刹那光亮间，于安看到的就是云歌即将被兵刃解体的一幕。可是他还在远处，根本来不及救云歌，魂飞魄散中，他泪流满面，满腔愤怒地悲叫：“陛——下——”

叫声中，于安发了疯地往前冲去，只想用手中的剑，杀掉一切的人，问清楚苍天，为何要对好人如此？

几个侍卫猛地听到一声“陛下”，多年养成的习惯，心神一颤，下意识地就要下跪，虽然及时反应过来，控制住了下意识的反应，可手上的动作还是慢了。云歌却在悲叫声中惊醒，她还没见到他呢！现在不能死！力由心生，身形拔起，借着侍卫失神的瞬间，从刀锋中逃开，几个侍卫还欲再攻，于安已经赶至，一阵暴雨般密集的剑花，打得他们只能频频后退。

云歌避开刀锋后，就立即向前跑去，大部分侍卫都被于安拦住，零散几个守陵侍卫也不是云歌的对手，云歌很快就跑到了陵墓前，可突然间，她又停了下来，抬头看着台阶上方的墓碑，似乎想转身离开，好一会儿后，她才一步步、慢慢地上着台阶。

当她走到墓碑前，看到一堆谥号中的三个大字：刘弗陵，她身子软软地顺着墓碑滑到了地上，眼泪也开始倾泻而下。她一直不想面对这一切，因为她的记忆只停留在，骊山上，他和她相拥赏雪的一幕。

当时，他正和她说话，还要听她唱歌，然后她睡着了，等醒来时，她就在古怪的驴车上了。她从来没觉得他死了。在她的记忆中，他只是暂时离开，所以她从不肯听任何人在她面前说他已经……死去。可是，现在，她终于不得不承认，他已经永远离开了她，不管她哭她笑，不管她有多痛苦，他都不会再回应她，因为她的陵哥哥就躺在这个大大的土包下面，而让他躺在里面的凶手是孟珏，还有……她，若不是她给了孟珏可乘之机，陵哥哥不会中毒。而现在，她连替他报仇的勇气都没有，她杀不了孟珏，她杀不了孟珏！

“陵哥哥，我该怎么办？我该怎么办？”

云歌的脸贴着冰冷的墓碑，却若依在情人温暖的怀抱，小声地低喃着。

“陵哥哥，我好累！我真的走不动了。我知道你想我继续爬山，你说山顶会有美丽的日出，不见得是我本来想要的，可也会很美丽，但是我就是只想要你！我不想看别的日出！”

“陵哥哥，我可不可以不爬山了？我真的爬不动了，我想闭上眼睛睡觉，梦里会有你，即使你不说话，也没关系，我就想一直睡觉，我不想再醒来……”

“陵哥哥，你若知道我这么辛苦，会不会心疼？你肯定也舍不得让我去爬山了，对吧？你一定会同意我休息的……”

……

不小心惊扰了帝陵的安静都是大罪，何况来者还夜闯帝陵、杀伤侍卫。装备精良的援兵已到，领兵的军官看到于安一人站在台阶上，以“一夫当关，万夫莫开”之势阻挡着众人。一个人竟然就闹得他半夜从榻上爬起来，冒着大雨出兵？大怒下命令，若不能生擒，就当即格杀。

于安虽然武功高强，可一个人怎么都打不过上百的精兵。他边打边后退，渐渐地，已经退到了刘弗陵的墓前。

他手握长剑、一人站在台阶上，将云歌护在身后，阻挡住士兵们再上前。因为周围不是玉石栏杆就是雕像，全都是陪伴帝王安息的物品，类似未央宫宣室殿内的龙榻、龙案，侍卫怕刀剑挥砍中伤了帝陵的这些物品，别到时候功劳没赏，反而先降罪，所以出刀都有顾忌。虽然于安还能苦苦支撑，尽力挡住侍卫不靠近云歌，但时间一长，他自己也已是强弩之末，身上到处都是伤痕，随时都有可能命丧士兵刀下。

领兵的军官看到自己的部下被一个于安阻挡到现在，肝火旺盛，终于再也按捺不住，操起自己的两柄斧头，一面向前冲，一面叫：“兄弟们，撂倒了他，回去烤火吃肉！”

士兵们一看头儿亲自冲锋，也都开始玩命地往上攻，于安再难抵挡，回头叫云歌，想带着她逃跑。可云歌闭目靠在墓碑上，好似什么都听不到。

他匆匆后退，抓住云歌的胳膊，想带她走，可云歌死死地抱住墓碑，喃喃说：“陵哥哥，我就在这里，我累了，我不想爬山了……”

于安一时间根本拽不动，悲伤无奈下，只得放弃了逃走的打算。看到台阶下密布的人头，正一个个挤着向前，他喟然长叹，没想到这就是他的结局！他以为他要遵守在先帝面前发的誓言，护卫云歌一辈子！他想着只要他大叫出云歌是孟珏的夫人，或者霍光的义女，那么即使是闯帝陵这样的重罪，这些官兵也不敢当场杀害云歌，可是……

他回头看到云歌的样子，想到刘弗陵的离去，突然握紧了手中的剑！今日，即使死，也绝不再和孟珏、霍光有任何瓜葛！

无数士兵的刀像倾巢之蜂一样围了过来，密密麻麻的尖刃，在黑暗中闪烁着白光，一丝缝隙都没有，连雨水都逃不开。

"轰隆！轰隆！"

雷声由远及近，震耳欲聋。

"哗啦！哗啦！"

大雨越下越急，砸得大地都似在轻颤。

平陵的玉石台阶上，两道鲜红的血水混着雨水，蜿蜒流下，从远处看，如同帝陵的两道血泪……

第十七章

[YUN ZHONG GE]

只应碧落重相见

同样的月儿，同样的星星，甚至同样的宁静，可未央宫的夜晚和寻常人家屋檐下的夜晚很不一样。

黑暗可以掩盖太多丑陋，阴谋诡计似乎也偏爱黑暗，所以在这个恢宏庄严的宫殿里，夜晚常常是好戏连台。皇帝与妃子在柔情蜜意中不动声色地阴招频频，妃子与妃子在衣香鬓影中杀机重重，皇子与皇子在交杯换盏中磨刀霍霍……

在这里，微笑很近，欢乐却很遥远；身体很近，心灵却很遥远；美丽很近，善良却很遥远，而看似最遥远的丑陋，在这里却是最近。丑陋在每一个如花的容颜下、在每一个明艳的微笑里、在每一袭精致的华衣下、在每一声温柔的私语中、在每一扇辉煌的殿门里。

不过，阴暗中偶尔也会开出正常的花。

椒房殿的夜晚，除了少了一个男主人外，常常和普通人家没什么两样。慈母手中的针线，儿子案头的书籍。

在温暖的灯下，刘奭趴在案头，温习书籍，许平君一边做针线，一边督促着刘奭用功。

刘奭做了一会儿功课后，看许平君仍在缝衣，问："娘，你累吗？要不要休息一下？"

许平君摇头笑："等把这片袖子缝好，就休息。"

"娘，你怎么给我做衣服？不给妹妹或弟弟做衣衫？"刘奭倒了杯水，端给母亲，忍不住地摸了下母亲高鼓着的肚子，总是难相信这里面会住着个小人。

"你小时候穿过的衣服，娘都还留着，到时候可以直接给他用。你却不行，现在个子一天一个蹿，不赶在这个小家伙出来前，我手还能腾得出来时给你做几件衣袍，到时候你就要没衣服穿了。"

刘奭呵呵笑了："师傅也说我最近个子长得很快，其实，宫里都给我备衣袍了。"

许平君瞪了他一眼："你下次去娘长大的村子里打听打听，谁家小子不是穿娘亲手缝制的衣服长大的？"

刘奭笑着不说话。

许平君完成了手里的袖子，伸了个懒腰，刘奭刚想站起，帮她去捶下腰，外面突然响起了人语声，刘奭皱了下眉头，向外走去："娘，我去看看什么事情。"

刘奭是走着出去的，一瞬后，却大步跑着回来："母后，富裕说他接到消息，有人夜闯帝陵，隽不疑已经命五百精兵去护卫帝陵。"

许平君笑道："那很好呀！"忽而一愣，不对！"哪座帝陵？"

"平陵！听说是一个女子，富裕他很着急，说他担心是姑姑。"

许平君一下就跳了起来，腹内的小人好像不满了，一阵乱踢，她身子晃了下，一旁的宫女忙扶住了她。许平君深吸了几口气，一边向外走，一边说："我得赶去看一下，不是你姑姑就算了，如果是……"

刘奭笑着没说话，母亲和姑姑姐妹感情非比寻常地深厚，他已经料到母亲肯定会出宫，所以刚才就吩咐了富裕去备车，果然被他猜对。

"母后，一般人想接近帝陵都很难，可姑姑若想拜谒帝陵有无数种方法，为什么要深夜去硬闯？儿臣觉得不会是姑姑。不过母后不去一趟不会放心，那我们就走一趟吧！”

许平君张了好几次嘴，却都没说出话来，最后说道：“等你再大些时，我再和你说你姑姑的事情。正因为有那么多方法，她都一直不肯去拜谒帝陵，所以今天晚上若是她，肯定是出了大事，命马车快一点。”

刘奭不再多言，等母亲上了车后，对驾车的富裕说：“平稳中尽快！”富裕驾着马车，飞速地出了未央宫，驰进了漫天大雨中。

当他们赶到时，没有看到云歌，只看到一堆密密麻麻的士兵，挤在平陵的台阶上，而台阶上全是流淌着的血水。

刘奭掀帘看了一眼，头有些昏，忙又缩了回去，拉住要下车的母亲，脸色苍白地说：“母后，不要下去，外面有血……”

许平君推开了他的手：“你的母后经历过的事情比你想象的多得多。”说着话，她跳下了车，富裕忙撑起了伞。

看到台阶上的血，许平君眼中有担心恐惧，面色却还镇定，一面沿着台阶向上急走，一面对富裕说：“命所有人跪迎！”

富裕立即扯足了嗓子开始吼：“皇后、太子在此，所有人等下跪接驾！”

在他一遍遍的吼声中，一圈圈的人回头，一边看，一边都跪了下去。皇后加太子的威慑力十分大，不过一小会儿工夫，所有的兵士都跪在了地上。

青灰色的陵墓上空，几道金色的闪电如狂蛇乱舞，扭动着划过天空，映照得陵墓惨白地刺亮。

许平君也终于借着光亮看到了于安，可是云歌……

浑身是血的于安，在看到她的瞬间，身子直挺挺地向前倒去，被他护在身后的云歌露了出来。

闪电消失，一切又隐入了黑暗。

隐隐约约中，许平君觉得云歌身上也有血，慌得立即跑起来，富裕忙抓住了她：“娘娘，您有身孕，奴才上去看。”说完，把伞递到一旁的宦官手中，身子几跃，踩着士兵的脑袋，就跳到了墓碑旁。

摸了把于安的鼻息，发觉微弱无比，心中伤痛，对一旁跪着的官兵吼叫：“你们知道他是谁吗？你们……”挥手想打，却又匆匆收回，赶去探看云歌，一面对军官吩咐：“你把他背下去，立即送去长安郊外的张氏医馆，他若活不过来，你也就赶紧准备后事吧！”

惊慌中军官立即背起于安，赶去找人救命。

富裕刚扶起昏迷的云歌时，还心里一松，觉得她没受伤，只是神志不清，可紧接着，就觉得不对，云歌的脸通红，而他扶在云歌后背的手黏糊糊的湿，和雨水的湿截然不同，他立即去细看，发现云歌后背上有一道不深不浅的伤痕，本来不会有性命之碍，可她受伤后，一直任由它在流血，人又一直浸在冷雨中，现在恐怕……

富裕不敢再往下想，抱起云歌就往下跑：“娘娘，姑娘受伤了，要赶紧看大夫。”

许平君看到云歌的样子，伤怒攻心，气得身子都在颤，指着台阶上跪着的士兵：“你们竟然在平陵伤她……”

刘奭听闻姑姑受伤，也慌起来，几步赶了过来，但毕竟不像母亲般心痛神乱：“母后，他们只是尽守卫职责，当务之急是救姑姑、不是惩罚他们，我们赶紧回城内去找太医。”

许平君立即醒悟，母子二人跟在富裕身后，匆匆上了马车。

许平君眼睛一直眨都不眨地盯着云歌，一会儿就去探一下云歌的鼻息。刘奭看母亲脸色也不好看，担心起来，想着话题来消解母亲的焦虑。

“娘，你刚才看到血怎么一点都不害怕？”

在车轱辘碾着雨地的声音中，许平君的思绪悠悠地飞了回去。

“有一次，娘看到的血比这次还多，娘还亲眼看到人头飞起……那次也下着很大的雨，当时娘正怀着你，被一个坏人捉了去，你姑姑为了救娘和你就……”

在哗哗的雨声中，在许平君含泪的讲述中，马车奔驰在过去与现在。

因为有人夜闯帝陵，所以刘询一直在昭阳殿静等消息。在许平君的马车刚驶出未央宫时，刘询就已经知道了皇后和太子深夜出宫，在太医接到皇后传召的同时，云歌重伤的消息也被飞速送到了昭阳殿。

刘询听闻，淡淡“嗯”了一声，就上榻休息了，不一会儿就沉沉睡去，一旁的霍成君却怎么都睡不着，想起身，又不敢，只能闭着眼睛装睡，还不敢翻身，要多难受有多难受，好不容易挨到天亮刘询上朝去了，她才能赶紧命人去打听消息。

打探消息的人回来时，给她带来了她最希望听到的消息。

“三位太医守护了一个晚上，云歌仍然昏迷不醒、高烧不退，奴婢问过一个老太医，他说人若老这么烧下去，不死也会被烧成个傻子。”

霍成君很想控制住自己的笑，却怎么也忍不住，索性大大方方地笑了，这边还没笑够，又有人给她带来了另一个好消息。

“娘娘，听闻孟太傅突然感了恶疾，今日没能来上朝，陛下很担心，下朝后亲自去孟府探病。”霍成君紧张地问：“他真的病了？”

宫女点头：“真的病了，霍大将军也要求同去看望孟大人，陛下只能命霍大将军同行。孟太傅的确病了，而且病得不轻，说他脸色白得像雪，整个人精神特别不济，后来陛下告诉他孟夫人夜闯帝陵被士兵误伤，如今生死难料，听闻他差点晕厥。”

霍成君咬牙切齿地笑着，云歌呀云歌！你这次倒是真的做到了你说过的话！两个互相折磨的人！

“小姐……”

宫女突然改了口，霍成君会意，笑扫了一圈四周，所有服侍的宫女都退了出去，立在她面前的宫女才再次开口：“小姐，奴婢只是代夫人传话。夫人……夫人说‘你入宫这么多年，怎么肚子还没有消息？张良人已有身孕，那边更是眼见着第二个儿子都要有了，你究竟在做什么？宫里的太医全是一群废物！你这两天找个时间出宫来，我听说终南山那边有个老婆子祈子十分灵验，我陪你去一趟’。”

霍成君的好心情刹那间无影无踪，一把将案上的食物全部扫到地上，宫女吓得跪倒在地，不停磕头：“奴婢只是依言传话。”

“滚出去！”

宫女立即连滚带爬地跑出了大殿。

霍成君气得拿起什么砸什么，一件件价值连城的东西被砸坏，她的气却一点没少，反而越重。这么多年间，什么办法没有想过？使尽浑身解数地缠刘询，私下里见太医，哪里的神灵验就去哪里拜神，去喝“神泉”，听闻哪个村里的哪块石头灵验，只要摸一摸就能有孕，她也跑去摸，实际那块所谓的神石，就是一块长得像男人那里的石头，她甚至还喝过童子尿求子……

什么办法没有想过、做过？很多事情，不敢泄露身份，只能乔装改扮后去，中间所受的羞辱和屈辱是她一辈子从未想过的。现在又要一个愚昧无知的妇人来给她跳神，询问她最私密羞耻的事情，然后再在她面前说些乱七八糟的话！不！她受够了！她受够了！

作为一个女人，却连女人最基本的怀孕生子都做不到。父亲的冷漠，母亲的跋扈，整个家族的压力，其他妃子的窃笑，还有宫女们古怪的眼光……

许平君她凭什么可以一个又一个儿子……

霍成君觉得自己就要被他们逼疯！

“我肯定会有孩子的，肯定会有……”她一面喃喃地对自己说，一面却见到什么就撕裂什么，觉得眼前的一切都在讥讽她，她只想毁灭一切。

许平君隐隐明白云歌和孟珏之间出事了，否则云歌不会深夜突闯帝陵，所以她不打算送云歌回孟府，可也不方便带云歌去未央宫，正无奈时，突然想到她和云歌以前住过的房子还空着，略微收拾一下，正好可用来暂住。她命刘奭先回未央宫，自己带着云歌回了她们的旧宅，又传了太医来给云歌看病。

三个太医一直守在云歌榻前，未曾合眼，而她就命人在外间的屋子放了张软榻，守着云歌。每一次起身探看，都看到太医摇头，她只能又黯然地坐回去。

窗外的雨似乎小了，从哗哗啦啦变成了淅淅沥沥。静谧的深夜，恍恍惚惚中听去，觉得那淅淅沥沥声像是一个老人讲着一个古老的故事，可真凝神去听时，却又什么都听不清楚，只觉得曲调无限苍凉。

许平君细看着屋子的每一个角落，一切都似乎和以前一模一样，书架上摞着的竹简，角落上的一副围棋，案上的琴，还有那边的一幅竹叶屏……

还记得孟珏坐在那边的案前，一身白袍，月下弹琴。

也记得病已刚做好竹叶屏时大笑着说：“这面屏风做得最好，都舍不得让你们拿到七里香去了。”云歌从厨房里探了个脑袋出来：“那就不送了，我自己留着，赶明天我们自己喝酒题诗。”

还有院子中的槐树，夏天的晚上，他们四个常在下面铺一层竹席，摆一个方案，然后坐在树下吃饭、乘凉，有时候，病已和孟珏说到兴头，常让她去隔壁家中舀酒。

“平君，回家再拿筒酒来。”

她蹙眉：“还喝？这次统共没酿多少，还要卖……”

他微醉中推她，凶巴巴地说：“我是一家之主，让你去，你就去！去，去！”姿势却带着几分孩子的撒娇，扳着她的肩膀，不停地晃。

云歌在一旁掩着嘴笑。

孟珏伸手入怀去摸钱，一摸却摸了空，随手从云歌的鬓上，拔下珠钗，扔给她，慷他人之慨：“换你筒酒！”

这次换了她抿着唇，对着云歌乐。

……

细碎的说话声、欢愉的笑声就在许平君耳旁响着，许平君似真看到了他们，她不禁站了起来，满面笑容地走向他们，就在她想笑坐在他们中间时，一个眨眼，槐树下已空空如也，只有初升的太阳在一片片槐叶间跳跃、闪耀，略微刺眼的光芒让她眼睛酸痛，直想落泪。

她怔怔地站在槐树下，茫然不解。

雨，不知道何时停了，天，不知道何时亮了，云歌，她却仍未醒，而一切，都回不去了！

三个太医满脸疲惫地向她请罪：“臣等已经尽力，不是臣等的医术低微，而是孟夫人的身体不受药石。”

许平君没有责怪他们，谢过他们后，命他们告退。叫了个小宦官过来，命他去请孟珏，一则想着孟珏的医术好，二则想着总要弄明白发生了什么。看样子，云歌的病不仅仅是身体上的伤，唯有清楚了缘由，才好对症下药。

当许平君看到坐在轮椅上的孟珏时，不能置信地摇了摇头，风姿翩翩的孟珏竟然一夕之间，憔悴虚弱至此！本来存了一肚子的质问，可此时全都变成了无奈。

“孟大哥，你和云歌不是已经关系缓和了吗？我还听她说在跟你学医，怎么现在又好像……唉！你得了什么病？怎么连路都走不了了？”

孟珏没有说话，推着轮椅的八月忍不住说道：“公子不是病，是身上的余毒未清，自己又内火攻心，不肯静心调理，所以身体虚弱无力。”

许平君惊讶地问：“毒？谁敢给你下毒？谁又能让你中毒？”

八月却不敢再开口，只是满脸气愤地低着头。

孟珏淡淡说：“你先下去。”

八月静静退了出去。

许平君琢磨了一会儿，心中似有所悟，却怎么都没有办法相信。孟珏谨慎多智，又精通医术，能下毒害他的人少之又少，而能下毒害了他，又让他一声不吭，八月他们敢怒不敢言的却只有云歌。

“云歌，她……她不会做这样的事，也许她被人利用了。”

富裕尖锐的声音突地在屋子门口响起：“云姑娘当然不会随意害人，但如果是害了陛下的人则另当别论。”富裕去探望于安，已经从醒来的于安处得知一点前因后果，此时义愤填膺，根本顾不上尊贵卑贱，“皇后娘娘，请命孟大人尽快离开，更不用请他给云姑娘看病，云姑娘宁死也不会让他给自己治病！他在这里多待一刻，云姑娘的病只会更重！”

许平君愣了一刻，才明白富裕口中的“陛下”该是指先帝刘弗陵，而非刘询，反应过来的一刹那，她突地打了一个寒战，心里是莫名的恐惧，刘弗陵被害？刘弗陵被……被害？

她迅速瞟了眼四周，看所有人都在院子外守着，一个留下来的太医正在厨房里煎药，才稍微放心，厉声说：“富裕，你在胡说什么？”

富裕跪了下去，头却没有低，满眼恨意地盯着孟珏：“我没有胡说，于师傅亲口告诉我，孟珏设计毒杀了先帝，他还利用云姑娘的病，将毒药藏在云姑娘的药里，他的心太狠毒了，云姑娘肯定伤心自责得恨不得死了……”富裕声音哽咽，再说不下去。

许平君看孟珏面色灰败，一语不发，从不能相信慢慢地变成了相信。这么大的事情，如果孟珏没做过，他怎么不分辩？何况，孟珏杀人本就从来不手软，欧侯的死、黑子他们的死……

许平君想着孟珏的狠辣无情，想着云歌的生死未卜，强抑着发抖的声音对富裕说：“你休要再胡言乱语，孟太傅是社稷栋梁，岂会做这等乱臣贼子的勾当？先帝明明是病逝的，所有的太医都可做证，以后再让本宫听到这样的胡话，本宫一定立即治你的罪！”训斥完富裕后，许平君客气有礼地对孟珏说：“烦劳孟大人白跑一趟了，本宫的妹妹病中，实在不宜见客，孟大人请回！富裕，送客！”

富裕呆了一会儿，才反应过来，立即跳起来，弯着身子，好似很卑贱有礼地说：“孟大人，请！”

孟珏不肯走：“平君！”语气中有浓重的请求。

许平君不理他，只对富裕吩咐：“你加派人手，看护此院，不许任何闲人进入，若有违旨，本宫严惩不贷。”

富裕响亮地应了声“是”，过来推孟珏的轮椅，把他向外推去，孟珏回头盯着许平君：“太医现在束手无策，你让我去看看云歌。她高烧不退，耽搁不得，你不顾她生死了吗？”

许平君咬牙切齿地一字字说：“我若再让你靠近她一步，才是想要她的命。从此后，孟大人是孟大人，云歌是云歌！”

眼见着就要被推出门，孟珏忍住内腹的疼痛，掌间强提了股力，使了个虚招，挥向富裕，将富裕逼退了一步后，借机对许平君说：“你先问清楚我用的是什么药害……的人，再发怒。”已经看到屋外的人，孟珏也不敢多言，只能仓促间扔给了许平君这么一句话。

富裕将孟珏推出院门，重重关上了门，几步跪到许平君面前说：“娘娘，张大夫，就是以前救过太子殿下的那个张太医，医术很好，可以命他来探看一下。”

许平君点了点头，却又叹了口气：“云歌的病不在身体，她背上的伤口，你也看见了，不是重伤，她是自己……”她是自己不想活了，许平君没有办法说出口，心里却无比清楚，一个女人先失去了丈夫，紧接着失去了孩子，当好不容易稍微平静一些时，却发现丈夫是被人害死，她还在无意中被卷入了整个阴谋，间接地帮了凶手……许平君自问，如果是自己，自己可还能有勇气睁开眼睛？

许平君只觉得心沉如铅，问道：“孟珏究竟是如何利用了云歌？”

“云姑娘不是有咳嗽的宿疾吗？孟珏当年制了一种很好闻的香屑给云姑娘治病，后来云姑娘发现，这个香正好可以做毒引，激发先帝身上的毒……娘娘！娘娘……”

突然之间，许平君无声无息地向后倒去，富裕吓得大叫，发现许平君双眼紧闭，呼吸紊乱，立即大叫太医，太医忙过来探看许平君，气得直说富裕：“你是怎么照顾皇后的？怎么惊动了胎气？你……你……搞不好，会母子凶险……”忙烧了些艾草，稳住许平君心神，再立即开了药方子，让人去煎药。

许平君悠悠醒转时，双眼虚无，没有任何神采，富裕哭起来：“娘娘，你不要再想那些事情，云姑娘会好好的，您也会好好的，你们都是好人，老天不会不开眼。”

许平君无力地说：“你去孟府叫孟珏，我想见他。”

富裕呆住，许平君小声说：“快去！不要对他无礼。”

富裕只得擦干净眼泪，向外跑去，不想出了院子，看见孟珏就在不远处的树荫下坐着。他面容蜡白，身子歪靠在轮椅上，闭着眼睛似休息又似聆听。

富裕刚走了几步，他已经听到声响，似早猜到富裕的意思，睁眼对身后的八月说：“你在外面等着，我一个人进去。”

富裕很是吃惊，却顾不上多问，推着轮椅，进了院子，将院门关好后，又推着他进了许平君所在的堂屋。

许平君对富裕说：“你在屋子外面守着，不许任何人靠近屋子。”

富裕应了声“是”，退出去，关上了门。

孟珏自己转着轮椅，行到许平君身旁，想要把她的脉息，许平君手猛地一挥，躲开了他。她脸色苍白，声音冰冷地问：“你既害刘弗陵，后来又为什么装模作样地救他？”

孟珏的脸上也没什么血色，他疲惫地说：“不管你信不信，我可以告诉你，我不是没有对刘弗陵动过杀机，但我要杀他，多的是手段，犯不着把云歌拉进来。”孟珏的语气中有自负、不屑，还有自伤、骄傲，“我给云歌配的药全是为了治她的病，我当时压根儿不知道刘弗陵身上有毒，他的毒被我的药引发，是个意外的巧合。”

许平君眼睛盯着别处，声音如蚊蚋一般：“先帝的毒究竟是谁下的？”

“我推测是霍光，至于还有没有其他人牵涉在内，恐怕永远不可能知道了，那些人应该已经早被霍光送去见刘彻了。”

“怎么可能？以前我不懂，现在可是很明白，给皇帝下毒谈何容易？皇帝的饮食、衣物都由专人负责，就是每口水都会有宦官先试毒，于安忠心无比，霍光如何下的毒？”

“霍光的下毒方法，我也是平生仅见，不知道是哪位高人给他出的主意，布了这么个天衣无缝的局。霍光在一座荒山中种植了一种叫‘狐套’的植物，它开的花剧毒，可令人心痛而死，这座山中还有一种野生的植物，叫‘钩吻’，可令人呼吸停止，窒息而亡。这些植物就随意长在山上，任何人看到都不会多想，世间哪一座山上没有些有毒的花和草呢？此山多泉水，狐套和钩吻的点滴毒素融入泉水，流到了山下，山下的湖水就有了‘毒’，其实，这些湖水也不能算有毒，因为我们即使连喝几个月，都不会有任何中毒迹象，因为这些毒太少了，少得我们的身体可以自然排泄化解掉，但是，如果我们常年喝这些湖水，十年、二十年后，随着年龄增长，体质衰老，却会某一天爆发疾病，比不饮用湖水的人早亡。这种事情在民间也不少见，比如某个村子出生的人大部分是瘸子，某个村子的人容易眼睛瞎，某个村子的人寿命比别的地方短，人们往往归咎于他们得罪了神灵，或者受到诅咒，我义父却曾说过：‘一方水土，一方人，人有异，水土因。’我能发现霍光的这个绝不可能被人发现的秘密，就是突然想起了这些事情。”

许平君不解：“可是皇帝和皇后、后宫诸妃喝的是一样的泉水，霍光如果用这种方法下毒，其他人不是也会得怪病？”

孟珏解释道：“所以我才说霍光的这个局布得天衣无缝。他的‘下毒’还多绕了一个圈子。我查过刘弗陵的起居注，刘弗陵喜用鱼肉，而这个湖内就有很多鱼，这些鱼看上去健康活泼，和其他的鱼没有两样，实际上体内却积蕴了微量‘病因’，如我前面所说，一般人吃几条，一点事都不会有，但刘弗陵从八岁起就开始食用这些‘有病’的鱼，身体会慢慢地变差，如果没有我的香，也许还要五年左右才会病发，但是我的香，恰好激发了他体内深藏的‘病’。如果五年后他身体开始虚弱得病，没有任何人会怀疑是毒，因为试毒的宦官没有一点事情。”

许平君喃喃说：“因为试毒的宦官不止一人，而且这些试毒的人吃的量也和刘弗陵不一样。”

孟珏点头：“可以说，即使我们今日站在霍光面前指责他下毒，我们也没有任何证据。水有毒？霍光可以立即喝给你看！鱼有毒？霍光也立即可以吃给你看！哪里都没有毒。”

许平君寒意侵体，声音发颤：“霍光他究竟想要什么？他难道不明白吗？这个天下终究是刘家的天下，即使杀了刘弗陵，他想篡位登基也根本不可能，他谋反的那天，就是天下藩王起兵讨伐他的一天。”

“我推测，霍光从没有想过自己登基，他只想做实际上的‘皇帝’。如果刘弗陵好控制，听他的话，那么他可以随时中断养‘鱼’，如果不好控制，那么刘弗陵会在二十五岁左右就身体变差，生怪病而亡，这个时候，刘弗陵应该已有儿子，还恰好是幼子，而且按照霍光的计划，还应该是有霍家血脉的孩子，霍光自然可以挟幼帝令天下，天下藩王没有任何理由声讨他。”

“刘询他……他知道霍光的事情？”许平君身子簌簌发抖，她一直知道霍光权势遮天，是个很可怕的人物，可是她怎么都想不到，他已经可怕到了如此地步！给一个八岁的孩子下毒，预谋二十年后的天下，这是怎样的谋划和心思？难怪上官桀和桑弘羊会死，他们怎么可能斗得过这样一个深谋远虑、狠毒无情的人？难怪刘询明知危机重重，仍急着要立虎儿为太子。

孟珏淡淡应了声：“嗯。”

许平君的面颊抖动得几次想说话，都话语破碎，不能成声，最后才勉强吐出了句：“我……送给云歌的……香囊可……可有问题？”

孟珏身子靠坐到了轮椅上，声音不大地说：“不仅仅是有问题，还是很大的问题！刘弗陵的毒虽然被我的香引发，实际上是因祸得福，因为再晚两三年，即使扁鹊再世，恐怕也没有办法替他治好这非病非毒的怪病。这次病发，却机缘巧合地让我发现了他病的源头，然后想出了救治的法子。其实他的毒大部分已经被我清除，但他中毒的年头太久，所以身虚体弱不说，有些余毒还要慢慢地靠调理去拔，不过只要方法得当，两到三年就应该可以完全恢复健康。他当时身体内的状况正是新旧交替时，刘询送的香囊，压制了新气生，引动了体内残存的余毒，所以……所以我也再无能为力。”

随着孟珏的话语，许平君大睁的眼睛内，一颗颗泪珠顺着眼角滚落，再无声无息地涔入了盖着她的毯子上。

“你为什么不向云歌解释？”

“我没有信心她会相信，而且……更重要的是……如果解释，就会牵扯出刘询，这事太过重大，我怕云歌会有生命危险。再说了，让她知道她曾无数次亲手做过鱼给刘弗陵吃，也许在刘弗陵吃不下饭时，她还特意夹过鱼片给他，劝他多吃一点，她又是什么感觉？难道就会比现在好过一点吗？很多事情，如果能不知道，还是一辈子不知道的好，所以若不是被你逼得没有办法，我绝不会告诉你这些。”

许平君心中对孟珏感情复杂，恨叹道：“孟珏，如果你能告诉先帝或云歌，他的病是因为你的香无意引发的，也许先帝根本不会死。我即使送出了香囊，也害不到他们呀！”

孟珏呆住，怔怔不能说话。

许平君的眼泪仍在不断地滑落，可她的声音却已听不出任何异常，只是异样的冷。

“我把云歌交给你了，你一定要救活她！我回宫了。”说着就掀开毯子，要起来，孟珏想伸手扶她，她躲开了他，叫富裕进来。

“平君，你不如让富裕先陪你去别处住几天，或者回娘家……”

“家？”她曾有过家吗？许平君笑起来，一面扶着富裕的手向外走，一面说：“我不回未央宫，还能去哪里？”

夏末的阳光正是最明媚绚烂时，她却是连骨头缝子里面都在发冷，眼里所看见的是只有黑灰色，没有任何光亮温暖。原来这就是被最亲的人利用的感觉，原来这就是伤害到自己最亲的人的感觉，原来这就是绝望的感觉。生不如死，原来就是这种感觉。

小时候，没有家和亲人，她以为只要她很努力，讨得母亲喜欢，她就会有家，可是无论她如何勤劳能干，母亲都看不到她；大一点时，她以为她的刘大哥能给她一个家，在他爽朗的笑下，她能拥有温暖，她费尽心思地抓住了他，以为在他的身边，她就有了家，可是她错了。未央宫当然不是家，可至少她拥有过曾经的温暖，她可以守在椒房殿内回忆那些逝去的美好，可是她又错了，原来曾经的温暖都只是她的一厢情愿。

她不愿再见刘询，无颜再见云歌，一瞬间，她失去了她的所有，或者说，她本就一无所有。

她能去哪里？哪里又能给她栖身之所？

皇后和富裕走后，太医和守护在屋子四周的人也被皇后带走。八月见状，上前敲了敲院门，屋里没有人回应，他就走了进去。厢房里，孟珏坐在云歌榻边发呆，许是因为还在病中，孟珏看上去异常的疲惫，显得眉目间无限萧索。

八月心中本来对云歌有很多气，可这会儿看到她脸被烧得通红，嘴唇灰白，全是爆裂的伤口，被子外面的手瘦得更是让人觉得一碰就会断，他心中的气忽地就全消了，上前小声问："公子，要去抓什么药吗？我找九妹去抓。"

"她只是背上受了点轻伤，流了些血，不是什么疑难杂症，太医院最好的三个太医会诊开出的药石方子已经是最好。"

"那……那就没有办法了吗？嘴唇都被烧得全裂开了，再这么烧下去……"

孟珏拿着湿棉布轻轻擦云歌的唇："只能试一试非药石的法子了。八月，你立即回府，云歌的屋中应该收着一管紫玉箫，你把它拿来。"

八月忙回府去取箫，心里却怎么都不明白云歌的病和箫有什么关系。

等八月把箫取来，孟珏接过紫玉箫，拿到眼前仔细看了一瞬，唇边慢慢地抿出了丝苦笑。

他面对着窗外，将箫凑到唇畔，呜呜咽咽地吹了起来。

箫声响起的刹那，如皓月初升，春花绽放，整个屋子都被宁静安详笼罩。

午后的阳光从窗户洒进，孟珏的五官苍白中流动着点点碎金的细芒；和煦的夏风从窗口吹进，孟珏的几缕黑发在风中飘舞。他细长的手指在紫玉映照下，苍白得仿佛透明，可他墨黑的双瞳中柔情流转，全是温暖。

八月退到了院外，轻轻掩上了门。这般的深情和挽留，连不懂音律的他都听懂了，云歌即使在睡梦中，也不会一无所觉吧！

八月觉得曲子耳熟，可又从未听公子奏过，坐在门槛上听了半晌后，忽然想起在哪里听过这首曲子。云歌常喜欢在有星星的晚上吹这首曲子，用的好像就是这管紫玉箫，不过，她的曲子中哀音深重，公子所奏却平和宁静，所以一时没有想起来。待想明白了，八月心里又泛出酸楚，这管箫的末端有刻印，是孝昭皇帝刘弗陵的遗物，云歌吹的曲子只怕正是孝昭皇帝当年常奏的曲子。公子这般心高气傲的人竟然为了救云歌，不惜用刘弗陵的物品，揣摩刘弗陵的心思，吹奏刘弗陵常奏的曲子。

没有人知道云歌究竟有没有听到曲子，孟珏似乎也并不关心，甚至他根本没有回头看过云歌，他只是坐在窗边，面对着他和她曾经共居的院落，一遍遍地吹着箫。

从午后的金光流溢到夕阳的晚霞熠彩，从薄暮昏暝到朝旭晨曦，他一直反反复复，一遍又一遍地吹着同一首曲子。

光影在他身上流转，有午后淡金中的孤直，有夕阳斜曛中的落寞，有月从西窗过的傲慢冷淡，有沉沉黑暗中的固执守候，有清冷晨曦中的疲惫孤单。

天，亮了又暗了，暗了又亮了，光影交替间，似乎交错了孟珏的一生。但不管何种神情，何种姿态，他总是一个人。一个人在晨昏交替间，追寻着一点渺茫，踽踽独行于苍茫天地。

当灿烂的阳光再次洒满庭院时，曲子突然滞了一滞，几丝鲜血从他的嘴角涔出，沿着紫玉箫滑下，滴落在他的白袍上，孟珏没有任何反应，仍然吹着曲子。

一会儿后，曲子又顿了一下，又再次响起……

在院子外守着的八月听到曲子变得断断续续，猛地推开了门，冲了进来，看到孟珏唇角的鲜血，惊骇下，叫道："公子，不要再吹了！"想要去夺箫，却被孟珏眼中的光芒所慑，根本不敢无礼，情急间看到榻上的云歌，一下扑了过去，"烧退了，夫人烧退了！公子……"带着哭音回头，看见孟珏终于停了下来，正缓缓回头看向云歌。

他脸色煞白，唇却鲜红，手中的紫玉箫早被鲜血浸透，已看不出本来颜色，而他的表情最是古怪，说是欣慰，却更像悲伤。

他怔怔看了云歌好一会儿，头无力地靠在了轮椅上，闭上了眼睛，嘴唇动了几动，八月却根本听不清楚他说什么，忙凑到他身旁。

“……回府，请张大夫照顾云歌，不要提我，就说……就说是太医救的云歌。”

八月不甘心，放下自尊、不顾性命，用心血渡曲救活的人，竟然连见都不见一面吗?

“公子，你……不等夫人醒来了？”

孟珏已没有力气说话，只轻抬了下手指，八月看他面色白中泛青，再不敢啰唆，立即推着他向外行去。

第十八章

[YUN ZHONG GE]

此情已自成追忆

于安毕竟从小习武，伤势虽然重，可康复的速度很快，不过几天，就已经可以下地走动。

云歌却一直面色苍白，一句话不说，整天都恹恹地坐着，她的神情总带着困惑和寻觅，常常皱着眉头、侧着脑袋，似乎在倾听着什么，寻觅着什么。

云歌此时的样子让张先生想起了初见她时的样子，可那个时候，她身边有一个人倾力呵护，此时整个院子进进出出的不过就是他和一瘸一拐的于安。好歹云歌也是金口御封的诰命夫人，霍府都来送过几次药物银钱，孟府却从没一个人来探望过，还有皇后，不是说皇后和云歌情如姐妹吗？妹妹病了，姐姐会连看都不来看一眼吗？

人情凉薄至此，张先生黯然，索性绝口不提这些人，好似云歌从始至终一直都住在这个简陋的小院中。

“云姑娘，你在听什么？”

张先生将一碗药放到云歌身旁，试探着问。他总是不能确定云歌在高烧中有没有留下什么遗症，因为她总是好像在倾听着什么的样子。

托腮坐在窗口的云歌默默摇了下头，端起碗几口就把药喝尽了。

“那你可想过病好后去哪里？如果你愿意，可以先去我那里，你若不嫌弃，可以跟着我学习医术，顺道帮我看看病人，也算学以致用。”

院子中正在劈柴的于安停下了动作，静听云歌的答案。

云歌沉默地坐着，抬头望着窗外的天空，眼中有迷茫，好半晌后，她张了张嘴，似想说话。

院门突然被人推开，一个小宦官扶着门框大喘气：“孟……孟夫人，你速跟我进宫。”

于安冷声斥道：“这里没有孟夫人，你找错了地方！”

小宦官并不认识于安，他自进宫后就在椒房殿当差，从没人敢对他用这种口气说话，气得差点跳起来，手哆哆嗦嗦地指了指于安，想骂，却毕竟顾忌云歌，重重冷哼了一声：“我不和你这山村野人计较。”赶上前几步，对云歌行礼，“孟夫人，富裕大哥命我来接您进宫，说是有十分、十分重大的事情。”

云歌不吭声，小宦官急得差点要哭：“您一定要去，奴才虽不知道是什么事，可富裕大哥一头的汗，眼泪都好像就要下来了。”

云歌心头一动，这几日许姐姐竟一点消息也没有，她如此反常，一定是有什么事！猛地站了起来：“我们走。”

小宦官高兴地跑了出去，掉转马头，准备回未央宫。

于安和张先生想劝，都劝不住，于安无奈下，将自己随身携带的软剑悄悄交给了云歌：“这剑轻软，可藏入腰间、袖中。”

云歌本不想带，可看到于安眼中的担忧，还是接过了剑藏好：“于大哥，我去去就回。”

马车停在未央宫时，正是夕阳时分，半天的红霞，绯艳异常，映得未央宫的雕梁玉栋金碧辉煌。云歌心中却透着荒凉，总觉得入眼处是荒草丛生、尸骨累累，走在宫墙间，觉得厌倦疲惫，此生此世都不想再踏入这个地方。

天还未黑，椒房殿的大门就紧闭，云歌很是诧异，指了指门，疑惑地看向身侧的小宦官。他抓了抓脑袋，回道：“已经好多天都这样了，听说……好似皇后娘娘想搬出椒房殿，陛下不同意，两人之间……反正这段时间，皇后娘娘一直都不理会宫内的事情，除了去长乐宫给太皇太后娘娘请安，就只静心纺纱织布，督促太子读书。”

宫门吱呀呀地打开，富裕看到云歌，忙一把将她拽了进去：“您可来了！”又神色严厉地对周围的人吩咐，“都看好门户！不得放任何人进出，否则杖毙！”

云歌一边随他走，一边问：“究竟怎么了？”

富裕不说话，只是带着她往屋里赶，经过一道道的门，一重重的把守，云歌终于看到了许平君。

许平君面如死灰，唇如白蜡，几个婆子正满头大汗地接生。

云歌几步扑到了榻前，紧紧抓住了她的手：“姐姐，你……”

许平君见是她，脸孔一下变了颜色，急着想抽手，云歌不解地叫：“姐姐！姐姐？是我呀！”

许平君眼泪直在眼眶里打转，扭过头去不看云歌。

云歌温言说：“不管我做错了什么事，现在可不是斗气的时候。孩子想要出来了，你不能再随意动气，现在唯一要做的事情就是让孩子平平安安地出来。”

许平君不说话，只有眼泪从眼角一颗接一颗地滚落。

云歌走到一旁，低声问富裕：“太医呢？”

富裕低声说：“开完药方就被我赶走了！前段时间，陛下和皇后起了很大的争执，陛下如今正在盛怒中，现在后宫的事情都是霍婕妤说了算，写下来的药方不怕有事，除非这些太医想被灭九族。可我不放心留他们在这里！娘娘这段日子，身子一直不舒服，再不敢出一点差错。”

云歌一边去把许平君的脉，一边问：“是谁煎熬的药？把药方拿过来给我看一下。”

“单衍，是信得过的人，她是掖庭护卫淳于赏的妻子，懂得一点医理，许家和她是故交，娘娘小时候就认识她的，前段时间她一直在照顾娘娘，没有出过差错。”

一个端着热水进来的妇人听到对话，立即跪了过来，看上去很淳朴老实。

云歌正想问她话，许平君身体猛地痉挛了一下，痛得额头全是汗：“……孩……子……”

云歌忙过去，俯身去擦她额头的汗，柔声说：“没事的，孩子一定不会有事，你也会好起来的。”

云歌先去探看了一下许平君的胎位，全身寒意骤起，怎么是个倒胎位？又是早产！许平君的身体好像也不太对。她心慌起来，叫过富裕小声说：“我的医术不行，你立即派人去找孟珏。”

富裕心中一沉，不敢再废话，转身就飞跑出了宫殿。

云歌深吸了几口气，压下心慌，坐到了榻上，将许平君抱在怀里：“姐姐，不害怕！我会一直陪着你，我们这一次也一定能平安闯过去！来！吸气……呼气……吸气……呼气……”

孟珏赶到时，天色已黑。

灯火通明的椒房殿内，空气中流动的全是不安。

听到富裕说孟珏来了，云歌没有任何动静，只是俯在许平君耳畔，喃喃细语。孟珏也好似没有看见云歌，直接走到榻旁，去查看许平君，探完许平君的脉，他皱着眉头，沉思着不说话。

云歌看他半晌都不说话，又瞥到他的神色，只觉得全身都寒意飕飕，强压下去的慌乱全都翻涌了上来。以他的医术，竟也如此为难？

孟珏想了好一会儿，才落笔写药方，许平君忽地叫：“孟大哥……”

孟珏和云歌都忙凝神细听。

“……孩子，先保……孩子！”

她的面容灰暗憔悴，眼中却是无比坚毅的光芒，隐隐有一种圣洁，令孟珏想起了母亲将他藏好后，临去前的一瞥。他郑重地点了下头，将两味已经写下的药勾去，重新换了几味药，把药方递给富裕：“你亲自煎熬，不要假手别人。”

富裕点了点头。

许平君挣扎了大半夜，终于诞下了孩子，随着孩子的出世，先前的压抑紧张一扫而空，屋子内的人都笑起来。

“恭喜娘娘，是个小公主。”

稳婆抱着孩子颠了几下后，却听不到孩子的哭声，一下就慌了，赶忙探了下孩子的鼻息，脸色立变，一句话还未说，眼泪就已满面。

孟珏一步就跳了过去，接过孩子，指尖蓄力，连换了十几种手法，都没能让孩子哭出来。他的脸色渐渐灰暗，抱歉地看向云歌和许平君。

云歌凝视着他怀里的孩子，有今日的伤，还有前尘的痛，觉得心若被一把钝刀子一刀又一刀缓慢地锯着。

许平君看上去好似没有任何反应，只是脸若死灰、双眼空洞："把她抱过来。"

孟珏在她的目光下，任何劝慰的话都说不出来，只能把孩子小心翼翼地放在了许平君身旁，许平君轻柔地抚摸着她的小脸，悲伤欲绝，眼泪终于涌了出来，随着眼泪涌出的，还有鲜血。

正在给许平君清理下体的婆子叫起来："血崩了！血崩了！"说着话，身子已如筛糠一般抖起来。

产后血崩，阎王抓人！云歌慌了，急迫间抓住了孟珏的胳膊："你快想办法！"

孟珏不吭声，只是拿出早已准备好的金针，刺入许平君的各个穴位。云歌紧张地盯着他。

许平君拽了拽云歌的衣袖，云歌忙低下头，贴在她唇边聆听。

"其实，我心里早就明白了，我这次……这次不行了……太苦了！可我想这孩子无辜，老天该放过她。报应，都是报应！"

"不，姐姐你不会……"

许平君用眼神示意云歌不要说话："虎儿在长乐宫，我想见他。"

云歌忙让富裕去请太子殿下。

"云歌，你是个好妹妹，我却不是个好姐姐，我对不起你。"

"不是的，你和我小时候盼望的姐姐一模一样。"

许平君看着身旁的女儿，眼中泪花滚滚，唇畔却有一丝怪异的笑："刘询夺去了你的一个孩子，老天夺去他的一个孩子，冥冥中都有定数，很公平。"

云歌伤痛难禁，眼泪终于滚了出来："姐姐，你再坚持坚持，孟珏的医术很好，他一定能救你，你还要照顾虎儿呢！"

许平君感觉自己身体内的力量在迅速流逝，折磨了她一整夜的疼痛也在远离，整个身子是酥麻麻的轻松，她说道："孟大哥，你早已经知道结果，就不要再浪费精力了，我有话和你们说。"

孟珏停了下来，将手中未插完的金针一把就扔到了地上，一阵清脆的响声，更显得大殿寂寥。他坐到了许平君榻旁："你有什么心愿和要求都可以告诉我，我一定替你做到。”

云歌听到他的话，心内残存的一点希望彻底消失，只觉得心似乎一点一点全被掏空了，却感觉不到一点疼，只是麻木的寒冷。她不能明白，为什么上天要把她身边的人一个又一个都带走。

许平君笑着去握孟珏的手，手抬到一半，就要无力地落下，孟珏忙一把抓住了她。她拖他的手，孟珏顺着她的力移动，碰到了云歌的手，她将他的手覆在了云歌的手上。

“云歌，你错怪孟珏了，真正害死你孩子的人是刘询，刘询为了能没有后患地当皇帝，无论如何都不会让先帝的孩子生下来，孟珏如果不出此万不得已的下策，你和孩子都要死。毒杀先帝的人也是刘询，他让我不要绣荷包，去做香囊，又亲手写了先帝的诗，让我绣，最终的目的全是那个位置，他和霍成君……”

即使过了多日，每次想到却仍是伤心欲绝，许平君一口气未喘过来，脸色发白，孟珏忙在她各个穴道轻按着。

“平君，你先休息一会儿。你想说的话，我会告诉云歌。”孟珏抬头看向云歌，将前后因果半隐半藏地说了出来，“……刘询和霍成君究竟什么时候走到了一起，我也不甚清楚，大概是刘弗陵病重的时候，霍成君不知道怎么从霍光那里探知了霍光的秘密，她又将这个秘密告诉了刘询，刘询手下不乏江湖上用毒的高手，所以就有了后来的香囊。”

许平君喘着气说：“不是先帝生病时。霍成君告诉我，刘询在我身受重伤的那个上元节就陪她逛街游玩，还送了她一盏宫灯，她特意拿给我看了……那盏宫灯有八个面，绣着嫦娥奔月，她说刘询曾说过嫦娥的容貌也不如她万一……”

云歌看她脸色惨白，猛地打断了她：“姐姐，不要说了，也不要去想了。”当年，霍家虽不是冲着姐姐去的，可姐姐毕竟因为霍家差点死了。发妻在家中养病，刘询竟然和霍成君……姐姐以为的夫妻恩爱原来自始至终全是假的。

孟珏皱着眉头没有说话。许平君身体不适，胎气惊动，霍成君肯定知道，她还特意跑到许平君面前说这些话，这招“毒心”的计策用得真是颇有其父霍光的风范，兵不血刃，杀敌无形。

许平君笑起来，可那个笑容在苍白憔悴的脸上，只是显得更加悲伤：“好，不说他们。云歌，孟珏他……他是真心想治你的病，他当时根本不知道先帝体内有毒。其实，很多事情，我早就隐隐约约明白，却一直不敢去深想，也一直都瞒着你。孟珏瞒着你是怕你去寻刘询报仇，怕你会受伤，我瞒着你，也是怕你去寻刘询报仇，却是怕刘询受伤，你……你不要生气……”许平君的眼泪潸潸而落。

孟珏对许平君温和地说：“云歌的性格你又不是不知道，她不会生你的气的，你就不要再为这些事情难过愧疚，你在她心中永远都是好姐姐。”

许平君握住他俩的手：“云歌，你答应我，把中间的一切都忘记，只记住你们的初相见，那时候，我们都很好……大家都很开心……你和孟大哥好好地在一起，你们好好的……”

云歌的手掌上覆盖着孟珏的手，距离上一次两手交握已经恍如隔了几世。她看着他，他也看着她，两个人谁都不说话。

“云歌！”许平君气苦，想要起来，身子一软，头无力地又跌回了云歌怀中。

云歌如梦初醒，忙叫：“姐姐，姐姐……”

孟珏用力地握住了云歌的手，对许平君说：“我曾在你面前说过的话，这一生一世我都会信守。”

许平君仍眼巴巴地盯着云歌，云歌犹豫了下，在许平君眼前，反握住了孟珏的手，许平君欣慰地笑了，缓缓合上了眼睛：“虎儿……”

孟珏立即说：“一日为师，终身为父。我绝不会让霍家伤他分毫。”

许平君嘴唇哆嗦着想说“谢”，可此生孟珏对她的恩，根本不是“谢”字能报，所以索性沉默，只眼泪一颗又一颗。

“虎儿他怎么……还……还没……”

许平君的声音越来越轻，越来越低，终至无声。放在云歌和孟珏双手上的手猛地掉了下去，落在榻上，一声轻软的“啪”，云歌却如闻惊雷，身子剧颤，猛地抱住了许平君，心内痛苦万分，可一滴眼泪都掉不下来，只是身子不停地抖着，如同置身冰天雪地。

屋子外有低低的说话声，橙儿牵着刘奭进来，刘奭还在笑叫“母后”，想凑到榻前，橙儿却已经明白一切，一把揽住了他，对富裕使了个眼色：“太子殿下，您先出去，皇后娘娘有话吩咐奴婢呢！”

富裕脸色变了几变，拖着刘奭向外行去。刘奭却已反应过来，挣开富裕，冲了过来："母后！母后！娘！娘！娘……"

随着刘奭撕心裂肺的大哭声，皇后因为难产，血崩而逝的消息传出了椒房殿。

未央宫的黑夜被打碎，一座座宫殿全都亮起了灯。

昭阳殿的宦官、宫女因为早有命令，一贯都会阻止椒房殿的消息，可这次的消息，却没有任何一个人敢不报，所以即使是半夜，宦官仍哆哆嗦嗦地到寝宫外面敲门。

刘询在沉睡中翻了个身，不悦地哼了一声，霍成君半支起身子，没好气地说："拖下去！"

宦官把头磕得震天响，哭喊着说："陛……下，陛下，皇后娘娘……娘娘薨逝。"

刘询睡梦中，猛地睁开了眼睛，一个鲤鱼打挺，竟然直接越过睡在外侧的霍成君就站在了地上，穿着单衣，赤着脚，一把就拉开门，抬脚踹向跪在地上的宦官："你胡言乱语什么！"

昭阳殿内的宫女、宦官黑压压早跪了一地，个个都在磕头，刘询将目光投向夏嬷嬷，眼睛里的询问下流露着隐隐的恐惧和恳求。

夏嬷嬷不忍看他，垂目说："禀奏陛下，皇后娘娘因为惊动了胎气，导致早产，不想是个逆胎位，生产困难，皇后娘娘苦苦挣扎了大半夜后，终因体力不支，母……母女俱亡，望陛下以国事为重，保重龙体，节哀顺变……"

刘询只觉得夏嬷嬷的声音越来越小，他的耳朵渐渐地什么都听不见，最后什么声音都没有了。他看见周围的人有的在磕头，有的在抹眼泪，还有人跑来跑去，似乎很混乱，可他却觉得世界无比安静，静得他能听见自己的心跳声，如擂鼓一般，越来越快，越来越大声。

他一步步地向外走去，有人拉住了他，他回身，看见一个容貌明艳妩媚的女子嘴巴急促地一开一合，旁边一个宫女弯身捧着一套衣服，那个令人生厌的女子还指着他的脚在说什么，他不耐烦地推开了那个女子，向外跑去。

似乎在下雪，身上一层一层地寒，可是不怕，只要跑到家里就有火了。那年的冬天也出奇的冷，整日里都在下雪，他没有棉袄子，只能穿一件夹衣。每日里去街上闲逛，找人斗鸡，赢些吃的，晚上兄弟们都爱往他的小破屋挤，不是他的屋子比别人的裂缝小，也不是他的屋顶比别人漏风的地方少，而是他的屋子每天晚上总有火烤。平君每日里都上山去捡柴，回来后，总会偷偷把几根最粗的柴塞到他屋檐下。

那个小丫头，见到他们一帮无赖，总是静静地让到路边。黑子他们吹口哨，大声起哄地逗她，她背着藤筐，紧张地站着，鼻头被冻得红通通的，十分滑稽。袖子上几个大补丁，脚上是一双偏大的男鞋，估计是她哥哥的旧鞋，还是破的，大拇指露在外面。似乎感觉到他目光扫到了她的鞋，她涨红着脸，脚指头使劲往鞋里缩……

他突地停住了脚步。

眼前不是他的破屋，是一座富丽堂皇的宫殿，可以挡住风，挡住雪，可他身上的冷却越发重了。无数人迎了出来，在他脚下跪倒，有人抬着头在说话，有人低着头在哭号，可他什么都听不到。他穿过他们，向屋里奔去，经过重重的殿门，他终于看见了她。他心里一宽，雪停了，身子也是暖和的了，她不是好好地睡在那里吗？他的世界仍是安稳的。

他微笑着上前，榻前跪着的一个孩子突然站了起来，满面泪痕地向他跑来，他的心剧震，一个刹那，铺天盖地的哭声都传进了耳朵里，压得他头晕目眩，他茫茫然地伸手去抱他："别哭，别哭！你娘不会有事！"

孩子却在愤怒地把他向外推："你出去，你出去！娘是被你气死的！是被你气死的！你去昭阳殿，昭阳殿的霍婕妤比娘出身高贵，长得好看，你去找她……"

何小七冲出来，将刘奭抱开："太子殿下不要不敬！"又忙向刘询请罪，"陛下，太子是悲伤过度，神志不清……"刘奭连打带踢地想挣脱，可他哪里挣得开何小七，最后反抱住何小七的脖子大哭起来，"小七叔叔，娘……娘……"小七也是泪流不止，担心刘奭悲伤下再说出什么不敬的话，强抱着刘奭退到了殿外。

刘询慢慢地走到了榻前，跪下，挽起了她的手，可她的手冰冷，不可能再来温暖他，也再不会来握他。他将她的手贴在脸上，透心的冰凉，他扭头看向云歌："你们为什么不叫我？为什么不肯让我见她最后一面？为什么？"看似平静的语气下有汹涌的暴风雨。

云歌盯着他，没说话，身子却在轻颤，若一触即发的箭。她轻声说："许姐姐有几句话要我转告陛下。"

孟珏想拽住云歌，却已经晚了。

云歌身法轻盈，像一朵绿云般飘向刘询，而刘询急于听到许平君的遗言，也飞快地向云歌纵去。他看云歌嘴唇翕动，却听不清楚她说什么，下意识地就俯下身子去听，云歌袖中突然弹出森寒的剑锋，直刺刘询心脏，幸亏刘询武功高强，身体的本能反应迅疾，硬生生地运力向后退去，堪堪避过了云歌必杀的一招。可云歌的招式难以想象地精妙，携着云歌必杀的决心，雷霆般一波又一波攻向刘询。刘询失了先机，处于守势，几次想逃开剑网，都被云歌逼了回去，始终避不开云歌的剑锋。

已经退到墙壁，刘询只能向侧面避让，却忘了身侧就是许平君睡的榻，脚下一步踏错，身子失衡，云歌立即逮住机会，剑锋突然爆开千万朵剑花，每一朵花都在快速飞向刘询咽喉，刘询的瞳孔骤然收缩，在旋转着的冷冽花朵中，眼前好似闪电般闪过和云歌相识的一幕幕，怎么都不能相信他竟会死在她手上。

突然，一只手横空而出，在最后一刻，抓住了剑刃，所有光芒刺眼的花朵刹那消失。剑锋紧贴着刘询的脖子被停住，刘询没受伤，那只手却被剑刃刺伤，鲜血落在了刘询雪白的单衣上。

屋外的宦官听到动静，试探着叫了几声“陛下”，刘询都没答应。他们冲了进来，看到眼前剑拔弩张、生死一线的一幕，骇得不知道该怎么办。

孟珏手握着剑刃，对刘询平静地说：“陛下还是先让他们退下，有些话，陛下绝不想任何人听到。”

刘询因为被剑锋抵着脖子上的动脉，不敢低头，只能昂着头下令：“你们都退下。”

宦官不敢不退后，可又不敢扔下刘询不管，只得一步步退到了殿外，远远地围住大殿，越来越多的侍卫闻讯赶来，将椒房殿团团围住。

孟珏对云歌说：“你若杀了他，今日就休想活着离开这里。”

云歌一手握着剑不放，一手蓄力，盘算着如何逼开孟珏：“我也没想活着离开。”

刘询想看到云歌的神色，他怎么都想象不出来云歌想杀他的眼神，他总觉得用剑抵着他脖子的人是另外一个人，可头低不下来，只能嘶哑着声音问：“云歌，你怎么知道的一切？”

孟珏微哼了声：“你以为做得天衣无缝，却根本连刘弗陵都没瞒过。”

刘询和云歌的身子都是猛地一颤，抵在刘询脖子上的剑锋往里刺了下，刘询的脖子和孟珏的手同时开始滴血。

刘询不敢再动：“不可能！绝不可能！他若知道……我怎么可能还活着？他怎么可

能还让我活着？”

云歌眼睛中有不能相信的震惊和悲伤，也喃喃说：“不，不会，他不会……”

“你一点不顾许平君和云歌与你的情谊，还将我的一番苦心毁于一旦，我当然不会替你隐瞒，所以发现是你后，立即就告诉了刘弗陵，本以为他会将你处死、传位给刘贺，不想他竟然……竟然什么都没做，不但什么都没做，反而依然决定把皇位传给你。”

“你胡说！不会！他不会！陵哥哥不会……”云歌摇着头叫，剑锋不停地颤动，好似随时都会刺入刘询的咽喉。

孟珏用力压住剑锋，厉声说：“云歌！他是你的陵哥哥，可他更是天下万民的皇帝，他为了你和他，是应该杀死刘询，可他为了天下万民不能杀了他！他的死当时已是既定，若再杀了刘询，那么得利的只能是霍光，刘贺重义心软，不见得是霍光的对手，一招不慎，天下就会动荡不安。他不杀刘询，负了你，更负了他自己，可他若杀了刘询，也许负的就是天下苍生！”

云歌嚷道：“我不听你说，我只知道他害死了陵哥哥！”说着就不管不顾地用力向前刺去，孟珏的手一阵钻心的疼痛，他压不住云歌的剑势，又不能伤云歌，急怒中，猛地弹了把剑，将剑锋撞歪，然后放开了手：“好！你想杀就杀吧！反正你早就不想活了！汉朝现在正和羌人打仗，你杀了他，最多也不过就是个天下大乱、民不聊生，大不了就是多几万人、几十万人陪你一块儿死，不得安宁的是刘弗陵，我又不会为这些流民难受，这些事情与我何干？”说着一甩袖，竟坐到了一旁，拿出一方绢帕，低着头开始给自己包扎伤口，看都不再看云歌一眼。

云歌想刺，却刺不出去，这一剑刺下去，刺碎的是陵哥哥多年的苦心，刺出的是无数家破人亡；想退，却恨意满胸，眼前的人，让她和陵哥哥天人永隔，让她的孩子连一声啼哭都没有发出。

她握剑的手簌簌直颤。

刘询的身子已经紧贴到了墙根上，云歌的剑不停地在抖，他脖子上的血珠子就不停地涔出，雪白的单衣已是血红一片。

突然，橙儿牵着刘奭出现在门口，刘奭惊恐地睁着眼睛，忍不住地大声叫：“爹！姑姑？你……你……”

“哐当”一声，云歌的剑掉在了地上。

刘奭向云歌跑来，又有些害怕地站住：“姑姑，你为什么……”

云歌蹲下，把他揽进了怀里："以后不许再叫我姑姑。"

"那叫什么？"

"姨母，我是你的姨母，不是姑姑。"

"嗯，姨母！"

"姨母以后再不会进宫来看你了，你要一个人好好的，不要忘记你娘，你要做一个好人，不要让你娘在地下伤心。"

刘奭哭起来，抱住云歌的脖子："姨母，不要离开虎儿。"

云歌的眼泪滴在他的脖子上："你只要记住，只要你好好的，姨母会一直看着你的，你娘也会一直看着你的。"

云歌狠着心推开刘奭，向殿外行去。

一天之内，接连变故，刘奭对诸多事情隐隐约约之间似懂非懂，此时再也忍不住，抹着眼泪大哭起来。橙儿上前，替他擦去眼泪，小声哄他："太子殿下已经是个大人了，要坚强！"

云歌蒙眬中回头看了他一眼："不要哭，你以后是皇帝，老天会用整个天下补偿你所失去的。"

一袭绿裙，人群中几闪，就已经再看不见。

七喜此时才敢冲进来，小声问："陛下，要去追……追捕云歌吗？"

刘询软坐在榻上，整个人痴痴呆呆，刘弗陵竟然心如明镜，早就知道一切？可他……他……不可能！不可能！他不可能知道一切！

七喜又叫："陛下？"

孟珏淡然说："陛下，若说这世上，除了太子殿下，还有谁让皇后娘娘放心不下，也就云歌了，请让皇后娘娘能安心休息，也让太子殿下多个亲人。"

刘询在孟珏并不淡然的目光下，却没有往常的反应，只是呆呆地看着合目安睡的许平君，心头大雪弥漫，最后无力地挥了挥手。

七喜心下长舒了口气，带着人退出了屋子，同时吩咐侍卫都各回原职。

橙儿向刘询告退："奴婢带太子殿下先去长乐宫住几日。"刘询没有说话，只点了下头。

刘询看到许平君的头发有些乱，坐到榻头，拿了把梳子帮她抿着头发，动作细致温柔。

孟珏见状却只觉得不屑厌恶，刘询不是没有斗争经验的安逸皇子，他是从鲜血中走过，在阴谋中活下来的人。以他的聪明，当年他立许平君为后时，就该知道今日的结局。他为了自己，亲手将一个女子柔弱的身躯推到了刀锋浪尖上。既然有当初，又何必现在？

孟珏弯身请退。

刘询问："她……她临去前就一点都不想见我？"

孟珏低着头，话语却很直接："是的，从没提过要见陛下。皇后娘娘挣扎了半夜，却因为早前惊动了胎气，胎儿受损，胎位又不正，所以产下的是个死婴。皇后娘娘悲伤难禁，导致血崩而亡。"

刘询眼前发黑，手中的梳子掉在地上，跌成了两半："是个男孩？还是个女孩？"

"一个很漂亮的女孩。"

孟珏说着话，特意将小棉被包着的女婴抱过来，递给刘询，刘询不想接，孟珏却松了手，女婴跌向地上，刘询心中一痛，明知道孩子已死，却仍着急地去捞，将孩子抱进了怀里，入怀的瞬间，这个对他来说遥远而陌生的孩子，似乎没有太多联系的孩子，就立即融进了他的血脉中，他将永永远远地记住她在他怀里的样子，紧闭的眼睛，微翘的唇，粉嫩的肌肤，柔软的身体。从此后，在他的午夜梦里，总会有一个小小的女儿在徘徊，那么脆弱，那么堪怜，他却永远听不到一声"爹"。

刘询闭上了眼睛，紧紧地抱着孩子，身体无法抑制地颤抖着。

孟珏跪了下来，奏道："臣忽然想到了一件事情，需要禀奏陛下。"

刘询无力说话，只轻轻"嗯"了一声。

"皇后娘娘因为心情激愤，哀伤盈胸，动了胎气，导致早产，偏偏胎位又是个倒胎位，就是孩子的脚在下，头在上，是最难生产的胎位。太医想借助催生的药，让孩子尽快出来，太医的想法看上去没有大错，因为娘娘此时的状况本就是怎么做都凶险，只不过看哪种凶险更容易被人控制而已，药方看上去倒是没问题，不过总是很难保证不出一点偏差。"孟珏停了下来。

刘询霍地睁开了眼睛，眼中阴云密布，杀机浓厚："你怎么不接着往下说？"

孟珏恭敬地说："臣也不知道下面是什么，陛下想怎么处置，下面就是什么，臣告退。"

刘询的脸色阴晴不定，一会儿青，一会儿紫，一会儿白，最后全变成了灰败，不管后面发生了什么，不管孟珏的话是真是假，早产确是因他而起。

现在他无力，也不能去追究发泄，他只是觉得冷，很冷，很冷！

他一手抱着孩子，一手紧紧地握着平君的手，鹅毛般的大雪纷纷扬扬地落着，天地间只有他一人艰难地行走着，那座不管风雪再大，却总会暖暖和和的屋子再也找不见了。

平君，你已不肯再为我去捡柴了，是吗？

第十九章

[YUN ZHONG GE]

明日天涯已陌路

面对汉朝的大军，羌族向匈奴借兵，生死关头，两个最强大的游牧民族联合，共抵着农耕民族的进攻，两方相持不下时，羌族内部突然爆发内乱，主战的三个羌族首领被杀。汉朝大军的铁蹄趁势扫荡了整个羌族，令最桀骜不驯的西羌对汉朝俯首称臣，其他羌族部落也纷纷归顺汉朝。匈奴扶持的乌孙叛王被杀，解忧公主的长子元贵靡被立为乌孙大国王，历经波折后，解忧公主终于登上了乌孙国的太后宝座。她的女儿嫁到龟兹做王后，在解忧公主的斡旋下，龟兹也归顺汉朝。

解忧公主的掌权，意味着汉朝和匈奴在西域百年的斗争，从高祖开始，历经惠、文、景、武、昭五位帝王，直到宣帝，汉朝终于大获全胜，从此后，西北的门户通道尽在汉朝控制。

建章宫在举行盛宴，欢庆大汉的胜利，可这次战役最大的功臣霍光却没有出席。他独自一人坐在家中的假山溪流旁，自斟自饮，眉目间未见欢颜，反而尽是落寞沧楚。

喝得已有八九分醉，他举杯对着明月，高呼：“太平已被将军定，红颜无须苦边疆！”

脚步凌乱中，他瞥见松影寒塘下，映照着一个白发苍苍、神情疲惫的男子。霍光醉意蒙眬中，指着对方喝问：“何方狂徒，竟敢闯入大将军府？”

不料对方也指着他，挑眉发怒。他呆了一瞬，才反应过来，这个寒塘中的老头就是自己，悲上心头，手中的酒杯跌入了池塘，“咕咚”一声，水镜碎裂，涟漪荡漾中，那个碎裂的老头变成了无数个画面，从水面下呼啸着扑面而来。

黑色铠甲、红色战袍的是李陵，他剑眉含怒，剑蕴雷霆，正骑着马向他冲来。

那个穿着胡装，腰挎弯刀的是翁归靡，爽朗的笑声下是滴水不漏的精明。

一身宫装的是解忧，她手握长剑，徐徐走来，眼中有决绝，有鄙夷。

颜若玉兰、鬓如绿云，微笑着而来的是冯嫽，可转瞬就变了，她眼中有凌厉，有愤怒，握着解忧的手，哀哀落泪。

上官桀正指着自己的儿子上官安与他笑语，他也笑着点头，屋子外面是几个丫鬟推搡着怜儿，笑叫着：“大小姐，去看一眼！不好也可以和老爷说。”怜儿羞恼得满面通红，挣开丫鬟的手跑了。可一眨眼，上官桀推倒了几案，怒吼着向他扑来。

绿柳依依，黄莺娇啼，女儿怜儿才五岁，在园子里荡秋千，咯咯地笑着：“爹爹，爹爹，抱抱！抱抱！”他刚想伸手，她却脖子上全是血，眼睛大睁地瞪着他：“爹，你答应过女儿的……”

……

霍光的眼前光影交错，时而黄沙满天，时而柳荫翠堤，时而欢声笑语，时而鲜血四溅，一幅幅流转而过的画面，压得他喘不过气来。

他眼前出现了宣室殿，殿堂阴暗幽深，虽然安静得压抑，他却终于喘了口气，看到一个人睡在龙榻上，他向前走去，突然，白发苍苍的刘彻从龙榻上翻身坐起，喝问：“你在朕面前指天为誓的誓言可还记得？若有异心，子子孙孙，翦灭殆尽。”刘彻向他扑来，两只干枯的手重重抓向他的脖子。

霍光“啊”的一声惊叫，身子向后栽去，重重摔在了地上，失去了知觉。

霍光在自家后园饮酒时突然中风，自此，霍光缠绵病榻，身体每况愈下，可霍家的尊荣未受丝毫影响，刘询封霍成君为皇后，又陆续加封霍禹、霍山、霍云三人为侯。

虽然后宫中还有张氏、公孙氏，以及后来新选的戎氏、卫氏，可刘询专宠霍成君，夫妻感情深笃。因为帝后恩爱，后宫反倒很清净，人人都不敢、也不能与霍皇后争宠，霍氏一门的尊荣达到极盛。

一年后，霍光在担忧无奈中病逝于长安。作为一代权臣，霍光这一生未曾真正输于任何人，只是敌不过时间。

霍光病逝的消息传出，一直隐居于长安郊外，跟随张先生潜心学习医术的云歌去向张先生告辞。张先生知道他们的缘分已尽，没有挽留云歌，只嘱咐她珍重，心中却颇是担忧她的身体。近年来，云歌肺部的宿疾愈重，咳嗽得狠时，常常见血，且有越来越多之势。云歌的医术已经比他只高不低，她自己开的方子都于事无补，张先生更无能为力，只能心中暗叹"心病难医""能医者不能自医"。

受过云歌恩惠的乡邻听闻她要走，扶老携幼，都来给她送行，云歌和他们一一话别，等众人依依不舍地离去，已是深夜。云歌将行囊收拾好后，交给了于安，自己赶在日出前去往平陵。

平野辽阔，星罗棋布，墓冢沉默地伫立，点点萤火一明一灭，映得墓碑发着一层青幽的光，阵阵蛩鸣时起时伏，令夜色显得越发静谧。

云歌一阶阶的台阶蹬着，周围没有一个侍卫出来阻挡，她也没有觉得奇怪。在她心中，她想见他，所以她来了，本就是自然而然的事情。

一个宫装女子托腮趴在玉石栏杆上，凝视着夜色尽处，听到云歌的脚步声，没有回头地说："今夜的露水重，天亮前怕有大雾。"

云歌站住，待看清楚隐在暗处的人后，走到她身侧，也看向了远处。

上官小妹说："我最喜欢在这里等日出，时间不长，景色却会几变。我有时候很好奇，你会在什么时候来这里呢？总觉得皇帝大哥应该喜欢和你看日出的。"

云歌沉默地望着夜色尽头，眉眼间有挥之不去的哀伤，小妹的眉眼也如她一般，凝聚着浓重的哀伤，她轻声说："我一直以为霍氏覆灭的那天，会是我最快乐的一天，可是昨天早上听到外祖父病逝的消息时，我竟然哭了，也许因为我知道这世上很快就会真的只剩下我一个人了，父亲家族的人已经全死掉了，不久的将来，母亲家族的人也会都走了。”

云歌侧头看向小妹，小妹朝着云歌，努力地想笑，却怎么都笑不出来：“我恨了霍光那么久，他终于死了，可是我现在只有难过，没有一点快乐。”

夜风中，小妹的身子似乎在颤，云歌的身子也微微地抖着，她握住了小妹的手，两人的手都是冰凉，谁也给不了谁温暖，但是至少少了一份孤单。

没一会儿，果然如小妹所说，在蒙蒙晨曦中，腾起了一大团一大团的白雾，很快就弥漫了整个旷野。白雾漂浮间，陵阙、石垣、陪冢、不知名的墟落若隐若现，景致苍莽雄奇中透着宁静肃穆。

“这片陵原葬着高祖、惠帝、景帝、武帝，现在还有皇帝大哥，光皇帝就有五个，曾经的英雄豪杰更多，大将军卫青、骠骑将军霍去病、匈奴王子金日、倾国倾城的李夫人……这里还曾是秦时的战场，传说神秘的秦始皇帝陵也在这附近。岁月悠悠千载，改朝换代、风起云涌，这片陵原却总是这个样子。我常常想，百年、千年后，未央宫会是什么样子？大概荒草丛生吧！到时候没有人真正知道我们，就如我们并不知道他们，我们只知道这个是好皇帝，那个是暴君。我在史书里恐怕会是一个可怜没用的皇后，皇太后，太皇太后，寥寥几笔就写尽我的一生，而皇帝大哥是一个和其他早逝的皇帝没什么不同的皇帝，顶多再赞句聪慧仁智。世人知道的是刘询，史官也肯定更愿意花费笔墨去记载他的传奇经历，他的雄才伟略和他的故剑情深。但是，那重要吗？即使全天下的人都忘记了他，你和我会记着他，我们能活多久，他就能活多久。甚至，我和你保证，刘询在梦中突然惊醒时，也会想起他，刘询越是跑着去遗忘，就越是忘不掉。”

云歌听到刘询的名字，好几次想将压在心头的一切都倾诉出来，也许这世上，只有小妹才能理解她的一切感受，可最后，她仍选择了沉默，就如同陵哥哥的选择。仇恨不能让死者复生，只会让生者沉沦，小妹身上的枷锁已经够多，不需要再多一重沉重和挣扎，她希望小妹能慢慢忘记一切，然后有一天愿意动用陵哥哥留给她的遗诏离开这里。

小妹从地上提起一个木盒子，递给云歌：“琉璃师烧好这个时，他已经离开了，琉璃师傅就将这个敬呈给了我，但我想，这个屋子应该是他想为你盖的，我每次来这里，都会带着它，也一直想着究竟什么时候适合给你，你一会儿是霍小姐，一会儿是孟夫人，我还以为你不再需要它了。”

云歌接过盒子打开，里面是一个琉璃烧制的房子。主房、书房、卧房、小轩窗、珍珠帘一一俱全，甚至屋后有一个小小的荷花池，窗下有翠竹。根据不同的景物，琉璃师选择不同颜色的琉璃，还会根据屋子的角度，通过琉璃颜色的深浅，营造出光线的变化。卧房的屋顶是用一小块水晶做的，从屋顶看进去，里面有两个小小的泥人并排躺着，看向外面的天空。

那两个泥人和精妙的琉璃屋宇相比，捏造手法显得很粗糙，可人物的神态却把握得很传神，显然捏者对两人十分熟悉。

小妹轻声说："琉璃师傅说这对小人是先帝交给他的，并非他们所做。"云歌痴痴地盯着屋子，早已淡看一切的眼中涌出了泪珠，一大颗一大颗地滚落。

泪水掉在琉璃屋上，如同下雨，顺着惟妙惟肖的层层翠瓦，滴滴答答地落到院子的台阶上，里面的两个人好似正欣赏着水晶顶外的雨景。

太阳升起了，大雾开始变淡。仿佛一个瞬间，刮了一阵狂风，大雾突地没了，眼前突然一亮，一切变得分明。蓝天辽阔，原野苍茫，无数只不知名的鸟叽叽喳喳，吵闹不休，还有无数彩蝶，翩翩飞舞，时在这朵花上停一下，时在那朵花上停一下。

云歌手中的琉璃小屋在阳光下散发出夺人心魄的七色光芒，好似人世间的一个美梦，流光溢彩下是晶莹秀润的易碎。

一直看着太阳的小妹满意地叹了口气，背转了身子，靠在栏杆上，笑望着云歌："你是来和他告别的吗？想好去哪里了吗？"

云歌双手捧着琉璃小屋，抬头望向初升的朝阳，睫毛上仍有泪光，唇边却绽开了一朵笑。她将琉璃小屋收回了木盒中，小心地放好后，侧依着栏杆，对着小妹，指了指自己的心口："我和他一起走。他一直想去看看长安城外面的世界，所以我就打算兴之所至，随意而行。"

小妹歪着脑袋，笑着问："你们不会再回来了，对吗？"

云歌用力地点了点头。

小妹眼中几点晶莹的光芒，迅速地撇过了头。

云歌静静站了会儿，忽地出声："小妹，我有个不情之请，虽然霍光已……"

"我知道，你想说刘奭。许平君早已经求过我了，我答应了她会替她照顾刘奭，现在霍成君已不足为虑，我在一日，后宫中的人绝伤不了他。”

“多谢！”

云歌向她行了一礼，提起地上的木盒，就飘向了台阶下方。

小妹没有回头，只高声说：“珍重！”

“你也是！”

万里碧蓝，千丈层林、一川萋草。明媚的朝阳下，绿裙穿行过草林野花，衣袂翩飞中，有光有影，有明有暗，有载不动的忧伤，可也有不颓败的坚强。斜斜晨曦中，她的身影渐渐消失在了苍茫的旷野中。

天边一对对燕子你追我赶，轻舞慢嬉，小妹凝视着它们，喃喃低语：“大哥，你一定很开心，我也很开心！”两行晶莹透明的泪珠却沿着脸颊无声地坠落。

孟珏正在屋中整理东西，三月突然闯进了书房，面色怪异地说：“夫……夫……云……云歌回来了，正在竹轩整理物品。”

孟珏面无表情地说：“知道了。”

三月呆了一呆，静静地退了下去。自从许平君死后，云歌再未踏进长安城一步，公子虽知道她在跟着张先生学习医术，可他也从未去见过她，两人之间好似再无关系。三月怎么想也想不明白，云歌怎么又突然跑了回来。

孟珏静静坐了一会儿，拿起一卷义父写的医书，翻到最后面，接着义父的墨迹，提笔在空白处，写下了他这几年苦苦思索的心得：

肺络受损，肺失清肃，故咳嗽。五情伤心，肝气郁结，火上逆犯肺络，血溢脉外，则为咳血。外以清肝泻肺、和络止血，内要情绪纾缓，心境平和，内外结合，诸法协同，方有满意之效。切记！切记！情绪舒缓，心境平和！

处方：桑叶、牡丹皮、知母、枇杷叶、黄芩、蝉蜕……

云歌其实也没多少东西可收拾，主要是于安带出宫的一些刘弗陵的遗物，以及她自己的几套衣服，还有几册书籍。

孟珏去时，看见云歌正拿了丝帕擦拭玉箫，听到他的脚步声，她抬头看了他一眼，复低下头去接着擦：“这玉箫原本是纯净的紫色，不知道是不是没放好，竟透出斑斑驳驳的红色来了。”

云歌说话语气淡然温和，像是普通朋友拉家常，好似他们昨日才刚见过，而不是已经一年多未谋面。

孟珏将带来的书放到案上，随意坐到一旁，微笑着说：“随着它去就好了，时间长了，也许自然而然就没了。”

云歌已经擦了很久，知道是真擦不掉了，只得放弃，将玉箫小心地收到盒中，起身去整理书籍。

“这几册针灸、医理书籍能送给我吗？”

“那些是义父的书，你肯拿去读，他一定愿意的。我刚拿来的这几卷医书也是义父所写，我已经都看过，留着用处不大，你拿去看吧！”

云歌没有吭声，只把书拿了过去。收好书籍后，她打量了一圈屋子，觉得没掉什么东西，对孟珏说：“我走了。”

孟珏站了起来，微笑着说：“你去哪里？我送你一程。”

云歌淡淡地一笑：“我还没想好，打算坐着船，边走边看，也许先去见我爹娘，阿竹说我娘已经给三哥写了好几封信，念叨我很久了。”

“那我送你去渡口吧！”

云歌未推辞，孟珏帮着她把箱笼搬到了马上。

云歌是一匹马骑，一匹马驮行李，孟珏竟也是一匹马骑，一匹马驮行李。云歌没什么表情，径自上了马。

两人骑马出城，一路没有一句话，行到渭河渡口时，于安戴着斗笠，摇橹而来，将船靠岸后，就来帮云歌搬行李。

云歌抱拳对孟珏一礼，说：“就此别过，你多保重！”

孟珏微笑着问：“我也正好要出趟门，可以搭你的船吗？”

云歌摇了摇头。

孟珏又微笑着说：“那看来我只好另行买船，沿江而行，如果恰好顺路，我也没办法。”说着，就招手给远处的船家，让他们过来。

云歌低着头，默默站了会儿，忽地抬起头，轻声叫：“玉中之王！”

孟珏呼吸猛地一滞，一时间竟是连呼气都不敢，唯恐一个大了，惊散了这声久违的唤声，定了定神，才敢回身。眼前的绿裙相似、面容依旧、黑眸也仿佛，实际上却已浸染过风霜、蕴藏了悲愁，如深秋的湖水，乍一眼看去和春日湖水一般无二，再看进去了，才发觉一样的清澄下不是三月煦暖、万物生机，而是十月清冷、天地萧肃。

“此生此世，我不可能忘记陵哥哥的。”

孟珏想说话，她浅浅笑着，食指贴着唇，示意他不要开口。那浅笑如风吹静水，淡淡几缕縠纹，一闪而过，只是给世人看的表象，湖心深处早已波澜永不兴。

“我不可能把他藏在心底深处，也不想把他锁在心底深处，我知道自己很想他，所以我要大大方方地去想他。他喜欢读的志趣怪谈，我打算踏遍天下山河，将各地好听的、奇怪的故事、传说都记下来，以后讲给他听；我还会去搜寻菜式，也许十年、二十年后，你能在京城看见我写的菜谱；我在学医时，曾对师傅发过誓，不会辜负师傅的医术，所以我会用我的医术做一些力所能及的事情。你们不都要我忘记那些不好的事情，重新开始吗？现在我真的下定决心忘记了，我要忘记所有的人和事，只记住我和陵哥哥之间的事情。你若真想我重新开始，就放我自由，让我走吧！你若跟着我，我总会不经意地想起你和霍成君灌我药，想起你做的香屑……”云歌深吸了口气，再说不下去，她看向了远处的悠悠白云，好一会儿后，轻声说道：“千山万水中，我一定能寻到我的宁静。”

云歌说完，小步跑着跳上了船，江边的风吹得她乌发飞扬，衣裙沙沙作响。

孟珏脸色煞白，如同石雕，呆呆地立着。

他一直盼望着她的释怀，她也终于准备遗忘过去、重新开始，可是他从没有想到，她的遗忘就是从他开始。

她是他心头的温暖、舌尖的百味，他原以为这一生都不会再有，却寻到了，曾经以为只要自己不放手，就永不会失去，可是，原来他只能看着她一点点地从他的生命淡出。

这次的离去，她没有说再会，因为她永不会再与他相会，她只想和刘弗陵一起安静地走完余生。

云歌毫未留恋地向他挥了挥手，侧身对于安说了句话，于安将船荡了出去。

长天浩瀚，江面辽阔。远处，数峰青山隐隐，白云悠悠；近处，江面红光粼粼，蒹葭苍苍；中间是淼淼绿波，点点白鹤。云歌一身绿裙，立在乌篷船头，与飞翔的仙鹤一起，向着云海深处驶去。

船越去越小，人影也越来越淡。

一阵风起，那一点绿影消失在了碧空尽处，只有无数只仙鹤在蓝天白云间飞翔。

他通体寒冷，只觉得漫天漫地俱是荒凉，一望过去全是灰天败地的寂寥，他猛地跑向江里，跌跌撞撞地追着。

“云——歌——”

天地间的悲唤，却很快就被浩渺烟波吞噬，只有滚滚的江水在天际奔流不息，漠看着人世离合。

第二十章

[YUN ZHONG GE]

落子勿言悔

霍光走后，刘询就开始削减霍家的势力，去霍成君处越来越少，直到最后绝迹于椒房殿。

霍光死后的第二年，刘询准备妥当一切后，发动了雷霆攻势，开始详查许平君死因，医婆单衍招供出与霍氏合谋，毒杀了许皇后。霍禹、霍山、霍云被逼无奈，企图反击，事败后，被刘询以谋反罪打入天牢，霍氏一族其他人等也都获罪伏诛。霍成君被夺去后位，贬入冷宫。当年权势遮天、门客遍及朝野的霍家，转眼间，就只剩了霍成君一人。

刘询的心腹大患终被拔除干净，随着霍氏的倒台，皇权的回归，两个新兴的权力集团隐隐浮出水面，一个是藏于暗处的宦官集团，以何小七等贴身服侍刘询的宦官为首；一个就是刘询亲手训练出的“黑衣军”，他们掌握了禁军、羽林营，甚至军队。表面上看起来，黑衣军和宦官是刘询的左膀右臂，一明一暗，应该齐心合作，可何小七总觉得黑衣人看他的眼光透着怪异，他总会不自禁地想起那帮被他活埋了的黑衣人，常常大夏天的，惊出一身冷汗。

孟珏对刘询下一步的动作了然于胸，刘询知道他了然于胸，他也知道刘询知道他的了然于胸，彼此都明白他们两个这局棋下到此，已经要图穷匕现，但是两个人依旧君是明君，臣是贤臣，客气有礼地演着戏。

孟珏在霍光病逝不久就向刘询请求辞去官职，刘询收下了奏章，却没有回答他，只是下令把一品居抄了，将老板打入了天牢。第二日，刘询亲手训练出的“黑衣军”开始查封城里各处的当铺，搜捕抓人。获罪的罪名，何小七自会网罗，他现在熟读大汉律典，对这些事情很是得心应手，一条条罪名安上去，可谓冠冕堂皇，罪名确凿。第三日，孟珏向刘询要回了辞呈。

之后，长安城内的商铺不几日就会关门一家，或倒闭一家。

刘询每次收到何小七的密报，总是无甚喜怒，何小七却是每奏一次，就心寒一次，这些关门的商铺全是刘询已经知道的，孟珏这样做，究竟是向刘询示弱，还是讥讽刘询？孟珏又是如何知道他已经查出这些商铺的？

等何小七名单上的商铺倒闭得差不多时，一日，孟珏给刘奭上完课，微笑着对他说：“这些年，我能教给殿下的东西已经全部教完。”

刘奭听后，手慢慢地蜷到了一起，力持镇静地问：“太傅也要离开了吗？”

孟珏没有回答，只微笑着说：“你的父皇与你性格不同，政见亦不同，你日后不要当面顶撞他，他虽然待你与其他皇子不同，可天底下最善变的是人心。”

刘奭抿着唇，倔强地说：“我不怕他！”

孟珏未再多说，起身要走，刘奭站起来想去送他，孟珏道：“我想一个人走一走，你不必相送了。”

刘奭虽贵为太子，可自小跟随孟珏，见他的时间远远多过父皇，对他有仰慕，有尊敬，有信任，还有畏惧。听到他的拒绝，只能停下来，站在门口，依依不舍地望着孟珏背影。

待孟珏的身影消失后，他正要转身进屋，却发现孟珏惯佩的玉珏遗落在地上，连忙捡起，去追孟珏。

孟珏快到前殿时，看到刘询一身便袍，负手而立，观河赏景，恰恰挡住了他的路。

孟珏过去行礼：“陛下。”

刘询抬手让他起来，却又一句话不说，孟珏也微笑地静站着。

有宫女经过，看到他们忙上来行礼，袖带轻扬间，隐隐的清香。刘询恍惚了一瞬，问道：“淋池的低光荷开了？”

橙儿低着头应道：“是！这几日花开得正好，太皇太后娘娘赏赐了奴婢两株荷花。”

刘询沉默着不说话，一会儿后，挥了挥手，让橙儿退下。

不远处，沧河的水声滔滔。

刘询对孟珏说：“这些年，我是孤家寡人，你怎么也形单影只呢？”

孟珏微笑着说：“陛下有后宫佳丽，还有儿子，怎么能算孤家寡人？”

刘询没什么表情地问：“你对广陵王怎么想？”

孟珏淡淡说：“一个庸才，不足为虑。”

刘询点了点头，正是他所想，这种人留着，是百好无一坏。

孟珏却又紧接着问：“臣记得他喜欢驯养桀犬，不知道现在还养吗？”

刘询眉头微不可见地一蹙，深盯了眼孟珏，孟珏却是淡淡笑着，好似什么都没说。

好半晌后，刘询淡声问：“你我毕竟相交一场，你还有什么想做而未做的事情吗？朕可以替你完成。”

孟珏笑：“我这人向来喜欢亲力亲为。”

刘询也笑：“那你去吧！”

孟珏微欠了下身子告退，不过未从正路走，而是快速地向沧河行去，刘询刚想出声叫住他，孟珏一面大步走，一面问：“你可还记得多年前的沧河冰面？你我联手的那场血战！”

刘询呆了一下，说道：“记得！平君后来询问过我无数次，我们是如何救的她和云歌。”

“你去找刘弗陵时，也杀了不少侍卫吧？”

刘询微笑：“绝不会比你的少！”

……

隐藏在暗处的何小七看预定的计划出了意外，犹豫着不知道该怎么办，本想派人去请示一下刘询，可是看孟珏直到此刻，都还一副从容自若、谈笑风生的样子，他的愤怒到了顶点，黑子哥他们碎裂的尸体在他眼前徘徊，淋漓的鲜血直冲着他的脑门。

隐忍多年，终于等到这一日，不能再等！以孟珏的能耐，出了这个皇宫，就是刘询也没有把握一定能置他于死地。

何小七向潜伏在四周的弓箭手点了点头，率先将自己手中的弓箭拉满，对着孟珏的后背，将盈满他刻骨仇恨的箭射出。

一箭当先，十几支箭紧随其后，孟珏听到箭声，猛然回身，一面急速地向沧河退去，一面挥掌挡箭，可是利箭纷纷不绝，避开了第一轮的箭，却没有避开第二轮的，十几支箭钉入了他的胸膛，瞬间，他的前胸就插满了羽箭，鲜血染红衣袍。

刘询负手而立，站在远处，淡淡地看着他，他也看着刘询。

沉默中，他们的视线仍在交锋，无声地落下这局棋的最后一颗子。

刘询的眼睛内无甚欢欣，只是冷漠地陈述一个事实：“我们终于下完了一直没有下完的棋，我赢了。”

孟珏的眼睛内亦无悲伤，只有淡然的嘲讽：“是吗？”

淡然的嘲讽下，是三分疲惫、三分厌倦、四分的不在乎。他的身体摇摇晃晃，再站不稳，剧痛让他的眼前开始模糊不清，刘询的身影淡去，一个绿衣人笑着向他走来。他的唇畔忽然抿着一丝微笑，看向了高远辽阔的蓝天。在这纷扰红尘之外，悠悠白云的尽处，她是否已经忘记了一切，寻觅到了她的宁静？

她真的将我全部遗忘了吗？

她的病可有好一些？

今生今世不可求，那么只能修来生来世了……

他的身体向后倒去，身后正是滔滔沧河，身体入水，连水花都未溅起，就被卷得没有了踪影。

何小七轻声下令，隐藏在暗处的宦官迅速消失不见，一丝痕迹都未留下。一群侍卫此时才赶到，刘询下令：“封锁河道，搜寻刺客尸体。”

张安世和张贺气喘吁吁地赶到，也不知道张贺脸上的究竟是汗水还是泪水，他刚想说话，被张安世一把按住，拖着他跪了下去。

张安世恭敬地说：“陛下，沧河水直通渭河，渭河水连黄河，长安水道复杂，张贺却很熟悉，不如就让张贺带人去搜。”

刘询对张贺的信赖不同常人，闻言，点头说：“张爱卿，你领兵去办，此事不要声张，只向朕来回报。”

张贺呆了一瞬，反应过来，忙磕头接旨。起身后，一边擦汗，一边领着兵沿沧河而去。

张安世这才又磕头向刘询请罪：“听闻霍家余孽袭击陛下，臣等护驾来迟，有罪！”

刘询却半晌没说话，张安世偷偷抬眼看，发觉刘询的眼睛正盯着侧面。张安世将低着的头微不可见地转了个角度，看见不远处的雕栏玉砌间，站着太子刘奭，他眼中似有泪光，看见刘询，却一直不上前行礼，甚至连头都不低，毫不避讳地盯着刘询。一会儿后，他突然转身飞快地跑掉了。

张安世不敢再看，额头贴着地，恭恭敬敬地跪好。

半晌后，张安世看见刘询的袍子摆飘动起来，向远处移去，冷漠的声音从高处传来：“你们都下去吧。”

刘询向前殿走去，走到殿外，看到空荡荡的大殿却恍惚了，我来这里干什么？大臣们早已散朝了！

随意换了个方向走，看到宣室殿的殿宇，想起那也是座空殿，只有一堆又一堆的奏折等着他，可是他现在难以言喻的疲惫，只想找个舒适的地方好好休息一会儿。

他又换了个方向，走了几步，发觉是去过千百次的椒房殿，虽然已是一座空殿，他心头仍是一阵厌恶，转身就离开。

刘询左看右看，竟然不知道该去哪里。未央宫，未央宫！说什么长乐未央？这么多的宫殿，竟然连一座能让他平静踏实地休息一会儿的宫殿都找不到。

不知不觉中，他走出了未央宫。

大街上熙熙攘攘、人来人往，商铺的生意兴旺，人们的口袋中有钱，似乎人人都在笑。田埂上，是荷锄归家的农人，还有牧牛归来的牧童，杨树皮做的简陋笛子，吹着走调的欢乐，看到刘询，牧童大大咧咧地腾出一只手，指指路边，示意他让路，刘询也真就退让到一边，让牧童和牛群先行。袅袅炊烟下，竹篱茅屋前，妇人正给鸡喂最后一顿食，一边不时地抬头眺望着路的尽头，查看丈夫有没有到家，看到刘询盯着她发呆，她本想恼火地呵斥，却又发现他的目光似看着自己，实际眼中全是茫然，妇人以为是思家的游子，遂只扭转了身子，匆匆进屋。

刘询穿行过一户户人家，最后站在了两处紧挨着的院落前。别家正是灶膛火旺，菜香扑鼻时，这两个院落却了无人影，瓦冷墙寒。

刘询随手一摆弄，锁就应声而开，他走到厨房，摸着冰冷的灶台，又去堂屋，将几个散落在地上的竹箩捡起放好，看到屋角的蛛网，他去厨房拿了笤帚，将蛛网扫去。干着干着，他竟扫完屋梁、扫窗棂，扫完窗棂、扫地，后来索性打了桶井水，拿了块抹布把屋子里里外外打扫了一遍。虽然多年未做，可也不觉手生，一切都很自然，似乎昨天、前天他都曾帮着妻子做过这些。

屋子里里外外都变得亮堂、干净了，他却仍意犹未尽，看到里屋的旧箱笼，就全部打了开来，想要整理一下，箱子大多是空的，只一个旧箱子里放了几件旧衣服。

他隐隐约约地想起，当刘弗陵赏赐了侯府后，他让平君准备搬家，平君连着几案、坐榻，甚至厨房的碗碟都要带过去，他笑着摇头，让她把捆好的东西全部拆开，放回原处，拆到衣服时，平君死活不肯扔，箱子里的这几件是他随手翻着，硬扔回箱子里，不许她带的。

“这些衣服大补丁重小补丁，你就是赏给侯府扫地的丫头都不会有人要，你带去做什么？是你穿，还是给我穿？”

平君说不出来话，没有补丁的旧衣服，她却仍不肯放手，他也只能叹一声“穷怕了的人”，随她去。

……

刘询随手拿起一件旧衣服细看，是平君做给他的旧袄子，袖口一圈都是补丁，平君为了掩饰补丁，就借着花色，绣了一圈圈的山形鸟纹，两只袖子，光他能辨别出的，就有三四种绣法。她花尽心思后，硬是用劣等的丝线描绘出了最精致的图，将补丁修饰得和特意的裁剪一样。

刘询的手指头一点点地摩挲着袖口的刺绣，最后他忽地将袄子披在了身上，闭上了眼睛，静静地坐着。

何小七先前在院子外面还能听到院子内的动静，虽觉得声音古怪，但在刘询身边多年，他已经学会少说话、少好奇。后来却再听不到一点声音，他耐着性子等了很久，天色渐黑，可屋子里仍然没动静，他不禁担心起来，大着胆子，跨进了院子，入眼处，吃了一惊，待从窗户看到刘询大夏天竟然披着个袄子，更是唬得连话都说不出来。

刘询睁开眼睛，淡淡一瞥，何小七立即软跪在了地上："陛……陛下，天……天有些晚了。"

刘询静静站起，将身上的袄子仔细叠好，何小七想去拿，刘询却自己珍而重之地拿在了手里，一边向外走，一边吩咐："将屋子锁好，派人看着点，还有……旁边的房子。"

"是！要派人来定时打扫一下吗？"

沉默了一会儿后响起了两个字："不用。"

何小七看着窗明几净的屋子，心有所悟，安静地锁上了院门。

刘询没有回宫，仍在乡野间闲逛，看到田间地头绿意盎然，果树藤架花叶繁茂，家家户户灯光温暖，他似微有欣悦，却也不过一闪而逝。

太阳已经完全落山，月亮刚刚升起，如少女的弯眉，挂在东山顶上，带着一股羞答答的妩媚。田野间的虫儿好像约好了一般，纷纷奏起了自己的乐器，此起彼伏，互相唱和。萤火虫也打起了小灯笼，翩跹来去。

几只萤火虫飞过刘询身边，掠过刘询眼前，他不在意地继续走着。走着走着，他忽地停了下来，转身向后看去。何小七立即躬身听吩咐，刘询却根本没注意他，只是打量着山坡四周，突然，他快步向一个山坡上走去，急匆匆地在山坡间的树丛中寻觅着什么。

何小七小心翼翼地说："陛下想寻找什么，奴才可以帮着一块儿找。"

刘询听而不闻，仍然一棵树、一棵树地仔细查看着。然后，他站定在一棵树前，手指抚摸着树上的一个树疤。他取下腰间的短剑，沿着疤痕划了进去，一个桐油布包着的东西掉到了地上。

刘询蹲下身子，捡起了布卷，却没有立即打开。他坐在了山坡上，沉默地望着远处。

萤火虫在荒草间，一闪一灭，时近时远。刘询随手拔起地上的一根草，想着这根草若用来斗草，应该是个百胜将军，平君若用它，云歌肯定要被灌得大醉。他忽地觉得夜色太过宁静、太过冷清，指尖用力，将草弹了出去，草儿平平飞出去一段后，寂寞地跌向了地上，再不会有人为了一根草而又叫又嚷、又抢又夺了。

坐了好一会儿后，他才将桐油布卷放在膝头，打开了布卷，一条条被卷得细长的绢帕，安静地躺在他的膝头。

他打开了一个绢帕，上面空白无一字，他笑了起来，这个应该是他自己的了。

下一个会是谁的？

他打开绢帕后愣住。白色的绢帕上没有一个字，也是空白。一瞬后，他摇摇头，扔到了一旁。两条空白，已分不清楚哪条是孟珏的，哪条是他的。

第三条绢帕上，画着一个神态慵懒的男子，唇畔似笑非笑，正对着看绢帕的人眨眼睛，好像在说："愿望就是一个人心底最深处的秘密，怎么可能写下来让你偷看？"寥寥几笔，却活灵活现，将一个人戏弄了他人的神情描绘得淋漓尽致。

多此一举！刘询冷哼了一声，将绢帕丢到了一边。

静看着剩下的两个绢帕，他好一会儿都没有动作。透过绢帕，能隐约看到娟秀的墨痕，他轻轻打开了一角，一行灵秀的字，带着云歌隔着时空走来。

一个绿衣女子正坐在山坡上，盈盈地笑着，一群群萤火虫在她掌间、袖间明灭，映得她如山野精灵。她轻轻拢住一只，很小心地对它许愿："曾许愿双飞……"她轻轻放开手掌，萤火虫飞了出去，她仰头望着它越飞越高。

刘询渐渐走近她，就要听清楚她的愿望，可忽然间，他停了下来，凝视着她眉目间的温暖，不想再去惊扰她了！他深叹了口气，将云歌的绢帕合上，轻轻放在了一边，低头看着手中的最后一条绢帕，只觉得心跳加速，身体僵硬，一动都不能动。

那个鼻头冻得通红的丫头怯生生地从远处走来，身影渐渐长高，羞怯少了，泼辣多了，见到他们也不再躲闪，反倒抬着头，昂然而过，辫梢的两朵小红花随着晃悠着的扁担一甩一甩的，但她的好强、泼辣下，藏着的依然是一颗自卑、羞怯的心。

他笑着摇头，她以为自己很精明，其实又蠢又笨，什么都不懂，她怎么能那么笨呢？她的笨放纵出了他的笨！

我们究竟谁更笨？

老天给了缘，让他和她幼年时就相识，这个缘给得慷慨到奢侈，毗邻而居，朝夕相处，抬头不见低头见。可他觉得她像白水野菜，平凡烟火下是寻常到乏味、不起眼到轻贱，他内心深处，隐隐渴盼着的是配得起梦中雕栏玉砌的雅致绚烂，因为遥不可及所以越发渴望，他一直以为得不到的雅致绚烂才会让他念念不忘，却不知道人间烟火的平实温暖早已经刻骨铭心。

他只要轻轻一伸手，就可以毫不费力地接住老天给的“缘”，将它变作此生此世的“分”。可是他忙于在雕栏玉砌中追逐，太害怕一个不留神就会再次跌入贫乏的人间烟火中，根本没精力、也不想回头去伸手。

究竟是谁傻？

平君，好像是我更傻一些。

这些话，你能听到吗？也许，你根本就不愿听了，也早就不关心了。他笑得好似身子都直不起来，手中紧抓着绢帕，脸贴在旧棉袄上，几滴水痕在棉袄的刺绣上淡淡晕开。

萤火虫，打灯笼，飞到西，飞到东，飞上妹妹薄罗衣。

萤火虫，打灯笼，飞得高，飞得低，飞得哥哥骑大马。

骑大马，驮妹妹，东街游，西市逛，买个胭脂送妹妹。

……

一个小女孩哼着歌谣从草丛里钻了出来，她身后一个男孩子正在捉萤火虫。小女孩猛地看到坐在地上的刘询，吓了一跳，歌声也停住，小男孩却只是大大咧咧地瞟了刘询一眼，就依旧去追萤火虫。

小女孩好奇地看着刘询，看到他想打开绢帕，却又缓缓地合上。她探着脑袋，凑到刘询身边问：“叔叔，这上面是什么？”

刘询看着她辫子上的红花，柔声说：“是一个人的心愿。”

“是你的亲人吗？你为什么不看？你看了就可以帮她实现心愿，她一定很开心。”小女孩兴奋起来。

刘询没有说话，只是将绢帕小心地收进了怀里。他的余生已经没有什么可期盼的，唯有这个绢帕上的东西是未知的，他需要留给自己一些期盼，似乎她和他之间没有结束，仍在进行，仍有未知和期盼。

小女孩见刘询不理她，闷闷地噘起了嘴，刘询看到她的样子，心中一阵温软的牵动，轻声说：“我做错了很多事情，她已经生气了。”

“啊？你是不是很后悔？”

刘询颔了下首。

小女孩很同情地叹气，支着下巴说：“因为我偷糖吃，我娘也生我气了，可是我不后悔！因为我早知道娘若知道了我不听话肯定会生气的，可是那个糖真的很好吃，我就是想吃呀！所以即使再来一次，我仍然会去偷吃。”小女孩忽闪着大眼睛问，“你呢？如果再来一次，那些错事你会不做吗？”

刘询愕然地愣住。

“喂！问你话呢！如果再来一次……”

远处的男孩不耐烦地叫：“野丫头，你还去不去捉萤火虫？求着我来，自己却躲懒，我回家了！”

小女孩再顾不上刘询，忙跑去追男孩，两个人影很快就消失在了草丛中。

天上星罗棋布，地上萤火闪烁，晚风阵阵清凉，刘询沉默地站了起来，向山下走去。在他身后，四条白色的绢帕散落在碧绿的草地上，一阵风过，将绢帕从草地上卷起，仿似摇曳无依的落花，飘飘荡荡地散向高空，飞向远处，渐渐坠入了漆黑的夜色，再不可寻觅。

如今的他，天涯海角，什么都可以追寻到，却唯有失落的往事再找不到了。

第二十一章

[YUN ZHONG GE]

凤归何处

霍成君

嫦娥应悔偷灵药

云林馆的荒草足没过人膝，霍成君常常披头散发地坐在门槛上，望着荒草发呆。看管她的宦官和宫女都得过何小七暗示，为了自己的利益，没有一个人敢对霍成君稍假辞色。

只有夏嬷嬷不避任何人的耳目，也完全不理会何小七的软语警告，执意跟随着霍成君到了昭台宫，然后又跟随着她来到云林馆，悉心照料着霍成君的日常起居。何小七恼怒下，想动夏嬷嬷，行动前一查，却发现夏嬷嬷表面上是霍成君救出冷宫，实际上竟是刘询暗中发的话，惊出一身冷汗后，赶紧打消了心里的念头。

可即使有夏嬷嬷的照顾，霍成君的一日三餐也全是野菜粗糠，还常常是有上顿、没下顿。霍成君也不挑，不管多难吃的饭菜，她总是平静地吃完，吃完后，就依旧坐到门槛上去发呆。

夏嬷嬷想帮她把头发绾起，她却不要，任由头发披在肩头。

“娘娘在想什么？”

夏嬷嬷以为她会像以前一样，不说话，不料她今日的心情似乎还好，竟回道：“我在想一些以前的事情。”

霍成君低头摆弄着自己的衣裙，裙摆上两个小洞，她的指头在小洞中钻进钻出，好像觉得很有趣，夏嬷嬷看得心酸，轻声说：“这是我第二次进冷宫，第一次进来时，我一直盼着出去，直到绝望，这一次进来时，我却再不想出去了，这里虽然清苦，可很安静，身虽然苦一些，心却不苦。”

霍成君侧着头笑了，一把乌发斜斜地倾泻而下，垂在脸畔。乌发素颜，仍是不可多得的人间丽色。

“昭台宫已经是冷宫中最差的，可刘询又将我贬到了云林馆，何小七三天两头来检查我过得如何，唯恐周围的人给我个好脸色，你觉得这里能安静吗？”

夏嬷嬷回答不出来。

霍成君又望着荒草开始发呆，如同一个没了生气的泥塑。

一个宦官从外面进来，霍成君一下像变了个人，跳了起来，几步走上前，紧紧地盯着宦官，宦官扫了眼四周，示意夏嬷嬷退下，夏嬷嬷向霍成君行了一礼，退了出去。

宦官趾高气扬地说：“最近宫里出了不少大事，我抽不出空过来。你的话，我前段日子已经带给了孟大人，他只微笑着听完，客气有礼地谢过我后，什么都没说的就走了。”

霍成君怔怔地盯着膝盖处的野草，失望吗？也许不！他仍是那个他，冷漠狠心依旧，一点怜悯都吝于赐予。

宦官咳嗽了两声，慢条斯理地说：“我这里有个关于孟大人的重大消息。”

霍成君发了一会儿呆，才反应过来宦官的意思，说道：“我身边已经没有任何金银首饰了，上次给你的那根玉簪子已是我最后的财物。哦！对了，那边还挂着一盏灯笼，手工精巧，应该能换一些钱。”

灯笼？宦官冷哼了一声，不耐烦地转身就走，边走边随口说：“孟珏已死，萧望之接任太子太傅。”

霍成君身体剧颤，一把抓住宦官的胳膊："你说什么？不可能！"

宦官毫不客气地将霍成君推到地上，拂了拂自己的衣袖，掸去晦气："只手遮天的霍家都能全死光，孟珏有什么不能死的？不过……"他自己的表情也很困惑，一边向外走，一边自言自语地说："究竟怎么回事，我可真不清楚。陛下宣旨加封萧望之为太傅时，和百官痛心疾首地说孟珏身为异族人，虽然皇恩隆厚，却仍有异心，竟然暗中和羌人有往来，事情败露后，逃出了长安，可宫里的宦官却暗中说他被万箭穿心，早死了！"

霍成君呆呆地坐在冰冷的荒草丛中，远处夕阳如血、孤鸿哀啼，她眼前一切都朦胧不清。刘询怎么会让他活着呢？她早该想到的！可刘询为什么迟迟不杀她呢？刘询对她的迁怒和怨恨，一死都不可解，也许只有日日的活罪才能让他稍微满意。

她站了起来，向殿内走去，素袍裹身、长发委地，苍白的脸上只有看透一切的淡然平静。

清风吹拂，窗前的八角垂绦宫灯随风摇晃，一面面栩栩如生的图画在她眼前晃过，正对着她的一幅恰是嫦娥独居于凄冷的广寒宫，偷望人间的垂泪图。

她淡淡地笑开，父亲，女儿错了！即使地下也无颜见您！

她取出一幅旧缎，站在了脚踏上，手用力一扬，将长缎抛向了屋梁。

夕阳斜斜照进了冷殿，屋内的一切都带上了一层橙黄的光晕。

风乍急，窗户被吹得一开一合，啪啪作响，灯笼被吹到了地上，滴溜溜地打了几个转，停在了一个翻倒的脚踏前。

上官小妹

一个人的地老天荒

当橙儿替上官小妹梳头时，小妹看见了镜中的白发，她轻轻挑起了那束白发，在指肚间轻捻着。

橙儿心酸得想落泪，其实娘娘年纪并不老，和宫里的几个妃子差不了多少岁，可娘娘……

六顺进来禀奏，言道各位娘娘来给她问安。她轻挥了挥手，六顺就转身出去了，理由都未用，直接命各宫娘娘全回去。她笑着想，六顺也老了，说起话来，没有了先前的明快热情。

因为皇帝的尊敬，太子的孝顺，她的地位在后宫无可撼动，不管是得宠的妃子还是不得宠的妃子，都想得到她的青睐，可真正能见到她一面的却寥寥可数，有的妃子直到诞下皇子，都不知道太皇太后究竟长什么样。“长乐宫中的那个老女人”渐渐成了未央宫黑夜中窃窃私语的传说。有人说她是身体残疾，所以即使先帝无妃，专宠皇后，她都未能生育，还绘声绘色地说废后霍成君也这样，只怕是霍家血脉中的病；有人说她是石女，根本不能接受帝王雨露；有人说她其实还是处子之身，先皇当年有个秘密女人，只是忌惮上官桀和霍光，所以不敢立那个女子为妃；有人说她胆小懦弱，遇事只会唯唯诺诺地哭泣；有人说她冷淡无情，家族中的人全死光了，却一滴眼泪没掉过……

她听到这些流言时，总是想笑。时光是多么可怕的东西，它让少女的黑发变白，男儿的直腰变弯，让一切东西失真、变样。但是，时光抹不去她的记忆，长乐宫幽静而漫长的岁月，她可以慢慢回忆。

第一次踏进未央宫那年，她六岁。

还记得头上沉重的凤冠压得她走路都摇摇晃晃，到处是欢天喜地的乐曲，可她害怕得只想哭，盼望着一切结束后，母亲赶快来接她回去。她听到众人高叫“陛下”，她却一直看不到人过来，她忍不住偷偷掀起头上的红盖头，四处找着皇帝，只看见远远地，一抹隐忍哀怒的身影，她呆了呆，如做了错事般，飞快地放下盖头，将惶恐不安藏在了凤冠之下。

在赞者的唱词中，她一面笨拙地磕头行礼，一面想着母亲说过的话。

“娘，皇后是什么？”

母亲推着秋千，将她送往高处，她笑起来，在自己的笑声中，她听见母亲说：“皇后就是皇帝的妻子，皇帝是皇后的夫君。”

“那妻子是什么？”

“妻子就是要和夫君一辈子在一起的人。”

“夫君是什么？”

“夫君就是要和妻子一辈子在一起的人。”

她不高兴地说：“那就是我要和皇帝一辈子在一起吗？那可不行，娘，我要和你一辈子在一起。”

母亲半晌没有说话，只是推着秋千送她，她扭回头看，看见母亲眼中似有泪光。

……

她在凤冠下琢磨，就是这个人要和我一辈子在一起吗？他好像不高兴呢！可我也不高兴呀！我想回家！

母亲一直没有来接她回家，她一个人留在了椒房殿。

七岁的时候，在神明台上，他第一次抱起了她，陪着她一块儿寻觅她的家，她靠在他怀里，一边努力地找寻爹娘，一边模糊地想着，娘说他要和我一辈子在一起？一辈子在一起……

他沉默得一句话不说，只是静静地抱着她，可她的害怕和恐惧似乎淡了。

后来，她发现他很喜欢去神明台，只是他眺望的方向是西面，而她眺望的方向是北面，她偶尔碰到他时，他仍然会将她抱起，让她能看向北方，虽然他和她都知道，不管西面，还是北面，其实什么都看不到。

八岁那年，她第一次听到宫人唱：

黄鹄飞兮下建章，羽肃肃兮行跄跄。

金为衣兮菊为裳，唼喋荷荇，出入蒹葭。

自顾菲薄，愧尔嘉祥。

身旁的宫女告诉她，这是刘弗陵应大臣所请作的诗，诗意她并未全解，可她知道这首歌唱的不是什么祥瑞，而是皇帝他自己。因为她也曾无数次站在太液池畔，看着自由自在的鸟儿，幻想着自己是一只鸟，能自由地飞出未央宫。在宫女的歌声中，她忽然明白了他眼中深藏的怜惜，原来他懂她的，他虽然沉默疏离，可他明白她心中的一切。

她逐渐长高，他对她却日趋冷漠。偶尔，她会刻意地在神明台巧遇他，可他看见她时，会立即转身离去，他漠然的背影下有着藏不住的疲倦，她知道神明台是整个未央宫中，唯一一块真正属于他的天地。因为懂得，所以止步。她不再去神明台，只会在有星星的晚上，在远处散步，静听着悠悠箫声，萦绕在朱廊玉栏间。

……

她怎么可能离开这里？

她这一生所有的快乐和记忆都在这里。她的父母兄弟、家族亲人也都在这座城池里。清明的时候，她会先去祭拜父母，再去祭拜祖父、外祖父、叔叔、舅舅，她会在弟弟的墓前，将亲手所画的马烧给他，也会在兰姑姑的墓前烧绢花，成君小姨的墓前烧罗帕。

更重要的是这里有他。她可以在神明台上一坐一天，可以去太液池看黄鹄，还可以去平陵看日出，在这座宫殿里，他的身影无处不在，而且这些记忆只属于她，即使那个青丝如云、笑颜若歌的女子也永不可能拥有。如果拥有是一种幸福，那么拥有回忆的她也是幸福的。

“娘娘？”橙儿担忧地轻叫，娘娘又在发呆了。

小妹抱歉地一笑，挥手让橙儿下去，不在意地将指间的白发放下，起身走到了窗前，推开了窗户，蓝天上排成一字的大雁，正在南迁。那些鸟儿飞去的地方是什么样子呢？皇帝大哥他现在肯定知道的。

大哥，我知道你终于自由，你已经随着那个如云似歌的女子飞了出去，她会行遍千山万水，做完你想做的每一件事情。可我的你，在这座宫殿里，却无处不在，太液池畔、神明台上、殿宇的回廊间，仿佛只要一个眨眼，就可看到你徐徐向我走来；深夜时，只要我凝神细听，依然还能听到你的箫声。

你的那道旨意，我怕是永远都用不上了，我知道外面的天地很大，可是再大的天地，没有了你的身影，又与我何干呢？那些花再艳，那些树再美，那些景致再神奇，那些男儿再好，都不是我想要的，我只愿意守在这里，守着你与我的回忆，一个人地老天荒。

跋文

[YUN ZHONG GE]

汉武帝末年，由于连年征战、穷奢极欲和严刑峻法，社会矛盾日益尖锐，土地流失严重，民不聊生，农民起义的烽火四起。面对民怨，汉武帝想起秦亡于穷民起义的前车之鉴，下《轮台罪己诏》，忏悔半生所为。

武帝死后，昭帝刘弗陵八岁登基，夙慧多智，果决善断，数次下诏赈贷百姓，减免田租、口赋等赋税，短短十三年时间，赋税就减少了三分之二。同时他减刑罚，赦天下，推行仁政。在他执政期间，百姓安居乐业，国库开始充裕，汉朝开始出现了中兴稳定的局面。

元平元年（公元前七十四年），史籍中记录的自小身体健康、聪慧好动的昭帝，却在二十一岁（有说二十二岁）的英年暴病而亡。刘弗陵，终其一生，未有妃嫔，未有宠幸宫女的记录，也未有子嗣，只有一个小他六岁（或七岁）的皇后上官氏。刘弗陵死后，葬于平陵。

昭帝驾崩后，其侄昌邑王刘贺被霍光拥立为帝。刘贺在即位的二十七天内做了一千一百二十七件荒唐事，平均每日四十件，也就是刘贺不吃不睡，都得要几乎每半个小时去做一件坏事。霍光以此为由废刘贺，立刘询。自此，另一位传奇皇帝——刘询，登上了历史舞台。

刘询因为长于民间，深知民间疾苦。他体察民情，严格约束官吏，诛杀了不少位高权重的贪官污吏。他还屡次赦免赋税，招抚流民，减轻刑罚；在农业生产等重大国策上，他继续采用霍光的主张，令民富国强；而对周边国家的政策上，刘询则软硬兼施，纵横联合，各个击破。神爵二年（公元前六十年），刘询派大军进攻羌族，羌族各部落联合，并向匈奴借兵，因地利之便，隐然占据上风，正当汉朝军队形势危急时，羌族爆发莫名的内乱，主战的首领杨玉、犹非等人被杀，羌族大乱，最后降汉。西域各国，乌孙、车师、龟兹纷纷归附。甘露三年（公元前五十一年），南匈奴呼韩邪单于亲至五原塞上请求入汉朝称臣，南匈奴成了汉朝的藩属，随同呼韩邪单于归顺汉朝的还有武帝时背叛汉朝、归附匈奴的李陵后人（李陵乃飞将军李广之孙）。至此，宣帝刘询得以完成武帝刘彻终其一生、倾举国之力都未尽的功业——四夷臣服，天下归顺。

宣帝刘询有三位皇后：许平君、霍成君，以及史书未有名字记载的王皇后。史册记载，许平君与刘询感情深厚，有“故剑情深”的典故，死于产后大出血，霍光死后，却又被查出是死于中毒。第二位皇后霍成君乃大将军霍光之小女，霍光生前，霍成君和刘询帝后恩爱，近乎专宠，可是一直不能有孕。霍光死后，霍成君被废，刘询命她迁去昭台宫，却仍不满意，又再度命她迁往更荒凉的云林馆，霍成君不堪羞辱，自尽而亡。而第三位皇后王氏，与其说是刘询的妻子，不如说是太子刘奭的养母，刘询命她照顾刘奭起居，却从未亲近过她，她也自然无所出，所以宣帝终其一生，只有刘奭一位嫡皇子。按照中国皇位的继承制度，也就是说，除非刘奭死，否则其他皇子都没有继位资格。可矛盾的就是，刘询虽对刘奭非同寻常地爱护，但父子关系并不融洽。史书记载中，刘奭“柔仁好儒”（在《云中歌》中，刘奭是在太傅孟珏的刻意引导下，熟读儒家典籍，崇尚儒术，再加上母亲许平君的影响，以至秉性柔仁），而刘询却推崇帝王霸权治国，所以几乎在所有事情上，刘奭都与刘询意见不合。刘询数次大怒，有的怒火甚至被惜言如金的史官记录入了史典，可刘询依然将皇位传给了刘奭。

宣帝刘询对待宗室亲厚多恩，却独对昌邑王刘贺不喜，屡次下旨斥责他的言行，甚至最后下旨封他为“海昏侯”，昌邑王刘贺逆来顺受，从无反抗，对“海昏侯”的封号也敬纳。据史籍记载，刘贺喜行猎，身健康，最后却无疾而终，年仅三十多岁。而广陵王刘胥则恰恰相反，根据史册记载，宣帝对其礼待厚赏，皇恩隆厚，可他依然对皇帝不满，竟然倒行逆施，请巫婆诅咒宣帝早死。事情败露后，刘胥畏罪自尽。他死后，刘询将广陵国废除，不许刘胥的子孙继承封地。直到元帝刘奭登基后，才复封刘胥的太子刘霸为广陵王，归还封地，以奉刘胥之祀。

黄龙元年（公元前四十九年），宣帝刘询去世，享年四十四岁，葬于杜陵。

宣帝统治期间，“吏称其职，民安其业”，史书上评价这段时期是汉代历史上武力最强盛、经济最繁荣的时期。但宣帝的功绩离不开昭帝为他打下的基础，所以昭帝刘弗陵和宣帝刘询的统治被并称为“昭宣中兴”。

但是，宣帝的中兴之后却是重重隐患。由于宣帝任用宦官，元帝刘奭对宦官更是宠爱、信任非常，以致后来发生了重臣被宦官打死的惨剧。所有这些都埋下了日后宦官干政的隐患，宦官干政又直接滋生朝廷的党派斗争，扰乱正常的朝务，汉朝最后亡于宦官乱政，可以说，是在刘询手里就埋下了祸根。